UNIVERSUM

Janni Tiger Levin

Er ist nicht gut für dich

europabuch

europabuch

www.europabuch.com | info@europabuch.com
ISBN 9791220130448
Erstausgabe: Oktober 2022

Gedruckt für Italien von Rotomail Italia
Finito di stampare presso Rotomail Italia S.p.A. - Vignate (MI)

Er ist nicht gut für dich

Mein Dank gilt meiner wundervollen Familie,
meinen Freunden und meiner großen Liebe I.
Ihr seid mein Fels.

Kapitel 1

Lara erwachte und öffnete langsam die Augen. Draußen dämmerte es gerade, sodass etwas Licht in das Zimmer fiel. Es war wohl noch recht früh am Morgen, aber durch die Zimmertür hörte man, dass auf dem Krankenhausflur bereits Ärzte und Schwestern, vermutlich auch andere Patienten, auf und ab gingen. Noch einmal kurz schloss Lara die Augen. Sie war noch sehr müde. Kein Wunder, die Nacht war ja auch kurz gewesen. Oder lang, je nachdem, wie man es sehen wollte. Sie fühlte in sich hinein. Bis auf den wenigen Schlaf ging es ihr gut. Sie hatte keine Schmerzen und dank der Infusion, die über einen Zugang in ihrer Ellenbeuge einlief, wusste sie, dass sie genug Flüssigkeit bekam. Ganz langsam, etwa in der gleichen Geschwindigkeit wie die aufgehende Sonne die Nacht vertrieb, wurde sie wacher. Mit einem Schalter, den die Nachtschwester ihr bereit gelegt hatte, fuhr sie die Lehne ihres elektronischen Bettes ein Stück herauf. Mit ihr im Zimmer war noch eine Frau, die etwa fünf Jahre älter als sie war, schätzte Lara. Vielleicht Anfang, Mitte 30. Sie erholte sich offensichtlich von einer Operation am Knie. Die beiden lächelten sich nur kurz zu, als ihre Blicke sich trafen. Die Frau saß ebenfalls aufrecht in ihrem Bett und las in einem Buch. Keine der beiden schien eine Unterhaltung beginnen zu wollen, worüber Lara dankbar war. Sie war einfach nicht in Redelaune. Neben ihr auf dem Beistelltisch lag ihre Tasche und auf einem Sessel neben dem Bett ihre Kleidung. Sie griff nach der Tasche und schaute hinein. Alles war noch da, nichts war während ihres Filmrisses abhandengekommen. Ihr Handy vibrierte kurz. Eine Nachricht von Nate und eine von Anne leuchteten auf dem Sperrbildschirm auf, aber Lara öffnete sie nicht. Sie wollte sich noch nicht mit den Ereignissen der letzten Nacht auseinandersetzen und schob den Gedanken so gut es ging beiseite. Denn wenn sie daran denken würde, dann müsste sie auch an die Konsequenzen denken und dann setzte direkt ein nervöses Flattern in ihrer Magengegend ein. Nein, in diesem Moment war sie einfach froh, dass es ihr gut ging.

Das ist doch die normale Reaktion nach so einem Abend, oder? Dass man froh ist, dass nochmal alles gut gegangen ist, dachte sie und konzentrierte sich auf diesen Gedanken. Für einen Moment konnte sie sich damit beruhigen und das nervöse Flattern ließ ein wenig nach. Es klopfte an der Tür und ohne zu Warten trat ein Pfleger mit einem Wagen mit Tabletts ein.

„Guten Morgen, einmal Frühstück, die Damen“, sagte er und servierte das Tablett.

Lara entschied sich für eine Tasse Kaffee dazu. Auch wenn ein Krankenhausessen gemeinhin nicht den besten Ruf genießt, so war diese Mahlzeit doch genau das Richtige. Sie begann mit einer weichen Scheibe Weißbrot mit Butter und Nutella. Das hatte sie schon lange nicht mehr gegessen. Danach eine Scheibe Toast mit Käse und einer Tomatencreme. Ganz himmlisch. Genau das, worauf sie gerade so richtig Appetit hatte. Sie schaute aus dem Fenster. Das Licht draußen war bläulich und kalt und es war neblig. Sie musste mindestens im fünften oder sechsten Stock des Krankenhauses sein, da sie von recht weit oben auf den Parkplatz und den dahinterliegenden Wald schaute, überlegte sie. So im warmen, weichen Bett zu liegen und in die Kälte zu schauen, hatte doch etwas Gemütliches. Nach dem Frühstück trank sie langsam die Tasse Kaffee zu Ende und wartete darauf, dass ihr das Essen ein bisschen Energie lieferte, doch stattdessen meldeten sich ihre Nerven erneut mit einem nervösen Magengrummeln. Sie wusste, es würde immer schwieriger werden, den Gedanken abzuschütteln – den Gedanken an das, was ihr bevorstand. Dabei konnte sie doch eigentlich so froh sein. Es war nichts weiter passiert. Es ging ihr gut. Eigentlich wartete sie nur darauf, aus dem Krankenhaus entlassen zu werden. Dann könnte sie ein Taxi nach Hause nehmen und dort ein langes Bad nehmen und es sich dann mit einem Film gemütlich machen. Aber da war etwas Ungewisses, Bedrohliches, das ihr noch bevorstand.

Für einen kurzen Moment fragte sie sich, ob ihre Erinnerungsfetzen an die letzte Nacht sie trogen und vielleicht, hoffentlich, niemand Lennard angerufen hatte. Warum war er auch ihr Notfallkontakt. Ihr Herz schlug ein wenig schneller und sie wusste, dass sie sich jetzt nicht mehr beruhigen konnte. Sie musste sich mit den Geschehnissen auseinandersetzen, sich mental vorbereiten, denn sie wusste nicht, wann es soweit sein würde. Wann er, Lennard, da sein würde. Es könnte in jedem Moment soweit sein oder erst in ein paar Stunden.

Laras Zimmergenossin ging ins Bad und so nutzte Lara den Moment, um nun doch ihre Nachrichten anzusehen. Ihre Freunde waren sicher in Sorge um sie. Sie antwortete auf die beiden Nachrichten mit einer kurzen Sprachnachricht:

„Danke der Nachfrage und nochmal danke für eure Hilfe gestern Abend. Mir geht's schon wieder viel besser und ich werde bestimmt bald entlassen. Bin nur recht müde und schlafe heute noch viel und melde mich dann morgen ausführlicher. Ich hoffe, euch geht es auch ganz gut und ihr konntet ein bisschen Schlaf nachholen. Bis dann!"

Das ging schneller als das Tippen, zumal sie den linken Arm wegen der Infusion nicht so viel bewegen wollte. Sie hatte sich bemüht, unbeschwert und wohlauf zu klingen. Ebenso, wie es ihr eigentlich ging, zumindest physisch gesehen. Sie schaute sich andere Nachrichten an, aber seit gestern Abend war in den Chats nicht viel passiert. Es gab einige neue Nachrichten in Gruppenunterhaltungen, die aber nicht an sie gerichtet waren. Die Zimmertür öffnete sich und ein junger Arzt kam zur Visite vorbei. Er kam zuerst zu Lara und wünschte ihr einen guten Morgen. Auf seine Nachfrage antwortete sie, dass es ihr gut ging. Wie erwartet sagte der Arzt, dass er sie damit entlassen würde. Die Krankenschwester, die ihm folgte, entfernte die Infusion. Der Arzt erklärte währenddessen, dass Lara sich in Ruhe anziehen und, wenn sie wolle, den Heimweg antreten könne. Dass sie sich beim Empfang unten ein Taxi rufen lassen könne oder ob es jemanden gäbe, der sie abholen würde.

„Danach wollte ich mich bei Ihnen erkundigen." Lara nutzte die Gelegenheit, um die Frage zu stellen, die sie die ganze Zeit beschäftigte. „Ich erinnere mich schwach, dass gestern Nacht jemand meinem Mann Bescheid gegeben hat. Er ist mein Notfallkontakt auf dem Handy. Aber ich weiß nicht, was er gesagt hat. Er ist im Ausland auf Geschäftsreise und man hat mir, glaube ich, nicht mitgeteilt, ob er früher zurückkehren wird und mich abholt."

Der Arzt blickte zur Schwester, die seinen Blick gleich korrekt deutete und sagte, dass sie sich erkundigen würde. Höflich bedankte sie sich für die Hilfe, auch wenn sie eigentlich gehofft hatte, dass man ihr direkt eine Auskunft hätte geben können. Diese Ungewissheit, wann er da sein würde, machte ihre Aufregung nur noch größer.

Lennard war zwar in England auf Geschäftsreise und wäre eigentlich erst am Dienstag zurückgekehrt und nun war erst Samstag. Aber sie kannte ihn und ein Gefühl sagte ihr, dass er bereits zu ihr unterwegs war. Er hatte sich ja nicht einmal bei ihr gemeldet, das konnte eigentlich nur heißen, dass er im Flieger war. Oder bereits da, vielleicht auch das. Der Flug dauerte ja nur etwa eine Stunde. Und nun musste die arme Schwester sich auch noch erkundigen, ob er vielleicht gesagt hatte, wann er da sein würde. Dabei hatte sie sicher Besseres zu tun. Die ganze Angelegenheit war ja schon unangenehm genug. Dass Lara überhaupt hier war, beobachtet werden musste. Dass sie ein Bett besetzte, das für jemand Anderen gerade nicht zur Verfügung stand, der es vielleicht dringender brauchte als sie. Insgesamt gesehen war sie natürlich dennoch froh, dass nichts Schlimmeres passiert war. Aber was WAR denn überhaupt passiert? Endlich ließ sie es zu, ihre Gedanken noch einmal an den gestrigen Abend, soweit sie sich erinnern konnte, zurückreisen zu lassen.

Kapitel 2

Nate und Anne, zwei ihrer besten Freunde, hatten sich bei ihr gemeldet. Sie wussten, dass Lennard verreist war, und so hatten sie sich an diesem Freitagabend zum Kochen in Lennards und Laras Wohnung verabredet. Nach einer großen Portion Sushi und einigen Gläsern Sekt brachen sie auf, um in der Innenstadt einen Cocktail zu trinken. Lennard würde weder den Teil mit dem Trinken gut finden noch, dass Lara nach dem Abend alleine mit der Bahn würde nach Hause fahren müssen. Sie schrieb ihm trotzdem eine kurze Nachricht und gab ihm Bescheid, als sie sich für das *Rubinrot* entschieden hatten. Das war ihre Übereinkunft gewesen – sie würde ihm immer Bescheid sagen, was sie machte und wo sie war. Und er würde sich dann nicht solche Sorgen machen müssen und nicht das Gefühl bekommen, er müsse alles kontrollieren. So die Theorie. Tatsächlich hatte Lara im Rubinrot nicht einmal einen Cocktail getrunken. Sie hatte nach dem Sekt leichte Kopfschmerzen bekommen und hatte sich deswegen nur eine Cola bestellt. Außerdem wollte sie am nächsten Tag fit sein – es war zwar Wochenende, aber sie hatte eine ganze Liste mit Dingen, die sie erledigen wollte. Nach der Cola und einem Eistee erzählte Anne von einem Konzert, das in einem Club in der Nähe stattfand. Es war noch nicht spät und das Konzert hatte erst vor einer halben Stunde begonnen, so schlossen Lara und Nate sich ihr an. Lara liebte diese Abende, an denen sie sich viel Zeit für ihre Freunde nehmen konnte. Sie alle hatten in den letzten Wochen viel gearbeitet und sich wenig gesehen. In dem Club, in dem das Konzert stattfand, gab es eine große Tanzfläche vor der Bühne, die man von überall gut einsehen konnte. Die drei ließen sich direkt von den Rhythmen der Musik mitreißen und tanzten ausgelassen.

Nach ein paar Liedern rief sie Anne über die Musik zu: „Ich hole uns was zu trinken!“

Anne nickte lächelnd. Lara bestellte sich ein Wasser, für Nate ein Bier und für Anne eine Cola. An der Bar war es ziemlich eng, viele Gäste warteten auf ihr Getränk oder darauf, es zu bestellen. Als der Barkeeper die Getränke vor ihr auf den Tresen stellte, nahm sie einige zügige Schlucke von ihrem Wasser, in der Hoffnung, dass die drei Getränke dann einfacher zur Tanzfläche zu tragen wären. Sie zahlte, bedankte sich beim Barkeeper und sah aus dem Augenwinkel eine ihr bekannte junge Frau. Den Namen kannte sie nicht, hatte die junge Frau aber schon häufig beim Spinning Kurs gesehen. Die junge Frau winkte ihr zu und kam einige Schritte zu ihr herüber. Beide unterhielten sich kurz und stellten einander mit Namen vor.

Marina war mit einer Freundin auf dem Konzert, die aber ebenfalls auf der Tanzfläche geblieben war. Nach einer netten Unterhaltung tauschten die beiden Frauen ihre Nummern aus, um auch außerhalb der eher zufälligen Begegnungen in den Spinning Kursen in Kontakt bleiben zu können. Als sie die Nummer von Marina speicherte, sah Lara zwei Nachrichten von Lennard.

„Besser du gehst nach Hause, wenn du Kopfschmerzen hast.“ und eine halbe Stunde später „Immer noch unterwegs?“

Sie versuchte, den Unterton seiner Nachrichten zu ignorieren. Diesen Unterton, den sie zu Anfang ihrer Beziehung nicht zwischen den Zeilen erkannt hatte und den sie im Laufe der Zeit aber zu lesen gelernt hatte.

Diesen Unterton, der sagte: „Ich will, dass du nach Hause gehst.“

Besser nur ein Unterton, als das im Klartext zu schreiben, dachte Lara. *Das ist Fortschritt. Er gibt sich Mühe.* Sie antwortete: „Habe nur Cola getrunken und es geht schon viel besser. Sind jetzt auf einem Konzert im Overground, danach fahre ich heim. Ich denke, es geht noch maximal eine Stunde. Bist du dann noch wach, damit ich dich auf dem Heimweg anrufen kann?“

Sie wartete einen Moment auf eine Antwort, steckte das Handy dann aber weg. Als sie den Reißverschluss ihrer Tasche schloss, blinzelte sie. Es sah erst aus, als wären dort zwei Reißverschlüsse. Eigenartig. Sie blinzelte nochmals und sah dann nur noch einen, aber verschwommen. Irritiert schaute sie hoch und sah sich um. Ihre Sicht schien wieder normal zu sein, aber nun hörte sie auf einmal alles dumpf. Sie nahm einen leichten Piepton im Ohr wahr und dass etwas auf ihren Magen drückte. Schnell nahm sie noch ein paar Züge von ihrem Wasser und suchte nach einem Barstuhl, um sich zu setzen. Sie konnte jedoch keinen finden und beschloss, kurz an die frische Luft zu gehen. Es war zwar Winter und ihre Jacke an der Garderobe, aber dafür hatte sie jetzt keine Zeit. Sie musste ganz dringend raus, kurz Luft holen. Aus irgendeinem Grund kribbelten ihre Handflächen und ihre Beine fühlten sich ziemlich wackelig und schwer an, als würde sie durch Wasser oder Moor waten. Vielleicht war es auch nur das leichte Flimmern vor ihren Augen, aber sie konnte kaum geradeaus gehen. Sie hielt den Blick auf den Ausgang gerichtet und stützte sich auf dem Weg dorthin an der Bar ab, dann an der Wand und dann an einem Tisch und allem, was ihre Hände fanden. Auf einmal griff jemand sie stützend am Oberarm und sagte etwas zu ihr, aber sie konnte nichts verstehen. Sie hielt sich an der helfenden Person fest.

Ab diesem Zeitpunkt fehlte ihr jegliche Erinnerung, bis sie etwas später im Krankenhaus erwacht war. Nate und Anne waren bei ihr und zum Glück schien sie nicht lange geschlafen zu haben, denn beide schienen recht überrascht, dass Lara schon wieder ansprechbar war und fragen konnte, was denn passiert sei.

Erst einmal musste sie sich zeitlich und räumlich orientieren. Sie war also im Krankenhaus und es war mitten in der Nacht, noch die gleiche Nacht wie jene, in der die drei auf das Konzert gegangen waren. Glücklicherweise schienen Nate und Anne so erleichtert über ihre Frage zu sein, dass Lara sich gleich entspannte. Keiner der beiden schien zu betroffen zu sein oder eine schlechte Nachricht überbringen zu müssen. Nate sprach als Erster.

„Ich war auf der Toilette und wollte eigentlich schon zurück zur Tanzfläche, als ich zur Bar rüber geschaut habe. Du warst schon länger unterwegs, um die Getränke zu holen und ich wollte sehen, ob du Hilfe beim Tragen brauchst oder sonst etwas ist. Ich habe dich nicht finden können, bis ich dich auf dem Weg nach draußen gesehen habe. Du hast dich abgestützt und jemand kam zu dir; ich dachte, du hättest dich vielleicht verletzt und bin hinterher. Ich habe den Typen gefragt, was denn los sei und er sagte, dass du nur zu viel getrunken hättest. In dem Moment wusste ich, dass etwas nicht stimmt, da du den Abend über wegen deiner Kopfschmerzen ja nicht mehr trinken wolltest. Ich habe ihm gesagt, dass wir uns kennen und du bei mir bleibst und dass ich einen Krankenwagen rufe, weil dir anscheinend jemand etwas ins Getränk gemischt hat. Du warst überhaupt nicht ansprechbar."

Dann übernahm Anne: „Nate hat mir geschrieben, nachdem er den Krankenwagen gerufen hatte. Der Typ, der dich gestützt hatte, war schon weg. Er hatte zu Nate wohl noch so etwas gesagt wie: *‚Oh krass, da muss man echt aufpassen. Dann alles Gute*‘ oder so. Ich glaube ja, dass er etwas damit zu tun hatte. Jedenfalls habe ich nur ganz schnell noch unsere Jacken geholt und dann kam schon der Krankenwagen und hat uns beide auch mitgenommen.“

„Sie haben dir Blut abgenommen und haben festgestellt, dass du tatsächlich KO-Tropfen bekommen hattest. Deswegen die Infusion, damit alles schnell wieder aus dem Blut und aus deinem Körper raus ist. Und du musst keine Angst haben, du warst keinen Moment mit dem Typen alleine. Es ist alles gut jetzt.“

Die drei lächelten sich vorsichtig an, alle nickten und Lara atmete tief aus.

Anne fügte hinzu: „Und ich habe gesagt, dass jemand Lennard Bescheid sagen soll. Er ist ja dein Notfallkontakt. Ich hatte deine Tasche mit deinem Handy und war aber so aufgeregt und kenne mich ja mit den ganzen medizinischen Begriffen gar nicht aus, deswegen hat ein Rettungssanitäter das Telefonat übernommen. Ich glaube, Lennard wollte direkt anreisen, aber der Rettungssanitäter hat ihm wohl gesagt, dass es keinen Grund zur Sorge gibt.“ Anne fing Nates zweifelnden Blick auf. „Was?“, fragte sie schnippisch.

„Gar nichts“, sagte Nate ruhig.

„Sie brauchten einen Kontakt, weil sie uns ja eigentlich nichts zu deinem Zustand sagen durften“, erklärte sich Anne zu Lara gewandt. „Deswegen haben sie uns nur bestätigt, dass es KO-Tropfen waren und gesagt, dass alles in Ordnung ist und du dich nur ausruhen musst, bis die Infusion durchgelaufen ist.“

Lara hatte sich bei ihren Freunden für deren Hilfe mehrmals bedankt und ihnen versichert, dass es ihr wirklich gut gehe und sie nichts brauche, außer ein wenig

Schlaf. Anne und Nate wirkten trotz der Erleichterung über Laras Zustand doch rechtschaffen müde und so drängte Lara sie dazu, nach Hause zu gehen, was sie letztendlich auch taten.

Beim Gedanken an die Fürsorge ihrer beiden Freunde lächelte Lara. Dank ihnen war die Situation, die ganz anders hätte ausgehen können, noch so harmlos verlaufen. Der Aufenthalt im Krankenhaus war eine Vorsichtsmaßnahme und gleich würde sie ihre Entlassungspapiere erhalten. Und vielleicht auch erfahren, wann Lennard denn wohl ankommen würde. Egal, wie oft der Rettungssanitäter ihm auch versichert hätte, dass kein Grund zur Sorge bestünde, Lennard würde trotzdem sicherlich die Heimreise nach Deutschland angetreten haben.

Bei einem Gedanken runzelte Lara kurz die Stirn. *Warum hatte Nate Anne diesen Blick zugeworfen, als sie alles erzählt hatte*?

Lennard war der Einzige, dem das Krankenhaus über ihren Zustand genauere Informationen geben durfte. Da war es doch ganz sinnvoll, dass Anne sich darum gekümmert hatte, dass er informiert würde. Irgendwas an Nates Blick ließ Lara aber vermuten, dass er diese Idee nicht gut fand.

Lennard und Nate kannten sich flüchtig. Sie waren sich häufiger auf Geburtstagsfeiern und Ähnlichem begegnet, da Lara und Nate viele gemeinsame Freunde hatten und dann häufig beide samt Partnern eingeladen waren. Während solcher Events tauschten beide die normalen Höflichkeiten aus oder hielten Smalltalk. Ihr Kontakt beschränkte sich auf eine eher oberflächliche Ebene. Es war keine Freundschaft zwischen beiden, aber, so glaubte Lara, gab es auch keine negativen Gefühle. Aber dieser Blick von Nate. Lara schüttelte leicht den Kopf und versuchte, damit den Gedanken loszuwerden. Vielleicht hatte sie die Situation falsch in der Erinnerung. Wahrscheinlich hatte sie den Blick falsch gedeutet. Oder es gab überhaupt keinen Blick. Oder es hatte etwas ganz Anderes zu bedeuten, jedenfalls gab es zu viele Eventualitäten und sie beschloss, nicht weiter darüber nachzudenken.

Erst einmal ging es ohnehin um etwas anderes. Lennard war sicherlich auf dem Weg hierher. Wie würde das Wiedersehen ablaufen?

Eine Schwester kam in das Zimmer und brauchte Lara ihre Entlassungspapiere in einem Umschlag vorbei. Dabei erklärte sie, dass Lara nun den Heimweg antreten könne und sich den Tag über nur noch ein wenig schonen solle. Der Arzt hatte ihr das auch bereits gesagt, aber Patienten vergessen vor Aufregung wohl häufig, was sie dürfen und was nicht. Sie erklärte weiter, dass ihr Kollege mit Laras Mann gesprochen habe und letzterer gesagt hätte, dass er in der nächsten Maschine komme. Wann das aber sein würde, wüsste sie nicht, davon war nicht die Rede gewesen. Lara könne sich ein Taxi bestellen oder auch noch ein wenig im Foyer warten.

Lara bedankte sich, woraufhin sich die Schwester verabschiedete und sich dann der Zimmergenossin zuwandte, die noch immer ein Buch las. Lara schaute zu dem Stuhl neben dem Bett, auf dem ordentlich ihre Kleidung zusammengelegt war. Zwar erinnerte sie sich nicht daran, wer sie ausgezogen und die Kleidung dorthin gelegt hatte, aber es war eine so nette Geste, sie so sorgfältig zu falten, dachte sie. Die Entlassungspapiere verstaute sie in ihrer Handtasche und beschloss, sich anzuziehen und dann ein Taxi zu rufen. Es war immer noch Morgen. Lennard hatte ja auch erst einmal einen Flug finden, buchen und seine Sachen packen müssen. Er hatte wahrscheinlich Meetings absagen oder verschieben müssen und viel telefoniert, um alles zu organisieren. Das dauerte sicher einige Stunden. Vielleicht würde es also noch einige Zeit brauchen, bis er ankommen würde. Wenn Lara im Taxi saß, würde sie ihn anrufen. Er musste ja Bescheid wissen, dass sie nicht mehr im Krankenhaus war, denn dort würde er vom Flughafen aus sicher direkt hinfahren.

Kapitel 3

In diesem Moment klopfte es an der Tür und ohne auf Antwort zu warten, wurde sie geöffnet. Da war er. Laras Herz machte einen Satz und es fühlte sich an, als wäre es im Magen gelandet, der sich vor Nervosität zusammenzog.

Lennard sah sich kurz suchend im Raum um, sein Blick fiel zunächst auf die Schwester und die andere Patientin, die er mit einem kurzen Nicken und einem „Guten Morgen“ grüßte.

Er wartete nicht das erwiderte „Guten Morgen“ der Damen ab, die sichtlich beeindruckt von dem großen, dunkelhaarigen, smart gekleideten Mann waren. Sein Blick fand Lara, die wie erstarrt im Bett saß. Mit großen Schritten ging er auf sie zu, sodass die Ränder seines Wollmantels zur Seite wehten. Sein Blick war gestresst. Als er bei Laras Bett ankam, schaute er auf sie herunter.

„Hi“, flüsterte Lara, die nicht wusste, ob sie ihn freudig begrüßen sollte, um zu zeigen, dass es ihr gut ging, oder eher zurückhaltend. Vorsichtig lächelte sie zu ihm herauf.

Lennard hielt seinen starren Blick auf sie gerichtet, seine Kiefermuskeln waren angespannt, seine Stirn gerunzelt. Er sagte kein Wort und lehnte sich ein wenig herunter, um seine Hände auf der Matratze rechts und links über Laras Kopf abzustützen. Lara konnte dem Druck seines Blickes und der Stille kaum Stand halten.

„Wie geht's dir?“, fragte Lennard schließlich und Lara bemerkte, dass sie die Luft angehalten hatte.

„Gut, mir geht's gut“, sagte sie.

Lennard schaute sie noch einen Moment an, als wollte er in ihren Augen sehen, ob sie die Wahrheit sagte. Dann nickte er kaum merklich und richtete sich auf.

„Okay."

„Ich wollte mich gerade anziehen. Man hat mich schon entlassen." Ihre Stimme war leise und klein. Lennard sah ihre Kleidung auf dem Stuhl und griff danach.

„Ist da das Bad?" Er deutete mit einer Kopfbewegung auf die Tür neben der Eingangstür des Zimmers.

„Ja genau."

Lara richtete sich auf und zupfte ihr Krankenhaushemd zurecht. Hätte sie sich doch ein wenig beeilt, dann hätte Lennard sie nicht darin gesehen. Kritisch und besorgt sah er sie an, folgte der Bewegung ihrer Hand, mit der sie versuchte, den Rückenschlitz des Hemdes zusammenzuziehen. Sie rutschte ein wenig zur Seite und streckte die Füße aus dem Bett, bis sie am Boden angekommen war. Das Krankenhausbett war ungewohnt hoch. Lennard packte sie fest am Oberarm, als sie sich aufstellte. Zwar fühlte Lara sich tatsächlich noch ein wenig schlapp und war froh, dass er sie stützte. Aber sein Griff war beinah schmerzhaft fest, auch wenn es nicht seine Absicht war. Er führte sie bis ins Badezimmer.

„Brauchst du Zeit allein?", fragte er leise.

„Ja", nickte Lara und stützte sich mit einer Hand auf dem Waschtisch ab, damit Lennard sie loslassen konnte.

Er legte die Kleidung neben das Waschbecken und ging zur Tür.

„Nicht abschließen. Ich warte vor der Tür. Ruf mich, wenn was ist." Er griff nach der Türklinke und bevor er die Tür hinter sich zu zog, schaute er Lara noch einmal flüchtig an, wie sie in ihrem Krankenhaushemd dort stand. Seine Kiefermuskeln spannten sich erneut an.

Das ist nicht gut, dachte Lara. Es war wieder so weit. Er war sauer. So, wie sie es erwartet hatte. Die leise Hoffnung, dass er wie jeder normale Ehemann einfach erleichtert darüber sein würde, dass seiner Frau nichts passiert war, erstarb.

Lara ging auf die Toilette und zog sich dann schnell ihr Outfit vom gestrigen Abend an. Zum Glück war die Kleidung noch ordentlich und roch frisch. Da sie nicht damit gerechnet hatte, auf ein Konzert zu gehen, war sie einfach in ihrer Kleidung vom Büro geblieben und hatte nur die Schuhe gewechselt. Zu einem gemusterten Rock trug sie eine schwarze Strumpfhose und Schnürstiefeletten. Dazu hatte sie ein schlichtes, schwarzes T-Shirt getragen und glücklicherweise hatte Anne ihren Pullover und die Jacke samt Schal von der Garderobe im Club abgeholt. Lara zog den Pullover an und legte sich den Schal um, ihre Jacke legte sie erst einmal nur über den Arm. Als sie in den Spiegel sah, war sie froh, dass man ihr die kurze und aufwühlende Nacht gar nicht so ansah, wie sie dachte. Sie strich sich über die Haare und wischte sich mit einem Tuch nur ein wenig den leichten schwarzen Schatten unter den Augen weg, der zustande kam, wenn man mit Makeup einschlief. Für einen Moment dachte Lara mit schlechtem Gewissen, dass sie wahrscheinlich noch die ruhigste Nacht von allen gehabt hatte – Anne und Nate hatten so müde ausgesehen letzte Nacht. Von dem ganzen Stress rund um den Rettungswagen, die Fahrt ins Krankenhaus, das Warten auf den Arzt hatte Lara ja gar nichts mitbekommen, zumindest hatte sie daran keine Erinnerung und vermutlich in der Zeit bereits geschlafen. Und Lennard sah so gestresst aus – nicht unbedingt müde, aber gestresst und besorgt. Und sauer. Hoffentlich konnte sie ihn beruhigen, alles erklären.

Als Lara die Tür zum Zimmer öffnete, stellte sich Lennard, der mit einer Schulter an der Wand neben der Tür gelehnt hatte, auf und machte die Tür weit auf, um Lara wieder am Arm greifen zu können.

„Hast du alles?“, fragte er.

Lara schaute noch einmal kurz zum Bett. Die Entlassungspapiere hatte sie in ihre Tasche gesteckt, die Lennard bereits genommen und sich über die Schulter gehängt hatte. Sie sah so klein aus an seinem großen Körper. Unter anderen Umständen hätte Lara das lustig gefunden.

„Ja, alles da“, sagte sie.

Die beiden gingen Richtung Tür zum Flur. Lara verabschiedete sich kurz von ihrer Zimmergenossin, nachdem die Schwester mittlerweile das Zimmer verlassen hatte, und wünschte ihr eine gute Besserung. Lennard nickte ihr nur kurz zu. Auf dem Weg zum Aufzug sagte er kein Wort. Lara überlegte fieberhaft, was sie ihm sagen könnte. Wo sollte sie anfangen? Sie wusste ja nicht, wieviel er bereits erfahren hatte am Telefon. Von den KO-Tropfen ganz bestimmt. Aber auch, dass es lediglich eine kleine Menge war, wie es im Entlassungsbericht stand? Dass Nate und Anne die ganze Zeit an ihrer Seite waren und sie somit auch in den Stunden, an die sie sich nicht erinnern konnte, nicht allein war?

Aber Lara konnte nicht das sagen, was sie eigentlich sagen wollte. In diesen Situationen konnte sie nur schweigen und sich fügen. Sie war dann nicht mehr die fröhliche, optimistische, selbstbewusste junge Frau, die sie sonst war. Die so viel Lebensfreude ausstrahlte und für die Dinge, die ihr wichtig waren, einstand. In solchen Momenten war sie verunsichert, eingeschüchtert, schwach. Und egal, wie oft sie solche Momente im Nachhinein Revue passieren lassen hatte und sich vorgestellt hatte, dass sie doch etwas hätte sagen können, sich hätte erklären können – wenn es dazu kam, gelang es ihr nicht. Lennard strahlte eine Wut aus, die er kaum in Zaum halten zu können schien.

Im Aufzug auf dem Weg nach unten sprachen beide weiterhin nicht. Mit jedem Stockwerk tiefer fühlte Lara Lennards eisige Stimmung stärker. Er hielt sie weiterhin am Oberarm. Andere Patienten oder Besucher betraten den Aufzug und stiegen wieder aus. Lara hielt ihren Blick auf den Boden gerichtet. Sie bewegte ihre Schulter ein wenig nach hinten. Lennards Griff lockerte sich nicht. Er wollte sie zwar stützen, aber wenn er in dieser Stimmung war, war er nicht feinfühlig oder empfänglich für Laras Befinden. Dann war es ihm wichtiger, die Kontrolle zu haben. Als der Aufzug endlich im Erdgeschoss angekommen war, führte Lennard Lara in den Empfangsbereich. Er schaute zu ihr rüber, nahm ihr die Jacke ab und zog sie ihr über. Er schloss den Reißverschluss und zog ihn bis ganz nach oben. Sie gingen zum Parkautomat, wo Lennard sein Ticket für den Parkplatz, der direkt neben dem Krankenhaus gelegen war, bezahlte. Dabei ließ er Lara los, die ihren Arm erleichtert ein wenig bewegte. Lennard blickte kurz aus dem Augenwinkel zu ihr, entnahm dann sein bezahltes Parkticket und schaute kurz über den Parkplatz, um sein Auto zu finden. Er führte sie dorthin und als beide auf die dünne Decke aus frisch gefallenem Schnee traten, schauderte Lara ein wenig vor Kälte. Der Winter war dieses Jahr früher als sonst ins Land gezogen. Normalerweise war es im Oktober noch herbstlich mild. Es passte zu Lennards eisiger Stimmung, dachte Lara. Lennard schloss sein Auto auf und öffnete die Beifahrertür für sie. Als Lara eingestiegen war, zog er den Gurt heran und schnallte sie an. Ihre Tasche legte er auf ihrem Schoß ab und schloss die Tür; wenig später saß er auf dem Fahrersitz. Als er das Auto startete, schaltete er die Sitzheizung auf der Beifahrerseite ein und fuhr langsam zur Schranke an der Ausfahrt aus dem Parkbereich. Beide hatten sich nun so lange angeschwiegen und jetzt, da sie im Auto saßen, zu zweit, ohne dass jemand anders sie hören konnte, erwartete Lara, dass Lennard seine Anspannung herauslassen würde. Es fühlte sich an, als würde er die wütende Stimmung aus jeder Pore verströmen. Man konnte sie fühlen und sehen. Hinter jeder seiner Bewegungen war eine angespannte, zurückgehaltene Kraft. Lara kannte diese Situationen nur zu gut. Gleich würde er sie anbrüllen. Jetzt, jeden Moment würde es soweit sein. Aber er tat es nicht. Als Lennard aus dem Parkbereich bog, erwartete sie, dass er das Auto vor Wut so schnell beschleunigen würde, dass ihr Kopf in die Kopflehne gedrückt würde. Aber er tat es nicht. Er fuhr besonnen, obwohl er alles andere war als ruhig. Seine Lockerheit beim Fahren war vollkommen verflogen. Er hatte eine Hand am Steuer, den Ellenbogen des anderen Arms hatte er auf den Fensterrahmen gestützt. Er hielt einen Zeigefinger vor dem Mund, nachdenklich. Lara sah, dass die Hand am Steuer das Rad so fest im Griff hatte, dass die Adern auf seinem Handrücken deutlich zu sehen waren. Lennard bemerkte Laras Blick und schaute sie kurz aus dem Augenwinkel an, blickte aber dann zurück auf die Straße und in den Rückspiegel.

„Darf ich etwas sagen?“, fragte Lara, die die Stille kaum mehr aushielt.

Lennard atmete tief durch die Nase ein. Lara spannte unwillkürlich die Rückenmuskeln an und zog die Schultern ein Stück nach oben. Aber als sie dachte, dass es nun soweit sein musste, dass er sie anbrüllen würde, atmete Lennard aus und sagte dabei mit tiefer, leiser Stimme:

„Nein, darfst du nicht.“

Sein Gesicht bewegte sich dabei kaum, als hätte er beim Sprechen die Zähne zusammengebissen. Eine Ader an seiner Schläfe trat hervor.

Das ist nicht gut, dachte Lara wieder, diesmal mit einem noch stärkeren Flattern in der Magengegend. Fast wäre es ihr lieber gewesen, wenn er gebrüllt hätte, als dieses Schweigen und diese schreckliche Anspannung.

In der Garage angekommen schnallte Lara sich ab. Lennard war bereits ausgestiegen und öffnete ihr die Tür. Er nahm ihr die Tasche ab und Lara stieg aus dem Auto; Lennard schloss hinter ihr die Tür. Er nahm seinen kleinen Reisekoffer aus dem Kofferraum. Das hatte Lara fast vergessen – er war ja erst vor Kurzem wieder in Deutschland gelandet. Sie hätte ihn gerne gefragt, wie der Flug war und ob er schon gefrühstückt hatte. So würde sie es normalerweise tun. Aber sie wusste, dass sie jetzt besser nichts sagte, ganz besonders nicht, nachdem Lennard es ihr untersagt hatte. Auf dem Weg zum Aufzug packte Lennard sie wieder am Arm. Sie stiegen ein und kurz bevor sich die Aufzugtür schloss, stieg ein anderes Pärchen zu. Man begrüßte sich leise. Der Blick der Frau, die zugestiegen war, fiel kurz auf Lennards Griff an Laras Arm. Sie schaute verdutzt, riss sich aber in der Sekunde danach wieder zusammen und wandte den Blick umgehend ab. In der Krankenhausumgebung hatte sich wahrscheinlich niemand der anderen Besucher über diesen Griff gewundert – dass dort jemand gestützt oder geführt wurde, war verständlich. Im Aufzug eines Wohnhauses war es anders. Lennard rührte sich nicht.

Hatte er gesehen, wie die Frau auf seine Hand gesehen hatte? Lara fing den Blick der Frau in der spiegelnden, leicht mattierten Aufzugwand auf. Sie schenkte ihr ein kleines Lächeln. *Was sie wohl dachte?* Lara hatte das Gefühl, dass die unangenehme Stille auch auf das andere

Paar im Aufzug übergegangen war. Alle schauten starr auf die Wand vor ihnen oder auf den Boden; auch die Frau hatte mittlerweile den Blick abgewandt. Als das Paar ausstieg, warf die Frau Lara einen kurzen Blick zu, bevor sie hinter der sich schließenden Aufzugtür verschwand. Kurze Zeit später hielt der Aufzug einige Stockwerke höher und Lennard und Lara stiegen aus und betraten ihre Wohnung. Glücklicherweise war diese am Vorabend aufgeräumt und sauber hinterlassen worden, nur eine Flasche Sekt stand neben der Spüle. Lennard öffnete Laras Jacke.

„Ist dir noch kalt?“, fragte er, kurz angebunden.

„Ein bisschen“, sagte Lara.

Lennard antwortete mit einem kurzen, fast vorwurfsvollen Blick und angespannten Kiefermuskeln. Er führte Lara ins Bad. „Setz dich“, sagte er und deutete auf den Sessel in der Ecke des Badezimmers.

Warum das Bad? Was hat er vor?

Er drehte den Badewannenzulauf an und setzte sich auf eine Stufe neben der Dusche, die in der Ecke des Badezimmers neben der Badewanne war. Dank der Wärme des Badezimmers waren Laras Fingerspitzen langsam nicht mehr so kalt. Ihre Füße hielt sie auf dem durch die Fußbodenheizung wunderbar gewärmten Boden und zog sich die Jacke aus. Lennard schaute kurz zu ihr, wandte sich dann aber wieder seinem Handy zu. Es sah aus, als würde er seine Emails checken. Sicher hatte er viel Organisatorisches zu regeln, nun, da er früher als geplant und so kurzfristig abgereist war. Wahrscheinlich waren seine Tage wie immer voll mit Terminen gewesen, die schon lange geplant waren.

„Kann ich mir was zu Trinken holen?“, fragte Lara.

„Du bleibst sitzen“, sagte Lennard harsch, ohne aufzusehen.

Es dauerte noch etwa eine Minute, dann legte er das Handy zur Seite und ging aus dem Bad. Nach einer Weile kam er mit einem Tablett wieder. Lara hatte an ein Glas Wasser gedacht, aber Lennard brachte eine Kanne dampfenden Tees mit zwei Teebeuteln von Laras Lieblings-Früchtetee, ein Glas Wasser, eine Teetasse mit Löffel und ein paar Sachets Zucker. Er stellte das Tablett auf den kleinen Tisch neben der Badewanne. Dann testete er mit der Hand die Wassertemperatur, die anscheinend zufriedenstellend war.

„Du kannst dich ausziehen", sagte er, ohne vom Badewasser aufzusehen.

Lara begann, ihren Pullover und den Rock auszuziehen. Lennard ging derweil zum Spiegelschrank und holte einen Badezusatz heraus. Er ließ ein paar Tropfen des Produkts in das Badewasser tröpfeln, das sich sofort hellblau färbte, schäumte und wunderbar duftete. Dann kam er auf Lara zu und zog ihr das T-Shirt aus. Seine Augen schauten dabei nicht auf ihren Körper. Es war keine romantische oder sexuelle Stimmung, das wusste sie. Er würde sie nicht berühren, wie er es in einer anderen, passenderen Situation getan hätte. Lara zog ihr Höschen aus und legte es zu dem Berg der Kleidung des letzten Abends auf den Sessel. Sie ging zur Badewanne und hob einen Fuß, um einzusteigen, als Lennard sie von hinten unter den Achseln fasste und hineinhob. Die Wassertemperatur war genau richtig und Lara ließ sich ins Wasser sinken, bis sie bis zum Hals mit blauem Schaum bedeckt war. Sie griff nach dem Tee und goss sich eine Tasse ein. Das tat wirklich gut. Lennard setzte sich wieder auf die Stufe neben der Dusche, sodass er Lara sehen konnte. Und dieses Mal sah er sie wirklich an. Lara hatte die Augen geschlossen und bemerkte seinen Blick erst, als sie sie nach mehreren tiefen Atemzügen wieder öffnete.

„Wie fühlst du dich?", fragte Lennard. Er wirkte nun etwas ruhiger, fast müde.

„Gut. Mir geht's wirklich gut, ich fühle mich ganz normal, nur ein bisschen müde. Und das warme Wasser tut gut. Danke."

„Keine Schmerzen?"

„Nein, keine Schmerzen."

„Schwindelig?"

„Nein, gar nicht."

„Hast du Hunger?"

„Ein bisschen."

„Okay."

Lennard holte sein Handy hervor und suchte, wie Lara vermutete, nach einem Lieferdienst. Vielleicht bestellte er Sushi. Mit Zeigefinger und Daumen berührte er zwischendurch seine Nasenwurzel und kniff dabei die Augen zusammen. Er musste wirklich ziemlich müde zu sein.

„Kann ich dich für eine viertel Stunde alleine lassen?", fragte er.

„Ja, auf jeden Fall."

Lennard sah sie einige Sekunden lang mit strengem Blick an, als wäre er nicht überzeugt. Dann stand er auf. Beim Rausgehen sagte er in striktem Ton:

„Ruf mich, wenn irgendwas ist. Ich bin nur nebenan. Steh nicht alleine auf. Ich helfe dir gleich aus dem Wasser." Lara blickte ihm hinterher und lehnte dann ihren Kopf an den Rand der Badewanne. „Lara!"

Lennard sah sie mit hochgezogenen Augenbrauen an. *Oh, er hatte auf ihre Antwort gewartet.*

„Ja, mache ich!", sagte sie schnell.

Lennard zog die Tür hinter sich zu, schloss sie aber nicht ganz. Lara schloss sofort die Augen und genoss jeden Moment in der wohltuenden Wärme. Dann sah sie nach oben aus dem Dachfenster über sich. Der Himmel war grau und dunkel. Nach fünf Minuten Entspannung wusch sie sich die Haare. Lennard kam wieder ins Badezimmer, als Lara sich gerade mit der Brause abduschte. Er hatte sich umgezogen und seine schwarze Hose und den V-Ausschnitt-Pullover gegen seine Sporthose und ein weißes T-Shirt getauscht. Mit dem Handy am Ohr griff er nach einem großen Handtuch und beendete das Telefonat kurz darauf auf Englisch. Er breitete das Handtuch aus und als Lara aufstand, schlang er es um sie und hob sie so aus der Badewanne. Lara trocknete sich ab und Lennard holte einen Bademantel.

Er ist so besorgt und fürsorglich, dachte sie.

Wenn da doch nur nicht diese wütende Anspannung wäre. Sie wusste genau, dass er das Gefühl hatte, die Situation, die sich am Vorabend ereignet hatte, nicht unter Kontrolle gehabt zu haben. Dass Laras Sicherheit und Wohlergehen in seiner Verantwortung lagen und dass er damit Mitschuld an dem Geschehenen trug. Das löste in ihm den Drang aus, Kontrolle zurückzugewinnen. Und dann war er in dieser Stimmung. Egal, was sie sagen würde, sie würde ihn nicht beruhigen können. Die Anspannung kam nicht allein durch das, was tatsächlich passiert war, sondern auch durch das, was hätte passieren können. Es klingelte an der Tür.

„Bist du sicher, dass du dich alleine fertigmachen kannst?“, fragte Lennard, als Lara sich den Gürtel des Bademantels um die Taille geknotet hatte und nach ihrer Bürste griff.

„Ja“, versicherte sie Lennard, der sie durch den Spiegel anschaute.

Sie schenkte ihm ein vorsichtiges Lächeln. Er nickte einmal kurz und ging zur Tür. Lara rubbelte sich die Haare trocken, sprühte etwas Deo auf und knetete Öl in die Haarlängen. Sie wusch sich das Gesicht gründlich und cremte sich ein, trug dazu noch etwas Concealer auf, um möglichst fit und einfach so wie immer auszusehen. Dann ging sie in die Küche, wo Lennard gerade ein Tablett vorbereitete. Das Essen war bereits geliefert worden und roch himmlisch.

„Föhnst du dir noch die Haare."

Seine Worte waren zwar formuliert wie eine Frage, aber in dem strengen Ton und mit hochgezogenen Augenbrauen verstand Lara sofort, dass es sich eher um eine Anweisung handelte. Nach fünf Minuten kam sie zurück in die Küche, an die sich das Wohnzimmer anschloss. Der große Raum hatte bodentiefe Fenster in drei Himmelsrichtungen und zwei große Dachfenster, wodurch er lichtdurchflutet und selbst an einem grauen Tag wie dem heutigen hell und warm war. Auf dem Wohnzimmertisch vor dem Sofa stand ein Tablett mit einer Schale dampfender Ramen-Nudelsuppe bereit, dazu Wan Tan Taschen und Jasmintee. Das war genau das, worauf Lara Hunger hatte. Lennard stand an der Kücheninsel, mit dem Rücken zu ihr, und telefonierte, wieder auf Englisch. Neben ihm auf der Arbeitsfläche der Küche lag eine halb verspeiste Portion asiatischer Nudeln, daneben stand eine leere Espressotasse, nach der Lennard in diesem Moment griff. Er verabschiedete sich von seinem Gesprächspartner und stelle die Tasse unter den Auslass des Kaffeeautomaten, um sich einen weiteren Espresso zu machen. Erst dann sah er Lara und sein gestresster Blick wurde für eine Sekunde weicher.

„Setz dich", sagte er.

Beide frühstückten immer entweder entlang der Kücheninsel sitzend, wo Barhocker bereitstanden, oder am Esstisch, der in einer Nische des U-förmigen großen Raumes stand, zu Abend aßen sie aber häufig auf dem Sofa sitzend, so ließ sich Lara auch nun auf dem weichen Sofa nieder und griff nach dem Besteck. Lennard stand mit der neuen Tasse Espresso vor ihr.

„Fühlst du dich gut genug, dass ich dich eine halbe Stunde alleine lassen kann?“.

„Ja, mir geht’s wirklich wirklich gut. Danke für das Essen.“

„Ja“, sagte Lennard abwesend, da sein Handy in diesem Moment wieder klingelte.

Er sprach mit einem Kollegen aus Deutschland, der offensichtlich noch in England geblieben war. Lara konnte nur einige Gesprächsfetzen aufschnappen, bekam aber mit, wie Lennard dem Kollegen sagte, dass es ihr, seiner Frau, besser gehe, aber dass er nicht davon ausginge, in den nächsten Tagen wieder nach England zurück reisen zu können. Das Gespräch war kurz, Lennard legte das Handy auf der Kücheninsel ab und kniff sich wieder in die Nasenwurzel. Lara wollte ihm so gern über die Schulter streichen und ihm sagen, dass er sich doch keine Sorgen machen musste oder dass er sich doch ein wenig ausruhen könnte, aber sie wusste, egal, was sie sagen würde, sie würde alles nur schlimmer machen. Keine Erklärung, keine Entschuldigung, nichts könnte helfen, sondern eher dazu führen, dass seine Wut sich mit einem Mal entladen würde.

Sie runzelte die Stirn. Warum hatte seine Wut sich eigentlich nicht schon längst entladen? Normalerweise fanden seine Wutausbrüche direkt nach dem Ereignis statt, sobald Lara mit Lennard allein war. Aber dieses Mal war er bereits seit Stunden in dieser Stimmung. Und dennoch hatte er sich rührend um sie gekümmert. Ein kleiner Funke der Hoffnung leuchtete in ihr auf. Vielleicht wusste er, dass sie nichts für die Geschehnisse der letzten Nacht konnte. Vielleicht war er auch so müde und gleichzeitig so erleichtert, dass ihr nichts Ernsteres passiert war, dass diese Gefühle seine Wut und Anspannung in den letzten Stunden langsam geschluckt hatten. Vielleicht könnte sie jetzt für ihn da sein und dann wäre alles wieder normal zwischen ihnen. Vielleicht bräuchte es einen Annäherungsversuch ihrerseits und dann würden sie sich aussprechen und dann wäre alles gut. Ihr Herz schlug schneller, als sie ihn mit kleiner Stimme fragte:

„Wie geht's dir denn?“

Lennard sah zu ihr auf, überrascht. Er stellte die Espressotasse zur Seite und seine Kiefermuskeln spannten sich an. *Oh nein*, dachte Lara. Sie hatte sich total verschätzt und schien durch ihre Frage den Ausbruch provoziert zu haben. In Lennards Blick lag nun eine Härte, die ihr einen eisigen Schauer über den Rücken jagte. Er atmete tief durch die Nase ein, während er langsam zu Lara herübertrat und sich zu ihr herunterbeugte. Er schaute ihr in die Augen, hob mit einer sanften Berührung seines Zeigefingers unter ihrem Kinn ihren Kopf ein Stück an, sodass Lara ihn auch ansehen musste.

Dann sagte er ganz ruhig und mit so tiefer Stimme, dass es fast ein Flüstern war:

„Was denkst du wie es mir geht? Wenn ich nachts einen Anruf bekomme aus dem Krankenhaus und mir gesagt wird, dass meine Frau unter Drogen gesetzt wurde?“

Sein Blick war durchdringend, Lara klopfte das Herz bis zum Hals. Sie konnte nicht mehr sprechen. Einige Sekunden verweilte er so. Dann setzte er erneut an, etwas zu sagen, brach dann jedoch ab und richtete sich auf. Lara hielt unwillkürlich die Luft an. An Lennards Schläfe trat eine Ader hervor. Man sah ihm an, dass er innerlich mit sich kämpfte. Er schaute zu ihr herunter und fuhr sich mit der Hand durch die Haare, so wie er es tat, wenn er gestresst war. Langsam atmete er aus und sagte dann, zwanghaft ruhig: „Wenn du sicher bist, dass ich dich kurz alleine lassen kann, gehe ich Sport machen. Wenn irgendwas ist, rufst du mich. Und wenn du dir nicht sicher bist, ob irgendwas ist, rufst du mich auch."

Lara nickte. Lennard zögerte noch eine Sekunde, als würde er sich wieder in Laras Augen vergewissern wollen, dass er jetzt wirklich Sport machen könne. Dann nickte er einmal, griff nach einer Wasserflasche und ging in den Flur. Er wollte wohl doch nicht draußen Laufen gehen, wie er es häufig tat, sondern Krafttraining machen. Das kleinste Zimmer ihrer geräumigen Wohnung hatte sich Lennard als Fitnessbereich eingerichtet. Lara sah ihm kurz hinterher, wie er im Flur verschwand. Es war gut, dass er jetzt Sport machte und sich hoffentlich auspowerte.

Ihr Herzschlag beruhigte sich langsam wieder. Was war da gerade passiert? Hatte Lennard sich bezwungen? So oft war es so abgelaufen, dass seine Wut sich unter der Oberfläche staute und brodelte bis sie herausbrach. Manchmal reichte ein falsches Wort, manchmal der Blick eines anderen Mannes, der zu lange auf Lara ruhte. Und es schien, dass Lennard es nicht verhindern konnte, dass diese Ausbrüche passierten. Und doch, gerade eben schien er es geschafft zu haben. Er hatte die Wut im Zaum gehalten, hatte von ihr abgelassen, statt ihr, wie sonst, weh zu tun. Vielleicht war der Tag heute ja ein Meilenstein! Vielleicht würde das alles ändern! Lara schloss fest die Augen bei diesem Gedanken und versuchte, sich nicht zu früh zu freuen. Sie war Optimistin durch und durch und deswegen sah sie manchmal zu schnell die gute Seite der Medaille oder ergriff zu schnell Hoffnung durch jede noch so kleine positive Entwicklung. Ihre Finger waren noch ein wenig zittrig von Lennards aufgeflammter Wut nach ihrer Frage an ihn. Sie atmete dreimal langsam aus und wieder ein und spürte, wie auch das Flattern im Magen nachließ. Die Suppe vor ihr auf dem Tisch war mittlerweile etwas abgekühlt und dampfte nicht mehr. Lara beschloss, sich während dem Essen mit ein wenig Fernsehen abzulenken. Die Speisen waren köstlich und gaben ihr genau die richtige Art von leichter Sättigung und Energie, die ihr Körper gebraucht zu haben schien. Mit einer weichen Decke auf dem Schoß und einer neuen Tasse Tee fühlte sie sich warm und erholt, zuversichtlich und sogar ein klein wenig erleichtert. Sie streckte sich aus und stellte die nächste Folge einer Serie an. Nach einer halben Stunde hörte sie noch immer den gedämpften Ton von Lennards angestrengtem Stöhnen bei irgendeiner der Sportübungen, die er gerade machte. Es war mittlerweile Nachmittag und der Himmel war nach wie vor grau und trüb. Auf den Dachfenstern sammelten sich zarte Schneeflocken, die auf dem warmen Fenster schmolzen und in kleinen Straßen die Schräge des Fensterglases herunter rannen. Nach einer weiteren halben Stunde, als es draußen schon langsam dunkel wurde, hörte sie, wie sich im Flur eine Tür öffnete. Lennard schaute ins Wohnzimmer, ein Handtuch über die Schulter gelegt, mit dem er sich den Schweiß aus dem Gesicht wischte.

„Bei dir alles okay?“ Er war noch außer Atem.

„Ja, alles in Ordnung.“

„Okay.“

Diesmal drehte er sich ohne zu zögern um und ging ins Bad, wo er kurz darauf die Dusche anstellte. Es dauerte nur eine knappe Viertelstunde, bis er wieder in den Wohnbereich kam, die Haare handtuchtrocken und wunderbar duftend nach Duschgel. Er hatte sich ein neues T-Shirt und eine neue Jogginghose angezogen und holte sich einen Smoothie aus dem Kühlschrank. Noch immer war er der attraktivste Mann, den Lara je gesehen hatte.

Nicht, dass das der Grund war, weshalb sie sich in ihn verliebt hatte. Viel mehr war es sein Charakter gewesen, zum Beispiel, dass er trotz seines Erfolgs in jungem Alter bescheiden geblieben war, dass er ihr so zuvorkommend begegnete und ihr gegenüber schon zu Anfang ihrer Kennenlernphase ehrlich in Bezug auf seine Gefühle für sie war. Sie hatten sich während einer Weinverkostung, zu der ein gemeinsamer Freund eingeladen hatte, kennengelernt und Lennard hatte darauf bestanden, sie danach nach Hause zu bringen, damit sie nicht alleine würde laufen müssen. Noch auf dem Heimweg hatte er sie um ein Date gebeten und so hatten sie sich gleich am nächsten Tag zum Mittagessen getroffen. Beide verliebten sich schnell und heftig ineinander und nur ein paar Wochen später fragte er sie, ob sie seine Freundin sein wolle. Jetzt, fast sechs Jahre später, fühlte sie sich immer noch genauso sehr zu ihm hingezogen wie damals.

„Ist dir warm genug? Keinen Hunger oder Durst oder Kopfschmerzen oder irgendwas, was nicht normal ist oder warum du dich nicht fit fühlst?"

Seine Stimme war noch immer streng und riss Lara aus ihren Gedanken.

„Ich fühle mich gut, eigentlich fühle ich mich ganz normal, so gut und fit wie immer."

Auf eine Reaktion wartend, beobachtete sie, wie Lennard zum Schreibtisch ging und den Schreibtischstuhl in ihre Richtung rollte. An einer Wand des Wohnzimmers mit einem weiten Blick über die Dächer Kölns war ein kleiner Homeoffice-Arbeitsplatz eingerichtet, der vornehmlich von Lennard genutzt wurde. Er stellte den Stuhl vor dem Sofa ab.

„Gut", sagte er, als er sich Lara gegenüber darauf niederließ und die Ellenbogen auf seine Oberschenkel abstützte. „Dann wirst du jetzt ein paar Fragen beantworten."

Die Härte in seinem Blick ließ Laras Herz vor Aufregung wieder wild lospochen. Er hatte sich doch vorhin bezwungen und sie hatte so sehr gehofft, dass er es geschafft hatte, seine Wut anders zu kanalisieren als sonst. Sie hatte gehofft, dass er selbst gemerkt hatte, dass er sich tatsächlich im Griff haben konnte, auch in Momenten, in denen Wut und der Drang nach Kontrolle ihn zu übermannen schienen. Und jetzt saß er vor ihr, wieder mit diesem Blick, der nichts Gutes verhieß, sondern wie eine stumme Warnung wirkte. Er hatte einfach nur darauf gewartet, dass es ihr wieder gut genug ging, um das auszuhalten, was ihr nun blühte. Lara spannte sich an und drückte sich unwillkürlich zurück ins Sofa.

„Du warst mit Nate und Anne trinken?" Seine Stimme war bedrohlich ruhig und tief.

„Wir haben uns zum Abendessen hier getroffen und sind dann in die Stadt gefahren. Ich hab nur zum Essen Sekt getrunken, als wir in der Stadt waren hab ich keinen Alkohol mehr getrunken."

Lennard mochte es nicht, wenn Lara Alkohol trank und er nicht dabei war, deswegen erwähnte sie ihre Abstinenz absichtlich.

„Ihr seid mit der Bahn gefahren?"

„Ja."

„Und dann wart ihr in einer Bar und danach hast du dir überlegt, dass du noch in einen Club gehen willst?" Seine Frage war provokant und Lara spürte, dass er sich aufregte.

„Es war ein Club in der Nähe der Bar und da war ein Konzert. Anne wusste davon und hat es vorgeschlagen."

Der Blick, der aus seinen dunkelbraunen Augen auf ihr lag, war durchdringend.

„Wie ist das passiert mit den Drogen, Lara?"

Auf Lennards Schläfe zeichnete sich eine Ader ab und seine Stimme wurde lauter. Lara wurde immer nervöser, ihre Stimme immer kleiner. Sie hatte den Abend im Kopf Revue passieren lassen und war der sicheren Meinung, dass das, was passiert war nicht ihre Schuld gewesen war. Und dennoch fühlte sie sich wie eine Beschuldigte auf der Anklagebank.

„Jemand hat sie mir wohl ins Glas getan, als ich an der Bar Getränke bestellt hab. Ich habe nichts davon mitbekommen. Außerdem hab ich drei Gläser bestellt, niemand hätte wissen können, welches für mich war."

In ihrem Kopf hatte dieses Argument mehr Sinn gemacht, aber nun, da sie es ausgesprochen hatte, wusste sie selbst nicht genau, was sie damit sagen wollte. Wahrscheinlich sollte es zeigen, dass es genauso gut Nate oder Anne passieren hätte können, was ihr passiert war. Lennard machte sie so nervös, dass sie keinen klaren Gedanken fassen konnte.

„Dann hat derjenige wohl in alle drei Gläser Drogen getan?", fragte er vorwurfsvoll. „Warum hast du nichts mitbekommen?"

Lara überlegte.

„Ich war am Handy und hab dir geschrieben. Und dann habe ich eine Bekannte getroffen und mich unterhalten."

Lennard atmete vor Verärgerung scharf aus und fuhr sich durch die Haare, was Lara noch mehr alarmierte.

„Du hast mir erst geschrieben, dass du auf das Konzert gehst, nachdem du schon die ganze Zeit da warst? Und dann lässt du dich ablenken, als du Getränke bestellt hast?"

Seine Stimme wurde noch lauter und er gestikulierte mit einer Hand in der Luft. Er hatte Lara tatsächlich schon oft davor gewarnt, dass sie bei der Bestellung von Getränken aufpassen solle und möglichst nur Getränke in Flaschen bestellen dürfe. Lara hatte dies als Teil seines ausgeprägten Kontroll- und Beschützerinstinktes und der damit einhergehenden Vielzahl an Regeln und Verboten zur Kenntnis genommen und sie versuchte, sich an Besprochenes zu halten, wenn sie dadurch nicht zu sehr eingeschränkt war. Sie war nicht leichtsinnig, aber auch nicht so vorsichtig, wie Lennard es gerne hätte. Und so hatte sie am Vorabend nicht daran gedacht, die bestellten Getränke so im Blick zu behalten, wie sie es hätte tun sollen. Das machte sie aber doch nicht mitschuldig an der Situation, dachte sie. Aber so sehr sie sich auch Mut zuzusprechen versuchte, sie fühlte sich weiterhin wie die Beschuldigte während eines Verhörs. Mit kleiner Stimme sagte sie schließlich:

„Ich hab mich nur kurz unterhalten …“

„Es ist mir egal, Lara“, fiel Lennard ihr scharf ins Wort. „Du hast das Getränk getrunken. Und was dann?“

„Ich habe es nicht ganz getrunken, ein paar Schlucke. Und dann hab ich gemerkt, dass irgendwas nicht stimmt und ich dachte, dass mein Kreislauf absackt, wegen der Hitze. Ich bin rausgegangen. Nate hat mich gesehen und sofort einen Notarzt gerufen.“

„Warum hat er sofort einen Notarzt gerufen, als er dich gesehen hat?“

„Er hat wohl gesehen, dass es mir nicht gut ging.“

„Woran genau hat er das gesehen?“

Lara dachte angestrengt nach. Sie konnte sich an die Situation nicht erinnern, aber an die Erzählung ihrer Freunde. Oh nein.

„Ich …“ Lara stockte. „Ich glaube, ich musste gestützt werden beim Laufen.“

Lennard stand ruckartig auf und ging ein paar Schritte auf und ab, kniff sich voller Verzweiflung mit Daumen und Zeigefinger in die Nasenwurzel.

„Wer hat dich gestützt?“

Mittlerweile waren Laras Handflächen feucht vor Aufregung und sie fummelte nervös an ihrem Ehering. Nach kurzem Zögern sagte sie leise:

„Ich weiß es nicht.“ Es war kaum mehr als ein Flüstern. Lennards Tonlage dagegen war mittlerweile zu einem Brüllen angestiegen.

„Du hast dich irgendwo hin bringen lassen von jemand Fremdem? Und dann?“

„Nein, ich … nein, Nate hat das gesehen und ist dazwischen gegangen und hat den Notarzt gerufen.“ Ihre Stimme war hoch und brach fast in ein Schluchzen aus. „Ich war nicht allein mit jemandem, ich war auf dem Weg raus und Nate hat das gesehen und ist direkt dahinter raus gegangen.“

Lennard sah sie nachdenklich an. Lara hoffte, dass diese Information ihn beruhigen würde. Er setzte sich wieder auf den Sessel und beugte sich nach vorn zu Lara, die auf dem Sofa zurückwich. Er packte sie am Handgelenk, sein Griff war fest, aber noch nicht schmerzhaft. Zwar brüllte er nicht mehr, aber seine Stimme war nicht weniger bedrohlich, als er sagte:

„Lara, du weißt nichts mehr davon. Du weißt nicht, ob du allein mit jemandem warst.“

Lara schwieg und schaute nach unten. Er hatte Recht. Sie konnte sich nicht erinnern. Glücklicherweise war auf das, was Nate erzählte, Verlass. Nicht auszudenken, was hätte passieren können, wenn er nur einige Sekunden später zur Bar gekommen wäre.

„Wer hat dich ausgezogen?“

„Was?“ Lara schreckte bei der Frage aus ihren Gedanken auf. Lennard festigte seinen Griff an Laras Arm und zog damit ihren Oberkörper ein Stück in seine Richtung.

„Wer hat dich ausgezogen? Du hattest im Krankenhaus nur noch so ein Hemd an.“ Lara zögerte.

„Ich weiß es nicht.“

Sie schaute zu Boden. Es fiel ihr schwer, klar zu denken und nicht in Tränen auszubrechen. Sie war so zuversichtlich gewesen, aber nun diese Fragen gestellt zu bekommen, war unangenehm. Sie wusste, dass es Teil von Lennards Bewältigungsprozess war. Wenn er sich durch eine Situation seiner Kontrolle beraubt fühlte, dann wollte er zunächst alle Informationen sammeln und stellte Lara Fragen zu jedem noch so kleinen Detail. Er machte sich im Kopf ein genaues Bild zum Ablauf des Geschehnisses. Wie auch an diesem Tag, war er dabei immer derart aufgebracht, dass Lara am liebsten weglaufen wollte. Denn sie wusste auch: das war nur der erste Schritt. Wenn Lennard erst alle Informationen hatte, dann würde er eine Konsequenz daraus ziehen, sodass es nicht noch einmal zu einer solchen Situation kommen würde. Eine Konsequenz, mit der er die Kontrolle zurückgewinnen wollte. Mit anderen Worten eine Bestrafung für Lara.

„Ich denke, eine Schwester im Krankenhaus hat mir mit der Kleidung geholfen.“ Vor Aufregung begann ein Muskel in ihrem Bauch leicht zu zittern. „Du könntest mit Anne und Nate sprechen und sie könnten dir genau erzählen, wie es abgelaufen ist.“

Er zog Lara noch ein Stück näher zu sich.

„Ich hab genug gehört. Meine Frau geht aus und sagt mir zu spät, wo sie ist.“ Lennards Stimme wurde erneut bedrohlich flüsternd. Seine freie Hand Griff nach Laras anderem Arm und packte ihren Ellenbogen. „Und obwohl ich dich immer und immer wieder gewarnt habe, passt du nicht auf dich auf und weißt nicht mal mehr, was passiert ist.“

Der Griff seiner Hände war nun so fest, dass Lara vor Schmerz ein leises, wimmerndes Geräusch von sich gab. Fast fühlte es sich an, als könnte er ihr allein durch seinen Griff den Arm brechen oder die Schulter auskugeln. Ihre Augen füllten sich langsam mit Tränen. Lennard hatte ja so Recht gehabt. Er hatte sie so oft gewarnt, dass so etwas passieren könnte.

„Von jetzt an hörst du auf mich. Du fragst nach meiner Erlaubnis, egal was du machst. Du sagst keiner Verabredung zu und gehst nicht aus, ohne dass ich es dir gestattet habe.“ Lara sah vor Schmerz nach unten. Eine Träne lief ihr über die Wange. „Hast du das verstanden?“, fragte Lennard aggressiv und schüttelte sie ein wenig. Sein Gesicht war nun nahe vor ihrem. Lara sah ihm in die Augen, ihr Gesicht war angespannt vor Schmerz.

In ihrem Kopf schrie sie: *Du kannst mir keine Vorschriften machen und mich damit für etwas bestrafen, wofür ich nichts kann! Hör auf mir weh zu tun!*

Aber wie immer, wenn es darauf ankam, passierte das Gleiche: Sie konnte nicht sprechen. So sehr ihr Kopf befahl, Widerstand zu leisten und für ihre Meinung einzustehen, vor lauter Angst gehorchte ihr Körper ihr nicht. Der Kloß in ihrem Hals, ihr pochendes Herz, alle Muskeln, die sich anspannten, das Adrenalin, das ihre Finger zittern ließ, die aufsteigenden Tränen.

Und so konnte sie nicht anders, als mit gepresster, leiser Stimme ein schwaches „Ja, verstanden.“ hervorzubringen. Sie hoffte, dass er seinen Griff lösen würde, aber Lennard hielt sie weiter fest und sah sie an. Ihre Schultern waren hochgezogen, angespannt.

„Du hast mir oft genug gesagt, ich müsste mir nicht so viele Sorgen um dich machen und dass du auf dich aufpasst. Ich habe die Verantwortung für dich und dass dir nichts passiert und ich wusste, dass ich nicht auf dich hätte hören sollen. Jetzt hattest du deine Chance, es hat nicht funktioniert, also hörst du ab sofort auf *mich*. Und das sind keine Vorschläge, Lara, das sind Regeln."

Erneut wartete er auf ihre Zustimmung und erneut unternahm Lara den Versuch, sich zu widersetzen, aber sie brachte keinen Laut hervor, bis sie schließlich ihrem inneren Kampf nachgab und nichts weiter als ein kleines „Ja" über die Lippen bekam. Damit lockerte Lennard endlich seinen Griff. Er legte den Zeigefinger unter Laras Kinn und neigte damit ihren Kopf ein wenig nach oben, sodass sie ihn ansah. Mit ruhigerer Stimme, aber immer noch bedrohlich hartem Blick, sagte er so leise, dass es fast ein Flüstern war:

„Und jetzt warne ich dich. Wenn du dich nicht daran hältst, was ich gesagt habe, hat das Konsequenzen."

Lara sah ihn an und eine weitere Träne rann aus ihrem Augenwinkel. Noch einen Moment lang schaute Lennard sie an, dann ließ er ihr Kinn los und richtete sich auf.

Sein Handy klingelte und er nahm den Anruf an und setzte sich an den Esstisch, drehte den Stuhl ein wenig in Richtung des großen Fensters und nahm eine entspannte Haltung ein, ein Bein angewinkelt. Lara atmete aus. Ganz langsam fiel ein Stück der Anspannung, die sie den ganzen Tag in sich getragen hatte, von ihr ab. Sie wusste, das war gerade der Ausbruch gewesen, der viele Stunden latent geschwelt hatte. Und nun, da er passiert war, war es damit vorüber. Seine Wut hatte sich entladen. Lennard war wieder ihr liebender Ehemann. Er hatte wieder die Kontrolle zurückerlangt. Die Kontrolle über sich selbst, die eng verknüpft war mit der Kontrolle über sein

Umfeld. Er sah es als seine Verantwortung an, dass Lara nichts passierte. Und wenn es nun doch so gekommen war oder es zumindest die Möglichkeit gab, dass ihr etwas hätte zustoßen können, dann sah Lennard sich selbst in der Schuld, weil er keine Kontrolle über die Situation hatte. Es war ein sehr ausgeprägter Charakterzug, der gleichzeitig der Grund für viele Einschränkungen war, an die Lara sich erst hatte gewöhnen müssen.

Sie rieb ihr Handgelenk. Die Haut war noch stark gerötet, der Schmerz war aber schon weitgehend abgeklungen. Sie wusste nie, wie einer dieser Wutausbrüche von Lennard aussehen würde. Diesmal war es nicht so schlimm gewesen. Lennard gab ihr danach immer ein paar Minuten Freiraum. Meistens verließ er den Raum. Das Telefonat gerade war wahrscheinlich genau zum richtigen Zeitpunkt gekommen. Er saß abgewandt und schaute nach draußen, wie er es gerne tat beim Telefonieren. Lara hatte sich manchmal gefragt, ob Lennard selbst, nachdem er sich wie in der Situation eben entladen hatte, ein paar Minuten Zeit brauchte, um sich zu sammeln. Oder ob er Lara die Zeit geben wollte, sie vielleicht nicht weinen sehen wollte. Sie sprachen nie darüber, worüber Lara sogar froh war, denn sie hatte Angst vor dem, was zu Tage kommen würde, wenn sie Lennard auf seine Ausbrüche ansprechen würde. Sie wischte sich die Tränen von den Wangen, atmete tief ein und aus. *Ganz ruhig*, sagte sie zu sich selbst. Das Schlimmste war jetzt vorbei. Sie war mit Schmerzen, die bald vorbei sein würden, und einer ganzen Reihe neuer Verhaltensregeln davongekommen. Die Schmerzen waren die Bestrafung und die neuen Regeln die Konsequenz, die Lennard zog, um sicherzugehen, dass Lara nie wieder in eine solche Situation kommen würde. Das war nicht schön, aber es hätte schlimmer kommen können. So sauer wie er gewesen war, konnte sie erleichtert darüber sein, wie es ausgegangen war. Die neuen Regeln würden ihr wahrscheinlich noch lange das Leben erschweren, aber wie kann man sich schon beklagen, wenn man gerade glimpflich einer höchst bedrohlichen Situation entkommen ist. Es überwog die Erleichterung.

Nachdem sich die Anspannung der letzten Stunden gelegt hatte, fühlte Lara sich müde. Sie beschloss, ein frühes Abendessen zu machen und dann zeitig schlafen zu gehen. Als sie in die offene Küche ging und Wasser für einen Tee aufsetzte, sah Lennard kurz zu ihr herüber, um sich zu vergewissern, dass es ihr gut ging. Dann widmete er sich wieder seinem Telefonat. Lara machte eine große Portion Curry mit Kokosmilch und Reis in einem Wok. Sie war fast fertig, als Lennard sein Telefonat beendete und zu ihr kam. Er streichelte ihr sanft über die Wange.

„Du solltest dich noch ausruhen heute. Lass mich das machen."

Endlich verhält er sich wieder normal. Endlich ist er wieder mein lieber Ehemann, dachte Lara. Er nahm ihr den Kochlöffel ab und sie setzte sich ihm gegenüber auf einen Hocker an die Kücheninsel.

Eigentlich hätte sie sauer auf ihn sein sollen. Eigentlich dürfte sie ihm nicht so einfach nachsehen, wie er sich vorhin ihr gegenüber verhalten hatte. Aber die Wahrheit war, dass sie es leid war, ständig zu zweifeln. Es war ermüdend, ihre Ehe in Frage zu stellen, es war ermüdend, sauer auf Lennard zu sein. Das alles war nicht zielführend. Sie hatte sich vor einiger Zeit entschlossen zuversichtlich zu sein. Sich auf die Hoffnung zu konzentrieren, dass er sich ändern würde. Damit ging es ihr viel besser, als wenn sie zweifelte. Sie fokussierte sich auf die vielen guten Seiten an Lennard und kämpfte die Stimme der Vorsicht und Vernunft damit erfolgreich zurück.

Kapitel 4

„Ich hatte schon so Hunger und wollte gleich schlafen“, sagte sie, als Lennard das Curry zu Ende kochte. Das konnte der Mann auch noch. Kochen. Ein toller Anwalt, guter Koch, liebender Ehemann.

„Fühlst du dich erschöpft?“

„Nur ein bisschen müde.“

Das Gespräch fühlte sich ganz anders an als vorher. Viel leichter. Sie musste nun nicht mehr auf jedes Wort achten, das sie sagte. Sie musste nicht mehr fürchten, dass sie damit unter Umständen seinen Ausbruch bewirkte. „Musst du wieder nach England zurück oder konnten die Gespräche verlegt werden?“ Lennard holte zwei Teller aus dem Schrank und füllte sie mit je einer großen Portion dampfenden Gemüsecurrys.

„Sie werden wahrscheinlich verlegt. Ich habe gesagt, dass ich noch nicht sagen kann, wann ich wieder reisen könnte.“

Er schaute Lara an, bevor er einen Teller und Besteck vor ihr anrichtete. Lara verstand, dass der Grund für die Verzögerung darin lag, dass Lennard sie nicht allein lassen wollte, zumindest nicht in der nahen Zukunft. Sie wusste auch, dass die Termine in England wichtig und seit langer Zeit geplant waren.

Lennard hatte vor einigen Jahren zusammen mit einem befreundeten Anwalt, Fabian, eine Kanzlei gegründet, die stetig gewachsen war und durch viele Erfolge vor Gericht einen sehr guten Ruf genoss. Mit viel Arbeit hatten Lennard und Fabian die Kanzlei so aufgestellt, dass jedes Rechtsgebiet repräsentiert wurde und auch internationale Mandanten vertreten werden konnten. Nun stand die Möglichkeit einer Fusion zwischen Lennards Firma und einer großen, internationalen Anwaltskanzlei namens Lewis-Walker-Baker im Raum, deren Hauptsitz in London war und die auf der ganzen Welt Zweigniederlassungen hatte. Es war einer der entscheidendsten Schritte in Lennards Karriere und nun mussten die Gespräche wegen Lara neu angesetzt werden.

„Wann werden die Gespräche stattfinden können, wenn sie nun verlegt werden?“

„In drei oder vier Monaten.“

Für einen Moment überlegte Lara, sich zu entschuldigen. Sie wollte sich nicht einreden, dass sie Schuld an der Situation hatte. Dennoch war sie der Grund für die Unannehmlichkeiten, die nicht nur für Lennard, sondern auch für dessen Geschäftspartner weitreichende Folgen für die Fusionsverhandlungen haben könnten. Die Partner, die zu den Gesprächen eingeladen waren, waren teilweise aus den USA eingeflogen. Die Termine standen bereits seit einigen Monaten fest. Lara wollte zumindest ihr Bedauern darüber ausdrücken, dass nun trotz der langen Planung eine Terminverschiebung stattfinden musste.

„Das tut mir leid, Lennard“, sagte sie leise.

„Mir nicht“, sagte er. „Du bist meine Priorität.“

Das. Diese Art von Aussagen bestätigten sie immer wieder darin, wie wundervoll ihr Ehemann doch eigentlich war.

„Ich war nicht sauer, weil es zu diesem Terminchaos gekommen ist, Lara. Ich war sauer, weil du nicht auf mich gehört hast. Den Anruf zu bekommen und nicht zu wissen, was dir passiert ist. Ich bin durch die Hölle gegangen.“

Lara schloss kurz die Augen. Sie wollte sich gar nicht erst vorstellen, was sie gefühlt hätte, wäre sie in Lennards Situation gewesen. Während er krank vor Sorge war, hatte sie das Glück gehabt, dass sie gut aufgehoben und sicher im Krankenhaus war und schlafen konnte.

„Du hast gesagt, es geht dir ganz gut?“, fragte Lennard.

„Ja“, Lara nickte. „Mir geht’s wirklich gut.“

„Hm.“ Lennard nickte langsam. Wahrscheinlich überlegte er, doch wieder nach England zu fliegen, damit die Verschiebung der Termine noch abgewendet werden konnte. „Wenn es dir morgen auch weiterhin gut geht, sage ich die Gespräche nächste Woche nicht ab. Dann kommst du mit mir nach England, damit ich dich im Auge behalten kann.“ Lara schaute zu ihm auf. „Du bist krankgeschrieben die nächste Woche über. Ich würde dich sowieso nicht arbeiten gehen lassen und ich lasse dich auch nicht alleine hier. Entweder du kommst mit nach England oder ich sage die Gespräche ab.“

Sie nickte im Einverständnis.

„Ich komme gerne mit nach England.“

Hauptsache, die Gespräche müssten nicht wegen dieses blöden Zwischenfalls verschoben werden, dachte sie.

„Wir sehen morgen, wie es dir geht.“

„Was hat der Rettungssanitäter dir eigentlich am Telefon gesagt?“

Es war eigentlich nicht ihr Plan gewesen, das Thema Krankenhausaufenthalt wieder anzubringen, aber es beschäftigte sie noch. Lennard schien ihre Frage zu überraschen.

„Am Telefon? Dass du im Krankenhaus bist, weil du KO-Tropfen bekommen hast. Und dass es dir gut geht und du eine Nacht zur Beobachtung bleibst.“ Er runzelte die Stirn. „Wieso?“

„Ich versuche mich nur zu erinnern und dachte, der Arzt hätte dir vielleicht was gesagt, was ich nicht weiß.“ Lennard drehte sich mit seinem Stuhl zu Lara.

„Gibt es noch etwas, das ich wissen sollte? Ist dir noch etwas eingefallen zu der Nacht?“, fragte er alarmiert.

„Nein, nein. Ich bin froh, dass alles vorbei ist und will eigentlich nicht dran denken. Aber …“

„Aber was?“ Lennards Stimme wurde lauter, aber diesmal war er nicht sauer, nur engagiert, sodass Lara wusste, dass sie sich ihm anvertrauen konnte.

„Aber, sollte man in so einem Fall nicht Anzeige erstatten? Ich dachte, der Rettungssanitäter hat am Telefon vielleicht irgendwas gesagt.“ Lennard atmete aus.

„Ich habe nur kurz mit ihm gesprochen, ich konnte nicht klar denken in dem Moment. Mit dem Arzt habe ich danach auch noch telefoniert. Ich musste fünf Stunden auf den nächsten Flug warten und hab dreimal im Krankenhaus angerufen, bis ich ihn erreicht habe. Er hat mir alles erzählt, was Nate und Anne ihm berichtet hatten und wie dein Zustand war.“

Lennard stand auf und holte sich ein Bier aus dem Kühlschrank. Er nahm einen Schluck aus der Flasche, setzte sie ab und schaute gedankenversunken in die Ferne, bis er einen weiteren Schluck nahm. Dann griff er sich an die Nasenwurzel und kniff die Augen für einen Moment zusammen. In diesem Licht sah er unheimlich müde aus. Seine Gestik zeugte von seinem inneren Stress.

„Jedenfalls ist die Sachlage so, dass es uns überlassen ist, ob wir Anzeige erstatten. Ich hab mich noch nicht entschieden, ob wir das tun. Wir reden zu einem anderen Zeitpunkt darüber.“

Lara wusste, dass auch dieses Thema damit für heute beendet war und sie keine weiteren Fragen stellen konnte. Natürlich war Lennard auch ihr Anwalt und vertrat sie bei rechtlichen Fragen. Sie vertraute seinem Urteilsvermögen blind. Dass er ihr jedoch die Entscheidung darüber, ob sie Anzeige erstatten würde oder nicht, komplett abnehmen wollte, fand sie nicht richtig. Sie nahm sich vor, das Thema zu einem anderen Zeitpunkt erneut ansprechen.

„Für dich ist es Zeit fürs Bett“, sagte Lennard nach einer kurzen Pause.

Lara rieb sich die Augen. Sie war ziemlich satt und eine wohlige, warme Müdigkeit überkam sie. Sie stand auf und ging zum Bad, um sich die Zähne zu putzen. Lennard räumte die Küche auf. Lara seufzte zufrieden, als sie ins Badezimmer trat und stellte sich ein Hörbuch an. Das Badezimmer war ihr Lieblingsraum in der Wohnung. Mit den in warmen, pastelligen Farben gehaltenen Wänden und den von Lara liebevoll platzierten Pflanzen, den Dachfenstern und Lichtspots in der Decke, der wunderbaren Fußbodenheizung und passender Einrichtung wie Handtuchhaltern aus Bambus war es wie eine kleine Oase. Lennard hatte die Wohnung als Neubauwohnung gekauft, als das Haus vor einigen Jahren gebaut worden war. Ursprünglich war sie als Investition gedacht und zum Vermieten angeboten gewesen. Lennard wohnte zu dieser Zeit noch in München, wo er studiert hatte, aber als er mit Fabian, der bereits in Köln wohnte, die Kanzlei gründete, zog er ebenfalls in die Domstadt und bezog seine Wohnung selbst als festen Wohnsitz. Lara hatte sich gleich beim ersten Besuch in der Wohnung wohl gefühlt und war nach kurzer Zeit mit eingezogen. Die Wohnung war geräumig und bot für zwei Personen genug Platz, zumal Lennard häufig erst spät abends nach Hause kam und trotzdem morgens meistens vor Lara aufstand und ins Büro fuhr. Aus diesem Grund hatte Lara die Wohnung häufig für sich und konnte sich Zeit im Badezimmer lassen, aber an diesem Abend war sie zu müde. Sie putzte sich die Zähne und wusch sich das Gesicht. Als sie ins Wohnzimmer kam, um Lennard eine gute Nacht zu wünschen, fand sie ihn auf dem Sofa. Der Fernseher lief, aber Lennard war auf seinen Laptop fokussiert, der auf seinem Schoß stand.

„Ich bringe dich", sagte er, als er sie bemerkte und stand auf. Lara lächelte.

Da er meistens später als sie schlafen ging, kam er an manchen Abenden zumindest mit ins Schlafzimmer und setzte sich noch kurz zu ihr ans Bett. „Hast du alles? Hast du Wasser? Ah, ja", sagte er, als er das Wasserglas auf dem Nachtisch sah. Lara legte sich auf ihre Seite des Bettes und Lennard zog die Decke ein Stück weiter über sie. „Wenn irgendwas ist, sagst du mir Bescheid. Auch heute Nacht. Falls du Schmerzen hast oder sonst was, egal, du weckst mich."

„Mache ich. Kommst du auch gleich?"

„Ja, ich komme auch gleich."

Mit einem Kuss auf die Stirn schaltete Lennard die Nachttischlampe aus und verließ das Schlafzimmer. Die Tür lehnte er nur an. Tatsächlich dauerte es nur etwa eine halbe Stunde, bis er sich leise neben Lara ins Bett niederließ. Sie war bereits eingeschlafen und wachte nur kurz vom hellen Display seines Handys auf, das er dann aber gleich ausschaltete. Wahrscheinlich war es noch vor Mitternacht, was für Lennards Verhältnisse wirklich früh war, gerade an einem Wochenende und gerade jetzt, während der Anbahnungsphase der Fusion, die ihm in den letzten Wochen besonders viel zusätzliche Arbeit bereitet hatte. Er musste wirklich müde sein von der vorausgegangenen schlaflosen Nacht.

Kapitel 5

Am nächsten Morgen tastete Lara verschlafen auf der Bettseite neben sich nach Lennard. Er war schon aufgestanden. Sie schaute auf den Wecker. Es war halb zehn.

„Guten Morgen." Lennard saß auf einem Sessel am Fußende des Bettes, auf seinem Schoß der Laptop. Sie hatte schon gedacht, dass sie leises Tastatur-Tippen vernommen hatte und hatte es für einen Traum gehalten.

„Guten Morgen!", lächelte sie.

Es war das erste Mal, dass sie ihn auf dem Sessel im Schlafzimmer arbeiten sah, was er nur aus dem Grund machte, sie dadurch besser beobachten zu können. Die Sonne fiel durch ein seitliches Fenster ein. Was für einen Unterschied eine gute Nacht ausmachen konnte. Lara streckte die Arme aus. Sie fühlte sich wie neu geboren.

„Wie geht's dir?", fragte Lennard und stellte den Laptop zur Seite. Er setzte sich an den Rand des Bettes und streichelte Lara über die Wange.

„Mir geht's super. Wie geht's dir? Konntest du schlafen?"

„Gut. Ich war früh wach, aber wollte in der Nähe sein, falls du was brauchst." Er stand auf und griff nach dem Laptop. „Das Tippen scheint dich nicht geweckt zu haben." Lara schüttelte den Kopf und richtete sich auf. „Willst du Brötchen zum Frühstück? Dann laufe ich."

„Ja, gern." Sie strahlte ihn an. Lennard ging morgens oft eine Runde joggen. Am Wochenende brachte er häufig Brötchen mit. Meistens war er schon unterwegs, wenn Lara aufwachte, aber heute hatte er wohl extra abgewartet, bis sie wach war, um zu sehen, wie es ihr ging. Die Wohnungstür fiel ins Schloss und Lara streckte sich an der Bettkante sitzend. Meistens war Lennard eine dreiviertel Stunde unterwegs. Heute würde er wahrscheinlich früher zurückkommen, denn er war noch immer so besorgt um sie. Schnell zog sie sich an, putzte sich die Zähne und band die Haare zu einem Pferdeschwanz. Noch etwas Gesichtscreme, ein Hauch zartes, natürliches Makeup und etwas Deo – das war ihre tägliche Routine, die kaum mehr als fünf Minuten dauerte. Sie eilte in die Küche und schaltete den Radio mit den aktuellen Nachrichten an, während sie den Tisch deckte. Das Frühstück sollte bereits fertig vorbereitet sein, wenn Lennard zurückkam. So machte sie es meistens, wenn Lennard Brötchen holte. Aber an diesem Morgen gab sie sich besonders viel Mühe. Lennard hatte so viel Zeit und Arbeit in die Anbahnung der Fusion gesteckt und die letzten Wochen über noch mehr gearbeitet als sonst. Trotzdem hatte er sich immer Zeit genommen für gemeinsame Mahlzeiten und Unternehmungen an Wochenenden. Das Mindeste, was sie tun konnte, war es, ihn so gut wie möglich beim weiteren Fortschritt der Verhandlungen zu unterstützen, überlegte sie. Sie machte sich eine große Tasse Kaffee und schaute den Esstisch an. Es war fast alles gedeckt, jetzt wartete sie nur darauf, dass die Eier fertiggekocht waren. Sogar einen Saft hatte sie gepresst aus Orangen, Möhren und Äpfeln – eine milde Kombination, die aus einem Rezept stammte, das zusammen mit dem Entsafter gekommen war. Die Tür öffnete sich und Lennard, noch außer Atem, legte eine Papiertüte der *Bäckerei Kleve* auf der Kücheninsel ab. Die Bäckerei war für beide zur Stammbäckerei geworden, da sie nur zwei Häuser weiter gelegen war und neben den klassischen Backwaren auch tolle Kuchen, Pralinen und seit Kurzem auch vegane Speisen und Frühstück-To-Go-Alternativen bot.

„Das sieht gut aus, Baby. Ich gehe eben duschen", sagte Lennard mit einem Blick auf den Esstisch und gab ihr im Vorbeigehen einen Kuss.

Lara legte die Brötchen in den Brötchenkorb. Als alles auf dem Tisch angerichtet war, nahm sie einige Schlucke Kaffee und schaute dabei aus den großen Fenstern. Sie mochte den Blick so gern und lehnte sich ein Stück nach vorne, nah an die Scheibe, um auch auf der Straße unten vor dem Haus die Leute auf und ab gehen zu sehen. Lennard kam wenig später in den Wohnbereich. Er war sportlich und bequem angezogen und duftete so herrlich nach seinem Duschgel. Lara belegte ihr Brötchen mit Scheiben von gekochtem Ei, Avocado und Bruscetta-Tomatenaufstrich. Lennard aß wie meistens Quark und Marmelade.

„Ich will dich nicht unter Druck setzen, aber ich muss heute entscheiden, ob die Gespräche stattfinden können. Wenn es dir wirklich gut genug geht, dann bestätige ich unsere Flüge. Wir müssten aber schon heute Abend los", sagte er, noch bevor er einen ersten Bissen genommen hatte. Die Effizienz in Person, wie immer.

„Mir geht's wirklich gut genug. Ich fühle mich wieder fit. Ich könnte auch wieder arbeiten gehen oder Sport machen und ich bin fit genug zum Reisen."

„Du gehst noch nicht arbeiten. Du bist krankgeschrieben." Er nahm einen Löffel vom Frühstücksei. „Was das Reisen angeht, bist du sicher." Lennards Frage klang eher wie eine Aussage.

„Ja, ganz sicher."

„Okay." Er tippte etwas auf dem Handy ein. „Heute machst du noch keinen Sport."

„Okay."

„Unser Flug geht um 17 Uhr. Die Gespräche starten schon morgen früh, deswegen müssen wir heute Abend los. Besser als in der Nacht zu fliegen."

„Ja, ist gut. Ich packe gleich. Dann für zwei Tage, oder? Bis Dienstag?"

„Ja, Dienstagabend. Du wirst dich hauptsächlich im Hotel aufhalten und wir gehen wahrscheinlich mal essen. Denk nicht, dass du nach allem was war, alleine in der Stadt rumturnen kannst. Du brauchst also nicht viel zu packen."

Lennards Ton war klippt und klar, aber nicht böse. Lara schwieg. Dass sie nicht durch Londons Straßen gehen dürfte, hatte sie fast befürchtet. Das würde sie wohl zu einem anderen Zeitpunkt erneut besprechen müssen. Für den Moment wären Widerworte aber fehl am Platz. Lennard tippte noch etwas auf seinem Handy. Normalerweise legte er es zur Seite, wenn beide zusammen aßen, aber Lara hatte Verständnis, dass er sicherlich so viel zu klären hatte, dass das heute nicht ging. Schließlich steckte er es in die Hosentasche und griff nach einem zweiten Brötchen.

„Du hast gesagt, wir sollten heute nochmal darüber sprechen, ob man die Sache zur Polizei bringen sollte", sagte Lara. In Lennards Kiefermuskeln war in diesem Moment für eine Sekunde ein Zucken zu sehen. Ansonsten regte er sich nicht. Lara fuhr fort: „Ich will eigentlich nicht mehr daran denken oder drüber sprechen, aber wenn man damit verhindern könnte, dass das nochmal passiert, sollten wir das machen, oder?" Lennard zögerte nachdenklich, sagte dann aber:

„Das stimmt. Wenn du das machen willst, begleite ich dich. Bei einer Anzeige gegen Unbekannt gibt es allerdings keine guten Chancen den Täter zu finden. Man kann aber durchaus bewirken, dass der Club sich besser dagegen aufstellt und wachsamer wird."

„Okay." Lara zögerte. „Und müssen wir das nicht so bald wie möglich machen?"

„Wir kümmern uns darum, wenn wir aus England zurück sind.“

„Okay.“ Erneut Stille. „Denkst du nicht, es wäre besser, schon heute …“

„Lara, es reicht!“ Lennard wurde auf einmal lauter. „Ich habe gesagt, dass ich mich darum kümmere!“

„Ist ja gut“, sagte Lara trotzig. „Ich wollte ja nur alles richtig machen. Und es hat mich halt noch beschäftigt.“

Lennard atmete aus und setzte sich auf den Stuhl neben Lara. Er zog an der Sitzfläche ihres Stuhls und drehte ihn damit, sodass Lara ihm zugewandt war.

Wieder gefasst sagte er:

„Ich weiß. Und du kannst mir alles erzählen, was dich beschäftigt, okay?“ Er fuhr sich durch die Haare. „Pass auf. Die Sache beim Erstatten von Anzeigen ist, dass Rückfragen gestellt werden. Und die können unangenehm sein und privat und ... intim.“ Er holte tief Luft. „Ich will dich in Ruhe auf diese Fragen vorbereiten, damit sie dich nicht aus der Fassung bringen, wenn sie gestellt werden. Nach den Gesprächen in England gehen wir zur Polizei und vorher spiele ich das nochmal mit dir durch.“ Er zog die Augenbrauen hoch. „Okay?“

Lara nickte. Wahrscheinlich war Lennard deswegen so zurückhaltend beim Thema Anzeige gewesen. Er mochte es nicht, Informationen preiszugeben und ganz besonders nicht, wenn dies gegebenenfalls persönliche oder gar intime Informationen über Lara waren. Auf der anderen Seite, überlegte Lara, nach welchen intimen Details konnte schon gefragt werden? Schließlich hatte sie nichts zu verbergen. Sie schüttelte die Gedanken ab und dachte an die bevorstehende Reise.

„Wann müssen wir los zum Flughafen?“

„Um drei.“ Lennard schaute auf die Uhr.

„Das erste Gespräch morgen früh ist um neun Uhr, oder?“, fragte Lara.

Lennard hatte ihr viel über die Termine erzählt und Lara hatte sich in Gedanken Kalendereinträge gemacht, um ihm vorher viel Erfolg zu wünschen und ihn danach zu fragen, wie die Gespräche gelaufen sind.

„Genau. Das geht wahrscheinlich bis nachmittags. Danach müssen Fabian und ich uns besprechen. Je nachdem, wie es läuft, gibt es viel oder nicht so viel zu bedenken und zu entscheiden.“

Fabian und Lennard kannten sich schon lang und waren eng befreundet. Es kam selten vor, dass sie nicht einer Meinung waren, was geschäftlich und privat gesehen vorteilhaft war. Außerdem vertrauten beide einander blind. Fabian war sogar Lennards Trauzeuge gewesen und wohnte den Verhandlungen in England ebenfalls bei, konnte Lennard aber nicht vertreten, da er sich auf andere juristische Fachrichtungen spezialisiert hatte und alle wirtschaftlichen und unternehmerischen Themen von Lennards Expertise abgedeckt wurden. „Ich bin dann wahrscheinlich erst abends zurück und kann leider nicht viel Zeit mir dir verbringen, aber es ist immer noch besser, wenn du in England im Hotel bist, statt hier in der Wohnung allein zu sein.“ Lara nahm Lennards Hand.

„Ich bin froh, dass die Gespräche stattfinden können. Und ich freue mich, mit nach England zu kommen.“

Ein Lächeln huschte über Lennards Gesicht. Früher, als Lara noch studierte und während sie ihre Doktorarbeit im Fach Wirtschaftspsychologie geschrieben hatte, hatte sie Lennard ab und zu auf seine Geschäftsreisen begleitet. Während er seine Termine wahrgenommen hatte, hatte sie auf dem Hotelzimmer oder in der Lobby gesessen und für Prüfungen gelernt oder ihre Arbeit geschrieben. Abends waren sie dann zusammen essen gewesen oder hatten sich die jeweiligen Städte angesehen. Seit Lara mit dem Studium fertig geworden war und einen Job hatte, hatte sie Lennard nur noch selten auf Geschäftsreisen begleitet und es schien, dass er sich genauso darüber freute, dass es nun wieder soweit war, wie sie selbst.

„Außerdem“, sie nahm einen Schluck Kaffee, „wird mir sowieso nie langweilig. Ich finde immer etwas, was ich machen kann, während du in den Gesprächen bist.“

„Ich weiß. Aber ich sage es dir nochmal: Rechne nicht damit, dass du dir den ganzen Tag London ansehen kannst. Nach allem, was passiert ist, hab ich kein gutes Gefühl, dich allein zu lassen. Es hat sich ja deutlich genug gezeigt, dass ich mit meinen Bedenken Recht hatte und du nicht genug auf dich aufpasst.“

„Ich könnte doch maximal ein paar Stunden …“

„Die Antwort ist *Nein*“, sagte Lennard ruhig und bestimmt und sah auf sein Handy, das mit einem Ping auf den Erhalt einer neuen E-mail aufmerksam machte.

Okay. Er ließ also nicht mit sich darüber reden. Nun gut. Wenn sie einen Tag lang in einem tollen Hotel verbringen müsste, damit Lennard sich während seiner Gespräche keine Sorgen machen musste, dann war dem so. Sie würde eine gute Zeit haben. Nach dem Frühstück bestellte Lennard ein Taxi für 15 Uhr und Lara begann zu packen. Sie holte ihren kleinen Handgepäckkoffer aus dem Schrank und legte einige Kleidungsstückte auf dem Bett aus. Durch gelegentliche berufliche Reisen, Urlaube und Kurztrips mit Lennard oder Freundinnen war sie das Kofferpacken gewohnt und hatte in kurzer Zeit einige Outfits, die bequem waren und der Wettervorhersage entsprachen, eingepackt. Lennard kam zu ihr ins Ankleidezimmer und begann ebenfalls, seinen Koffer zu packen. Er hatte ihn nach seiner vorgezogenen Rückkehr gar nicht geöffnet, geschweige denn ausgepackt. Nach fünf

Minuten und zwei frischen weißen Hemden, die er gegen getragene Hemden ausgetauscht hatte, war er fertig. Während Lara ihre Kulturtasche aus dem Badezimmerschrank nahm und mit Shampoo und Duschgel in Reisegröße bestückte, wurde sie von Vorfreude ergriffen. Sie war schon lange nicht mehr in London gewesen. In ihrer Handtasche verstaute Lara ihr Tablet, Ladekabel, eine Zeitschrift und einige Snacks. Aus ihrer kleinen Handtasche, die sie am Vorabend getragen hatte, nahm sie ihr Portmonee und legte es in die größere Handtasche, die sie gerne auf Reisen nutzte. Damit war sie mit dem Packen fertig. Es war schon nach zwölf. Lennard saß an seinem Laptop, immer noch am Esstisch. Lara sah auf ihr Handy und beschloss, sich endlich bei ihren Freunden zurückzumelden. Sie setzte sich auf den Sessel im Ankleidezimmer und schaute aus dem großen Fenster über die Dächer der Stadt und hinunter auf die belebten Straßen und die Fußgänger in den Parks, während sie bei Anne anrief.

Auf ihre Nachfrage hin versicherte sie ihr, dass es ihr schon seit gestern wieder gut ging und bedankte sich erneut für Annes Hilfe. Sie berichtete, dass sie Lennard nach London begleiten würde, und so planten die Freundinnen ihr Wiedersehen für den kommenden Donnerstag, nach Laras Rückkehr. Anne erzählte von einem neuen Arbeitskollegen, den sie im Rahmen ihrer Tätigkeit im Marketingbereich eines Stromanbieters kennen gelernt hatte und mit dem sie zum Mittagessen verabredet war. Nach 20 Minuten verabschiedeten sich die Freundinnen und Lara rief Nate an.

Ihre Leichtigkeit nach dem Gespräch mit Anne wurde ein wenig getrübt. Nate war ernster als sonst und fragte kritisch nach den Beweggründen, Lennard während ihrer Krankschreibung auf Geschäftsreise zu begleiten.

„Es ist erlaubt, dass man sich während einer Krankschreibung woanders aufhält als in seinem zu Hause, Nate. Lennard ist es lieber, dass er in meiner Nähe ist, falls irgendwas sein sollte. Ich werde wahrscheinlich am Mittwoch wieder arbeiten gehen."

„Das ist nicht das, was mich stutzig macht, Lara. Was du während deiner Krankschreibung machst, ist dir überlassen. Mich wundert es nur, dass du sagst, dass es dir gut geht aber statt ins Büro zu gehen, fährst du *zur Beobachtung* mit auf Geschäftsreise. Ich muss jetzt los, aber freut mich, dass es dir gut geht. Lass uns wann anders nochmal sprechen."

„Okay. Ich melde mich morgen mal, ja?"

„Mach das. Bis dann!"

Lara runzelte verwundert die Stirn. Sie hatte nicht erwartet, dass Nate so komisch reagierte und sie verstand nicht, was sein Problem mit ihrer Entscheidung, mit Lennard auf Geschäftsreise zu gehen, war. Wenigstens war die Verabschiedung herzlich gewesen. Sie würde sich einfach morgen wieder bei ihm melden. Bestimmt war er nur kurz angebunden gewesen wegen seiner Verabredung mit seiner Mutter und morgen war alles beim Alten.

„Wer war das?" Lennard stand in der Tür.

„Das war Nate. Ich habe mich bei ihm und Anne nochmal melden wollen."

„Und er hatte eine Meinung dazu, dass du verreist?" Mit hochgezogenen Augenbrauen kam Lennard ein wenig näher und lehnte sich gegen den halbhohen Schrank in der Mitte des Ankleidezimmers.

„Ja, das hat mich auch gewundert. Ich habe ihm erklärt, dass das erlaubt ist, aber er findet das wohl nicht richtig. Er hat ja auch nicht Unrecht, da es mir ja wieder so gut geht, dass ich eigentlich auch arbeiten könnte." Stirnrunzelnd legte sie ihr Handy an ihr Kinn.

„Ich denke, der Arzt hat dich nicht ohne Grund einige Tage krankgeschrieben. Du solltest die Zeit nehmen und dich erholen. Ich habe es Marianne übrigens schon gesagt, dass du nicht ins Büro kommst. Außerdem: Wie oft warst du letztes Jahr krank? Einen Tag? Also mach dir mal keine Gedanken." Er kam zu ihr und drückte ihr einen Kuss auf die Stirn. „Nate hat keine Meinung dazu zu haben, was wir für richtig halten und schon einmal gar nicht zu etwas, was deine Gesundheit und Sicherheit betrifft."

Er sah sie durchdringend an, bis Lara nickte. Dann richtete er sich auf, griff nach einem Jackett und begann, es in eine Schutzhülle zu packen.

„Ob du Mittwoch wieder ins Büro gehst, ist noch nicht entschieden, also sag Marianne das noch nicht zu."

Dann warf er sich die Schutzhülle samt Jackett am Kleiderhaken gepackt über die Schulter, zwinkerte ihr zu und sagte mit einem Blick zurück, als er schon gerade auf dem Weg aus dem Zimmer in Richtung Flur war: „Ich freue mich, dich in London dabei zu haben."

Lara mochte es, wenn er gut gelaunt war. Er hatte Recht. Wenn sie am Mittwoch möglicherweise die Anzeige bei der Polizei vornehmen würde, wäre es besser, noch keine Zusagen zu machen, wann sie wieder im Büro wäre. Sie würde sich nach Lennards Zeitplan richten müssen, wann er sie auf das Gespräch vorbereiten und mit ihr zur Polizei fahren würde. Zumindest würde sie Marianne eine kurze Nachricht schreiben, überlegte sie.

Marianne war Laras Mitarbeiterin, Lara wiederum war bei Lennard angestellt. Anfangs hatte Lara Lennards Angebot nicht annehmen wollen, weil es sich für sie zunächst komisch anfühlte, in der Kanzlei, die von ihrem Ehemann geführt wurde, zu arbeiten. Irgendwann hatte er es aber geschafft, sie zu überreden, dass sie sich für eine Testperiode von einem Jahr um alle Personalangelegenheiten der Kanzlei kümmerte und dann entscheiden konnte, ob sie dortbleiben wolle oder nicht. Da sich die Kanzlei im Wachstum befand, konnten sie Laras Unterstützung gut gebrauchen. Sie beschäftigte sich mit vielen Themen aus den unterschiedlichsten Fachgebieten. Nach einem Jahr hatte sie sich so tief in alle Themen rund um die Gehaltsabrechnung, steuer- und sozialversicherungsrechtliche Angelegenheiten, Versorgungsamtsfragen und so weiter eingearbeitet, dass sie einen Wechsel nicht mehr in Betracht zog. Sie liebte ihre Tätigkeiten, ihr Büro, ihre Freiheiten durch das selbstbestimmte Arbeiten und hatte mit einigen Kollegen, vor allem aber mit Fabian, eine Freundschaft schließen können. Lennard stellte ihr einen unbefristeten Arbeitsvertrag aus und sie kamen überein, dass er ihr disziplinarischer Vorgesetzter bleiben würde, aber sie in erster Linie an Fabian berichten und sich mit ihm in Entscheidungsthemen oder bei Fragen abstimmen würde. Es war Lara wichtig, dass sie in der Arbeit eine professionelle Distanz zu Lennard hielt. Zwar wussten alle Mitarbeiter der Firma, dass sie und Lennard verheiratet waren, aber Lara hatte nicht das Gefühl, dass sie deswegen anders behandelt wurde und sie arbeitete genauso sorgfältig, wie sie es für jeden anderen Arbeitgeber gemacht hätte. Aufgrund der wachsenden Mitarbeiterzahl hatte Lara dem Arbeitsaufkommen nicht mehr allein Herr werden können, weshalb sie vor einigen Monaten ihre erste eigene Mitarbeiterin einstellen durfte. Es gefiel ihr sehr, nicht mehr ganz allein in ihrem Büro zu sein und sie und Marianne, die fast im gleichen Alter waren, verstanden sich von Anfang an bestens. Lara konnte sich neben den Personalthemen wieder einigen übergeordneten Verwaltungsthemen widmen und einige andere

Themen an Marianne abgeben, die schon einige Jahre Arbeitserfahrung in einer anderen Kanzlei mitbrachte.

Es stimmte, dass Lara im letzten Jahr fast gar nicht gefehlt hatte. Einige Tage lang hatte sie trotz Grippe von zu Hause aus gearbeitet, um irgendwie dem hohen Arbeitsaufkommen Herr zu werden. Nun war sie in der dankbaren Position, dass ihre Mitarbeiterin sie vertreten konnte. Sie schrieb Marianne eine kurze Nachricht, um sie am Wochenende nicht zu stören.

„Hi Marianne, Lennard hatte dir ja schon Bescheid gesagt – ich komme die nächsten zwei Tage nicht ins Büro. Melde mich am Dienstag bei dir, wenn ich absehen kann, wann ich wieder da bin. Bin trotzdem erreichbar, wenn irgendwas ist. Wünsche dir einen schönen Sonntag." Marianne antwortete innerhalb einer Minute.

„Hi Lara, ich wünsche dir gute Besserung! Alles klar, wir sprechen dann am Dienstag. Erhol dich gut und dir auch einen schönen Sonntag!"

Damit legte Lara das Handy zur Seite und schaute auf die Uhr. Viel Zeit blieb nicht, bis sie zum Flughafen aufbrechen müssten. Sie bereitete ein kleines Mittagessen zu und setzte sich mit ihrem Laptop zu Lennard ins Wohnzimmer, wo sie ebenfalls ihren E-Mail-Posteingang prüfte. Lennard mochte es nicht, wenn Lara an Wochenenden oder im Urlaub arbeitete. Sie machte dies auch nur ganz selten, da sie meistens während ihrer Arbeitszeit alles Anstehende abarbeiten konnte. Lennard als geschäftsführender Gesellschafter und Vollzeitjurist hatte eine größere Verantwortung und musste auch an freien Tagen erreichbar sein, aber er mochte seine Arbeit trotzdem sehr. Ein Vorteil daran, dass Lara in Lennards Firma angestellt war und im gleichen Bürogebäude arbeitete, war die Möglichkeit gelegentlicher gemeinsamer Mittagessen. Lennard schaute mindestens einmal am Tag bei Lara im Büro vorbei, sodass sie sich, auch wenn Lennard bis spätabends arbeitete, tagsüber zumindest kurz sehen konnten.

Lara schloss ihren Laptop. Weder ihr privater E-Mail-Eingang noch der ihrer Firmen-E-Mail-Adresse wies Eingangspost auf, die zu bearbeiten war. So konnte sie mit einem guten Gefühl nach England reisen. Ihr Firmenhandy hatte sie trotzdem immer dabei, sodass sie im Falle eines Falls erreichbar war und ihre E-Mails abrufen konnte. Sie öffnete auf dem Handy die Internetseite des Hotels, in das Lennard eingebucht worden war und schaute nach Spa-Angeboten. Wenn sie den ganzen Tag im Hotel verbringen würde, hätte sie Zeit für eine Massage und vielleicht eine Pediküre. Schließlich entschied sie sich für eine Fußmassage und eine Rückenmassage durch einen Wasserstrahl, die auf einem beheizten Wasserbett stattfinden sollte. Auch stellte sie mit Freude fest, dass das Hotel an eine Mall angeschlossen war. Sie legte das Handy zur Seite und ließ eine Tasse Kaffee und einen Espresso aus dem Vollautomaten. Den Espresso brachte sie Lennard. Er hatte sich mittlerweile an den Schreibtisch gesetzt und hatte Kopfhörer auf. Wahrscheinlich war er einer Konferenz zugeschaltet, denn er redete kaum, bis auf ein gelegentliches „Hmhm". Mit einem Lächeln bedankte er sich für den Espresso. Lara schäumte Milch auf und machte sich einen Cappuccino, nahm sich einige Kekse und setzte sich mit einem Buch auf das Sofa. Nach einer halben Stunde räumte sie ihre Tasse in die Spülmaschine und nach wenigen Handgriffen war die Küche aufgeräumt.

Mit einem „Talk soon, bye." beendete Lennard sein Gespräch und kurz darauf waren beide auf dem Weg zum Flughafen.

„Bist du warm genug angezogen?“ Lennard zog Laras Mütze ein wenig tiefer. „Im Flugzeug ist es meistens kalt auf den kurzen Strecken.“

„Ja, das ist meine wärmste Jacke.“

Das Einchecken lief problemlos und vor dem Start blieb noch ein wenig Zeit, die Lara sich mit dem Stöbern in der Buchabteilung der Duty-Free-Geschäfte vertrieb. Nach einer Flugstunde landeten sie am Heathrow International Airport. Da beide nur mit Handgepäck reisten, waren sie schon nach kurzer Zeit im Taxi auf dem Weg ins Hotel. Es war viel Verkehr auf den Straßen und Lara sog die Eindrücke Londons bei Nacht ein, die der Blick aus dem Fenster bot. Hin und wieder unterhielten sie und Lennard sich mit dem freundlichen Taxifahrer. Beim Hotel angekommen schlug Lennard vor, in einem der fußläufig erreichbaren Restaurants ein frühes Abendessen einzunehmen. Sie entschieden sich für einen Chinesen. Das erste Mal seit Tagen war Lennard gelöst und zu Scherzen aufgelegt. Beide genossen das Essen sehr und lachten viel.

„Ich würde dich noch auf einen Cocktail in der Hotelbar einladen, aber du solltest deinem Körper noch ein paar Tage Pause gönnen“, sagte er auf dem Rückweg ins Hotel und legte einen Arm um ihre Schultern. Sie kehrten ins Hotelzimmer zurück, wo Lennard sie küsste und dabei langsam auszog.

Eine halbe Stunde später stand Lara leise aus dem Bett auf, wo Lennard noch döste. Sie trat in das geräumige Badezimmer und breitete den Inhalt ihres Kulturbeutels auf einem Regal an der Wand aus. Dabei sah sie sich im Spiegel an und der Blick fiel auf ihren Ellenbogen. Über dem Gelenk waren zwei feine blaue Flecke zu sehen, die aber so blass waren, dass sie kaum auffielen. Nur bei manchen Bewegungen merkte sie noch eine leichte Spannung, die sie an Lennards gestrigen Ausbruch erinnerte. Dann untersuchte sie ihr Handgelenk. Hier war keine Spur von Lennards Griff und den damit einhergehenden, kaum auszuhaltenden Schmerzen zu entdecken. Manchmal war sie überrascht, wie zäh und robust ihr Körper doch war. Gestern, in dem Moment selbst, hatte es sich so schmerzhaft angefühlt, dass sie dachte, ihre Knochen könnten dem Druck nicht mehr lange standhalten. Nur wenige Momente später war der Schmerz schon komplett abgeklungen. Vielleicht war ihr Schmerzempfinden auch getrübt durch andere Gefühle, die sie in dieser Situation hatte und die ebenfalls danach schnell verflogen waren. Vielleicht waren es nicht allein die physischen Schmerzen, die sie empfunden hatte, sondern auch die seelischen Schmerzen, die Angst. Und dieser Mix ließ sie in diesen Momenten möglicherweise alles als so unerträglich und quälend empfinden. Nachdenklich betrachtete Lara sich weiter im Spiegel. Sie drehte sich zur Seite, aber sie sah unversehrt aus. Wie trügerisch ein Spiegelbild doch sein konnte, dachte sie. Ob ein Spiegelbild ihrer Seele wohl anders aussähe?

Meistens wehrte sie Gedanken dieser Art ab. Es schien ein Bewältigungsmechanismus zu sein. Sobald Lennards Ausbruch vorüber war, war er wieder ihr charmanter, aufmerksamer, liebenswerter Mann. Genauso schnell, wie dieser Wandel bei Lennard stattfand, war auch Lara wieder sie selbst – unbeschwert, zuversichtlich, lebensfroh, selbstbewusst. Über das, was sich während des Ausbruchs ereignet hatte, mochte sie nicht weiter nachdenken. Nur in seltenen Momenten, wie diesem, vor dem Hotelzimmerspiegel, ließ sie vorsichtige Zweifel und Fragen zu, die sich dann aus den Tiefen des Unterbewusstseins in ihren Kopf kämpften. Jene Fragen, die Lara aus dem Grund fürchtete, weil es keine gute Antwort darauf zu geben schien und denen sie sich schon früher hätte stellen müssen, schwirrten um ihren Kopf.

Wie lange willst du das noch mitmachen? Denkst du immer noch, dass er sich ändern wird? Willst du es für immer vor anderen verheimlichen? Was soll noch alles passieren? Wie willst du aus der Sache rauskommen?

Ein Geräusch ließ Lara zusammenzucken. Lennard war aufgewacht und räumte offenbar seinen Koffer aus. Schnell stieg sie unter die Dusche und spülte mit dem warmen Wasser auch all die Fragen und negativen Gedanken weg, zurück in die Tiefen ihres Unterbewusstseins. Dass dies nur eine temporäre Besserung, aber keine Lösung des Problems mit sich brachte, wusste sie. Dennoch – auf diese Art konnte sie mit der Situation am besten umgehen. Die Fähigkeit, negative Gedanken abzuschütteln und sich auf die positiven zu konzentrieren, hatte sie immer als eine ihrer Stärken angesehen und so fühlte sie sich nach der Dusche wieder zufrieden und zuversichtlich. Sie föhnte ihre Haare nur kurz an und band sie zu einem hohen Dutt zusammen, sprühte Deo auf und zog sich ihre Schlafkleidung, ein Set aus Top und kurzer Hose, an. Während sie sich die Zähne putzte, öffnete sie die Tür, um Lennard zu signalisieren, dass er ins Bad kommen konnte, wenn er wollte. Sie wusch und reinigte ihr Gesicht, trug eine Creme auf und legte sich ins Bett. Lennard hatte seinen Anzug für den nächsten Tag bereit gehängt und war zu ihrer Überraschung nicht am Computer oder Handy, sondern zappte durch die Fernsehprogramme, während er eine Packung m&m's aus der Minibar aß. Er wirkte entspannt und lächelte, als er ihren Blick auffing.

„Müde?“

„Ein bisschen. Wann musst du morgen los?“

„Um acht kommt mein Taxi."
„Frühstücken wir vorher zusammen?"
„Ich hole mir ein Frühstück-to-go, dann kann ich während der Fahrt essen. Wir brauchen mit dem Pendlerverkehr mindestens 45 Minuten, eher mehr."
Lennard war in seinen Abläufen sehr effizient, vor allem während der Arbeit. Wenn er frei hatte, konnte er manchmal auch abschalten und Dinge mit Ruhe angehen, aber richtig loslassen konnte er nur selten – wenn, dann war das meistens während eines Urlaubs der Fall, in einer anderen Zeitzone und in einer völlig anderen, entschleunigten Umgebung. Dann konnte er sogar faul sein, schlief richtig aus und lag stundenlang am Strand.
„Du kannst noch weiterschlafen und dann ausgiebig frühstücken. Das Buffet soll sehr gut sein. Und morgen Abend bestellen wir uns Essen aufs Zimmer, was hältst du davon?"
„Klingt super." Lächelnd stieg sie zu Lennard ins Bett, der sich ein Stück aufrichtete und sich zu ihr wandte.
„Eins noch. Du weißt, dass ich dir deine Freiheiten lassen will, soweit es geht. Aber nach allem was passiert ist … ich muss mir noch ein paar Gedanken machen. Sowas darf nie wieder vorkommen. Daher will ich, dass du dich morgen im Hotel aufhältst. Keine Ausflüge alleine. So habe ich es dir gestern schon gesagt und so bekommst du jetzt nochmal die offizielle Anweisung."
„Okay." Sie war nicht erfreut darüber, musste aber doch über die absichtlich scherzhaft gewählte Formulierung der *offiziellen Anweisung* lächeln. Mit solchen kleinen Witzen unternahm er zumindest den Versuch, das gegenüber Lara ausgesprochene Verbot nett zu verpacken.
„Aber die Mall ist ja direkt ans Hotel angeschlossen, da kann ich mich doch aufhalten, oder? Mittagessen gehen zum Beispiel. Ich würde nicht raus gehen, wäre dann

nur im Hotel- und Einkaufsgebäude.“ Lennard überlegte einen Moment. Schließlich schüttelte er kaum merklich den Kopf, als würde er seinen eigenen Gedanken abschütteln.

„Ja, klar. Du kannst dich auch in der Mall aufhalten.“ Lara lächelte und schlief bald darauf ein.

Kapitel 6

Lennards Wecker holte Lara aus einem tiefen und erholsamen Schlaf. Nur eine Minute später hörte sie, wie die Dusche im angrenzenden Badezimmer anging. Sie streckte sich und schob den schweren Vorhang vor den großen Fenstern zur Seite. Draußen war es noch dunkel, aber am Horizont sah man bereits einige Lichtstrahlen. Auf der Stadt lag Nebel, der von den Lichtern aus den Fenstern der Gebäude und von Straßenlaternen und Autos beleuchtet war. Lara mochte die morgendliche Stimmung und beobachtete, wie die Stadt mehr und mehr zum Leben erwachte. Sie setzte sich auf die Fensterbank, unter der sich eine Heizung befand, zog die Füße an und kostete den Moment in vollen Zügen aus.

„Du bist ja schon auf.“ Lennard zog sich seine Krawatte enger, während er zu Lara herüberkam und ihr einen Kuss gab. „Das ist ein schöner Blick, was?“

„Total schön. Ich glaube, hier setze ich mich später nochmal hin und lese. Bist du schon fertig?“

„Ja.“ Lennard schaute auf seine Armbanduhr. Er war immer so unfassbar schick, jeder seiner Anzüge passte ihm perfekt und sah makellos aus. „Mein Uber kommt in fünf Minuten.“ Gekonnt klippte er Manschettenknöpfe an seine Hemdärmel. Lara stand auf, um ihn zu umarmen.

„Viel Erfolg bei den Gesprächen, Len. Ich denke an dich. Freue mich darauf, später zu hören, wie es gelaufen ist.“

„Danke Baby.“ Lennard drückte sie fest und drückte einen Kuss auf ihren Kopf. „Mach dir einen schönen Tag, aber pass trotzdem auf. Und sieh zu, dass du erreichbar bist.“

„Mache ich!“

Und damit war Lennard aus der Tür. Lara legte sich ins Bett und schaute auf ihr Handy. Es war viertel vor Acht nach Londoner Zeit. Sie schaltete den Fernseher ein und suchte nach einem Nachrichtensender, während sie auf dem Handy den Flugmodus ausschaltete, um auch wirklich erreichbar zu sein. Sie hatte keine neuen Nachrichten und nur eine neue E-Mail auf ihrem privaten Account, eine automatische Erinnerung an einen bevorstehenden Vorsorge-Termin beim Hautarzt. Auch auf dem Arbeitshandy waren keine Anrufe eingegangen. Sie streckte sich und ließ sich noch weitere zehn Minuten Zeit, richtig wach zu werden. Um zehn Uhr hatte sie einen Termin für die Fußmassage bekommen und die Wasserstrahlmassage schloss sich um elf Uhr daran an. Somit war Zeit für ein ausgiebiges Frühstück. Sie zog sich an und machte sich schnell ein wenig zurecht, band die Haare zu einem ordentlichen, tiefen Dutt zusammen und trug natürliches Make-Up auf. Sie sprühte ein wenig Parfüm auf, steckte sich kleine Creolen an und holte eine kleinere Handtasche aus dem Koffer, in die sie das Portmonee und ihr Handy packte. Noch einmal warf sie einen Blick aus dem Hotelfenster auf die mittlerweile von der Morgensonne erleuchtete Stadt. Der Nebel hatte sich weitestgehend verzogen und auf den Straßen und Gehwegen war ein reges Gewimmel.

Das Frühstücksbuffet war riesig, neben Kulinarik aus verschiedenen Ländern gab es frisch zubereitete Waffeln und Crêpes, daneben Obst und leckere Säfte. Lara lud sich eine Auswahl kleiner Portionen der verschiedenen Gerichte auf den Teller und füllte sich ein Glas eines Ingwer-Möhren-Erdbeer-Apfelsaftes ab. Das Frühstück schmeckte himmlisch und sie ließ sich bewusst Zeit. Während des Essens beobachtete sie die anderen Frühstücksgäste und las in einem der ausgelegten Flyer nach, welche Geschäfte sie in der Mall besuchen konnte. Die Mall schien riesig zu sein und bot neben einigen ihr unbekannten Namen auch Geschäfte aller großen und kleinen Ketten aus den Bereichen Kleidung, Schmuck, Essen & Trinken, Drogerie und Parfümerie an, die man teilweise in Deutschland nur vereinzelt finden konnte. Eine Welle der Vorfreude schwappte über sie und sie genoss die Aussicht auf diesen Tag in London.

Um zehn Uhr fand sie sich im Wellnessbereich des Hotels ein. Ein mit aufgehängten Palmenblättern von Blicken geschützter Pool war von Liegen gesäumt. Die Geräusche des Wassers zusammen mit einer loungigen Musik und gelblichem Licht sorgten für Urlaubsstimmung. Von der klirrenden Kälte draußen vor den Scheiben bekam man in dieser Oase nichts mit. Eine junge Frau begrüßte Lara und führte sie in einen Raum mit einer Massageliege. Es roch angenehm nach Massageöl und die mit einem Handtuch ausgelegte Liege war beheizt. Lara legte die Beine hoch und die junge Masseurin richtete ein Gerät in Richtung ihrer Fußsohlen, das einen leichten, warmen Luftstrom abgab.

„Es wird sonst schnell zu kalt an den Füßen“, erklärte sie.

Mit festen und weniger festen Griffen und Bewegungen strich und knetete sie die Füße und Waden und Lara sank in eine tranceartige Entspannung ab. Wie durch Watte drang die sanfte Stimme ihrer Masseurin nach 45 Minuten zu Lara durch.

„Lassen Sie sich Zeit und richten Sie sich in Ruhe auf. Ich hole Sie in fünf Minuten mit einem Tee ab.“

Mit angenehm kribbelnden Waden schlüpfte Lara in ihre Badeschlappen, als die junge Frau an der Tür klopfte und ein Tablett mit einer Tasse Tee bereithielt.

„Das ist ein aromatischer Apfel-Minze-Tee, die Sorte wird extra für unseren Spa-Bereich von einer alteingesessenen Londoner Teefirma zusammengestellt. Er wirkt wärmend und erfrischend zugleich und sorgt dafür, dass Ihre Entspannung lange anhält.“ Sie reichte ihr ein Sachet in Probengröße. „Das ist unsere Fußcreme. Einmal täglich ist optimal für die feuchtigkeitsarme Haut. Hatten Sie einen Unfall oder eine Verletzung, eine Operation?“ Lara blickte auf.

„Nein.“

„Die Fußreflexzonen sind direkt verknüpft mit den Organen. Ich kann darüber nicht nur Ihr Herz oder Ihre Lunge berühren, sondern erhalte auch Informationen. Ihr Magen hat mir zum Beispiel ein Zeichen von Stress gezeigt. Wenn ich Ihr Schmerzzentrum berührt habe, haben Sie den Fuß gekippt, um den Druck zu verringern. Das sind Symptome für alte Verletzungen, die ab und zu wieder aufflammen, weil der Körper an diesen Stellen eine andere Schmerzsensorik hat.“

Laras erster Gedanke waren die Verletzungen, die Lennard ihr zugefügt hatte. Es waren nie ernste Verletzungen gewesen, aber sicher hatten sic in irgendeiner Form Spuren hinterlassen.

„Sie müssen nicht darauf antworten.“ Die Masseurin legte Lara eine Hand auf den Arm. „Ihr Qi ist gut, die Energie fließt ungehindert. Ihr Körper ist stark, es war nur auffällig, dass das Schmerzzentrum deutlich gezeigt hat, dass an einigen Stellen eine Heilung stattfinden muss. Sind Sie bereit für die Wasserstrahlmassage?“ Lara nickte und lächelte die Frau an. Das Wasserbett war ebenfalls beheizt und wippte leicht. Mit einem leisen Summen setzte eine Vibration ein, die die Masseurin über einen Schalter steuerte. Dann begann eine Vielzahl an Wasserstrahlen in wechselnder Härte über Laras

Rücken, Schulter, Po, Beine und ausgestreckte Arme zu streifen. Teilweise war es fast kitzelnd, teilweise so angenehm, dass sich eine Gänsehaut über ihre Kopfhaut legte. Die Worte der Masseurin hallten in ihren kreisenden Gedanken nach. Aus irgendeinem Grund wollte sie mehr von ihren Erkenntnissen erfahren. Nach 45 Minuten kam die junge Frau vorbei und stellte das Bett aus.

„War es angenehm?"

„Sehr, danke." Lara zog sich den Bademantel über. „Ich wollte noch etwas fragen. Die Verletzungen, die Sie eben gespürt hatten – sollte ich etwas tun, damit sie schneller heilen können?"

„Ihr Körper macht das ganz allein, die Heilkräfte sind aktiviert und sie müssen nichts weiter beachten, außer dass Sie gut zu Ihrem Körper sein sollten." Lara nickte.

„Möchten Sie über etwas sprechen?" Erschrocken hob sie den Kopf und sah in die gutmütigen Augen der Masseurin, die sie umgehend wieder beruhigten und gleichzeitig das Gefühl erweckten, dass sie mit dieser Fremden tatsächlich gerne sprechen würde.

„Manchmal kann ich nicht verhindern, dass Verletzungen passieren." Die Masseurin legte ihr erneut die Hand auf den Arm, als verstünde sie genau, was Lara mit dieser kryptischen Aussage auszudrücken versuchte.

„Ihr Geist und ihr Körper sind stark. Sie brauchen sich keine Sorgen zu machen über die Dinge, die passieren werden. Ihre innere Kraft wird Sie schützen." Lara lächelte und hatte beinah das Gefühl, dass Tränen in ihr aufstiegen. Eigenartig. Die Massagen waren so entspannend gewesen, aber auf dem Weg zurück ins Hotelzimmer fühlte sie sich seltsam aufgeregt. Während sie den Bademantel auszog und sich warm, aber bequem für den Tag kleidete, reflektierte sie die Worte der Masseurin. *Sie war stark, ihr konnte nichts passieren.* Für einen Moment schloss Lara die Augen und versuchte, sich die Stimme der Masseurin einzuprägen, um sich diese Worte in ihrer ganzen Tragweite wieder vor Augen führen zu können, wenn sie dies brauchte. Dieser Moment würde sicher kommen und der Gedanke an das Gesagte würde ihr Kraft schenken. Aber die Worte waren nicht das Einzige gewesen, das diese Begegnung so besonders gemacht hatte. Lara hatte sich der Masseurin gewissermaßen anvertraut. Sie hatte mit ihr über *Verletzungen* gesprochen und das Gefühl gehabt, verstanden zu werden, ohne dass sie mehr hätte erklären müssen. Es war für einen Moment ein so befreiendes Gefühl gewesen, dass Lara eine positive Aufregung in sich aufsteigen spürte.

Sie schaute auf die Uhr – es war Mittagszeit. Vielleicht würde Nate gerade Pause machen und sie konnte ihn erreichen. Seit dem gestrigen Telefonat hatte sie das Gefühl, etwas Unausgesprochenes hätte zwischen Nate und ihr in der Luft gehangen und sie war entschlossen, es zu klären. In bester Laune rief sie ihn an, erreichte aber nur seine Mailbox. Sie griff nach ihrer Tasche und der Schlüsselkarte für das Hotelzimmer und fuhr mit dem Aufzug einige Stockwerke tiefer. Ihre Ohren knackten leise, als der Aufzug im dritten Stock zum Halten kam und die Tür sich zu einem Blick auf einen großen Springbrunnen öffnete, der im Erdgeschoss der Mall war und dessen Wasser über mehrere Etagen der Mall hinweg bis kurz unter das Dach katapultiert wurde. Lara lehnte sich an das Geländer und schaute eine Weile dem Wasser zu. Sie nahm Fotos auf und ließ den Blick über die anderen Etagen schweifen. Einige Geschäfte konnte sie erkennen und am anderen Ende des Mall-Gebäudes, umgeben von Bäumen in großen Tontöpfen, sah sie einen Food Court. Sie verschaffte sich zunächst einen Überblick über die vielen verschiedenen kleinen Restaurants und Cafés und entschied sich für eine Salatbar, wo sie sich eine große Schale mit Blattspinat, Avocado, Walnüssen, Shrimps und Honig-Senf-Soße zusammenstellen ließ. Ein Kellner servierte ihr ihre Bestellung an einem der kleinen runden Tische. Während des Essens beobachtete sie die Menschen um sich herum und fragte sich, wer von ihnen wohl aus London kam oder hier wohnte und wer nur zu Gast war wie sie selbst. Ihr Handy vibrierte laut auf den kleinen Kacheln der gefliesten Tischplatte.

„Hi Nate! Ja, es passt. Ich esse auch gerade." Sie nahm einen Schluck Organgensaft. „Ich wollte mich nach unserem Gespräch nochmal melden. Hab ich etwas falsch gemacht, dass du sauer auf mich bist?"

„Nein, das ist es nicht, Lara. Es ist … London. Ich hatte das Gefühl, dass du eigentlich nicht fahren willst. Und dass du für Lennard mitgefahren bist. Aber ich will mich nicht einmischen. Ich fand es nur ein bisschen komisch, das ist alles."

„Du meinst wegen der Krankschreibung?"

„Nicht wirklich. Lara, pass auf. Ich muss mich noch vorbereiten auf einen Termin und die Verbindung ist auch nicht besonders gut. Lass uns wann anders mal darüber sprechen, wenn wir uns sehen und Anne vielleicht nicht dabei ist. Aber ich bin überhaupt nicht sauer und du hast auch nichts falsch gemacht, keine Sorge. Schön, dass es dir gut geht. Und ich hab mich wirklich über deinen Anruf gefreut – lieb, dass du nochmal nachgefragt hast nach dem Gespräch gestern. Genieß London. Bis dann!"

Langsam ließ sie das Handy sinken. Was Nate wohl noch mit ihr besprechen wollte? Zumindest war er nicht sauer, das war die Hauptsache.

Die nächsten Stunden über schlenderte sie durch die zahllosen Geschäfte und kaufte Mitbringsel und Geschenke für Weihnachten. Immerhin war bereits Oktober und sie hatte noch kein einziges Geschenk, nicht einmal eine Idee. Es war lange her, dass sie sich die Zeit genommen hatte, sich von den Produkten in Geschäften inspirieren zu lassen. Meistens eilte sie in ein bestimmtes Geschäft, um eine bestimmte Sache zu kaufen oder bestellte online, aber die Geschäfte hier waren so schön eingerichtet und geschmückt und boten Neuheiten aller Art an, die sie noch nie gesehen hatte, sodass sie sich treiben ließ und nicht an die Uhrzeit dachte. Sie ließ sich von den Promotern für die neuste Haarbürste begeistern und probierte die angeblich leckerste Frucht der Welt, nahm eine Probe eines neuen Parfüms entgegen und kaufte einige weihnachtliche Karten. Auch an einer Tiffany & Co Filiale ging sie vorbei und ließ sich von den glitzernden Schmuckstücken im Schaufenster einfangen. Hier, genau in dieser Filiale hatte Lennard ihren Verlobungsring gekauft. Sie schaute auf ihre linke Hand und erinnerte sich an den Abend, an dem er ihr die Frage aller Fragen gestellt hatte.

Es hatte sich im Urlaub ereignet. Zur Feier ihres zweiten Jahrestages am 15. August waren sie nach Portofino geflogen und hatten sich auf Laras Vorschlag hin statt eines Hotelaufenthalts in ein Airbnb eingemietet. Es war ein kleiner aber modern und südländisch eingerichteter Bungalow mit eigenem kleinem Pool, der von gepflegtem Rasen, kleinen Blumenbeeten und einer Hecke umgeben war. Ein Zitronenbaum, ein Strauch von dunklen Trauben, der den Eingang umrankte, und ein Baum mit Sternfrüchten hatten es beiden besonders angetan. Geschäfte, Märkte und das Meer konnten sie mit einem kleinen Golfcart, der als Teil des Airbnb-Angebots das Highlight dieser Unterkunft darstellte, innerhalb einiger

Minuten erreichen und sie verbrachten ihre Tage damit, die kleine Stadt zu erkunden, Tischtennis und Karten zu spielen und zu lesen. Lara kaufte täglich frisches Obst und Gemüse auf einem der kleinen Märkte und freute sich, dass sie Lennard sogar mehrmals mit einem Buch auf dem Bauch in der Hängematte oder auf einem der Gartenliegen schlafend vorfand, als sie zurückkehrte. Er hatte sich die Erholung so sehr verdient und auch sie selbst hatte den Urlaub dringend nötig gehabt, da sie erst kurz zuvor ihre Doktorarbeit fertiggestellt hatte und die letzten Wochen durcharbeiten musste, um den Abgabetermin einhalten zu können. Tagelang hatte sie weder gekocht, Sport gemacht, noch war sie wenigstens ein wenig an der frischen Luft spazieren gegangen und konnte nun die neu gewonnene Freiheit nun noch gar nicht richtig fassen. Lennard hatte angekündigt, sie am Abend ihres Jahrestages zum Essen auszuführen und beide hatten zum ersten Mal seit einer Woche die Badesachen, kurzen Hosen und Flipflops gegen eine schicke Abendgarderobe eingetauscht. Er hatte Musik angestellt und beide tanzten und tranken schon das erste Glas Wein, während sie noch im Badezimmer standen. Lennard war bester Laune. Er führte Lara, ganz Gentleman, die Treppe herunter. Lara war bereits im Begriff, die Haustür zu öffnen, als ihr Blick von einem flackernden Licht an der Decke gefangen wurde. Irritiert sah sie sich um und fand sich in einem Meer aus Kerzen wieder, die auf dem Boden und auf jeder geraden Fläche der Möbel platziert waren. Zwischen den flackernden Lichtern hindurch folgte sie einer schmalen Gasse in Richtung der Terrasse, wo sie nun auch Lennard sah, der doch vor einigen Sekunden noch an ihrer Seite gewesen war! Er stand neben dem Pool, sah sie an, wartete auf sie. Über die leise, stimmungsvolle Musik im Hintergrund hörte man das laute Zirpen der

Grillen. Es roch nach Kerzen und nach dieser wunderbaren Meeresluft. Der Mond stand hell und groß am Himmel, obwohl es gerade noch dämmerte und der Himmel am Horizont einen sanften Farbübergang von hellgelb zu rosarot zeigte. Im Pool schwammen hunderte von Blüten, dazwischen einige schwimmende Kerzen, die sanft schaukelten. Lara konnte die Augen kaum von der traumhaften Kulisse nehmen, doch dann wandte sie den Blick zu Lennard, der mit einem liebevollen Lächeln geduldig dastand.

„Lara." Er streckte die Hand aus. Lara ging auf ihn zu und legte ihre Hand in seine. Er holte einmal tief Luft. Dann sagte er: „Ich wünsche mir, dass wir für immer zusammenbleiben. Schon seit Anfang unserer Beziehung konnte ich mir das mit dir vorstellen. Und von dir zurückgeliebt zu werden ist ein wunderbares Gefühl."

Er schaute sie voller Liebe an, dann kniete er sich vor ihr hin, hielt weiter ihre Hand, sah zu ihr auf. Ihr Blick hielt den seinen. Beide waren vollkommen in dem Moment versunken, kosteten ihn aus.

„Willst du mich heiraten?"

Es musste die schönste Frage sein, die ihr je gestellt worden war. Es gab keinen Zweifel, kein Zögern, sie musste nicht einmal nachdenken, sondern wollte einfach nur *Ja!* sagen, aber übermannt von Emotionen war ihre Kehle wie zugeschnürt und Tränen verschleierten ihre Sicht. Lennard sah sie erwartungsvoll an.

Schließlich nickte sie, strahlend, und brachte dann ein ersticktes „Ja" hervor.

Lennard atmete hörbar erleichtert aus, strahlte ebenfalls und holte dann ein Ringkästchen aus seiner Tasche. Er öffnete es und nahm den Ring zwischen zwei Finger, um ihn über Laras Ringfinger zu streifen. Er hielt ihre Hand in seiner und betrachtete sie voller Glück, berührte einmal den Ring und richtete sich dann auf, um Lara in seine Arme zu schließen. Er küsste sie, hob sie hoch, dann wischte er ihr die Tränen von der Wange. Beide strahlten sich an. Eine leichte, föhnwarme Brise ließ ihre Haare und den Rock sachte hin und her wehen. Lara fühlte sich, als würde sie schweben. Sie schaute auf ihre Hand und konnte erst jetzt den Ring richtig in Augenschein nehmen. Es war der schönste Verlobungsring, den sie je gesehen hatte. Ein Diamant, in Weißgold eingefasst, rund geschliffen, in der perfekten Größe für ihre schmalen Finger. Sie konnte den Blick gar nicht abwenden. Lennard hatte eine Hand auf ihren Rücken gelegt und hielt mit der anderen ihre Hand. Auch er betrachtete den Ring, dann betrachtete er Lara und küsste ihre Stirn.

„Gefällt er dir?" Erneut spürte Lara Tränen in sich aufsteigen.

„Der ist wirklich perfekt. Ich kann gar nicht wegschauen."

Dennoch sah sie hoch zu Lennard und strahlte ihn voller Rührung an. Er strich ihr übers Haar, dann holte er zwei Gläser Champagner, die auf einem kleinen Tisch am Rand der Terrasse bereitstanden. Sie stießen an, tranken aus und Lennard schenkte nach, bis die Flasche geleert war. Neben der steingepflasterten Terrasse auf dem Rasen war eine Decke ausgebreitet, auf der viele Kissen lagen und die von kleinen Fackeln umgeben war, die im Rasen steckten.

„Setz dich", sagte Lennard. „Ich bin gleich wieder da."

Lara zog sich die Schuhe aus und ließ sich auf den Kissen nieder. Lennard kehrte mit einem Korb zurück, aus dem er verschiedene Behälter holte und die Deckel nacheinander abnahm. Zum Vorschein kam Sushi, kleine Frühlingsrollen, Wantans, Spieße mit Hühnchenfleisch und Erdnusssoße, Papayasalat, frittierte Garnelen und gebratenes Gemüse. Laras Lieblingsessen. „Wir gehen gar nicht essen“, grinste Lennard verschmitzt, als er sah, wie freudig überrascht Lara war. „Ich habe etwas liefern lassen von dem Restaurant, in das ich dich sowieso mal ausführen wollte. Für heute dachte ich ist es am schönsten, wenn wir nur für uns sind.“

„Auf jeden Fall!“, strahlte Lara. Mehrmals während des Essens konnte sie nicht umhin ihren Ring zu bestaunen. Im Licht der Fackeln glitzerte er. „Erzähl mal, wie war es, den Ring zu kaufen? Hast du ihn gesehen und direkt gewusst, dass ich ihn so schön finden würde, oder hast du dir auch andere angesehen?“

Sie konnte ihre Neugier nicht verbergen. Am liebsten hätte sie eine detaillierte Beschreibung des kompletten Prozesses, angefangen bei dem Plan, ihr einen Antrag zu machen, bis hin zu der Umsetzung bekommen wollen. Lennard lächelte sie so verliebt und glücklich an, dass sie ihr Glück nicht fassen konnte. Er gab ihr einen Kuss auf die Stirn.

„Ich habe schon lange versucht, deinen Geschmack bei Ringen herauszufinden. Aber du trägst ja so gut wie nie welche. Dann war ich einen Tag über in verschiedenen Juwelieren, das war, während ich auf Geschäftsreise war, um mich umzusehen und beraten zu lassen. Ich wusste ja gar nicht, was es so gibt und worauf man achten muss. Ich sage dir, so viele unterschiedliche Informationen wie an diesem Tag habe ich noch nie zu einer Sache bekommen. Jedenfalls bin ich zu dem Schluss gekommen, dass ich nicht auf diese ganzen Ratschläge höre, sondern danach entscheide, was mir am besten gefällt.“ Er nahm ihre Hand und berührte den Ring. „Ein alleinstehender Diamant. Rund geschliffen, nicht zu groß, dafür lupenrein. Das schien mir genau richtig.“

Lara wusste sofort, was er meinte. Es brauchte keinen riesigen oder farbigen Stein, keinen ausgefallenen Schliff, kein diamantbesetztes Ringband. Es war ein einzelner, perfekter Stein, eingefasst und auf ein schmales, weißgoldenes Band gesetzt. So wie Lennard der einzige, perfekte Mann für sie war und sie die einzige, perfekte Frau für ihn. Ein Stein, der nicht durch seine Größe, sondern durch seine Reinheit beeindruckte, weil er dadurch umso mehr schimmerte. Mehr brauchte es nicht. Es war der schönste Ring mit der wunderschönsten Bedeutung.

„Ich wollte ihn gravieren lassen, aber ich dachte, das bringt vielleicht Unglück, es vor dem Antrag zu machen. Wir können ihn bei Gelegenheit zusammen zum Juwelier bringen und das Datum eingravieren lassen."

Und der Juwelier war Tiffany & Co in London, wie sich später herausstellte.

Lara lächelte und schloss kurz die Augen bei der Erinnerung an diesen perfekten Antrag. Und beinah hatte diese Erinnerung es geschafft, jene an den eigentlichen ersten Antrag auszulöschen. Zu überspielen. Aber eben nur beinah. Zu gerne hätte Lara die Situation vergessen, in der Lennard nach einem Streit darüber, dass er sie für zu freizügig angezogen hielt und sie so nicht zur Uni gehen lassen wollte, zu ihr gesagt hatte:

„Dann zeig mir doch, dass das nicht für andere Typen ist. Zeig mir, dass du mir gehörst. Heirate mich. Beweis es mir."

Es war keine Spur von Romantik in seinen Worten gewesen, sondern er war nur von dem Gefühl des Kontrollverlustes getrieben gewesen, stand dicht vor ihr, aufgebracht, eine Hand um ihren Oberarm gelegt.

„Ich ziehe mich um", hatte Lara genervt gesagt, damit er sie losließ. Sie hatte ein Foto von sich im Spiegel gemacht und es mit den Worten: „Kann ich so in die Uni gehen?“ an ihre Mutter gesendet, die umgehend geantwortet hatte: „Ja, wieso?“

Wusste ich’s doch, dachte sie. Ein sommerliches Kleid, weiße Sneaker. Sie war doch keine 50 Jahre alt und durfte ja wohl noch Röcke tragen, die nicht bis über die Knie gingen. „Pfff“, machte sie und zog sich eine Jeans an, als Lennard im Türrahmen erschien.

„Danke Baby. Das ist besser. Was ich eben gesagt habe …“

„Ist schon vergessen. Auf so etwas antworte ich erst gar nicht. Nicht auf diese Weise.“

Einige Minuten verharrte Lara noch vor dem Tiffany Schaufenster, dann schlenderte sie weiter. Nach einigen Stunden fuhr sie mit dem Aufzug zurück auf die Etage, in der ihr Hotelzimmer war und machte sich dort angekommen mit der Espressomaschine einen Kaffee. Mit dem Tütchen feinster Mini-Pralinen aus einem edlen Süßwarengeschäft ließ sie sich auf das Sofa nieder und schaute auf ihr Handy. Es war fast 18 Uhr. Sie beantwortete einige Nachrichten bei WhatsApp und meldete sich bei ihrer Mutter, dann schaute sie das Ergebnis ihres Shoppingtags erneut an und freute sich über ihre Ausbeute.

Das Geräusch einer Schlüsselkarte vor dem Leser an der Hoteltür ließ sie aufhorchen und wenig später öffnete Lennard die Tür.

„Hey!“ Lara strahlte ihn an und ging ihm entgegen, um ihn zu umarmen.

„Hey Baby!“

Lennard gab ihr einen Kuss. Es kam nicht selten vor, dass er ihr nicht Bescheid gab, wann er mit der Arbeit fertig und zu Hause oder wieder im Hotel sein würde. Lara wusste, dass er dieses Überraschungselement auch zur Kontrolle nutzte, um zu schauen, was Lara gerade machte, wenn er nicht da war. Gleichzeitig wusste sie, dass er den Weg von der Arbeit nach Hause häufig für Telefonate mit Mandanten nutzte, um sich dann Zeit für Lara nehmen zu können, wenn er zu Hause war. Es machte ihr nichts aus, dass er sie somit manchmal damit überraschte, wann er nach Hause kam. „Du warst also shoppen?“, fragte er mit Blick auf die Tüten.

„Ja, ich zeige dir gleich alles. Aber erzähl du zuerst, wie lief es heute?“

„Vielversprechend. Es sieht ganz danach aus, als würden wir uns einig werden können. Morgen kommen noch andere Partner zum Gespräch.“ Er legte sein Jackett ab und zog die Schuhe aus, dann die Krawatte. „Dann sprechen wir auch über einen groben Zeitplan.“ Er zog Lara an sich heran und flüsterte ihr ins Ohr „Aber ich schlage vor, ich erzähle dir alles beim Abendessen und vorher nehmen wir uns ein bisschen Zeit füreinander, in der wir nicht reden.“

„Baby.“

Lennards Stimme war tief, beinah flüsternd. Er streichelte ihr über die Wange und Lara blinzelte, als sie aus einem leichten Schlaf aufwachte. Sie fühlte sich tiefenentspannt und ein wenig erschöpft.

„Ich bestelle uns was zu essen aufs Zimmer. Schau mal, was du haben möchtest.“

Lennard saß am Rand des Bettes und lehnte sich zu ihr, um ihr den Blick auf sein Handydisplay zu erleichtern. Dort war eine digitale Speisekarte zu sehen. Beim Scrollen durch die verschiedenen Menüs knurrte Lara der Magen. Das hörte sich alles fantastisch an. Sie entschied sich für die Pasta mit Trüffelsauce. Während Lennard telefonisch das Essen bestellte, sprang Lara unter die Dusche. Sie zog sich ihr Nachtzeug über und als sie aus dem Badezimmer kam, hörte sie bereits ein zaghaftes Klopfen an der Zimmertür.

„Ich mach auf. Zieh dir bitte was über“, sagte Lennard eilig, als Lara bereits auf dem Weg zur Tür war.

Sie zog sich einen bequemen Pullover an und Lennard nahm das Essen auf einem kleinen Wagen entgegen.

„Nachdem wir gestern keine Cocktails getrunken haben, hab ich uns stattdessen heute was zum Anstoßen bestellt. Der Cidre kommt wohl aus der Nähe von London.“ Er reichte Lara ein Glas. „Schön, dass du mit mir gereist bist. Lass uns das wieder öfter machen.“

Lara strahlte ihn an. Sie freute sich, dass er seinen kleinen Toast ihr gewidmet hatte, nicht den Gesprächen um die Firma. Beide nahmen einige Schlucke des milden Apfelweins.

„Sollen wir im Bett essen wie früher?“, fragte Lara, in Anlehnung an die vergangenen Dienstreisen, bei denen sie sich manchmal diesen Luxus gegönnt hatten.

„Ja, lass uns das machen.“ Lennard erzählte ihr beim Essen von den Partnern, die er heute kennengelernt hatte, von den Inhalten der Gespräche und den Plänen für den nächsten Tag. Im Anschluss schauten sie einen Film und Lara schlief an Lennards Schulter gelehnt ein.

Durch einen Lichtstrahl, der zwischen den schweren Vorhängen hindurch schien, wurde Lara wach. Lennard war bereits unter der Dusche, es musste also kurz nach 7 Uhr sein. Der Rückflug nach Köln war für 20 Uhr gebucht und sie hatte bis 16 Uhr Zeit, bis sie aus dem Hotelzimmer auschecken musste. Als wäre es bereits eine ferne Erinnerung, hallten die Träume der letzten Nacht in Laras Gedanken nach. Die Masseurin war darin vorgekommen und aus irgendeinem Grund hatte sie das Gefühl gehabt, Lennard etwas zu verheimlichen. Sie versuchte kurz, sich zu erinnern, warum, jedoch hatte der Traum sich bereits verflüchtigt und Lara ließ den Gedanken los. Während sie ihren Tag im Kopf plante, überlegte sie für einen kurzen Moment, erneut bei der Masseurin vorbeizuschauen. Nicht für eine Massage, sondern um sich zu unterhalten. Sie schüttelte den Kopf. Woher kam dieses Interesse für die Worte der Masseurin und warum hatte sie so ein befreiendes Gefühl, wenn sie an die Unterhaltung zurückdachte?

„Guten Morgen!“ Lennard trat gut gelaunt aus dem Badezimmer und legte seine Armbanduhr an.

„Guten Morgen Len“, lächelte Lara.

„Wir haben uns gestern gar nicht mehr über deinen Tag unterhalten. Was hast du heute vor?“

„Ich habe meiner Mutter versprochen, für sie nach zwei Sachen in der Mall zu schauen, die es in Deutschland nicht gibt. Und ich wollte mir ein englisches Buch kaufen. Vielleicht Schwimmen gehen. Und ein bisschen Sport machen, hier auf dem Zimmer denke ich, dann kann ich meine Rückenübungen machen.“

Lennard zog bei der Erwähnung des Schwimmens kurz die Augenbrauen hoch, ertappte sich aber dabei und entspannte sein Gesicht wieder. Wahrscheinlich gefiel ihm die Vorstellung mal wieder nicht, dass Lara allein und leicht bekleidet unter Leute ging.

„Klingt gut, dann wünsche ich dir einen schönen Tag. Ich hole dich spätestens um 18 Uhr ab, damit wir pünktlich beim Flughafen sind.“

„Okay, ich checke um 16 Uhr spätestens aus, dann bin ich bereit und warte um 18 Uhr am Eingang, wenn ich vorher nichts von dir höre.“ Lennard legte beide Hände um ihr Gesicht und gab ihr einen Kuss.

„Bis später, Baby. Pass auf dich auf.“

„Mache ich. Viel Erfolg heute!"
„Danke!" Damit war Lennard aus der Tür.

Gegen 18 Uhr wartete Lara am Eingang des Hotels. Sie hatte sich dagegen entschieden, erneut bei der Masseurin vorbeizuschauen und den Tag in der Mall und im Fitnessstudio verbracht. Lennard kam mit großen Schritten und wehendem Mantel durch die große Drehtür des Hotels. *Er strahlt mit seiner Größe, den Bewegungen, seinem ganzen Erscheinungsbild eine solche Autorität aus,* dachte Lara. Sein Blick war suchend und entspannte sich, als er Lara sah, die in der Nähe der Rezeption mit zwei Koffern auf ihn wartete.

„Hi Baby!" Er gab ihr einen kurzen Kuss auf die Stirn. „Wir müssen uns beeilen, ich nehme die Koffer."

Vor dem Eingang parkte ein Uberfahrer und half Lennard, das Gepäck in den Kofferraum zu laden. Kurz darauf reihten sie sich in den dichten Verkehr ein. Lennard erzählte Lara von dem Verlauf der Gespräche. Es sah danach aus, als würde dem Zusammenschluss der Firmen nichts im Wege stehen. Bei einem erneuten Folgegespräch in zwei Wochen würde der genaue zeitliche Ablauf der Fusion näher beleuchtet werden und auch ein erstes Vertragswerk vorgelegt. Ein Projektleiter, der Erfahrung in Sachen Fusion hatte, würde von der anderen Firma vorgestellt werden. Lara juchzte vor aufgeregter Freude. Es war so ein großer Schritt für Lennard, aber er war sehr beherrscht und bescheiden, sodass er sich nicht anmerken ließ, wie viel das für seine Karriere bedeutete. Sie schätzte an ihm, dass er nicht mit seinen Erfolgen prahlte. Diese Fusion würde die Möglichkeit bieten, dass er sich für einige Jahre an einen oder verschiedene Standorte ins Ausland versetzen lassen könnte. Er hatte sich schon lange auch in internationalem Recht fortgebildet, um für internationale Fälle und eine Auslandstätigkeit qualifiziert zu sein. Auch für Lara klang die Aussicht, eine Zeitlang in einem anderen Land zu wohnen und zu arbeiten, wahnsinnig attraktiv. Sie beide waren jung, es wäre ein guter Zeitpunkt in ihrem gemeinsamen Leben, solche Möglichkeiten wahrzunehmen. Irgendwann in der Zukunft würden sie vielleicht sesshaft werden und nicht mehr umziehen wollen, aber die Zeit dafür war noch nicht gekommen. Sie wollten noch ein paar Jahre die Welt erkunden, Risiken eingehen, Abenteuer erleben. Genau wie Lennard würde auch Lara sicherlich einen Job in einem anderen Land finden. Zur Not würde Lennard sie als seine Assistentin mitnehmen, sodass sie in der gleichen Kanzlei wie er arbeiten könnte, sagte er dann immer. Er tat so, als sei das ein Scherz, aber Lara wusste, dass ihm diese Konstellation am liebsten wäre – so hätte er die meiste Kontrolle und wüsste, dass sie von den neuen Kollegen gut behandelt werden würde.

„Bleib den Tag morgen noch zu Hause. Du kannst ja am Donnerstag wieder ins Büro gehen. Dann stoßen wir heute Abend an und ich gehe morgen erst später ins Büro."

„Okay!" Lara nickte. „Gehen wir dann morgen auch zur Polizei?"

„Lass uns morgen darüber reden. Es ist spät. Heute Abend feiern wir."

„Du hast Recht."

Er hatte zwei lange Tage gehabt, da sollte er wenigstens heute Abend abschalten können, dachte sie. Als der Flieger gelandet war, holten beide sich Currywurst und Pommes zum Mitnehmen an einem der Flughafenschnellrestaurants. Wenig später erreichten sie die Wohnung und Lennard öffnete eine Flasche ihres Lieblingsweins aus Nappa, den sie während eines Urlaubs in

Kalifornien kennengelernt hatten. Er erklärte ihr die weiteren Details der Fusion und wenig später gingen sie ins Bett.

Lara war bester Laune, als sie sich am Morgen darauf an den Frühstückstisch setzte. Beide hatten ausgeschlafen und Lennard hatte frische Brötchen geholt, weshalb es sich anfühlte wie ein Wochenende, nur, dass Lennard nicht mehr so gut gelaunt und gelöst war wie am Abend zuvor. Er wirkte angespannt.

„Hör zu, Lara." Sein ernster Ton machte sie nervös. „Wegen der Anzeige. Überlege dir gut, ob du das machen willst. Es ist ziemlich aussichtlos, dass sie denjenigen finden. Ich weiß gar nicht, was sie überhaupt unternehmen wollen. Es gibt keine Ansatzpunkte, weder ein Gesicht noch sonst irgendetwas. Nate erinnert sich auch nicht, wie der Typ aussah, der dich raus begleitet hat."

Lara stutzte. Woher wusste Lennard, dass Nate sich nicht erinnerte? Sie hatte es ihm nicht erzählt.

„Hey", Lennard strich ihr eine Strähne hinters Ohr. „Ich verstehe, dass du mit deiner Anzeige bewirken willst, dass der Club zumindest wachsamer wird und sowas nicht nochmal passiert. Die Frage ist nur, ob das zu etwas führt. Du wurdest vom Krankenwagen abgeholt, der Club und die Gäste haben sicher mitbekommen, was passiert ist. Sowas spricht sich rum und damit sind auch alle gewarnt. Das hat wahrscheinlich schon eine größere Wirkung als die Polizei haben könnte."

Lara nickte. Lennard war zwar nicht im Zivilrechtsbereich tätig, kannte sich aber aus, was die Zusammenarbeit mit der Polizei betraf.

„Vielleicht lasse ich das mit der Anzeige, aber den Clubbesitzer würde ich versuchen zu kontaktieren und ihm das nochmal sagen. Damit ich wenigstens etwas gemacht habe. Es haben ja sicher nicht alle so viel Glück wie ich."

„Okay, aber keine Alleingänge. Wenn du Kontakt mit dem Clubbesitzer aufnehmen willst, machen wir das zusammen."

„Okay."

Lara lächelte dankbar. Mit Lennard hatte sie nicht nur einen tollen Ehemann, sondern auch einen fähigen Anwalt an ihrer Seite, der ihr den Rücken stärkte. Es war ein gutes Gefühl, dass er sie bei jedem Schritt unterstützte. Bevor sie ihn kennengelernt hatte, hatte sie in einer WG gewohnt und obwohl sie die jüngste der Mitbewohner war, hatte sie sich um alles gekümmert – Absprachen mit dem Vermieter, wenn die Heizung mal wieder ausgefallen war, die Reparatur der Waschmaschine, die sie dank der Hilfe von Google selbst vornehmen konnte, eine Beschwerde bei der Hausverwaltung, weil der Parkplatz immer von anderen, unberechtigten Dritten genutzt wurde. Daneben das Studium, das sie innerhalb der Regelzeit schaffen wollte, da sie sich durch Nebenjobs selbst finanzierte. Lennard schätzte, dass sie so selbstständig und unabhängig war und zunächst nur zögerlich seine Einladungen zum Essen oder seine Unterstützung in anderen Dingen annahm. Er wusste, dass sie nicht mit ihm zusammen war, weil sie ihn *brauchte*, sondern weil sie ihn *wollte*. Mit der Zeit lernte sie, seine Hilfe in manchen Dingen, etwa bei allen rechtlichen Fragen, anzunehmen und es war ein schönes Gefühl, dass er sich um sie kümmerte. Sie ließ es zu, dass er ihr unangenehme Telefonate abnahm und als sie vor der Fahrt in den Urlaub das Motoröl des Autos nachfüllen wollte, hatte er das bereits erledigt.

„Das ist doch mein Job", hatte er schmunzelnd gesagt und ihr die Ölflasche aus der Hand genommen. Er behandelte sie wie eine Königin. Wenn sie so darüber nachdachte, hatte sie Lennard aber auch ein Stück weit Kontrolle über ihr Leben abgegeben. Früher hatte sie alles im Griff und im Blick, was ihr Leben anging, nun regelte Lennard viel davon für sie. Aber das war ja auch ein Teil einer Partnerschaft und sie regelte dafür wiederum ja auch die eine oder andere Sache für ihn, dachte Lara.

Kapitel 7

„Hi Anne!“ Lara packte gerade ihren Koffer aus, als Anne anrief. „Heute Nachmittag? Das müsste klappen. Lennard ist gerade aus der Tür raus, auf dem Weg ins Büro und sicher erst spät wieder da.“ Um 15 Uhr fand Lara sich bei Kaffeesaurus ein, wo sie sich mit Anne und Nate zu einem späten Mittagessen verabredet hatte. „Schön, dass du so schnell wieder fit warst. Es ist echt nicht schön, eine Freundin im Krankenwagen zu begleiten.“ Anne legte einen Arm um Lara und drückte sie. „Denkst du noch daran? Ich meine, musst du das noch verarbeiten?“

„Ich hatte so viel Glück, dass ihr da wart, dass es nicht viel zu verarbeiten gibt. Ich habe mich heute nochmal damit beschäftigt, weil ich überlegt hatte Anzeige zu erstatten. Lennard hat aber letztendlich davon abgeraten, weil es aussichtslos wäre. Es gibt keinen einzigen Anhaltspunkt. Da fällt mir ein, Nate, hat er dich angerufen? Er hat gesagt, dass du dich an den Mann, der mich raus begleitet hat, nicht erinnern kannst. Das hat er nicht von mir gehört.“ Nate runzelte die Stirn.

„Nein, wir haben nicht gesprochen. Aber ich erinnere mich leider auch nicht wirklich an den Typen. Dennoch, wenn du mich fragst, ich bin der Meinung, dass du eine Anzeige machen solltest.“

„Aber du hast ihn doch angesehen, oder nicht?“, fragte Anne.

„Ich habe wirklich nicht auf ihn geachtet, sondern nur auf Lara.“ Nate wandte sich zu Lara. „Du bist so komisch vorgebeugt gelaufen, als wärst du kurz davor, vorn über zu kippen. Außerdem …“ Er nahm einen Schluck Cola. „Du kannst doch selbst entscheiden, ob du eine Anzeige erstatten willst oder nicht. Das ist nicht Lennards Entscheidung. Er kann dich ja beraten, aber er weiß doch nicht mit Sicherheit, dass eine Anzeige zu nichts führt. Auch wenn er Anwalt ist, soll er sich da raushalten."

Lara nickte, etwas irritiert über Nates deutliche Worte. Sie hatte doch überhaupt nicht gesagt, dass Lennard die Entscheidung, ob eine Anzeige erstattet würde, für sie treffen würde. Es hörte sich fast an, als würde Nate Lennard einen Vorwurf machen, dabei war es doch nur verständlich, dass Lennard Lara in dieser Sache beriet. *Er als Anwalt kannte sich ja wohl besser mit Anzeigen aus als jeder andere an diesem Tisch*, dachte sie.

„Hey!" Anne lehnte sich nach vorne und schaute in Richtung Küche. „Ich sehe unser Essen."

Ihr Einwurf war eine willkommene Ablenkung. Lara war das Thema gehörig Leid und dankbar dafür, dass mit dem Essen auch andere Gesprächsthemen kamen, sodass die drei sich in ausgelassener Stimmung verabschiedeten. Um sechs Uhr schloss Lara die Tür zur Wohnung auf.

„Hi Schatz", sagte sie, freudig überrascht davon, dass Lennard schon zu Hause war. Er saß am Schreibtisch und sie umarmte ihn von hinten, aber er löste ihren Griff.

„Was habe ich dir am Wochenende gesagt?", fragte er streng.

Lara spürte, wie ihr Herz schneller schlug. Sein Tonfall war ernst und er strahlte eine gewisse Kühle aus. Nicht diese Anspannung wie in der Situation am Wochenende. Nur eine gewisse Kühle. Mittlerweile konnte sie die feinen Unterschiede sehr gut deuten. Wenn er diese Wut und Anspannung ausstrahlte, bedeutete das für sie: Gefahr! Dann gab es aber noch diese Stufe, auf der er diese Strenge ausstrahlte, so wie jetzt, wo sie nicht in Gefahr war. In diesen Momenten war er tatsächlich gesprächsbereit. Aber es konnte trotzdem unangenehm werden, wenn er sie daraufhin wegen etwas schimpfte oder ihr Vorschriften machte.

„Dass ich mit dir sprechen soll, bevor ich etwas trinken oder feiern gehe."

„Nein." Er stand auf und Lara ging automatisch einige Schritte zurück. „Ich habe gesagt, dass du mich *fragst*. Nicht, dass du es mir *sagst*. Du brauchst meine *Erlaubnis*. Und nicht nur wenn du trinken oder feiern gehst, sondern allgemein."

„Ich hab dir doch geschrieben, dass ich mich mit Nate und Anne treffe. Wolltest du wirklich auch wegen sowas gefragt werden? Es ist doch mitten am Tag und das sind meine Freunde."

Es war nur ein Mittagessen. Sie wollte jetzt nicht einknicken. Und Lennard konnte ihr doch nicht wirklich böse deswegen sein.

„Es geht ums Prinzip, Lara. Du hast dich nicht an das gehalten, was ich gesagt habe und ich kann nicht glauben, dass das nur drei Tage nach diesem Vorfall passiert!" Lennard gestikulierte mit den Händen und fuhr sich dann durch die Haare. Lara verschränkte die Arme vor der Brust. Innerlich war sie erleichtert, dass Lennard nicht richtig wütend war, sondern eher frustriert und genervt und dass er sie nur zurechtweisen wollte, weil sie sich nicht an seine Vorgabe gehalten hatte. Er sah sie an. „Hast du dazu etwas zu sagen?"

„Können wir uns darauf einigen, dass ich mit dir spreche, wenn ich mit meinen Freunden feiere oder mit ihnen etwas trinken gehe, aber meine Freunde auch sonst sehen kann?"

„Wir können uns darauf einigen, dass du erstmal das machst, was ich gesagt habe und wir die Regeln dann *vielleicht* lockern, wenn das funktioniert."

„Aber ich habe dir doch extra geschrieben, mit wem und wo ich mich treffe."

„Du hast mir geschrieben." Lennard ging auf sie zu und berührte ihr Kinn, um ihren Kopf nach oben zu neigen. Lara sah ihm in die Augen. Es fiel ihr schwer nicht zurückzuweichen. Er war so groß wie er da vor ihr stand. Dennoch, sie wollte standhaft bleiben. „Aber du hast mich nicht gefragt."

Sie befreite sich von seiner Hand an ihrem Kinn und ging in die Küche.

„Du behandelst mich wie ein Kind!", rief sie frustriert.

„Du verhältst dich auch wie ein Kind", sagte Lennard ruhig. „Oder wie würdest du es nennen, wenn du dich leichtsinnig verhältst und nicht ausreichend für deine eigene Sicherheit sorgen kannst?" Lara antwortete nicht. „Haben wir uns verstanden, was die Regeln angeht, Lara?"

Sie zögerte einige Sekunden, sah dann aber aus dem Augenwinkel, wie Lennard sich langsam auf sie zu bewegte.

„Ja", sagte sie trotzig.

„Pass auf deinen Ton auf, Mädchen."

Er zeigte dabei mit dem Zeigefinger in ihre Richtung. Lara schwieg. Eine Diskussion würde ohnehin zu nichts führen. Lennard kam zur Kücheninsel und sah Lara mit hochgezogenen Augenbrauen an, während sie absichtlich seinem Blick auswich und sich eine Dose Fanta öffnete. Dass er nicht lockerlassen konnte, war wahrscheinlich eine seiner besten Eigenschaften als Anwalt, aber gleichzeitig eine jener Eigenschaften in seiner Ehe, die Lara das Leben schwer machen konnte.

„Du machst einen Selbstverteidigungskurs." Lara schaute auf.

„Aha …?"

„Ich habe gesagt, dass ich eine Konsequenz ziehen muss nach allem, was passiert ist. Du bist angemeldet für einen Kurs, der nächste Woche losgeht. Er geht nur einen Abend lang, aber es gibt Aufbaukurse. Ich begleite dich."

„Okay." Lara fühlte sich ein wenig überrumpelt, aber fand den Plan an sich nicht schlecht. „Gute Idee, denke ich. An welchem Abend genau?"

„Dienstag. Wir fahren um sechs Uhr hier los." Sie nickte langsam. An einen Selbstverteidigungskurs hatten sie und Anne auch schon einmal gedacht. Anne hatte sich vor einer Weile in ihrer Wohnung unwohl gefühlt, nachdem in der Nachbarschaft eingebrochen worden war. Von ihrem Wohnzimmer aus konnte man über ein großes, bodentiefes Fenster auf die Terrasse blicken und sie hatte sich an einem Abend beobachtet gefühlt und Lara vorgeschlagen, zusammen nach einem Selbstverteidigungskurs zu schauen, um sich sicherer fühlen zu können. Lara hatte dies als Möglichkeit gesehen, Lennard zu beruhigen, wenn sie abends allein unterwegs war. Da Anne die Suche nach dem Kurs aber irgendwann abgebrochen hatte und Lara daran zweifelte, ob Lennard den Kurs überhaupt ernst nehmen würde, hatte sie die Idee nicht weiterverfolgt. Dass er offen für einen solchen Kurs zu sein schien, war eine positive Überraschung. Vielleicht könnte man danach dann die neuen Ausgeh-Regeln lockern, überlegte sie.

„Kann ich Anne mitnehmen? Sie hatte schon länger überlegt, an so einem Training teilzunehmen."

„Ich denke nicht, dass das eine gute Idee ist. Das soll keine eurer Mädchenveranstaltungen werden, sondern dir vor Augen führen, was im Ernstfall helfen kann."

„Das würde es bei Anne doch auch. Wir würden daraus schon keinen unserer Mädchenabende machen."

„Jemand ist wohl heute zu Diskussionen aufgelegt.“ Lennard kam ein Stück um die Kücheninsel herum in ihre Richtung. „Du kannst ihr von dem Kurs erzählen und sie nimmt in einer anderen Woche teil. Lara, das ist keine Spaßgeschichte. Ich nehme mir den Abend frei dafür, obwohl ich jetzt schon weiß, dass es mir nicht gefallen wird, dir zuzusehen wie du dich verteidigen sollst. Das Ganze ist eine Konsequenz, oder meinetwegen sieh es als Strafe, für dein leichtsinniges Verhalten.“

„Wie? Du kommst mit, aber nimmst nicht teil?“

„Nein, der Kurs ist nur für Frauen und wird von einer Frau gehalten. Ich komme nur mit, um mir ein Bild davon zu machen, wie das Ganze abläuft.“ Einen Moment lang schwiegen beide.

„Ich nehme die Sache auch ernst, Lennard. Für mich ist das, was passiert ist mit den KO-Tropfen auch erschreckend gewesen.“ Lara legte eine Hand auf seinen Arm. Dieses Thema und die Diskussionen waren für beide ermüdend. Lennard sah sie zweifelnd an.

„Das merkt man dir nicht gerade an. Aber ich glaube dir.“

„Ich bin gespannt auf den Kurs. Wenn du ihn gebucht hast, dann ist er sicher gut.“ Sie lächelte und verspürte gleichzeitig einen Anflug von Schuldgefühlen. Der Vorfall, der sich am Wochenende ereignet hatte, beschäftigte Lennard noch immer, während sie selbst ehrlicherweise kaum mehr daran gedacht hatte. Seine Vorschriften und Regeln, der Kurs, all das waren seine Versuche, alles so unter Kontrolle zu haben, dass Lara nicht erneut in eine bedrohliche Situation kommen würde. Und sie würde alles versuchen, dass er sich von dieser Sorge lösen konnte.

Während Lennard in seinem Trainingsraum zu lauter Musik ein Ganzkörperworkout vollzog, legte Lara eine Pilates-Stunde ein. Im Anschluss nahm sie ihr Arbeitshandy zur Hand und checkte den Posteingang ihres E-Mail-Postfachs, um sich auf den morgigen Tag vorzubereiten. Glücklicherweise hatte sie in den vergangenen drei Tagen nicht viel verpasst. Sie legte ein Outfit bereit und deckte den Tisch für das Abendessen, während sie sich Frühstück und Mittagessen für den nächsten Tag vorbereitete. Lennard kaufte sich meistens an der Salatbar in der Nähe des Büros etwas zu Essen, aber Lara genoss es, selbst Gekochtes mitzunehmen und im Büro aufzuwärmen. Außerdem war das günstiger als jeden Tag auswärts zu essen.

„Wann fährst du morgen ins Büro? Vielleicht kann ich schon gleich in der Früh mit dir mitfahren."

Lara holte eine Schüssel duftenden Popcorns aus der Mikrowelle, das sie am Wochenende oft als gemeinsamen Nachtisch aßen. Lennard fuhr mit dem Auto ins Büro, da er meistens noch vor dem Berufsverkehr unterwegs war und somit nur 15 Minuten brauchte. Zu Anfang ihrer Beschäftigung in der Kanzlei war sie immer mit ihm gefahren, bis Lennard ihr gesagt hatte, dass sie keine derart langen Arbeitstage wie er machen solle.

„Ich bin Partner, da wundert sich niemand, wenn ich als Erster da bin und abends als Letzter gehe. Aber es macht keinen guten Eindruck, wenn meine Frau ebenfalls so lange Arbeitstage macht und regelmäßig mehr als zehn Stunden am Tag arbeitet. Es gibt Arbeitszeitgesetze, daran musst wenigstens du dich halten", hatte er damals gesagt, weshalb Lara meistens zwischen acht und neun Uhr im Büro ankam und pünktlich Feierabend machte, sofern ihre Auslastung das erlaubte.

„Wahrscheinlich fahre ich früher als sonst, nachdem ich die letzten zwei Tage gar nicht und heute nur ein paar Stunden im Büro war, muss ich morgen einiges aufholen.

Du solltest es noch ruhig angehen lassen. Eigentlich bist du ja noch krankgeschrieben."

„Okay, dann fahre ich später. Essen wir dann zusammen zu Mittag?"

Leider kam es in letzter Zeit nicht oft vor, dass Lennard seine Termine so legen konnte, dass sie beide zusammen Pause machten.

„Ich schaue mal in den Kalender und sage dir Bescheid." Er küsste ihre Stirn und beide wandten sich erneut ihren Büchern zu.

„Ich hab mir überlegt, dass ich doch Anzeige erstatten will." Lennard riss den Kopf hoch und schaute sie an.

„Wir haben das besprochen, Lara."

„Du hast nur gesagt, dass du dir nicht viel davon versprichst, aber das heißt doch nicht, dass wir keine Anzeige machen. Es ist doch besser, als es nicht wenigstens versucht zu haben."

Lennard nahm die Füße vom Hocker und stellte sich hin, dann drehte er den Sessel weiter in Laras Richtung und lehnte sich nach vorn, die Ellenbogen auf die Oberschenkel gestützt.

„Es wird nicht helfen, Lara. Ende der Diskussion." Lara runzelte die Stirn.

„Aber schaden wird es doch auch nicht." Warum war er nur so dagegen?

„Wirst du mir einfach glauben, wenn ich dir sage, dass es keinen Sinn macht."

Seine Stimme war nun bedrohlich tief und flüsternd. Es war ein unmissverständliches Zeichen, dass Lara dringend seinen Warnungen Folge leisten und die Fragerei beenden sollte, wenn sie ihn nicht weiter aufbringen wollte. Und gerade, als sie nicken und sich damit aus dieser riskanten Diskussion entziehen wollte, sträubte sich etwas in ihr dagegen. Mit klopfendem Herzen sagte sie:

„Es ist meine Entscheidung. Ich kann das auch alleine machen."

Lennard sog einen Atemzug durch die Nase ein.

„Glaub mir eins, Mädchen, wenn du jemals wieder alleine etwas entscheiden willst, dann gehst du besser nicht allein zur Polizei." Er fuhr sich durch die Haare. Mit gezwungen ruhiger Stimme sagte er dann: „Du musst damit rechnen, dass du gefragt wirst, ob du vergewaltigt worden bist. Und wenn nicht oder du nicht sicher bist, dann wirst du gefragt, ob du untersucht wurdest, sodass das wirklich ausgeschlossen werden konnte. Denn sonst wäre der Arzt verpflichtet gewesen, Anzeige zu erstatten. Es geht hier nicht um ein Kavaliersdelikt Lara, es geht um Körperverletzung. Die Polizei muss bei so etwas jeden Zweifel ausschließen, dass es sich um eine Falschanzeige handelt, dass du etwas behauptest, das nicht wahr ist, denn auch das kommt vor. Es werden intimste Fragen gestellt. Nicht selten haben die Opfer danach das Gefühl, selbst etwas falsch gemacht zu haben, weil jede Handlung des Opfers beleuchtet und hinterfragt wird. Das möchte ich nicht für dich. Nicht, wenn die Wahrscheinlichkeit so gering ist, dass das Ganze überhaupt zu etwas führt." Lennard legte eine Hand auf ihr Knie. Mit großen Augen sah sie ihn an.

„Das … das wusste ich ja nicht. Ich dachte, ich erzähle einfach, woran ich mich erinnern kann."

„Das ist ja grundsätzlich nicht falsch. Aber du kannst dich doch an nichts erinnern. Deine Freunde waren da, das war ein großes Glück. Das Krankenhaus hat ihrer Aussage vertraut, dass du nicht mit diesem Kerl alleine warst, und deswegen davon abgesehen, dich auf Spuren einer Vergewaltigung zu untersuchen. Das muss normalerweise gemacht werden, wenn das Opfer sich nicht erinnert. Denn falls es dazu gekommen wäre, wäre der Arzt in der Pflicht gewesen, das zu melden. Ich habe mit dem Arzt am Telefon dazu gesprochen und wir konnten von der Untersuchung absehen." Er kniff die Augen zusammen und fasste sich an die Nasenwurzel. „Dennoch muss die Polizei prüfen, ob deine Aussage schlüssig ist, und wird jedes Detail hinterfragen. Das ist keine schöne Situation, Lara. Du wirst da nicht nach 15 Minuten raus spazieren. Das wird dich beschäftigen. Bisher hast du die Situation gut verarbeitet und das will ich auch weiterhin für dich." Mit hochgezogenen Augenbrauen sah er sie eindringlich an. Sie legte ihre Hand auf seine. „Es bleibt wirklich fragwürdig, ob die Polizei überhaupt ermittelt, wenn es keine stichfesten Anhaltspunkte gibt. Und da es nicht zu einer Vergewaltigung gekommen ist, hat die Ermittlung auch keine sehr hohe Priorität."

Das leuchtete Lara ein. Sie war glimpflich davongekommen, Gott sei Dank. Aber das bedeutete auch, dass ihre Anzeige nicht so viel Gewicht hatte. Lennard fuhr sich durch die Haare.

„Pass auf, wenn du das wirklich unbedingt willst, gehe ich mit dir zur Polizei. Aber du solltest es dir gut überlegen." Er drückte ihre Hand und sagte sanft: „Weißt du, es gibt einen Grund, warum viele Frauen ihre Anzeige zurückziehen, bei solchen oder ähnlichen Fällen. Die Erfolgschancen sind oft gering und dann kann der Prozess eher eine zusätzliche psychische Belastung darstellen."

Er wusste, wovon er sprach. Zu Anfang seiner Laufbahn hatte Lennard im Strafrecht gearbeitet und dabei Frauen mit häufig sehr tragischen Geschichten vertreten. Er sprach nicht oft davon, aber Lara wusste, dass ihn diese Erfahrungen geprägt hatten. Wenn er sie davor gewarnt hatte, nachts allein nach Hause zu fahren oder im Dunkeln Joggen zu gehen und Lara sich weiterhin zu sorglos verhielt, machte er manchmal Bemerkungen wie:

„Du denkst, ich bin übervorsichtig, aber ich weiß, wovon ich rede“, oder „Du weißt nicht, was ich schon alles mitbekommen habe.“

Auf Laras Nachfrage hin hatte er dann manchmal erklärt, dass es sich um Dinge handelte, die ihm von Mandantinnen erzählt wurden und dass er nicht darüber sprechen könne, weil sie unter seine Schweigepflicht fielen, aber dass er seine Gründe hatte, warum er ihr manche Dinge verbot.

„Ich schlage vor, dass du noch ein paar Nächte darüber schläfst. Es ist nicht sehr zeitkritisch. Aber keine Alleingänge. Okay?“

„Ja.“ Lara atmete aus und nickte. Es war ein emotional anstrengender Abend gewesen. Die neuen Informationen in Bezug auf die Anzeige musste sie erst einmal sortieren. Sie gähnte.

„Ich denke, es ist Zeit fürs Bett.“ Lennard strich ihr über die Wange.

Kapitel 8

Der erste Tag zurück im Büro verging wie im Flug. Lara freute sich, wieder an ihrem Schreibtisch zu sitzen. Marianne hatte in ihrer Abwesenheit Telefonanfragen angenommen, sodass ihr Bildschirm voll von bunten Post-its mit Rückrufnummern, Namen und anderen kryptischen Notizen war. Bis Mittag hatte sie sich durch die Zettel gearbeitet und pausenlos telefoniert, nahm sich dann aber Zeit für eine gemeinsame Pause mit Marianne und erzählte ihr von den Ereignissen des Wochenendes. Beide hatten auch privat ein gutes Verhältnis zueinander und Lara wusste, dass Marianne diese Informationen vertraulich behandeln würde. Marianne reagierte erschrocken auf die Erzählungen, wenngleich Lara versuchte, die Ereignisse herabzuspielen und ihren Bericht so gefühlsneutral wie möglich zu gestalten.

„Lara, du musst auf jeden Fall zur Polizei. Was für ein Glück, dass Nate dabei war. Da kannst du dich ja gar nicht genug bei ihm bedanken.“ Die Aussage brachte Lara zum Nachdenken. Hatte sie sich überhaupt genug bei Nate bedankt? Oder hatte er sich vielleicht deswegen beim Telefonat und auch beim Abendessen gestern anders verhalten als sonst, weil er ihr das übel nahm? Sie fasste den Entschluss, sich nach Feierabend bei ihm zu melden.

„Sag mal, was machst du denn für Sachen?“

Fabian riss Lara aus ihren Gedanken. Er hatte immer ein nettes Wort für jeden seiner Mitarbeiter parat. Natürlich hatte Lennard ihm erzählt, warum er in der Nacht auf Samstag so plötzlich aus England abgereist war.

„Mir geht's wieder super. Und ich bin froh, wieder im Büro zu sein.“ Sie lachte ihn an.

„Weißt du Lara, dir glaube ich das sogar, dass du lieber früher als später wieder im Büro bist. War bestimmt nicht einfach, Lennard davon zu überzeugen. Schön, dass du wieder da bist. Man sieht, dass es dir gut geht, so wie du strahlst.“

„Danke Fabian. Es tut mir nur leid für die Unannehmlichkeiten, die euch das Ganze bereitet haben und ich bin froh, dass die Gespräche am Montag und Dienstag dann noch stattgefunden haben.“

„Ach was, Lara. Mach dir da keine Gedanken. Es kann immer etwas Unvorhergesehenes passieren, aber das Wichtigste ist doch, dass es dir gut geht. So etwas sucht man sich nicht aus.“ Er lächelte. „So, jetzt lasse ich dich weitermachen.“

„Danke, dass du vorbeigeschaut hast, Fabian.“

Er wandte sich zu Marianne und wechselte ein paar Worte mit ihr, sodass Lara sich wieder ihren E-Mails widmen konnte. Wie immer kam Lennard auch an diesem Bürotag bei Lara vorbei.

„Hey Baby.“ Er gab ihr einen Kuss auf den Kopf. „Tut mir leid, dass das Mittagessen nicht geklappt hat. Ich wollte schon längst bei dir vorbeigekommen sein, aber wir hatten noch einen längeren Telefontermin. Wie geht's dir?“

„Kein Problem.“ Lara lächelte. „Mir geht's super. Fabian hat eben auch vorbeigeschaut.“

„Und du machst heute nicht zu viel.“ Wie so oft war seine als Frage formulierte Aussage für Lara als Anweisung zu verstehen.

„Nein, es ist auch gar nicht so viel passiert in den letzten drei Tagen, ich komme ganz gut hinterher.“

„Das ist gut.“

„Bleibst du heute Abend länger? Ich dachte, sonst könnten wir nochmal zusammen zum Tanzen.“

Tanzen war ihr gemeinsames Hobby. Lennard war von ihrer Idee zuerst nicht sonderlich begeistert gewesen, als Lara ihm vor zwei Jahren vorgeschlagen hatte, es gemeinsam auszuprobieren. Bevor er sie aber allein einen Tanzkurs besuchen ließ, hatte er dann doch teilgenommen. Auf dem Tanzparkett hatte er schnell große Fortschritte gemacht und schließlich auch seinen Spaß daran gefunden. Beide hatten Kurse in verschiedenen Tanzrichtungen absolviert und besuchten hin und wieder die wöchentlichen Partys in ihrer Tanzschule, bei denen sie bereits viele Bekanntschaften zu anderen Paaren geschlossen hatten. Es war erfrischend, auch außerhalb des Jobumfeldes Freundschaften schließen zu können und mit einem der Paare war sogar ein gemeinsamer Urlaub in Planung. Lennard sträubte sich häufig gegen die Partys, die donnerstags und freitags stattfanden und mit seinem Arbeitsalltag und den frühen Aufstehzeiten kollidierten. Wenn er jedoch erst dort war, genoss er sichtlich die Ablenkung von seiner Arbeit und den lockeren Austausch mit den anderen Teilnehmern. Bei der Arbeit war er stets in seiner professionellen Vorgesetzten- und Anwaltsrolle und hatte bis auf Fabian mit keinem der anderen Mitarbeiter privaten Kontakt. Jedes seiner Worte war gewählt und seine Emotionen hatte er unter vollkommener Kontrolle, weshalb es ihm sichtlich guttat, wenn er sich in der Gesellschaft anderer Tänzerinnen und Tänzer gelöst verhalten konnte. *Und gerade heute würde ihm das sicher besonders guttun*, dachte Lara.

„Ich denke nicht, dass ich das schaffe. Wir sind morgen den Tag über in Konferenzen, auf die ich mich vorbereiten muss. Nächste Woche geht es mit einem Prozess weiter. Lass uns morgen Abend hingehen und heute Abend machst du irgendwas Schönes zu Hause."

Gegen sechs Uhr machte Lara das Licht an ihrem Schreibtisch aus, räumte ihre Tasse in die Spülmaschine und trat den Heimweg an. Sie wechselte in ihre Sportkleidung und trat zu einem abendlichen Spaziergang vor die Tür, während sie Nate anrief. Er hob beim ersten Klingeln ab.

„Hey Nate! Kannst du gerade sprechen?"

„Ja, ich hab Zeit. Was gibt's?"

„Ich wollte mich nur nochmal bei dir bedanken. Heute hatte ich das Gefühl, dass ich gar nicht wieder gutmachen kann, was du am Freitagabend gemacht hast. Lennard ist dir genauso dankbar. Das wollte ich dir nur nochmal sagen, weil ich das glaube ich nicht deutlich gemacht habe."

„Alles gut, ist doch klar. Ich bin ja froh, dass nichts weiter passiert ist."

„Ist denn zwischen uns alles in Ordnung? Ich hab immer noch das Gefühl, dass irgendwas ist. Dass du sauer auf mich bist oder so."

„Nein, Lara. Nicht sauer. Wirklich nicht. Und es ist alles gut. Ich hab nur manchmal so ein Gefühl … lass uns mal persönlich drüber sprechen. Was machst du heute?"

Lara presste die Lippen zusammen. Auf der einen Seite wollte sie unbedingt wissen, was Nate auf dem Herzen hatte, auf der anderen Seite müsste sie Lennard erst fragen, wenn sie sich mit ihm treffen wollte. Und das könnte sie Nate ja schlecht erzählen. Was würde er dann von ihr denken? Und was sollte er dann dazu sagen?

„Lara?"

Sie hatte nicht bemerkt, dass sie den Atem angehalten hatte.

„Ja, ich bin dran. Sorry. Ich müsste noch etwas klären wegen heute Abend. Kann ich dich gleich zurückrufen?" Diese neue Regel von Lennard machte es wirklich kompliziert sich zu verabreden. Das war wahrscheinlich ganz in seinem Sinne. Sie schrieb:

„Kann ich mich heute Abend mit Nate treffen? Auf ein Getränk.“ Sie überlegte und fügte hinzu: „Für zwei Stunden.“ Sie las die Nachricht erneut und schnaubte spöttisch. Dass sie als erwachsene Frau ihren Mann nach seiner Erlaubnis fragen musste, einen Freund zu treffen, durfte sie wirklich niemandem erzählen.

Zu Anfang ihrer Beziehung war Lennard dagegen gewesen, dass sie sich überhaupt mit männlichen Freunden traf. Es war der Grund für eine ihrer ersten Auseinandersetzungen gewesen. Sie und Nate hatten damals im The Great Berry Café in der Kölner Südstadt gesessen und zusammen für eine Klausur gelernt. Als Lennard dann dazu kam, hatte er Lara zur Seite genommen und gefragt:

„Was ist denn hier los?“

Nate hatte sich zum Glück zum Telefonieren zurückgezogen und nichts von Lennards Szene mitbekommen. Lara war damals von Lennards Temperament erschrocken gewesen, hatte aber darauf beharrt, sich weiterhin mit Nate treffen zu können. Sie wusste zu diesem Zeitpunkt noch nicht, wie Lennard möglicherweise reagiert hätte, wenn er sie zu Hause zur Rede gestellt hätte und nicht gerade in einem Café mit vielen Besuchern. Doch auch diese Seite von Lennard hatte sie bald darauf kennenlernen sollen. Im Nachhinein war sie froh, dass er wenigstens akzeptiert hatte, dass Nate zu ihrem Freundeskreis gehörte.

Ihr Handy vibrierte mit dem Erhalt einer Nachricht, als sie in der Wohnung ankam. Es war ein milder Wintertag gewesen, aber mit der Dämmerung sanken die Temperaturen und Lara beschloss, ihren Spaziergang auf Lennards Laufband fortzusetzen.

„Dein Ernst? Du willst schon wieder ausgehen?“ Sie sah, dass er tippte, dann wieder nicht, dann wieder. „Zwei Stunden. Kein Alkohol. Du sagst mir Bescheid, wo ihr euch trefft, und du nimmst ein Taxi nach Hause und schreibst mir sofort, wenn du unterwegs bist.“

„Okay! Danke!“, schrieb sie und verharrte kurz über dem Senden-Button. Sie löschte das „Danke!“ und schickte die Nachricht nur mit „Okay!“ ab. Als ob sie sich für seine Erlaubnis bedanken musste, dachte sie und verdrehte die Augen. Dann rief sie Nate zurück. Wenig später trafen sie sich im Café Törtchen Törtchen in der Kölner Innenstadt.

„Hey!“ Nate schloss sie in eine feste Umarmung. „Hier in die Ecke?“ Er deutete auf einen Tisch an einem der großen Fenster. „Gern.“ Sie nahm Platz und Nate rückte dabei ihren Stuhl ran. Er war so ein Gentleman. „Ist das kalt draußen. Ich freue mich auf ein heißes Getränk und bestelle uns ein paar unterschiedliche Macarons zum Probieren“, sagte Lara freudig und schlug die Speisekarte auf. Auch Nate studierte das Angebot. Er war so ungewohnt still. Nachdem Getränke und Speisen serviert worden waren, rutschte Lara erwartungsvoll auf ihrem Stuhl hin und her. „Ich bin ganz nervös, erzähl mal, was dich beschäftigt.“ Nate hatte Daumen und Zeigefinger um sein Kinn gelegt. Er schien dabei so ernst, dass sie begann sich Sorgen zu machen. „Lara, behandelt Lennard dich gut?“ Erschrocken von der unerwarteten Frage setzte sie ihren Tee etwas zu schnell auf dem Tisch ab, sodass er ein wenig überschwappte.

„Warum fragst du das?“ In seinem Stuhl zurückgelehnt und die Finger auf den Rand seiner Tasse gelegt sah er sie an.

„Ich weiß es, Lara." Er richtete sich auf. „Was Lennard macht." Er pausierte und Lara hielt die Luft an. *Nein. Wie könnte er das wissen? Woher?* „Das Gefühl hatte ich schon seit Langem, seit Jahren sogar. Du bist immer so fröhlich, aber es gibt ab und zu solche Momente, da stimmt irgendwas nicht. Ich dachte erst, dass ihr vielleicht gestritten hättet. Aber mittlerweile habe ich da eine andere Vermutung. Ich glaube …" Er atmete tief ein und aus. „Ich bin sicher, dass er dir gegenüber schon gewalttätig geworden ist." Abwartend sah er sie an. „Habe ich Recht?" Schweigen. Eine Minute, zwei Minuten. Sein Blick war geduldig und einfühlsam. Lara bemerkte, dass ihr Mund vor Überraschung offenstand und schloss ihn wieder. Sie hatte nicht damit gerechnet, dass Nate oder irgendwer ihr jemals diese Frage stellen würde und wusste nicht, was sie fühlen, geschweige denn sagen sollte. Sollte sie es abstreiten? Zugeben? Es war als hätte er sie bei einer Lüge ertappt, so unangenehm und peinlich fühlte es sich an, aber gleichzeitig auf wundersame Weise auch erleichternd, dass das Geheimnis, das sie seit Jahren mit sich herumtrug, nun gelüftet war, ohne dass sie es von sich aus preisgegeben hatte.

„Willst du was dazu sagen? Du musst natürlich nicht. Wir müssen nicht weiter darüber sprechen. Du sollst nur wissen, dass ich jederzeit da bin, wenn du dich jemandem anvertrauen möchtest. Ich glaube nämlich, dass du das noch nicht getan hast. Und dass es dir guttun könnte." Erneut schwiegen beide. „Das jedenfalls war der Grund, warum ich so irritiert reagiert habe über die Geschäftsreise. Ich hatte einfach kein gutes Gefühl dabei; ich dachte, nach dem Ereignis Freitagnacht, was weiß ich wie er reagiert. Dann kam die Sache mit der Anzeige hinzu." Er lehnte sich ein Stück nach vorne und stützte die Unterarme auf der Tischplatte auf. „Ich habe überlegt, was für einen Grund es geben könnte, dass er nicht möchte, dass du zur Polizei gehst. Hat er etwas zu verbergen, was im Zusammenhang mit deiner Anzeige zutage kommen könnte? Könnte es sein, dass blaue Flecken oder Schlimmeres entdeckt würden, wenn man dich untersuchen würde? Das ist zwar nur Spekulation, aber es ist die einzige Erklärung, die mir in den Sinn gekommen ist. Das war der Punkt, an dem ich dachte, ich muss dich auf meine Vermutung ansprechen. Deswegen habe ich mich so anders verhalten; es war einfach schwierig, einen Moment zu finden." Er nahm einen Schluck Tee, bevor er fortfuhr. „Eine lange Zeit war ich mir nicht sicher, ob es ein Hirngespinst ist oder nicht. Manchmal dachte ich, dass ich total falsch liege und dann gab es wieder Dinge, die mich in meiner Annahme bestärkt haben." Er deutete Laras fragenden Blick als Aufforderung, diese Aussage weiter auszuführen. „Kleine blaue Flecke an den Armen zum Beispiel. Das hätte auch vom Sport oder anderen Dingen stammen können. Aber ich habe das natürlich genau beobachtet und dann sind mir immer wieder solche Sachen aufgefallen. Bestärkt hat mich vor allem die Situation bei Sophies Einweihungsfeier, mit dem Teller, vor ein paar Wochen." Er sah aus dem Fenster, dann zu Lara. „Seitdem habe ich überlegt, wann ich dich anspreche und wie. Und nach der Geschichte mit England und der Anzeige war mir klar, dass es nicht warten kann."

Mit einem leisen Räuspern fand Lara ihre Stimme wieder. Ihr Herz klopfte vor Aufregung, als wie der folgende Satz alles entscheidend und lebensverändernd sein könnte.

„Du hast mit deiner Vermutung Recht, Nate." Nate wirkte nicht überrascht, er nickte nur ganz leicht und schenkte ihr ein kleines, warmes Lächeln. Sie atmete aus, schluckte, dann fragte sie: „Hast du es jemandem erzählt?“

„Nein.“ Seine Antwort kam prompt und verbindlich, was Lara ein wenig Erleichterung brachte. „Ich habe bei Anne mal ein paar Bemerkungen gemacht, um zu sehen, wie sie reagiert. Keine Sorge, es war ganz subtil. Als du im Krankenhaus warst und es darum ging, dass Lennard angerufen wird, habe ich gesagt, dass es doch nicht nötig sei und was sie vermutet, wie er auf die Nachricht reagieren würde. Als sie nicht darauf angesprungen ist und meinte, dass er bestimmt Bescheid wissen will, war mir klar, dass sie nichts weiß. Ich dachte, wenn du ihr schon nichts erzählt hast, dann hast du es wohl niemandem erzählt.“ Lara nickte.

„Ich habe es niemandem erzählt. Und du meinst, dass es außer dir auch niemand weiß oder vermutet?“ Seine Brauen bewegten sich minimal bei ihrer Frage, als wäre er darüber verwundert, ohne es zeigen zu wollen.

„Sicherlich nicht, man merkt es dir schließlich überhaupt nicht an. Ich kenne dich und Lennard schon mehrere Jahre und seit etwa zwei Jahren hatte ich das Gefühl, dass da etwas nicht stimmt. Aber ich wusste lange nicht, was es ist. Ich habe euch ja nicht so häufig zusammen erlebt, sondern meistens treffen wir uns ohne ihn und du bist wie immer. In seiner Anwesenheit aber warst du manchmal, wie soll ich sagen, vorsichtig. Auf der Hut. Als müsstest du ständig über die Schulter schauen aus Angst, bei irgendetwas ertappt zu werden. Nicht immer, aber ab und an ist es mir aufgefallen. Ich habe mir zunächst nicht viel dabei gedacht. Mit der Zeit gab es aber immer mehr Anzeichen, die mich dazu gebracht haben, mir Sorgen um dich zu machen. Anzeichen, dass er dich unterdrückt, dass er herrisch ist. Und seit einigen Wochen wusste ich dann, was es war. Ich wusste, du bist nicht sicher bei ihm. Aber zu deiner Frage: Nein, ich denke nicht, dass jemand anderes das ebenfalls beobachtet oder vermutet hat." Er lehnte sich vor und sprach etwas leiser. „Lara, ich verstehe ja, dass das ein Thema ist, mit dem man nicht hausieren geht. Aber warum hast du so eine Sorge, dass jemand es weiß? Warum hast du es gar niemandem erzählt, nicht mal einer engen Freundin? Ich meine, wie lange geht das schon?" Lara rutschte angespannt auf ihrem Stuhl hin und her. „Entschuldige." Nate atmete aus und richtete sich wieder auf. „Ich wollte dich nicht bedrängen mit den Fragen. Fühl dich frei, mir jederzeit zu sagen, wenn es dir zu viel wird. Weißt du, ich verstehe es, zumindest teilweise, dass du es die ganze Zeit für dich behalten hast. Es hat sicher mit Scham zu tun. Mir war nur wichtig, dir zu sagen, dass ich da bin, falls du doch mal reden willst. Egal wann. Und keine Sorge, ich habe nicht vor, es irgendjemandem zu erzählen."

„Danke, Nate. Das ist so lieb von dir. Du bist wirklich ein toller Freund, die ganzen Jahre schon. Dann das am Samstag und das was du gerade gesagt hast, ehrlich, danke dafür."

„Das ist doch klar." Er streichelte ihren Arm.

„Wenn es für dich okay ist, würde ich gerne für heute das Thema beenden. Dann kann ich meine Gedanken ein bisschen sortieren. Nachdem ich das alles so lange für mich behalten habe und überhaupt nicht damit gerechnet hab, dass du mich darauf ansprichst, bin ich ein bisschen durch den Wind." Sie schaute auf ihre bebenden Finger.

„Du zitterst ja."

„Das ist nur die Aufregung." Schnell machte sie eine Faust und lächelte beteuernd. „Mir geht's gut. Das hat das Thema nur so an sich – wenn ich darüber nachdenke, dann melden sich meine Nerven und anscheinend verstärkt sich der Effekt, wenn ich darauf von jemandem angesprochen werde. Aber alles in Ordnung, wirklich." Nate sah sie mit gerunzelter Stirn an, als würde er ihr nicht glauben. Für einige Minuten saßen beide einander schweigend gegenüber und nippten an ihren Getränken, ohne sich anzusehen.

„Ich bin froh, dass du es weißt", sagte Lara schließlich. „Danke, dass du mich darauf angesprochen hast. Das war bestimmt kein einfacher Schritt. Und danke, dass du es für dich behältst. Das ist mir wichtig." Nate lächelte mit zusammengekniffenen Lippen. „Zu einem anderen Zeitpunkt kann ich dir vielleicht mehr dazu erz…"

„Ganz in deinem Tempo. Das ist nur ein Angebot. Ich habe schon gedacht, dass ich dich damit überrumple, also nimm dir die Zeit, die du brauchst, bis du mir mehr darüber erzählst", sagte Nate sanft. *Er ist einfach so lieb,* dachte Lara. Es wirkte fast, als hätte er ein schlechtes Gewissen, dass er sie so durcheinandergebracht hatte. „Ich hoffe, das ist jetzt nicht zu direkt. Aber ich spreche es jetzt trotzdem aus, weil du mir wichtig bist, und du kannst darüber nachdenken." Er strich sich mit der flachen Hand übers Gesicht. „Lara, von einem Mann, der dir gegenüber gewalttätig wird, musst du dich trennen. Das weißt du. Ich weiß, ihr seid verheiratet. Ich weiß, es gibt sicher gute Zeiten und schöne Momente. Und ich weiß, dass du ihn nicht heute Abend vom einen auf den anderen Moment verlassen wirst. Aber jetzt hast du mich, ich weiß Bescheid und ich kann dir helfen. Irgendwann, in absehbarer Zeit, musst du da raus. Und ich begleite dich bei jedem Schritt." Sie sah zu Boden. Der Gedanke daran, Lennard zu verlassen, war einfach zu schmerzhaft. Natürlich hatte sie schon selbst darüber nachgedacht, aber noch nie war dieser Gedanke von einer dritten Person an sie herangetragen worden. Beinah verspürte sie den Drang, Lennard zu verteidigen, aber Nate hatte Recht. Es war nicht in Ordnung, was er tat. Sie hob den Blick und sah Nate an, der sie beobachtet hatte. Besorgnis stand in seinen Augen. Sie musste irgendetwas sagen.

„Auf der Geschäftsreise war übrigens alles in Ordnung." Er nickte, wirkte aber nicht überzeugt.

„Okay", sagte er schließlich. Sie warfen sich gegenseitig ein ermutigendes Lächeln zu. Erneut Schweigen.

„Hast du Lust zu erzählen, was du an Weihnachten und über Silvester geplant hast? Kaum zu glauben, dass nächste Woche schon Mittwoch schon Heiligabend ist, oder?" Es war die einzige Frage, die Lara eingefallen war, um das Thema in eine andere Richtung zu lenken.

„Ähm, klar", sagte Nate abgelenkt. „Also, Weihnachten. Was war die Frage?"

Das Gespräch lief schleppend an, nahm aber dankbarerweise eine Wendung und nach einer halben Stunde konnten beide wieder lachen und erzählten einander von den peinlichsten Erlebnissen, die sich an Weihnachtsfeiertagen oder Silvester zugetragen hatten.

„Entschuldige." Lara versuchte, ein Gähnen zu unterdrücken. „Ich glaube, ich sollte mich langsam auf den Heimweg machen." Dabei fiel ihr ein, dass sie sich nach Lennards neuer Regel nur für zwei Stunden treffen durfte und schaute hektisch auf die Uhr.

„Alles okay?"

„Ja, ich hatte nur kurz gedacht, es wäre schon später. Bis neun wollte ich zu Hause sein."

„Dann lass uns aufbrechen." Vor dem Café verabschiedete Lara sich mit einer Umarmung.

„Danke nochmal. Und wir sehen und hören uns bald wieder, ja?"

„Auf jeden Fall. Melde dich jederzeit." Nate löste das Schloss an seinem Fahrrad und Lara erschauerte in der kalten Abendluft. Sie schaute die Straße runter nach ihrem Uber.

„Du kannst dich wirklich schon auf den Weg machen, der Fahrer ist wohl in einer Minute da." Nate nickte und war im Begriff, auf sein Fahrrad zu steigen. Dann zögerte er und drehte sich wieder zu Lara um.

„Kann ich dich jetzt guten Gewissens nach Hause fahren lassen? Oder kann es sein, dass dir heute da etwas passiert?"

„Nein." Lara schüttelte beschwichtigend den Kopf. „Mach dir bitte keine Gedanken. Lennard ist wahrscheinlich noch nicht mal von der Arbeit zurück, bis ich im Bett bin. Und selbst wenn er früher da ist, wird alles in Ordnung sein."

„Hm", machte Nate. In diesem Moment hielt das Uber am Straßenrand. „Pass auf dich auf, Lara."

„Komm gut nach Hause."

Sie schrieb Lennard, als sie im Taxi saß. Das Treffen hatte nur knapp anderthalb Stunden gedauert und auch sonst hatte sie sich an alle von Lennards neuen Vorgaben gehalten, stellte sie erleichtert fest. Kein Alkohol und sie ließ sich von einem Uber nach Hause fahren, obwohl sie auch wunderbar ein paar Minuten zur nächsten Bahnstation hätte laufen können. Vor dem Fenster zogen die Lichter anderer Autos und von erleuchteten Häusern vorbei. Ihre Gedanken kreisten um das Gespräch. So lange schon hatte sie Lennards Verhalten wie ein Geheimnis gehütet. Jetzt wusste Nate davon und es fühlte sich … gut und gleichzeitig beängstigend an. Jahrelang hatte sie geradezu schauspielerische Höchstleistungen vollbracht, um das Außenbild einer intakten Ehe aufrecht zu erhalten. Sie hatte sich nie jemandem anvertraut, da sie nicht wusste, wie Lennard reagieren würde, wenn er rausbekommen würde, dass sie einem Dritten etwas erzählt hätte. Zwar hatte er ihr nie explizit verboten, jemandem von seinen Übergriffen zu erzählen, aber dieses Thema, seine Ausbrüche, wurden ja ohnehin zwischen ihnen beiden totgeschwiegen. Seine Reaktion war einfach zu ungewiss, zu unberechenbar, sodass sie das Risiko nie eingegangen war, jemanden einzuweihen. Aber nun war da Nate, der von ihrer Situation wusste, auch ohne, dass sie ihm davon erzählt hatte. Eigentlich hatte er nur seine Beobachtungen dargelegt und sie hatte schließlich bestätigt, dass er richtig lag. Sie hatte nicht wirklich etwas preisgegeben und Nate würde alles für sich behalten. Dennoch stellte sich ihr immer wieder die Frage: Was würde Lennard tun, wenn er das rausbekommen würde?

Lennard hatte zwei Eigenschaften, die ihn als Anwalt so erfolgreich machten, die er aber leider auch im Privatleben nicht ablegen konnte. Zum einen hatte er diese gewisse Fähigkeit, dass er immer alles herausbekam. Als würde er instinktiv bemerken, wenn jemand etwas zurückhielt, stellte er so lange Fragen, bis alle Informationen preisgegeben worden waren. Er schien einfach immer alles zu wissen oder herauszufinden.

Zum anderen wurde er erbarmungslos, wenn er sich angegriffen fühlte. Für seine Mandanten war das von Vorteil. Je mehr Vorwürfe die Gegenseite seinem Mandanten vor Gericht machte, desto mehr fühlte Lennard sich herausgefordert und lief zu Höchstleistungen auf, was Verteidigung und Gegenangriff anging. So hatte er scheinbar aussichtslose Fälle schon zu Gunsten seines Mandanten gewendet. Dies setzte sich auch im Privatleben fort, auch wenn es glücklicherweise selten vorgekommen war, dass Lennard sich von jemandem angegriffen gefühlt hatte. Was aber, wenn das der Fall wäre, wenn er erfuhr, dass Nate um seine Übergriffe wusste? Gleichzeitig könnte es sich auch positiv auswirken, wenn sie Lennard erzählen würde, worauf Nate sie angesprochen und was er beobachtet hatte. Vielleicht würden sie dann endlich ein Gespräch führen und vielleicht wäre Lennard endlich wachgerüttelt und würde sein Verhalten ändern. Fragen über Fragen.

„Hier ist es richtig, oder?“ Der Fahrer riss Lara aus ihren Gedanken. Sie hatte gar nicht bemerkt, dass das Auto zum Stehen gekommen war.

Lennard war wie erwartet noch nicht zu Hause. Sie machte sich einen Tee und ging damit ins Badezimmer, wo sie sich duschte, abschminkte und die Zähne putzte. Die Aufregung, die sie während des Gesprächs mit Nate gefühlt hatte, versiegte langsam und eine bleierne Müdigkeit kam über sie, sodass sie sich früher als sonst ins Bett legte. Bereits in einen leichten Dös-Zustand übergegangen, hörte sie die Wohnungstür, dann Lennards fragenden Ruf:

„Lara?“

Sie antwortete so leise, dass er sie gar nicht hören konnte. Seine Schritte hallten über den Flur, wo er die Tür zum Badezimmer, dann die Tür zum Ankleideraum und schließlich die Tür zum Schlafzimmer öffnete. Lara hielt sich die Augen zu. Das Licht, das vom Flur aus durch die Tür drang, war taghell. Durch ihre Finger blinzelnd sah sie Lennards Silhouette in der Tür. Er setzte sich zu ihr ans Bett und drückte ihr einen Kuss auf die Stirn.

„Ich wollte dich nicht wecken. Geht’s dir nicht gut?“

„Doch“, brachte sie schläfrig hervor. „Ich war nur schon so früh ziemlich müde.“

„Ist denn alles okay?“

„Hmmm“, sagte Lara gähnend.

Mit einem weiteren Kuss und einem „Schlaf gut“ verließ Lennard den Raum.

Am nächsten Morgen war Lennard bereits im Büro als Lara aufwachte. Das Gespräch mit Nate erschien ihr für einen kurzen Moment wie ein Traum, so unwirklich kam es ihr vor. Und doch war es passiert und an diesem neuen Morgen fühlte es sich gut an, hoffnungsvoll, fast wie der Start zu etwas Neuem. Beschwingt machte sie sich auf den Weg zur Arbeit und war komplett in ihren E-Mails versunken, als Lennard in ihr Büro trat und die Tür hinter sich schloss. Oh. Die Tür stand sonst immer offen, sodass Lara und Marianne sich immer mal wieder spontan unterhalten konnten. Entsprechend ließ Lennard oder anderer Besuch die Tür auch meist offen, es sei denn, es ging um vertrauliche Angelegenheiten.

„Hi Baby.“ Er gab ihr einen Kuss.

„Hi, Len“, lächelte sie. Er stellte ihr eine Tasse Kaffee auf den Tisch und nahm selbst einen Schluck aus seiner.

„Wie war’s mit Nate gestern?“ Seine Frage hatte keinen scharfen Unterton und doch war Lara alarmiert. Wenn er extra die Tür geschlossen hatte, um sich nach ihrem gestrigen Abend zu erkundigen, dann hatte es doch mehr damit auf sich.

„Gut, aber kurz. Wir haben einen Tee getrunken.“ Lennard stand am Fenster und sah mit zusammengepressten Lippen in den Regen.

„Hat Nate eigentlich mal wieder eine Freundin?“

Er war im Verhör-Modus. *So müssen sich also die Gegner seiner Mandanten fühlen*, dachte sie. Lennards Auftreten war beherrscht und gewissermaßen undurchschaubar. Sie wusste nicht, was er mit seiner Frage bezwecken wollte.

„Nein, gerade nicht. Er datet wohl ab und zu. Nach Claudia wollte er sich nicht in etwas Neues rein stürzen.“

Claudia war die Exfreundin, die für den Job nach Süddeutschland umgezogen war. In den Monaten danach hatten sich die beiden auseinandergelebt. Die Beziehung hatte sechs Jahre lang gehalten.

„*In etwas Neues stürzen*", wiederholte Lennard. „Wie lang ist das her mit der Trennung?" Lara überlegte.

„So zwei Jahre wahrscheinlich."

„Dann würde er sich ja nicht gerade *stürzen*, oder?" Er sah Lara fragend an.

„Ja, das stimmt. Ich glaube, er ist gerade nicht unbedingt auf der Suche. Lässt sich Zeit. Das meine ich."

„Hm. Und warum warst du gestern Abend so früh im Bett?" Was für ein Themenwechsel. Lara runzelte die Stirn.

„Weil ich müde war. Warum fragst du mich das?"

„Weil ich das Gefühl hatte, dass du mir damit ausweichen wolltest." Lennard lehnte sich mit den Händen gegenüber von ihr auf den Tisch und Lara wich ein Stück in ihrem Stuhl zurück. „Gibt es etwas, das du mir sagen willst?"

Mist. Sie hatte nicht damit gerechnet, dass Lennard sie hier aus dem Blauen heraus zur Rede stellen würde. *Wie kam er überhaupt darauf, woher sollte er denn überhaupt wissen, dass es etwas zu erzählen gab?* Schließlich stammelte sie:

„N..., nein." Lennard sah sie erwartungsvoll an, aber Lara sagte nichts weiter.

„Nein was?"

„Nein, es gibt nichts, was ich dir sagen will." Lennards Kiefermuskeln spannten sich an.

„Das heißt ihr habt euch ohne Grund zu zweit getroffen, einen Tag nachdem du, Nate und Anne euch schon getroffen habt. Und das nur für eine Stunde."

Jetzt dämmerte Lara, was er meinte. Das Treffen mit Nate kam ihm spanisch vor, weil er schon länger dachte, dass Nate in sie verliebt sei. Er vermutete wohl, dass Nate ihr gestern seine Liebe gestanden hätte oder sowas.

„Ach das meinst du. Nein, wir hatten uns zu zweit getroffen, weil Nate sich mir gegenüber komisch verhalten hatte nach dem Ereignis am Samstag, das fand ich zumindest. Ich dachte, er wäre sauer auf mich und wir wollten das besprechen, ohne dass Anne dabei ist. Ich habe mich nochmal für seine Hilfe bedankt, auch in deinem Namen. Das war alles schnell geklärt, weil er auch nicht sauer gewesen war, sondern sich aus irgendeinem anderen Grund anders verhalten hatte als sonst. Etwas … Persönliches. Naja, und als das Thema erledigt war, haben wir noch kurz über andere Dinge gesprochen und ich wollte auf jeden Fall pünktlich nach Hause, bevor die zwei Stunden um waren und da angekommen, habe ich mich direkt bettfertig gemacht."

„Hmhm." Lennard sah sie noch immer mit durchdringendem Blick an, dennoch schien ihre Antwort ihn fürs Erste zufriedengestellt zu haben. Marianne klopfte zaghaft an die Tür.

„Tut mir leid, euch zu stören. Lennard, da hat gerade zum zweiten Mal ein Mandant angerufen, er sagt, es sei dringend."

„Ich bin in einer Minute da", erwiderte er, ohne den Blick von Lara zu nehmen. Marianne schloss die Tür. „Kommst du gleich mal in mein Büro? In einer halben Stunde."

„Ja, worum geht's denn?"

„Erzähle ich dir dann."

„Okay." Er ging aus dem Büro, im Vorbeigehen sagte er zu Marianne, dass sie den Anruf auf sein Telefon umleiten könnte. Lara atmete langsam aus.

„Es war richtig“, flüsterte sie sich selbst kaum hörbar zu und meinte damit, Lennard nicht von Nates Erkenntnis und der gestrigen Unterhaltung darüber zu erzählen. Sie wollte keine Geheimnisse vor Lennard haben, aber sie brauchte noch ein wenig Zeit, um nachzudenken. Es dürfte unter keinen Umständen passieren, dass er Nate angreifen würde. Sie hatte zwar keine Ahnung, ob Lennard das machen würde, aber sie wollte kein Risiko eingehen. Lennard war gewieft und scharfsinnig und hatte seine Kontakte, seine Mittel, seine Wege. Sie konnte ihm nicht erzählen, was Nate wusste. Zumindest noch nicht jetzt. Nicht, ohne mit Nate darüber gesprochen zu haben und ohne sich noch ein wenig Zeit zum Nachdenken gegeben zu haben.

Eine halbe Stunde später erschien sie in Lennards Büro.

„Du hast was zu besprechen?“ Sie ließ sich auf einen Sessel nieder, der ihm gegenüber vor seinem Schreibtisch stand.

„Ja.“ Er klickte etwas auf seinem Computer an. „Nächste Woche … Donnerstag. Und Mittwoch. Mittwoch bis Donnerstag muss ich wieder nach England. Ich möchte, dass du mitkommst.“ Über den Bildschirm hinweg sah er sie an. „Du kannst auch von dort aus arbeiten. Ich habe dich gern an meiner Seite. Und es war für dich doch auch schön, nochmal zusammen unterwegs zu sein, selbst wenn es nur für zwei Tage und nur eine Geschäftsreise ist. Wie vor ein paar Jahren, nachdem wir zusammengekommen sind.“ Ein verspieltes, süßes Lächeln breitete sich auf seinem Gesicht aus. Er konnte einfach so charmant sein. Lara lächelte ihn nachdenklich an.

„Ich weiß nicht. Es fühlt sich komisch an dich auf Firmenkosten zu begleiten, obwohl ich gar nicht mitkommen müsste. Meine Stellung in der Firma ist doch sowieso mit vielen Privilegien verbunden. Das sieht vor Marianne und den anderen Kollegen auch so schon komisch aus. Es ist mir wichtig, dass sie mich respektieren und nicht denken, dass ich mir alles nur von dir schenken lasse."

„Baby!" Lennard stand auf, kam um den Tisch herum, setzte sich auf eine Ecke und lehnte sich ein wenig zu Lara herunter. „Du hast keine privilegierte Stellung, deine Arbeitsleistung spricht für sich. Das sehen auch deine Kollegen. Ich habe nicht den Eindruck, dass irgendwer von ihnen denkt, dass dir etwas geschenkt wird." Er streichelte ihre Wange und ein Schmunzeln legte sich um seine Augen und seinen Mund. „Und wenn wirklich jemand denken sollte, dass wir dich bevorzugt behandeln, dann entlassen wir denjenigen als Zeichen unserer Neutralität."

Lara lachte über seinen pointierten Scherz und auch Lennard konnte es sich nicht verkneifen, über den eigenen Witz zu grinsen.

„Nein, aber mal ehrlich, Baby. Behandelt dich jemand so? Gab es irgendwelche Kommentare?"

„Nein, nein. Ich will nur keinen Anlass dazu liefern. Es reicht ja schon, dass die Kollegen wissen, dass ich mir theoretisch jeden Fehltritt leisten kann, und du würdest mich trotzdem nicht feuern."

„Nicht *jeden* Fehltritt."

Er schmunzelte, aber das Lächeln kam nicht bei seinen Augen an. Sie wusste, dass er dabei auf Fehltritte in Bezug auf andere Männer anspielte. Auch wenn es nie einen solchen gegeben hatte, war dies eine seiner tiefsitzenden Sorgen. Nicht, weil er Lara nicht vertraute, sondern weil er anderen Männern nicht vertraute, sagte er dann immer. Und dass Lara nicht vorsichtig genug und zu gutgläubig sei, als dass er diese Bedenken fallen lassen könne.

„Nicht *jeden* Fehltritt“, wiederholte Lara und rollte mit den Augen, dann lächelte sie ihn an. „Ich überlege es mir, ja? Es war wirklich schön, dass wir zusammen in London waren. Bis wann musst du Bescheid wissen?“

„Ich überlege eigentlich, statt einem Angebot eine Dienstanweisung daraus zu machen. Es scheint als könnte meine Frau nicht dazu bewegt werden, mal einen Abend in unserem zu Hause zu verbringen, statt um die Häuser zu ziehen. Und das bewirkt, dass ich dann lieber in ihrer Nähe bleibe, aber da ich nächste Woche nach London muss, müsste sie auch dort sein, damit ich auf sie aufpassen kann. Wenn ich das nicht kann, weil sie hierbleibt, könnte es sich auf meine Arbeit auswirken. Und da ihr Job darin besteht, alles zu organisieren damit die Arbeit reibungslos abläuft, müsste sie streng genommen mit mir reisen, damit ich meinen Job gut machen kann.“ Mit hochgezogenen Augenbrauen sah er sie an.

„Da hast du mich *geanwaltet*“, scherzte Lara, um die Stimmung heiter zu halten.

Dieses Thema könnte schnell in eine Diskussion ausarten, denn sie wusste, dass Lennards Aussage bezüglich einer Dienstanweisung ernst gemeint war und er sie nicht selbst entscheiden lassen wollte, ob sie ihn begleiten würde oder nicht. Sie würde einfach so tun als hätte sie es als *optional* verstanden. Lennard konnte Aussagen wunderbar anders auslegen und verdreht darstellen, sie könnte es also mal auf seine Art versuchen.

„Also, ich überlege nochmal, aber mir wäre es wahrscheinlich lieber, hier zu bleiben. Ich bleibe dann auch abends zu Hause. Und vielleicht kann ich auf eine der nächsten Reisen mitkommen, wenn ein bisschen Zeit vergangen ist dazwischen.“

Glücklicherweise schien Lennard sich mit dieser Antwort fürs Erste zufriedenzugeben. Einige Stunden vergingen und Marianne und Lara saßen zusammen in Laras Büro, um einige offene Themen abzuarbeiten, bis Lennard erneut dort erschien.

„Ich bräuchte meine Frau für fünf Minuten“, sagte er an Marianne gerichtet, die sich umgehend zurückzog und die Tür hinter sich schloss. „Wir wollten ja heute Tanzen gehen, aber es steht noch ein Telefonat mit Amerika an, das wegen der Zeitverschiebung erst heute Abend stattfindet. Das tut mir leid, Baby. Ist es okay, wenn wir das Tanzen verschieben?“

„Ja, klar ist das okay.“ Lara lächelte. Sie schätze es an Lennard, dass er sich Mühe gab, auch trotz seines zeitaufwendigen Jobs gemeinsam geplante Unternehmungen so gut wie möglich einzuhalten. Dass es bei einer wichtigen Angelegenheit wie der anstehenden Fusion zu kurzfristigen Terminen kommen konnte, war ihr bewusst.

Für eine Sekunde überlegte sie, allein auf die Tanzparty zu gehen, verwarf den Gedanken aber direkt wieder. Sie müsste Lennard ja vorher fragen und er würde es ihr nicht erlauben. Außerdem würde er dann vielleicht wirklich darauf bestehen, dass sie mit ihm auf Geschäftsreise käme, wenn er sich in dem Punkt bestätigt sah, dass Lara abends lieber unterwegs als zu Hause war. Und zwei Abende hintereinander tanzen, das musste nun auch wieder nicht sein. Dann machte sie sich eben einen schönen Abend allein.

Mit einer Schale Beeren und ihrem Buch saß sie einige Stunden später auf der Fensterbank ihrer Wohnung. Sie blätterte eine Seite weiter, dann wieder zurück und las die Seite erneut, aber sie konnte sich beim besten Willen nicht darauf konzentrieren. Da ihr Spaziergang am Vorabend zu kurz gekommen war, stieg sie auf Lennards Laufband. Während sie im schnellen Schritt und bei leichter Steigung marschierte, spielte sie im Kopf erneut das Gespräch mit Nate durch. Sie griff nach ihrem Handy und rief ihn kurz entschlossen an.

„Hey Nate. Kannst du gerade sprechen?"

„Ja. Was ist los bei dir, weinst du?"

„Nein", keuchte Lara und regelte die Geschwindigkeit herunter. „Ich bin auf dem Laufband. Den ganzen Tag hab ich immer wieder an unser Gespräch gedacht und musste jetzt einfach anrufen."

„Ja, ging mir genauso. Es ist schön von dir zu hören. Ist bei dir alles … gut?"

„Ja, ja, alles ist gut", sagte sie schnell, als sie verstand, dass Nate mit der Frage darauf abzielte, ob es seit gestern einen neuen Vorfall mit Lennard gegeben hatte. „Ich habe daran gedacht, was du erzählt hast, in Bezug auf deine Beobachtungen. Du sagtest etwas von Sophies Einweihungsfeier, dass das der Moment war, indem du dich in deinen Vermutungen bestätigt gefühlt hast."

„Ja, das stimmt."

„Kannst du es mir erklären? Ich habe hin und her überlegt, aber keinen Zusammenhang zu dem Thema von gestern feststellen können."

„Es war wegen der Teller. Erinnerst du dich?"

„Ich erinnere mich, dass ich einen Teller fallen lassen habe, wenn du das meinst. Aber wieso hat dich das in deiner Vermutung bestärkt?"

„Es war ein Stapel Teller, Lara. Wir waren in der Küche, recht viele Leute, alle haben mitgeholfen den Tisch zu decken. Du hast einen Stapel Teller aus dem Schrank genommen und irgendjemand hat gleichzeitig Luftschlangen aufgehängt. Wenn du dich umgedreht hättest mit den Tellern in der Hand, hätten dir die Luftschlangen im Weg gehangen. Ich stand neben dir und wollte die Luftschlange neben deinem Kopf nehmen und nach oben halten, damit du drunter durchgehen kannst. Du warst im Begriff dich umzudrehen, hast gesehen, dass ich meine Hand vor dir erhoben habe, und hast dich fluchtartig weggedreht, dabei die Hände zum Schutz über deinen Kopf gehalten, wobei natürlich die Teller gefallen sind. Du hast ein paar Sekunden so verharrt, dann hast du es abgetan, als wärst du einfach ungeschickt gewesen. Beim Wegdrehen hattest du dir einen Kratzer am Ellenbogen an der Kante vom Küchenschrank geholt. Ich habe dich darauf angesprochen, aber du hattest davon gar nichts bemerkt. Kein Wunder, dass du dich kaum erinnern kannst, für eine Minute warst du ganz durch den Wind, dann hattest du dich wieder gefangen."

„Ein ganzer Stapel Teller. Meine Güte, daran erinnere ich mich wirklich nur noch vage. Und die anderen Gäste? Das haben doch bestimmt einige mitbekommen?"

„Keine Sorge. Ich hab so getan als hättest du zu viel getrunken. Niemand hat das hinterfragt. Nicht mal, als du am Ende des Abends komplett nüchtern ins Auto gestiegen bist und mich und Anne nach Hause gefahren hast."

„Oh Mann, Nate. Danke. Da hast du wirklich schnell reagiert."

„Naja. Wenigstens in der Situation. Als du Anne an dem Abend bei ihr abgesetzt hast und wir nur zu zweit im Auto waren, habe ich versucht, dich auf die Sache anzusprechen. Was da los war und wovor du dich erschreckt hättest und so weiter. Du bist der Sache aber so geschickt ausgewichen, dass ich verstanden habe, dass du nicht darüber reden wolltest. Im Nachhinein hätte ich vielleicht doch mehr nachbohren sollen, aber ich habe gemerkt, wie sehr du dich erschreckt hast und wollte dir an dem Abend nicht noch mehr zumuten oder dich zu etwas drängen."

„Nate, mach dir keine Gedanken, du hast doch alles richtig gemacht."

„Naja. Wenn ich heute zurücksehe, hätte ich anders reagiert und dich noch im Auto direkt darauf angesprochen. Aber damals kam es mir richtig vor. War das der Grund, warum du angerufen hattest?“

„Auch, aber ich wollte mich einfach nochmal melden.“ Sie stieg vom Laufband und setzte sich auf eine Hantelbank. „Ich hatte überlegt, Lennard davon zu erzählen, was du herausgefunden hast. Wobei ich noch unschlüssig bin, ob das wirklich eine gute Idee ist. Ich wollte mich nur dazu mit dir abstimmen, ob du grundsätzlich damit einverstanden wärst.“

„Ich wäre natürlich damit einverstanden, aber du solltest wirklich erst noch ein paar Nächte darüber schlafen und dir gut überlegen, was dafür und dagegen spricht. Die Entscheidung ist letztendlich dir überlassen, aber ich hätte einige Bedenken, was deine Sicherheit angeht, die ich gerne vorher besprechen würde.“

„Ja, ich habe auch Sorge deswegen, aber auch was *deine* Sicherheit angeht.“

„Mach dir um mich bitte keine Sorgen. Und nimm dir Zeit. Ich hab dich wahrscheinlich ziemlich überfordert mit meinen ganzen Fragen und den ganzen Ausführungen zu dem Thema, aber das soll dich nicht zusätzlich stressen. Im Gegenteil.“

„Du bist der beste Freund, den man sich wünschen kann“, sagte Lara lächelnd.

Nate sagte erst nichts, als würde er über seine Antwort nachdenken müssen. Dann erwiderte er:

„Was wäre ich denn für ein Freund, wenn ich einer Freundin nicht zur Seite stehen würde, wenn sie Probleme hat?“ Nun hörte sie auch auf seiner Seite ein Lächeln. „Gibt es eigentlich etwas Neues zum Thema Anzeige?“

„Noch nicht. Ich halte dich auf dem Laufenden.“ Sie brachte es in diesem Moment nicht über sich, ihm zu sagen, dass sie eigentlich von dem Plan Anzeige zu erstatten abgerückt war.

„Okay. Du kennst meine Meinung."

„Ja, ich weiß, dass du dafür bist."

„Ja, aber ich will dich nicht unter Druck setzen. Falls du dich dagegen entscheidest, wirst du schon deine Gründe haben."

Nach dem Telefonat überlegte sie, ob an Nates Mutmaßung etwas dran sein könnte, dass Lennard ihr von der Anzeige abgeraten hatte, weil er sich auch selbst davor schützen wollte, dass etwas zu Tage käme. Aber sie verwarf den Gedanken wieder. Sie kannte Lennard gut und wusste, dass sie ihm vertrauen konnte. Er hatte ihr nicht aus Eigennutz abgeraten, sondern weil er wirklich davon überzeugt war, dass es für sie der angenehmste Weg war. Er kannte sich in diesem Gebiet aus.

Außerdem war Nates Ansatz haltlos. Sie trug keine Verletzungen, keinerlei physische Belege von Lennards Ausbrüchen davon. Ein kleiner blauer Fleck hier, eine Rötung dort konnte vielleicht vorkommen, aber mehr würde die Polizei nicht finden und er hatte sie auch niemals ernsthaft verletzt. Seine Handgreiflichkeiten hatten nicht den Zweck, ihr körperlich Schaden zuzufügen, sondern er wollte ihr damit Angst machen und, leider, erfüllte dies den Zweck, den Lennard beabsichtigte – dass Lara ihm dann gehorchte.

Lennard wurde vielleicht manchmal von seiner Wut und Angst vor Kontrollverlust übermannt, aber er war kein hinterhältiger Mensch. Er war aufrichtig und trat für das ein, was er für richtig hielt, ganz besonders, wenn es um Laras Wohlergehen ging. Sie hatte sich gegen eine Anzeige entschieden. Sie glaubte Lennard. Punkt.

Kapitel 9

Am nächsten Morgen saß Lennard bereits mit seinem Laptop am Esstisch, als Lara in die Küche kam. Er hatte das Frühstück vorbereitet und frische Brötchen lagen noch in einer Tüte verpackt auf der Kücheninsel.

„Ich war heute etwas früher dran als normalerweise, dann hab ich heute Abend Zeit zum Tanzen“, sagte er gut gelaunt.

Auf seine Aussagen war immer Verlass. Als sich der Zusammenschluss mit der Lewis-Walker-Baker Kanzleigruppe anbahnte, war bereits abzusehen gewesen, dass sein Arbeitsvolumen dadurch noch weiter zunehmen würde. Er hatte ihr damals versprochen, dass sie und ihre Ehe seine Priorität blieben und sie nur sagen müsse, wenn er weniger arbeiten solle oder sie sich anderweitig vernachlässigt fühlte. Die gemeinsamen Aktivitäten, Urlaube und Phasen ohne Handy waren beiden wichtig und Lennard hatte trotz der vielen Stunden in der Arbeit noch keine gemeinsam geplanten Unternehmungen abgesagt, höchstens hatte er sie verschoben, wie gestern Abend. Es kam nicht oft vor, dass er durch die viele Arbeit gestresst schien, sondern er hatte sich eine bewundernswerte Freude an dem was er tat erhalten. Die vielen Stunden, frühe Morgen und Arbeitstage bis spät in die Nacht konnten seiner Energie nichts anhaben und er würde auch an diesem Abend mit Lara bis spät in die Nacht tanzen gehen, das wusste sie. Es war eine von Lennards besten Eigenschaften, dass er Dinge einhielt, die er versprach. Gleichzeitig ging er mit Anderen genauso hart ins Gericht wie mit sich selbst und erwartete die strikte Einhaltung der Regeln oder besprochener Übereinkünfte. Das Einzige, was ihn stressen konnte, waren Lara oder Dinge, die Lara betrafen, weshalb er ihr gegenüber über die Jahre viele Regeln und teilweise Verbote ausgesprochen hatte. Lara hatte es geschafft, sich gegen einige der Verbote durchzusetzen. Vorkommnisse wie die KO-Tropfen hingegen schwächten ihre Verhandlungsposition natürlich, weshalb sie wusste, dass sie sich nun fürs Erste an seine Regeln halten musste. Das Thema Dienstreise nach London war ein Anliegen, das sie vorsichtig anbringen musste, um zu dem Ergebnis zu kommen, das sie erhoffte. So schön es auch war ihn auf Dienstreisen zu begleiten, so fand sie es aus Prinzip verkehrt, mit ihm zu reisen, damit er besser ein Auge auf sie haben konnte. Sie wusste aber, dass Lennard als der Anwalt der er war, sie in Grund und Boden argumentieren könnte, wenn er es darauf anlegte.

„Mir ist eingefallen, dass die Dienstreise in den gleichen Zeitraum wie der Selbstverteidigungskurs fallen würde“, sagte sie zwischen zwei Bissen eines wunderbar warmen Schokocroissants, um das Thema vorsichtig anzugehen.

„Ich habe die Teilnahme auf nächsten Monat verschoben. Ich möchte dabei sein und zusehen“, sagte Lennard entschieden. Es war ja klar, dass er das bereits bedacht und entsprechend umgeplant hatte.

„Okay“, nickte Lara. „Ich würde trotzdem lieber hierbleiben. Und keine Sorge, ich werde den Abend von Mittwoch auf Donnerstag hier verbringen und mich nicht verabreden. Dienstagabend wollte ich zum Sport mit Sandra und kann meine Mutter nicht anrufen, dann mache ich das am Mittwoch. Vielleicht kann ich auf eine der nächsten Reisen mitkommen, nur nicht so häufig. Es ist nicht, dass ich nicht gerne mit dir reise, aber es wäre mir wirklich unangenehm vor den Kollegen.“ Lennard kaute nachdenklich einen Bissen seines Brötchens zu Ende und musterte sie dabei.

„Na gut. Schade trotzdem. Aber da du versprochen hast nicht auszugehen, kann ich mich wohl damit anfreunden.“ *Puh. Thema erfolgreich erledigt*, dachte Lara und grinste zufrieden in sich hinein.

Kapitel 10

„Essen wir heute zusammen zu Mittag?“, schlug Lara vor. Sie war gut gelaunt und motiviert an diesem Montagvormittag.

„Gute Idee!“, nickte Marianne freudig.

Beide waren in einem gemeinsamen Termin den Bearbeitungsstand der offenen Projekte durchgegangen, was bereits drei Stunden gedauert hatte. Die letzten Wochen über hatten sie beide meistens für sich gearbeitet und sich nur wenig unterhalten, aber eine richtige Pause, in der sie sich auf die Dachterrasse oder in den angeschlossenen Aufenthaltsraum setzten und sich Zeit für Gespräche nahmen, die nichts mit der Arbeit zu tun hatten, war dabei zu kurz gekommen. An diesem Montag verließen Sie gegen zwölf Uhr das Büro. Durch die zentrale Lage waren rings um das Gebäude Supermärkte, Restaurants und Imbisse zu finden. Lara genoss es, zu dieser Tageszeit durch die geschäftigen Fußgängerzonen zu gehen. Es war nicht ganz so gedrängt wie gegen Abend, wenn die meisten Angestellten in den Feierabend gingen, aber ein lebendiges Treiben. Beide wurden in einer Salatbar fündig und ließen sich das Essen einpacken. Der Aufenthaltsraum der Kanzlei war fast leer, als sie dort eintrafen. Er diente als Pausenraum, wurde aber auch manchmal als Rückzugsort zum Telefonieren genutzt und manche Kollegen zogen den Raum ihren Büros vor, da man hier viel Licht und einen tollen Blick hatte. Lara und Marianne nahmen an ihrem Lieblingstisch Platz. Er war in einer Ecke des Raums gelegen und durch einige künstlerische Raumtrennungselemente gut abgeschirmt. Hier konnten sie sich unterhalten, ohne dass jemand zuhören könnte, und manchmal verlegten sie ihre Meetings an diesen Tisch, holten sich einen Cappuccino dazu und besprachen die offenen Themen. In dieser Pause sollte die Arbeit aber nicht Gegenstand ihres Gesprächs sein. Lara erzählte von ihrem Wochenende und erkundigte sich nach Mariannes Bruder, der auf Weltreise war. Marianne berichtete von ihrer Mutter, die sich den Arm gebrochen hatte, aber weiterhin alle im Haushalt anfallenden Aufgaben allein meisterte, während ihr Vater sich der Gartenarbeit widmete.

„Du wirkst bedrückt, ist sonst alles in Ordnung? Mit Lorenz und dir?"

Marianne und Lorenz, ihr Freund, hatten bis vor zwei Monaten in Düsseldorf gewohnt. Marianne war täglich nach Köln gependelt, während Lorenz im Norden von Düsseldorf arbeitete. Beide hatten sich bereits länger nach einem Haus oder einer Eigentumswohnung in der Mitte beider Arbeitsstätten umgesehen, bis Lorenz während der Coronakrise seinen Job verlor. Er hatte bald darauf einen neuen Arbeitgeber gefunden, bei dem es ihm sehr gut gefiel, allerdings lag seine neue Arbeitsstätte in Hessen. Beide hatten daraufhin beschlossen, die gemeinsame Wohnung aufzugeben. Marianne war in ein kleineres Apartment nach Köln gezogen und Lorenz in die Nähe seines neuen Arbeitgebers. Sie sahen sich am Wochenende und ab und an auch unter der Woche, wenn beide aus dem Homeoffice arbeiten konnten. Marianne senkte den Kopf.

„Ja, mit Lorenz ist alles gut. Er mag seine neue Arbeit sehr und das freut mich für ihn. Ich vermisse ihn nur sehr. Er arbeitet so lang, dass wir abends meistens nur noch zehn Minuten telefonieren. Und an die neue Wohnung muss ich mich auch noch gewöhnen. Es fühlt sich noch nicht so richtig *angekommen* an."

Lara biss sich auf die Lippe. Sie hätte viel eher eine gemeinsame Unternehmung vorschlagen sollen, um Marianne mehr von ihrer neuen Heimatstadt zu zeigen. Auch, wenn sie bereits jahrelang für die Arbeit nach Köln gependelt war, hieß das nicht, dass sie die Stadt wirklich kannte.

„Wie ist es eigentlich, mit seinem Ehemann zusammen zu arbeiten? So, wie ich das von euch beiden mitbekomme, wirkt es sehr harmonisch. Ihr seht euch dadurch häufig, aber habt bei der Arbeit selbst keine Schnittmengen, die eventuell Konfliktpotenzial bieten würden. Eigentlich doch eine wünschenswerte Kombination." Lara musste grinsen.

„Ja, wobei es ein Stück Arbeit war bis hierher zu kommen. Ich habe mich zuerst mit Händen und Füßen dagegen gewehrt, für Lennard zu arbeiten. Die Vorstellung, dass mein Mann gleichzeitig mein Chef ist, war für mich ganz furchtbar."

„Echt? Wie ist es denn dann dazu gekommen?" Lara überlegte.

„Zunächst ist meine Jobsuche nicht so gelaufen, wie ich es mir erhofft hatte. Anscheinend schien ich mit meinem Doktortitel für einige Stellen überqualifiziert zu sein, auf die ich mich beworben habe. Das war aber gar nicht der Fall, schließlich hatte ich in den Jahren des Studiums und der Dissertation ja nur theoretisch gearbeitet und musste einiges an praktischer Arbeit aufholen. Meine Gehaltsvorstellungen wichen auch von dem ab, was die Unternehmen mir bieten wollten. Lennard hatte mir schon oft gesagt, dass es in seiner Kanzlei Bedarf gäbe für jemanden, der motiviert ist und die *Dinge einfach in die Hand nimmt*, so hat er meine Arbeitsweise immer beschrieben. Wir haben viel hin und her diskutiert. Das Angebot, die Position dann nach meinen Vorstellungen zu gestalten, war natürlich für mich sehr attraktiv. Auf der anderen Seite wollte ich nicht, dass er mir gegenüber weisungsbefugt ist und meine Leistungen beurteilt. Ich hatte Sorge, dass das unsere Beziehung negativ beeinflusst. Außerdem dachte ich, wenn ich für Lennard arbeite, dann ist ein Stück meiner Autarkie, nämlich mein Beruf, gewissermaßen in seinen Händen. Wenn wir uns trennen würden, dann wäre auch mein Job in Gefahr, der mir ja eigentlich Unabhängigkeit geben soll. Es sind zwei große Bereiche des Lebens verbunden, die bei den meisten Menschen voneinander getrennt sind. Das hat große Vorteile, aber bietet natürlich auch ein gewisses Risiko." Marianne nickte. „Schließlich sind wir übereingekommen, dass ich ein Probe-Jahr bei ihm arbeite, während dem wir die Ausgestaltung der Position und der Tätigkeiten vornehmen können, sodass alle zufrieden sind. In diesem Modell, in dem Fabian mein direkter Vorgesetzter ist und Lennard eigentlich nichts von meiner Arbeit mitbekommt, fühle ich mich mittlerweile sehr wohl." Sie nahm eine Gabel Salat in den Mund und kaute nachdenklich. Es stimmte, ihre Übereinkunft funktionierte wunderbar und die Arbeit machte ihr großen Spaß. Wer hätte gedacht, dass alles sich so positiv entwickeln würde, nachdem die Diskussionen so unschön abgelaufen waren. Davon würde sie Marianne nie erzählen können. Als wäre es erst gestern gewesen, sah sie vor ihrem geistigen Auge die Situation vor sich.

„Baby?", hatte Lennard fragend aus dem Badezimmer gerufen, als er sie durch die Wohnungstür kommen gehört hatte. Sie hatte ihm nicht geantwortet, ihre Tasche auf den Boden gestellt und war in ihren schwarzen Pumps, die sie extra für das Bewerbungsgespräch gekauft hatte, schnurstracks zur Badezimmertür gestöckelt, die halb geöffnet stand. Lennard stand, nur mit einem

Handtuch um die Hüften, seine Kinn- und Wangenpartie von einer Schicht weißen Rasierschaums bedeckt, vor dem Spiegel und hatte die erste Bahn mit dem Rasierer gezogen.

„Du bist schon zurück? Wie war es?“, fragte er, als er sie im Türrahmen sah.

Als Lara nicht antwortete, setzte er die Rasierklinge ab und sah sie an. Sie hatte die Arme vor der Brust verschränkt, warf ihm den finstersten Blick zu, den sie aufsetzen konnte, und schwieg für einige weitere Sekunden. Lennard legte den Rasierer zur Seite und wusch sich die Hände. Nur einen Moment ließ Lara sich von dem ausgezeichneten Anblick ihres Ehemanns einfangen. Von dem Spiel seiner Schultermuskeln, während er die Hände unter dem Wasserstrahl ineinander rieb. Von der Rille in seinem Rücken, wo die Muskeln sich rechts und links von seiner Wirbelsäue aufwölbten und davon, wie noch einige der Wassertropfen, die er nach dem Duschen nicht mit dem Handtuch erreicht hatte, in eben dieser Rille seinen Rücken hinunter rannen. Von der leichten Bräune seiner Haut, dem Duft seines Duschgels und seinen noch feuchten Haaren, die er nach hinten gekämmt hatte. Ihr Blick ruhte eine Sekunde zu lang auf Lennards Kehrseite, sodass er ihn im Spiegel auffing. Schnell schaute sie ihn wieder finster an, was ihr leichtfiel, weil sie stinksauer auf ihn war. Sie antwortete provokativ:

„Es ist super gelaufen, ich habe den Job und fange am Montag an.“ Lennard nahm sich ein kleines Handtuch und begann den Rasierschaum abzuwischen.

„Baby …“, setzte er schuldbewusst an. „Du weißt es also?“ Offensichtlich hatte er ihren wütenden Blick und Ton richtig gedeutet.

„Dass du bei der Firma angerufen hast und gesagt hast, dass ich meine Bewerbung zurückziehe? Und das noch vor dem Gespräch? Ja, das hat sich in der Tat herausgestellt, als ich dort ankam und niemand mehr von meinem Vorstellungsgespräch wusste außer mir." Lennard atmete aus. Sichtlich frustriert aufgeflogen zu sein, legte er das Handtuch nieder und wandte sich ihr zu.

„Es tut mir leid, Lara. Eigentlich sollte es so laufen, dass du das Gespräch wahrnimmst und letztendlich eine Absage erhältst. Anscheinend hat die Personalabteilung das falsch … wie auch immer. Schatz, das war wirklich gut gemeint. Ich denke einfach wirklich, dass es dir gefallen könnte für mich zu arbeiten, in der Kanzlei. Das würde komplett zu deinen Konditionen stattfinden und du müsstest nicht mit einer Einstiegsposition mit niedrigem Gehalt starten, dich mit Überstunden, langen Arbeitszeiten und unangenehmen Kollegen rumschlagen müssen, sondern würdest direkt deiner Qualifikation entsprechend eingesetzt werden. Du könntest außerdem wirklich viel lernen und würdest aber garantiert fair behandelt und bezahlt, das ist alles, was ich damit bezwecken wollte und was ich mir für dich wünsche."

„Das weiß ich", erwiderte Lara, „aber du kannst doch nicht einfach für mich ein Vorstellungsgespräch absagen, für das ich eingeladen wurde. Das habe ich mir verdient, zumindest das Gespräch zu führen und vielleicht hätten sie mich ja auch gar nicht genommen!"

Ihre Stimme war laut und etwas höher als gewöhnlich und sie gestikulierte mit den Händen dazu, um ihren Standpunkt deutlich zu machen. Sie war wütend und die Wut machte sie mutig genug, Lennard so gegenüberzutreten und ihn in seine Schranken zu weisen. Was fiel ihm ein!

„Das war falsch. Ich bringe das wieder in Ordnung. Überleg dir nur bitte wenigstens …"

„Nein!“, unterbrach sie in harsch. „Du hast damit deine Chance verspielt, dass ich irgendwann in der Kanzlei anfange!“

Beinah war sie selbst verwundert über die Härte in ihrem Ton und ihre Worte, die sie eigentlich nicht so meinte. Sie konnte sich tatsächlich vorstellen für Lennard zu arbeiten, irgendwann mal. Sein Angebot war viel zu gut, um es komplett auszuschlagen, nur wollte sie es trotzdem erst einmal ohne Hilfe versucht haben. Und nachdem auf viele ihrer Bewerbungen eine Absage gefolgt war, war diese Möglichkeit immer konkreter geworden. Eine Sekunde lang war Überraschung in Lennards Gesicht sichtbar, nachdem sie ihn so abrupt unterbrochen hatte. Noch nie in ihrer Beziehung war sie so sauer auf ihn gewesen und ihm dermaßen über den Mund gefahren. Dann hatte er wieder seinen normalen, souveränen Blick auf sie gerichtet.

„Ich habe meine Chance verspielt?“, wiederholte er. Lara schluckte. Das hörte sich jetzt wirklich nicht so an, wie sie es meinte. Langsamen Schrittes kam Lennard näher. Unter anderen Umständen hätte sie jetzt auf dem Absatz kehrt gemacht, aber sie blieb bewusst stehen.

„Ich meine damit, dass ich, nachdem was heute passiert ist, nicht bei dir in der Kanzlei arbeiten werde.“

Unwillkürlich drückte sie ihre Schultern nach hinten, um sich größer zu machen. Lennards Blick fing ihre Bewegung auf und in seinen Augenwinkeln bildeten sich kleine Fältchen. Auch wenn sein Mund sich nicht bewegte, sah sie darin ein kleines Schmunzeln. Es verunsicherte sie. Er sollte sie ernst nehmen und nicht süß finden. Erneut verschränkte sie die Arme vor der Brust.

„Ich akzeptiere es, wenn du dich für den Moment so entschieden hast. Aber du kannst dich immer noch umentscheiden, diese Tür bleibt für dich offen." Nun stand er fast vor ihr.

„Ich hab mich entschieden", sagte Lara trotzig und drehte sich kurz entschlossen zum Gehen um.

„Schatz, jetzt lass mich doch erklären. Ich kenne jemanden, der die Firma vertreten hat und habe mich nach den Arbeitsbedingungen erkundigt. Da gab es schon Fälle von sexueller Belästigung im Kollegium, das wollte ich einfach nicht für dich." Lara ging geradewegs in Richtung Haustür. Sie wusste zwar nicht ganz genau, was sie nun vorhatte, aber das Gespräch an dieser Stelle zu beenden und draußen ein bisschen herumzulaufen, um auf andere Gedanken zu kommen, erschien ihr ein guter nächster Schritt. Lennard folgte ihr.

„Das ist mir egal, du hättest es trotzdem nicht hinter meinem Rücken absagen dürfen!", sagte sie und wehrte Lennards Hand ab, die sie am Ellenbogen fassen wollte.

„Es tut mir leid, Schatz. Aber jetzt warte mal bitte." Dieses Mal konnte sie seine Hand nicht mehr abschütteln, sie umfasste ihren Ellenbogen. Lara hatte die Wohnungstür bereits geöffnet, doch Lennard hielt sie zurück. Mit aller Kraft zog sie an ihrem Arm, bis er schmerzte, doch konnte sie sich nicht aus seinem Griff befreien.

„Lass mich!", rief sie und fühlte sich auf einmal weniger mutig. Lennard hatte die Tür wieder geschlossen.

„Jetzt lauf bitte nicht einfach raus und rede weiter mit mir." Seine Stimme war sanft. Er sprach auf die Art, mit der er sie beruhigen konnte. Sie versuchte sich von ihm wegzudrücken. „Hey hey hey", sagte er behutsam und mit einer vorsichtigen aber bestimmten Bewegung zog er sie so zur Seite, dass sie sich mit dem Rücken zur Wand neben der Haustür wiederfand, Lennard dich vor ihr aufgebaut. „Schschscht", machte er und lehnte seine Stirn an ihre. Beide waren leicht außer Atmen und verharrten einen Moment.

Er roch wahnsinnig gut. Aber in diesem Moment wollte sie seine Nähe nicht. Wut und Trotz flammten erneut in ihr auf, sodass sie einen weiteren, jedoch kraftlosen Versuch unternahm, Lennard von sich wegzudrücken.

„Lara, beruhig dich." Sein Griff um ihren Ellenbogen löste sich, bevor sie jedoch etwas machen konnte, hatte er bereits ihre Handgelenke gefasst und sie über ihrem Kopf an die Wand gedrückt. Er ging mit einer gewissen Vorsicht vor und sein Griff war nicht schmerzhaft, aber gerade so fest, dass Lara sich nicht befreien konnte.

„Ganz ruhig", flüsterte er, sein Gesicht ganz nah an ihrem. Sie konnte sich nicht bewegen, nicht entkommen. Eben noch hatte sie ihn zurechtgewiesen, doch jetzt war aller Mut entwichen und sie kam sich wieder schwach und ausgeliefert vor. Eine Träne der Frustration rann über ihre Wange.

„Es tut mir wirklich leid, Schatz. Ich wollte dich nur beschützen und habe eine Kurzschlussentscheidung getroffen. Normalerweise kann ich überlegt urteilen, aber wenn es um dich geht, dann handele ich nicht rational."

Verdammt. Er wusste auch einfach genau das Richtige zu sagen. Die Dinge, die sie versöhnlich stimmten. Egal wie wütend sie zuvor gewesen war. Dabei wollte sie eigentlich an diesem wütenden Gefühl festhalten. Sie wollte sauer sein, um Lennard in die Schranken weisen zu können. Wenigstens dieses eine Mal wollte sie hart sein, damit er nicht erneut so etwas machen würde.

„Lass mich los, Lennard", sagte sie mit ruhiger Stimme. „Ich will jetzt raus gehen und allein sein." Er sah ihr in die Augen.

„Du weißt, dass ich dich nicht gehen lasse, wütend und alleine. Du weißt, dass alles in mir sich dagegen wehrt, dass du jetzt im Dunkeln draußen herumläufst. Lass mich dich wenigstens begleiten."

„Nein." Lara schüttelte den Kopf. Seine Kiefermuskeln spannten sich an. *Soll er doch sauer werden*, dachte sie.

„Warum willst du jetzt raus, Lara? Willst du mich damit bestrafen, weil du weißt, dass ich mir dann die ganze Zeit Sorgen um dich mache?" Bei seinen Worten sank ihr Herz. Natürlich wollte sie nicht, dass er sich sorgte. Irgendwie wollte sie ihm eine Lektion erteilen, aber auf seinem Schwachpunkt, seiner Sorge um sie herumzureiten, wäre nicht die Lösung.

„Nein", sagte sie kleinlaut. „Ich wollte mich nur auf andere Gedanken bringen, jetzt wo ich keinen Job in Aussicht habe."

„Mindestens einen ganz tollen Job hast du in ..." Er bremste sich selbst, als Lara frustriert zur Seite schaute. „Du willst nicht darüber reden, ich verstehe." Er ließ ihre Arme sinken und strich ihr eine Haarsträhne aus dem Gesicht hinters Ohr. „Dann lass mich dich auf andere Gedanken bringen, ich koche dir was und dann … machen wir Yoga. Oder wir machen uns Cocktails."

Ein Schmunzeln zuckte um Laras Mund. Er gab sich wirklich Mühe und bot genau die Dinge an, die Lara ihm bereits des Öfteren vorgeschlagen hatte und die er ihr zuliebe ab und an mitgemacht hatte, aber eigentlich keinen Spaß daran gefunden hatte.

„Ich sehe ein Lächeln", sagte er mit einem Grinsen und gab ihr einen Kuss auf den Mund, den sie aber nicht erwiderte. Er wusste, dass sie ihm nicht lange böse sein konnte, aber sie wollte es ihm auch nicht zu leicht machen. Dennoch, er kannte sie einfach zu gut. Es war nutzlos, so zu tun, als hätte sie ihm nicht eigentlich schon verziehen. Er hatte es bereits an ihrer Körpersprache abgelesen.

„Komm, ich nehme dir den Blazer ab", sagte er, wohl auch um sicherzustellen, dass Lara nicht auf und davon durch die Wohnungstür nach draußen entwischen würde, denn ohne Jacke war es zu kalt.

Er fasste den feinen blauen Blazer am Kragen und streifte ihn über Laras schmale Schultern herunter. Als seine Fingerkuppen über ihren Nacken und weiter die Arme hinunterfuhren, durchfuhr sie ein Schauer und eine Gänsehaut bildete sich auf ihrer Kopfhaut. Lennards aufmerksamen Augen war das nicht entgangen und sein Blick wanderte hinunter auf die seidene beige Bluse, unter der sich ihre Brustwarzen durch den BH hindurch abzeichneten. Als er ihr wieder in die Augen sah, war sein Blick feurig.

„Essen klingt gut", sagte sie.

„Die Bluse ist ziemlich freizügig für ein Vorstellungsgespräch." Er runzelte die Stirn.

„Ich hatte keinen anderen BH, den ich drunter ziehen konnte. Aber ich hätte den Blazer nicht ausgezogen."

„Das will ich auch hoffen." Seine Stimme war tiefer als sonst und Lara spürte, wie sich ihr Herzschlag verschnellerte und eine Hitze in ihr aufstieg, die sie bis in die Ohren spürte.

„Du wolltest kochen", erinnerte sie ihn erneut und bedeutete ihm in die Küche zu gehen.

„Ich weiß, wie wir dich auf andere Gedanken bringen."

Als hätte er sie nicht gehört, fasste er sie an der Hüfte und drückte sie so sanft zurück gegen die Wand. Lara atmete scharf ein, als er gekonnt ihren Rock öffnete und eine Hand in den Bund und weiter hinunterfuhr. Schnell fand er ihre Mitte und berührte sie über ihrem Höschen. Einen Augenblick lang gab sie sich der in sich aufsteigenden Hitze hin. Dann holte ihre Vernunft sie ein und plötzlich hielt sie den Moment für reichlich unpassend für Lennards Avancen. Eben noch war sie sauer auf ihn, eben noch hatte sie sich Gedanken über ihren Job machen wollen. Nein, das passte ihr jetzt einfach ganz und gar nicht in den Kram, was Lennard da machte. Ganz egal ob ihr Körper sich danach sehnte und es sich gut anfühlte. Sie versuchte seine Hand wegzudrücken, aber ihre Arme waren kraftlos. Lennard schien es nicht einmal zu merken. Er zog ihr Höschen zur Seite.

„Oh, Baby!", raunte er heiser, als er fühlte, wie feucht sie war.

„Nicht. Ich will das nicht", sagte sie und musste sich zusammenreißen, damit ihr kein Stöhnen entwich.

„Ja", flüsterte er und schon drang er mit einem Finger ein. Seine Berührungen waren gekonnt, als könnte er spüren, was sich für Lara gut anfühlte.

„Nein", wiederholte sie nach einigen Sekunden, aber der Ton ihrer Stimme gab ihre Erregung preis. Sie wollte über den Job nachdenken, aber es fiel ihr schwer, einen klaren Gedanken zu fassen. Lust flammte in ihr auf und ihr Gesicht glühte vor innerer Hitze. Lennards Bewegungen waren rhythmisch und sein Atem wurde lauter.

„Nein!", sagte sie erneut, lauter als vorher.

„Schschsch", erwiderte Lennard. Die Wellen der Lust nahmen mehr und mehr Überhand über ihre Vernunft. In einem neuen Versuch, sich ihrer wachsenden Erregung zu erwehren, öffnete sie die Augen.

„Nein!", sagte sie bestimmt und stemmte sich in dem Versuch ihre Arme zu lösen, gegen Lennards Griff. In einer schnellen Bewegung hob Lennard ihre Arme wieder über ihren Kopf und drückte sie gegen die Wand, dabei hielt er den Rhythmus seiner Bewegungen.

„Baby", flüsterte er, „du bist nah dran." Einen Moment lang wusste sie nicht, wovon er sprach. Sie hörte Lennards lauten Atem. Eine neue Welle von Lust überrollte sie und sie schloss die Augen. Lennards Bewegungen wurden schneller und sie spürte, wie ihr Körper sich mitreißen ließ.

„Ja!", raunte Lennard, seine Wange an ihrer, und dann durchzuckte sie ein Orgasmus, der sich anfühlte, als würde sich jeder Muskel in ihrem Körper zusammenziehen. Sie ließ sich von dem Gefühl tragen, Sekunde um Sekunde um Sekunde. Die Lippen aufeinander gepresst hielt sie inne und ließ keinen Ton entweichen, bis die wellenartigen Schauer der Erregung langsam versiegten. In der leisen Hoffnung, dass Lennard nichts bemerkt hatte, öffnete sie die Augen und versuchte, ihren Atem zu beruhigen. Sie wollte ihm diesen Triumph nicht gönnen, nicht, nachdem er sie gegen ihren Willen dazu gebracht hatte. Es war zwecklos, natürlich hatte er genau gespürt, wie sehr ihr Körper ihm gehorcht hatte. Er kannte sie einfach zu gut und wusste was sie mochte. Endlich ließ er ihre Arme sinken.

„Oh, Baby!", sagte er unter schweren Atemzügen und gab ihr einen Kuss auf den Mund.

„Nicht", sagte Lara, die die Kontrolle über ihren Körper langsam zurückerlangte und sich zur Seite drehte, um sich aus der beengten Position zwischen Lennard und der Wand zu befreien.

„Hey hey." Schnell hatte er sie wieder gegriffen. „Du bist noch nicht fertig."

Er löste das Handtuch von seiner Hüfte, ließ es zu Boden fallen und küsste sie auf eine wilde, verlangende Art und Weise. Schnell hatte er sich wieder so vor ihr positioniert, dass sie sich kaum einen Zentimeter bewegen konnte. Seine Lippen auf ihren, seine Zunge in ihrem Mund und eine Hand strich an der Innenseite ihres Oberschenkels ihren Rock nach oben. Lara fühlte, wie sich ihr Körper erneut der Erregung hingab. Ihre Muskeln fühlten sich noch beansprucht und kraftlos an, doch die Lust flammte auf und entfachte ein unerbittliches Verlangen. Lennard zog ihr Höschen zur Seite und drang langsam und vorsichtig in sie ein. Sobald er ganz eingedrungen war, begann er sich zu bewegen. Zunächst langsam, kostete er das Gefühl, sie Zentimeter für Zentimeter zu spüren, ganz aus. Dann wurden die Bewegungen schneller, als würde er sich der steigenden lustvollen Anspannung ihres Körpers anpassen. Rhythmisch und unerbittlich ließ er Wellen durch ihren Körper fahren, die in ihren Ohren widerhallten. Sie spürte eine innere Hitze, die sich von ihrer Mitte aus in ihrem Körper ausbreitete. Lennards Bewegungen nahmen an Intensität zu. Sein Atem an ihrem Ohr wurde lauter. Alle Muskeln schienen sich in Richtung ihrer Mitte zusammen zu ziehen, bis die Anspannung mit einem Mal durch einen weiteren Orgasmus gelöst wurde. Das wunderbare Ziehen und Zittern ließ Lara nach Luft schnappen und als Lennard das spürte, kam er auch zum Höhepunkt und ein heiseres Stöhnen entfuhr ihm. Beide brauchten einen Moment, bis sie wieder zu Atem gekommen waren. Lennard legte seine Stirn auf ihre und machte einen Schritt zurück, sodass Lara sich endlich wieder bewegen konnte. Ihre Beine fühlten sich ein wenig weich und zittrig an. Langsam kam sie wieder zu Sinnen. Ihr Rock war noch immer hochgeschoben und engte ihre Hüfte ein, ihre Bluse hing ihr von einer Schulter hinunter und auf dem Boden lag ihr Blazer. Sie strich sich die Haare aus dem Gesicht und trat den Weg Richtung Badezimmer an.

Sie schloss die Tür ab, ging auf die Toilette und entledigte sich danach ihrer Kleidung. Nun stand sie da, nackt und auf noch immer zittrigen Beinen und irgendwie ratlos. Sie fühlte sich nicht bereit, Lennard wieder vor die Augen zu treten. Gedankenverloren ließ sie sich ein Glas Wasser aus dem Hahn ein und trank es in einem Zug aus.

Was war da gerade passiert? Was war das bitte?

Sie konnte normalerweise nicht so einfach zum Orgasmus gebracht werden. Es klappte bei Weitem nicht jedes Mal, und das war okay. Sie genoss Sex trotzdem sehr, das Innige, das Liebevolle. Was da gerade aber passiert war, das waren die intensivsten Orgasmen gewesen, die sie je gehabt hatte! Sie kniff die Augen zusammen vor Scham. Nicht einmal vor sich selbst wollte sie das zugeben.

„Baby, alles Okay bei dir?“ Lennard klopfte an die Tür, aber sie antwortete nicht. „Lara?“ Als weiterhin keine Antwort kam, versuchte er die Tür zu öffnen. Lara war froh, vorhin geistesgegenwärtig abgeschlossen zu haben. Normalerweise machte sie das nicht. „Lara? Sagst du mir bitte, ob bei dir alles in Ordnung ist?“

„Ich gehe jetzt duschen!“, rief sie gereizt.

„Das ist aber keine Antwort“, erwiderte Lennard sanft. Wieder Stille. „Lara? Du bist eben so schnell weg gegangen. Sag mir doch bitte, ob alles okay ist.“

„Ich komme gleich raus, lass mich mal bitte in Ruhe duschen!“

Ohne auf eine Antwort zu warten, stellte sie die Brause an und ließ das warme Wasser an ihrer Haut herunter rinnen. Ihr Körper fühlte sich anders an als sonst, ungefähr wie eine perfekte Mischung aus Erschöpfung und leichtem Muskelkater und trotzdem voller Energie. Für die Dauer der Dusche genoss sie dieses Gefühl, das ihr in dieser Intensität noch unbekannt war. Müssen wohl die Glückshormone sein, dachte sie. Als sie jedoch aus der Dusche trat und sich die Haare föhnte, war sie ratlos, wie sie Lennard nun gleich gegenübertreten würde.

Das war nicht okay, oder?, fragte sie sich selbst im Geiste.

Er konnte doch nicht einfach so etwas mit ihr machen, wenn sie das nicht wollte. Gut, sie hatte es ja schon gewollt. Und ja, es war ein derart intensives Erlebnis gewesen, aber trotzdem! Sie zog sich ihren Bademantel an und ging ins Wohnzimmer, wo Lennard wieder mit seinem Handtuch um die Hüfte geschlungen auf dem Sofa saß und eine Flasche Wasser in der Hand hielt. Er sah ebenfalls ein wenig erschöpft aus.

„Hey Schatz", sagte er, aber Lara beachtete ihn nicht weiter und holte sich ein Getränk aus dem Kühlschrank. Sofort stand er auf und kam zu ihr rüber. „Was ist los? Hab ich … dir da gerade irgendwo wehgetan?", fragte er besorgt und gestikulierte mit den Händen etwas unpräzise Richtung ihrer Mitte.

„Nein", sagte Lara, ohne sich zu ihm umzudrehen.

„Was ist denn dann?", fragte er und kam noch einen Schritt näher. „Es ist doch irgendwas?"

„Ich wollte das nicht, Lennard." Sie wandte sich ihm zu und runzelte die Stirn. Er sah sie verständnislos an. War das sein Ernst?

„Schatz", sagte er nur und seine Stimme war sanft.

„Ich hab es dir mehrmals gesagt", fuhr sie fort.

„Ich weiß", sagte er und der Anflug eines Schmunzelns war um seine Augen zu sehen. Er legte ihr eine Hand auf die Wange. „Du hast es gesagt, aber du hast es nicht gemeint. Denkst du nicht, dass ich das gemerkt habe?" Lara drückte seine Hand weg.

„Ich … das ist egal. Du hättest darauf hören müssen, was ich sage." Sie schaute ihn böse an. „Du hast … du hast mich gezwungen!" Die Überraschung in seinem

Blick konnte Lennard nicht maskieren. Was hatte er denn gedacht? Sah er wirklich nichts Falsches an dem, was er gerade gemacht hatte?

„Okay", sagte er, hob Lara hoch und setzte sie auf den Küchentresen. Er lehnte eine Hand rechts und links von ihren Beinen an die Kante und schaute sie durchdringend an. „Lara, jetzt hör mal zu. Ich bin dein Mann. Ich kenne dich ziemlich gut. Wir sind schon seit einigen Jahren zusammen. Wir haben häufig Sex. Ich denke nicht, dass ich dich zu irgendetwas zwingen müsste." Lara verschränkte die Arme vor der Brust.

„Ich war aber sauer auf dich und habe dir mehrmals gesagt, dass du mich in Ruhe lassen sollst." Lennard fasste an einen ihrer verschränkten Arme und löste ihn, um ihre Hand zu halten. Lara zog den Arm zurück und schob ihre Hände unter ihre Knie.

„Lara. Du wolltest das, was ich gemacht habe. Auch, wenn du etwas anderes gesagt hast, ich habe es dir doch angesehen. Ich habe auch gesehen, dass du versucht hast, es zu verbergen, weil du noch ein bisschen sauer auf mich warst. Aber kannst du mir wirklich vorwerfen, dass ich dich zu etwas gezwungen habe, und daraufhin kommst du nach zwei Minuten Vorspiel zum Höhepunkt? Und dann direkt nochmal ein paar Minuten später?" Vor Scham schaute Lara nach unten. So ausgesprochen hörte es sich schon ziemlich blöd an. Er gab ihr einen Kuss auf die Stirn.

„Es tut mir immer noch leid, dass ich dir das Vorstellungsgespräch versaut habe. Nimmst du meine Entschuldigung an?"

Nach einer Weile nickte sie zögerlich und, einige Tage später, führte sie mit Lennard ein ernstes Gespräch über ihren Eintritt in seiner Kanzlei, über ihre Erwartungen an die Position und ihre Bedingungen an ihn, zu denen er seine uneingeschränkte Zustimmung gab und an die er sich seitdem ausnahmslos gehalten hatte.

„Stell dir nur einmal vor, du hättest dich gegen Lennards Jobangebot entschieden und irgendwo anders einen Job angetreten. Dann würdet ihr euch wahrscheinlich nur selten sehen, so viel wie er arbeitet." Mariannes Kommentar riss Lara aus ihren Gedanken.

„Ja, letztendlich hat sich alles zum Guten gewendet", sagte sie abgelenkt, dann konzentrierte sie sich wieder auf das Hier und Jetzt und das Gespräch über Mariannes neue Heimat Köln. „Lass uns zusammen was unternehmen. Dass du hier in der Nähe wohnst, müssen wir jetzt richtig ausnutzen."

„Total gerne." Marianne nickte wild und lächelte dankbar. Ihre Augen sahen schon etwas zuversichtlicher aus. Sie schien wirklich traurig über die Situation mit Lorenz zu sein.

„Was machst du am kommenden Wochenende? Ist Lorenz hier oder fährst du zu ihm?"

„Er kommt her."

„Dann schauen wir gleich mal zusammen, was ihr zwei unternehmen könnt. Und wir können dann unter der Woche was machen. Hier sind wir ja ganz zentral und kommen überall schnell hin. Im Sommer ist es schön, in die Parks zu gehen, und jetzt zum Beispiel in Restaurants und im *artheater*, das ist hier ganz in der Nähe, werden jeden Mittwoch Jam Sessions veranstaltet."

„Das klingt echt gut! Ich hab eigentlich immer Zeit unter der Woche, bisher hab ich nämlich noch keinen Sportverein gefunden, der mir zugesagt hat zum regelmäßigen Training. Mittwoch ist Lennard doch in London, oder? Das wäre eine gute Möglichkeit, diese Bar gleich auszuprobieren."

„Oh." Lara zögerte. „Stimmt, du hast Recht, Mittwochabend ist Lennard nicht da. Ich hatte ihm aber eigentlich gesagt, dass ich zu Hause bleibe. Lass mich nochmal mit ihm sprechen und dann sage ich dir Bescheid."

„Okay." Mariannes hoffnungsvolles Lächeln ergriff Lara. Sie war eine tolle Mitarbeiterin und Freundin und wenn sie ihr helfen konnte, sich einzuleben und in dieser Stadt, die sie nur als Ort ihrer Arbeit kannte, Fuß zu fassen, würde sie das gerne tun.

Als Lennard an diesem Abend früher als sonst die Wohnung betrat, hatte Lara bereits Yoga gemacht, geduscht, eine Reispfanne gekocht und Wäsche gewaschen.

„Das riecht aber gut." Lennard gab ihr einen Kuss und stellte die Musik, die Lara während der Hausarbeit angestellt hatte, leiser.

„Wir können sofort essen, wenn du magst."

„Gerne. Ich ziehe mich nur schnell um." Wenig später hatte er seinen smarten Businesslook gegen einen sportlichen Freizeitlook getauscht. Er war einfach unfassbar gutaussehend, groß und kräftig und hatte diese Lässigkeit, ohne arrogant zu sein.

„Gefällt dir, was du siehst?", fragte er spielerisch, als er Laras Blick auffing.

„Sehr", strahlte sie. Lennard umarmte sie von hinten und küsste ihre Wange.

„Erzähl mal von deinem Tag." Er goss sich ein zweites Glas Weißwein ein und schaute Lara erwartungsvoll an, die den letzten Bissen ihrer Portion Reis zu Ende kaute.

„Mein Tag war richtig gut. Marianne und ich haben einiges geschafft. Wir haben seit Längerem nochmal eine gemeinsame Mittagspause gemacht und sie hat erzählt, dass sie sich noch nicht so wohl fühlt in Köln. Und ich dachte, da sie ja für ihren *Arbeitgeber* hergezogen ist …“ Bei dem Wort *Arbeitgeber* warf Lara Lennard einen verschmitzten, vielsagenden Blick zu, sodass er wusste, dass sie ihn damit meinte und zog die Augenbrauen hoch, „würde ich ihr gerne dabei helfen, die Stadt besser kennenzulernen. Und da ich ja versprochen habe, Mittwoch zu Hause zu bleiben ...“

„Dachtest du, dass dem *Arbeitgeber* daran gelegen wäre, dass du Marianne zu uns einlädst.“ Lennards Blick war ebenso verschmitzt.

„Ja, vielleicht, was meinst du? Wenn ich mit ihr was unternehme, ist es eine Sache. Aber sie in die Wohnung des Geschäftsführers einzuladen, ist das eine gute Idee?“

„Es ist auch die Wohnung ihrer Chefin.“ Er schmunzelte und nahm einen Schluck Wein. „Wenn Marianne sich damit wohl fühlt, sehe ich kein Problem. Ihr beide habt ja schon länger ein freundschaftliches Verhältnis. Aber inwiefern hilft ihr das dabei, die Stadt kennenzulernen?“

„Das ist dann eher der ‚Sich-in-einer-neuen-Stadt-wohlfühlen-Teil‘. Dass sie abends nicht so oft alleine ist und auch außerhalb der Arbeit Kontakte hat.“

„Verstehe. Ich bin damit einverstanden. Vielleicht könnt ihr es ja erst mal dabei belassen, euch hier zu treffen und müsst dann nicht gleich um die Häuser ziehen, um die Stadt kennenzulernen. Bei dir weiß ich ja nie.“ Lara lächelte und freute sich über Lennards gute Laune. Seine Antworten waren alle mit Humor versehen.

„Das hätte ich wahrscheinlich auch vorgeschlagen, aber ich habe Marianne gesagt, dass wir besprochen haben, dass ich zu Hause bleibe am Mittwoch.“

„Das ist gut. Habt ihr vor, etwas zu trinken?“ fragte er beiläufig.

„Ich würde ihr einen Sekt anbieten.“ Lara nahm ihr Glas, stellt es jedoch direkt wieder ab. Das war doch eine kleine Falle gewesen, die Lennard ihr da stellen wollte. „Wenn das in Ordnung ist, Sekt zu trinken. Wenn der Arbeitgeber uns die Zustimmung gibt“, fügte sie schnell hinzu. Lennard konnte sich ein Lächeln nicht verkneifen. Er hatte sie tatsächlich testen wollen.

„War das jetzt eine Frage an mich?“

„Ja. Ob das in Ordnung ist.“ Er nickte schmunzelnd.

„Sekt ist okay. Bier ist okay. Wein ist okay. Nicht alles gemischt natürlich. Bei allem anderen fragst du mich.“

Lara nickte, aber die Antwort störte sie. Es fühlte sich so komisch an, im Vorhinein jede Kleinigkeit planen und um Erlaubnis fragen zu müssen.

„Können wir die Regel nicht bitte wieder ändern? Dass ich zumindest nicht bei allem fragen muss? Wir können es doch wieder so halten wie vorher, dass ich dir einfach Bescheid sage, was ich mache.“

„Nein, Lara. Auf keinen Fall. Das haben wir versucht, es hat nicht funktioniert und ich bereue, dass es so weit gekommen ist. Du wirst dich an die neuen Regeln halten. Wenn du sie eine Zeitlang eingehalten hast, können wir wieder darüber sprechen. Aber im Moment gelten sie. Und bis auf Weiteres musst du mich erst überzeugen, dass es, wie du sagst, keinen Grund gibt meine Erlaubnis einzuholen, bevor du irgendwo zusagst. Aber das wird länger dauern als zwei Wochen.“

„Okay.“ sagte Lara mit gesenktem Blick. Es war wohl doch noch etwas früh gewesen, um ihn darauf anzusprechen.

„Hey“, sagte Lennard sanft. „Auch wenn es so auf dich wirkt, ich verbiete dir nicht gerne Dinge. Es ist nur so, dass du scheinbar mit Verboten besser umgehst, als wenn ich nur Empfehlungen mache.“

„Wie meinst du das?“

„Naja, du weißt ja, dass ich es nicht mag, wenn du nachts unterwegs bist, trinkst oder alleine nach Hause fährst. Das habe ich dir ständig gesagt und du hast dich trotzdem oft genug dazu entschieden, das alles doch zu tun. Erst wenn ich dir ein Verbot ausspreche, hältst du dich daran.“ Er nahm einen Schluck Wein. „Aber ich bin bereit, Verbote zurückzunehmen, wenn du mich mit deinem Verhalten davon überzeugen kannst, dass sie nicht mehr nötig sind.“

Lara runzelte die Stirn. Wie so oft waren Lennards Argumente gut. Er schaffte es, die Dinge so zu beleuchten, dass Lara selbst am Ende oft eingestehen musste, dass er nicht Unrecht hatte. In diesen Situationen wünschte sie sich häufig, in der Schule in einem Debattierclub gewesen zu sein, denn gegen seine anwaltliche Diskussionsführung kam sie nicht an. Hinzu kam, dass Lennard genau wusste, wie er sie einschüchtern konnte. Wenn er sich vor ihr aufbaute und mit seiner strengen, drohenden Stimme sprach, traute sie sich kaum, ein Wort zu sagen. Egal, wie tapfer sie dann argumentiert hatte, war dies der Moment, in dem Lennard dominierte. Lara sah auf, als Lennard ihre Hand drückte. Sie lächelte ihn an und nickte. Das Thema war also erst einmal vom Tisch.

Die folgenden Tage vergingen wie im Flug. Lennard reiste nach England und Marianne freute sich über Laras Einladung. Die Frauen verbrachten einen schönen Abend zusammen und Lennard hatte, zumindest aus der Ferne, nichts zu beanstanden, als Lara ihm davon erzählte. Sie ließ einige Details über den Abend mit Marianne bewusst aus. Etwa, dass Lorenz, als Marianne bei Lara zu Gast war, überraschend in der Stadt war und sie einlud, sich in einer Cocktailbar zu treffen. Lara wusste, dass Lennard es nicht begrüßte, wenn sie ohne Absprache Gäste in der

Wohnung empfing, vor allem, wenn es sich dabei um Männer handelte und noch schlimmer, um Männer, die er nicht kannte. So hatte sie zunächst versucht, sich aus der Affäre zu ziehen.

„Trefft ihr euch doch zu zweit, das ist doch viel schöner, nachdem ihr euch so wenig gesehen habt."

„Lorenz würde sich aber sehr freuen, dich kennenzulernen. Ich habe ihm so viel erzählt über dich, nicht nur wegen des Jobs, sondern auch, dass du mich beim Ankommen in der neuen Stadt unterstützt. Und ich würde ihn dir gern vorstellen."

Wie hätte sie da nur Nein sagen können, denn eigentlich wollte sie Lorenz auch gern kennenlernen. Wie hätte sie erklären können, dass sie zunächst eine Erlaubnis ihres Ehemanns einholen musste, bevor sie die Wohnung verließ? Es war schon recht spät und er schlief vielleicht schon. Gerade auf Geschäftsreisen und mit der Zeitverschiebung in London war sogar Lennard manchmal zeitig im Bett. Sie nahm sich vor, keinen Alkohol zu trinken, aber in der Cocktailbar angekommen gab Lorenz eine Runde aus und Lara hatte wahnsinnig Lust, eine fruchtige Kreation mit dem Namen *Colada Pinata* auszuprobieren. *Ich habe bloß meine Meinung geändert*, redete sie sich ein, während ihr schlechtes Gewissen größer und größer wurde.

Wenn er nicht mehr in England ist, werde ich ihm das erzählen und mit ihm nochmal über seine doofen neuen Regeln sprechen. Und dann wird er einsehen, wie blöd es gewesen wäre, wenn ich ihn zunächst wegen der Erlaubnis zum Ausgehen und dann noch wegen der Erlaubnis, einen Cocktail zu trinken, in seiner Nachtruhe gestört hätte.

Es war ein ausgelassener Abend gewesen, aber so richtig genießen konnte Lara ihn nicht. Glücklicherweise war Lennard durch die vielen Termine in England zeitlich eingenommen, sodass er sich nicht weiter nach dem Abend mit Marianne erkundigte. Seine Gespräche verliefen so gut, dass er und Fabian sowie einige weitere Mitglieder der Belegschaft samt Lebenspartnern zur Firmenweihnachtsfeier in London eingeladen wurden. Es sollte sich dabei um ein riesiges Event handeln, so hatte man ihnen erzählt.

„Nächste Woche ist es schon so weit. Ich habe uns Flugtickets für Freitag gebucht, sodass wir in Ruhe ankommen können. Wir können an dem Tag beide remote arbeiten und haben am Samstag genug Zeit, uns für die Feier fertig zu machen. Um sechs Uhr geht es los." Lara, die gerade aus dem Fitnessraum kam, drückte Lennard im Vorbeigehen einen Kuss auf die Wange.

„Das klingt gut, ich freue mich total. Ich wollte dir auch die Kleider zeigen, die ich habe. Du musst mitentscheiden, welches am besten für den Anlass passt." Die Weihnachtsfeiern von Lennards Kanzlei waren immer schön gewesen. Durch die relativ geringe Anzahl von meistens um die 30 Mitarbeitern, wobei die Zahl von Jahr zu Jahr stetig gestiegen war, hatten sie etwas Familiäres. Als Zeichen der Wertschätzung hatten Lennard und Fabian immer ein tolles Restaurant ausgesucht und ihre Mitarbeiter dorthin eingeladen. Vor zwei Jahren hatte Lara dann die Planung übernommen. Die Mitarbeiter erhielten alle ein Geschenk und die Teilnahme an den Feiern lag fast immer bei 100 Prozent. Im letzten Jahr waren auf Laras Initiative hin auch die Lebensgefährten der Mitarbeiter mit eingeladen gewesen und es war alles in allem ein gelungener und ausgelassener Abend gewesen. Die Weihnachtsfeier der Lewis-Walker-Baker Gruppe würde dagegen allein schon aufgrund der viel höheren Mitarbeiteranzahl ganz andere Dimensionen haben. Auch hier waren die Partner der Mitarbeiter eingeladen und reisten dafür aus den Niederlassungen des ganzen Landes zum Firmenhauptsitz in London an. Der Dresscode lautete „festlich“. Das eindrucksvolle Gebäude verfügte neben vielen vermieteten Büroflächen auch über eine direkt angeschlossene Eventlocation, die an Wochenenden auch für Hochzeiten gemietet werden konnte, vor allem aber für Firmenveranstaltungen zur Verfügung stand. Lennard hatte die letzten Wochen über immer wieder die Namen einiger Partner der Kanzlei und anderer wichtiger Personen genannt. Als neuer Gesellschafter war die Feier für ihn ein bedeutendes Event und auch Lara würde künftig häufiger mit den ausländischen neuen Firmenpartnern in Kontakt stehen, sodass eine freudige Aufregung sie erfüllte.

„Was hältst du davon, wenn wir am Wochenende ein Kleid kaufen gehen? Ich würde dir für den Anlass gerne eins schenken.“ Lennard lehnte an der Tür zum begehbaren Kleiderschrank, wo Lara schon einige Kleider aus dem Schrank geholt hatte.

„Wow, wie lieb von dir. Gerne! Außer dir gefällt eins dieser Kleider schon gut genug.“ Sie strahlte ihn an, wissend, dass es ihm vor allem um die Geste ging, dass er ihr zu dieser Einführungsveranstaltung im neuen Unternehmen ein Kleid schenken wollte.

„Wir wär’s, wenn du sie mir vorführst?“ Er blickte von einem Kleid zum nächsten, dann zum dritten.

„Ich gehe eben schnell duschen und dann zeige ich sie dir.“ Kurze Zeit später streifte sie sich ein leichtes, langes Kleid in einem pastelligen Apricot über. Sie drehte sich vor dem Spiegel und schaute an sich herunter. Der Farbton des Kleides ähnelte ein kleines bisschen dem ihres Hochzeitskleides. Lächelnd blickte sie auf ihre Verlobungs- und Eheringe und schwelgte für einen Moment in

Erinnerung an diesen Tag. *Ich würde es wieder tun*, dachte sie. Wenn sie jetzt die Wahl hätte, dann würde sie ihn wieder heiraten. Sie war sehr glücklich. Und jede Beziehung brachte doch auch ihre Herausforderungen mit sich, oder nicht?

„Hmm, sexy. Eine Spur zu offenherzig würde ich sagen." Von Lennards tiefer Stimme aus ihren Gedanken gerissen, erschrak Lara für eine Sekunde.

„Ich wollte dich nicht erschrecken." Er kam auf sie zu und küsste ihren Nacken.

„Ich war nur kurz in Gedanken", sagte sie und gab sich seinen Küssen hin.

„Worüber denn?" Lennard strich einen Träger des Kleides von Laras Schulter.

„Ich habe an unsere Hochzeit gedacht, weil mein Kleid so eine ähnliche Farbe hatte, nur heller." Sie hörte sein Lächeln an ihrem Ohr.

„Hm hm." Er ließ seine Hände über ihre Brust gleiten. „Was haben wir denn hier?" Er strich über ihre Nippel. „Wir wollen doch nicht, dass die anderen Gäste sehen können, ob dir kalt ist …", er strich über ihre Mitte und Lara stöhnte leise, „… oder ob du erregt bist." Er drehte sie zu sich und küsste sie, als die Klingel ertönte. „Verdammt, das ist Fabian. Ich hatte ihn eingeladen auf ein Bier, wir haben lange über nichts anderes als die Arbeit geredet."

„Schon okay." Leicht außer Atem strich Lara sich die Haare aus dem Gesicht. Lennard sah sie mit einem sinnlichen Schmunzeln und einem Blick voller Verlangen an.

„Oh Baby. Hoffen wir, dass sein Besuch nicht zu lange dauert. Und mach nichts, bevor ich dabei bin."

Die beiden Männer setzten sich auf den Balkon und Lara verbrachte den Abend mit einigen Erledigungen.

Sie saß im Ankleidezimmer auf dem Boden und sortierte eine Schublade, als Lennard die Tür öffnete.

„Fabian ist gerade weg“, sagte er und fuhr sich mit der Hand durch die Haare.

„Wie war euer Abend?“, fragte Lara und wunderte sich über Lennards gestressten Gesichtsausdruck.

„Die Scheidung von Fabian und seiner Noch-Frau könnte uns als Firma in Schwierigkeiten bringen. Sie weiß von ein paar Dingen, die ganz zu Anfang nach der Gründung passiert sind. Es ist besser, wenn du gar nichts davon weißt, ich wollte es dir nur erzählen, damit du dich nicht wunderst, wenn Fabian sich künftig ein bisschen aus den Übernahmegesprächen zurückzieht. Und das muss unter uns bleiben, falls dich also jemand auf ihn anspricht, kannst du einfach sagen, dass er privat eine harte Zeit durchmacht.“

„Der Arme.“ Lara stellte sich auf. „Ich dachte, die beiden hätten sich im Guten getrennt. Heißt das, die Fusion ist eventuell in Gefahr?“

„Nein, erstmal nicht. Die beiden hatten sich zwar im Guten getrennt, aber jetzt geht es ums Geld und sie fährt die Krallen aus. Aber das ist eine Fehde gegen Fabian, nicht gegen die Firma. Er wird ein paar Tage Urlaub nehmen und einige Dinge regeln. Der arme Kerl. Ich konnte Jana noch nie wirklich leiden.“

„Ich auch nicht.“ Lennard gab Lara einen Kuss auf die Stirn.

„Ich muss leider wegen dieser Sache nochmal ins Büro und ein paar Akten raussuchen.“ Sie schaute auf die Uhr, es war beinah 23 Uhr.

„Jetzt noch?“

„Ja, besser sofort, wir müssen uns vorbereiten, man weiß nicht genau, was auf uns zukommt.“

„Soll ich dir helfen?“

„Nein, Baby. Du bleibst hier und machst dir keine Sorgen. Ich will nur sichergehen, dass … ich muss vielleicht ein paar Unterlagen vernichten, um Fabian abzusichern. Das ist hochvertraulich, okay?“ Lara nickte.

„Auf jeden Fall!“ Sie schätzte, dass Lennard sie in solche Dinge einweihte, zumindest soweit, dass sie wusste, was los war, auch wenn sie keine Details kannte.

„Bis morgen.“

Er küsste sie und war wenig später aus der Tür. Durch eine vage Erinnerung beschlich sie ein ungutes Gefühl. Vor einigen Jahren hatte Lennard ihr erzählt, dass es einen Aktenschrank im Büro gäbe, zu dem nur er und Fabian den Schlüssel hatten. Darin befanden sich Unterlagen zu einem Fall, in dem Fabian wohl einen Beweis liefern musste und Lennard ihn gedeckt hatte. Er hatte das nur einmal kurz erwähnt, nachdem Lara den Schrank in Lennards Abwesenheit zu öffnen versucht hatte, da sie dort eine Mitarbeiterakte vermutet hatte. Konnte Lennard in Schwierigkeiten sein? Sie schüttelte den Gedanken ab. Lennard war zu schlau dafür; er hätte nichts gemacht, womit man ihn irgendwann in die Ecke hätte drängen können.

Kapitel 11

Der Selbstverteidigungskurs fand in einer Kampfsportschule statt. Von einem Parkplatz im Hinterhof einer Gebäudereihe gingen sie auf eine unscheinbare Tür zu, über der ein Schild mit der Aufschrift „Kampfsport Center Miko“ stand. Die Schrift war so klein, dass man sie erst einige Meter vor dem Erreichen der Tür erkennen konnte.

„Sind wir hier richtig?“, fragte Lennard leise und schaute auf sein Handy. „Die Adresse stimmt.“

Er hielt Lara die Tür auf und trat nach ihr hindurch in einen unerwartet großen Eingangsbereich. Die Dame am Empfang deutete zu einer weiteren Tür.

„Der Kurs ist aber nur für Frauen“, sagte sie. Ihr Ton war scharf und bestimmt und Lara dachte, dass die Dame bestimmt eine der Kampfsportlehrerinnen war.

„Ich bin nur Begleitperson“, antwortete Lennard unbeeindruckt.

Beide wechselten in einer Umkleidekabine die Schuhe und gesellten sich in einer Art Turnhalle zu einer Gruppe wartender Frauen. Lara war froh, am Rand der Halle auch einige Männer, die wohl ebenfalls Begleitpersonen waren, zu sehen. Der Kurs an sich war sicherlich eine gute Idee, aber dass Lennard sie dabei beobachten wollte, machte es ein wenig unangenehm. Wenn auch weitere Männer dort warteten, würde er sich vielleicht unterhalten und wäre ein wenig abgelenkt. Die Lehrerin trat zu ihnen und begrüßte die Gruppe. Es war tatsächlich die Dame, die zuvor am Empfang gesessen hatte. Nun, da sie stand, sah man erst, dass sie nicht sonderlich groß war. Ihre Figur war durchschnittlich, äußerlich konnte man ihr nicht gleich ansehen, dass sie sicherlich stark und wahnsinnig durchtrainiert war. Schon bei den Aufwärmübungen wurde diese Vermutung aber bestätigt. Die Lufttritte und Boxschläge, die schnellen Drehungen und Sprünge ließen Lara schon nach der ersten Viertelstunde außer Atem geraten. Sie sah zu Lennard, der mit verschränkten Armen am Rand stand und abwechselnd Lara und die Lehrerin beobachtete. Die anderen Männer hatten sich auf eine Bank gesetzt.

„Ich freue mich immer darüber, wenn auch unsere Herren der Schöpfung anwesend sind. Wer würde sich bereit erklären und in den praktischen Übungen unseren Täter spielen, gegen den wir uns wehren? Ihr bekommt natürlich Kopfschutz und Polster, damit euch nichts passiert. Gerne auch mehrere der Herren.“ Die Männer, sichtlich überrascht, sahen sich untereinander an, bis sich zögerlich zwei von ihnen meldeten.

„Am besten drei Männer, es gibt nämlich drei Szenarien eines Überfalls, die wir üben wollen“, sagte die Lehrerin streng. Niemand regte sich. Ein paar Sekunden später hob Lennard die Hand. „Prima. Wer von den Damen nicht möchte, dass sie von einem männlichen Täter überfallen wird, sagt mir einfach Bescheid. In dem Fall werde ich euer Täter sein.“ Die Männer wurden mit besagten Polstern ausgestattet und eingewiesen. In verschiedenen Szenarien von Überfällen wurden die zuvor gezeigten Griffe angewendet. Lara gab sich Mühe, so viel Kraft und Energie wie möglich in die Tritte und Hiebe zu legen. Bei den ersten beiden Szenarien wurde sie von der Lehrerin gelobt. Sie hatte dort getroffen, wo sie treffen sollte, und brachte ihren Gegenüber tatsächlich ins Schwanken. Positiv überrascht von ihrer eigenen Stärke ging sie zur Übungsfläche für das dritte Szenario und sah sich Lennard gegenüber.

„Hey Schatz. Du machst das gut“, sagte er. Sie wusste nicht, ob es seine Worte waren oder der Gedanke, ihm nun gegenüberzustehen und sich gegen ihn zu wehren, aber plötzlich fühlte sie sich aus dem Konzept gebracht. *Reiß dich zusammen*, sagte sie sich, *das hier ist wichtig*. Sie stellte sich auf die gepolsterte Matte und spürte, wie ihr Herz schneller schlug. Lennard würde sie gleich von hinten fassen und dabei versuchen, ihre Hände festzuhalten. Sie musste ihn abwehren, bevor er das schaffte, denn sich aus seinem Griff zu befreien würde schwer werden, das wusste sie aus Erfahrung. Zwar hatte sie jetzt einige neue Tricks auf Lager, aber die waren eher im Überraschungsmoment effektiv und wirkten weniger, wenn der Gegenüber bereits in überlegener Position und dazu noch stärker war. Sie atmete aus, konzentrierte sich. Zwar durfte sie nur geradeaus schauen, aber achtete genau darauf, ob sie durch Geräusche oder an der Bewegung der Matte unter ihren Füßen ausmachen konnte, wann Lennard sie überfallen würde. Ihr Körper war in kompletter Alarmbereitschaft, das Adrenalin quasi spürbar. Er ließ sich Zeit, sicherlich mit Absicht. Dann fühlte sie, wie seine Arme sich mit einem Mal fest und schwer um sie legten. So, wie sie es gelernt hatte, beugte sie sich vor und spannte ihren ganzen Körper an, um einen Arm nach oben aus der Umklammerung zu ziehen. Doch ihr Arm bewegte sich nicht, sie konnte ihn nicht befreien. Für eine Sekunde verlor sie die Spannung aus ihrem Körper. Umgehend schloss Lennard die Arme noch fester.

Nein, dachte sie, *nicht aufgeben*.

Sie spannte sich an und versuchte erneut, ihren Arm zu befreien. Sie stemmte sich gegen ihn und machte eine, noch eine und noch eine ruckartige Bewegung, mit der Lennard wohl nicht gerechnet hatte. Sein Griff löste sich nur für einen Moment, in dem er wohl sein

Gleichgewicht finden musste, aber dieser Moment reichte dafür, dass Lara ihren Arm befreien konnte und zu einem festen Hieb mit dem Ellenbogen ausholte. Sie traf das Polster, zog den Arm nach vorne und drehte sich dabei zur Seite, um den Schwung für einen Hieb mit dem anderen Arm zu nutzen. Doch sie konnte die Drehung nur halb durchführen und nicht mit dem nötigen Schwung, um auch ihren anderen Arm zu befreien. Sein Griff, wenn gleich er sie auch nur noch mit einem Arm hielt, war einfach zu fest. Vor Verzweiflung entwich ihr ein Stöhnen. Sie improvisierte, führte einen erneuten Hieb mit dem Ellenbogen aus und stemmte sich dann mit dem ganzen Gewicht gegen ihn. Das Wissen, dass er ein Polster trug und sie ihn nicht verletzen konnte, machte es einfacher, die Hemmungen abzulegen. Sie führte einen weiteren Hieb aus und versuchte erneut, sich zu drehen. Diesmal gelang es ihr, sich ein Stück weiter aus seinem Griff herauszuwinden, doch wieder konnte sie den zweiten Arm nicht befreien.

„Okay, okay!“, sagte die Lehrerin und beendete damit die Übung. Lennard ließ Lara vorsichtig los. „Das war schon sehr gut, beim Drehen musst du aber darauf achten, dass du einen festen Stand hast. Dann kannst du den Schwung in Kraft verwandeln. Andernfalls verlierst du die Balance und damit verpufft wiederum deine Kraft.“ Lara nickte und fühlte einen leichten Triumph, dass sie sich zumindest halb aus dem Griff befreien hatte können.

„Ich zeige es dir einmal.“ Die Lehrerin stellte sich auf die Matte und bedeutete Lennard, sie zu packen. In schnellen Bewegungen hatte sie sich aus seinem Griff befreit. „Hast du gesehen?“ Lara nickte. Die Lehrerin wandte sich an Lennard. „Du kannst ruhig richtig zupacken. Gerade hast du es mir etwas zu leicht gemacht. Dafür sind wir nicht hier.“

„Okay“, sagte Lennard.

„Bitte, Lara.“

Die Lehrerin bedeutete ihr, sich auf der Matte in Position für einen erneuten Durchgang zu bringen. Als Lennards Arme sie umschlossen, konzentrierte sie sich auf ihren Stand, spannte sich an … und nichts. Sie konnte sich keinen Zentimeter bewegen. Sein Griff war fester als zuvor. Ihr blieb fast der Atem weg. Sie konnte sich nicht mehr an den Bewegungsablauf erinnern. Panik stieg in ihr auf. Das Bild der Turnhalle, der Lehrerin und der anderen Kursteilnehmer vor ihren Augen verschwamm und sie fühlte sich in eine jener Situationen zurückversetzt, in denen Lennard sie in seiner Rage gewaltsam anging und sie Angst vor ihm hatte und sich ausgeliefert fühlte.

„Und stopp!“, rief die Lehrerin.

Lara öffnete die Augen und war erleichtert, wieder ins Hier und Jetzt, in die Sicherheit der Turnhalle und des Selbstverteidigungskurses zurückgeholt worden zu sein. Lennard ließ von ihr ab.

„Alles ist gut“, sagte die Lehrerin leise zu ihr und legte ihr dabei eine Hand auf die Schulter. „Dir ist die Kraft ausgegangen, das passiert in der Übungssituation schon mal. Ich zeige den Bewegungsablauf nochmal für alle und dann sind wir auch für heute fertig.“

Lara nickte dankbar und wischte sich über die Stirn. Ob Lennard gemerkt hatte, dass sie mit den Gedanken abgedriftet war?

„Alle bitte mal zusammenkommen!“ Die Stimme der Lehrerin ertönte so laut durch die Halle, dass alle Teilnehmer umgehend die Übungen abbrachen und sich in einem Kreis um sie herum sammelten. Lara blickte zu Lennard, der ihren Blick erwiderte, jedoch dann von der Lehrerin in die Mitte des Kreises geholt wurde.

„Bitte nochmal auf meinen Stand achten. Lennard – Go!“

Sie stellte sich auf der Matte in Position. Lennard packte sie von hinten. Sie wehrte sich, sichtlich angestrengt, doch konnte sich nun doch nicht mehr befreien. Auch ihr Arm war fest in Lennards Griff eingeklemmt. Sie stöhnte und wand sich erneut und erneut, bis ihr erster Arm schließlich freikam und sie die Übung zu Ende vorführen konnte. Die Teilnehmer klatschten, aber Lara war sich nicht sicher, ob Lennard ihr am Ende wohl leichtes Spiel gemacht hatte, um sie nicht vorzuführen. Ihr Gefühl von Triumph, das sie nach der ersten Übungssituation vorhin noch hatte, war verflogen und einem Gefühl von Hilflosigkeit gewichen. Hatte dieser Kurs denn überhaupt einen Sinn? Lennard zog den Polsterschutz aus und legte den Arm um Lara, während sie in Richtung der Umkleidekabinen gingen. Die ersten Minuten im Auto sprachen sie nicht.

„Wie hat dir der Kurs gefallen?“, fragte Lara schließlich. Lennard wirkte nachdenklich. Er schautc sie kurz an, dann richtete er seinen Blick wieder auf die Straße.

„Wie hat er DIR gefallen ist die Frage, Baby.“ Sie überlegte kurz.

„Eigentlich ziemlich gut. Die Lehrerin war ziemlich fit, oder?“. Lennard lenkte mit einer Hand, der Zeigefinger der anderen Hand war nachdenklich über seinen Mund gelegt. Nach einigen Sekunden antwortete er:

„Fit war sie sicherlich, ja. Kräftig auch, wenn du das meinst.“

„Ja, und sie wusste genau, was sie macht. Ich fühle mich jetzt besser vorbereitet, also besser … geschützt. Hat dir der Kurs denn auch gefallen?“

„Ich fand den Kurs ganz gut, trotzdem bin ich nicht ganz zufrieden damit. Ich hatte mir etwas mehr davon erhofft. Mein Gedanke war, dass ich ein besseres Gefühl haben würde, wenn du abends unterwegs bist. So, wie es heute gelaufen ist, sehe ich das aber nicht.“ *Na super*, dachte Lara. „Hast du denn wirklich alles gegeben? Ich hatte dich ja gebeten, dass du den Kurs ernst nehmen sollst.“

„Ja, ich habe alles gegeben.“ Ihre Stimme war leise und klein. „Beim zweiten Durchgang der Übung hatte ich ein kurzes Blackout. Der Bewegungsablauf ist mir einfach nicht mehr eingefallen. Du hast mich so fest gehalten, dass ich mich davor wohl erschreckt hatte.“

„Hm.“ Machte Lennard nur. „Keine gute Voraussetzung, wenn die Griffe nur funktionieren, wenn jemand dich nicht zu fest hält und du dich nicht davor erschreckst.“

Sie verdrehte die Augen. Auf der geistigen Liste, auf der sie Argumente dafür sammelte, dass Lennard ihr mehr Freiheiten geben könnte, strich sie den Punkt „Sicherheit durch Selbstverteidigungskurs“ frustriert durch.

Kapitel 12

Ihren dritten Hochzeitstag im vergangenen August hatten Lara und Lennard wegen beruflicher Terminkonflikte getrennt verbracht.

„Das holen wir nach, Schatz. In unserem nächsten Urlaub im Winter feiern wir die vergangenen drci Jahre."

Lara hatte darüber grinsen müssen, dass Lennard das Begehen ihrer Hochzeitstage noch ernster nahm als sie selbst. Er hatte ein furchtbar schlechtes Gewissen gehabt, dass er den Hochzeitstag selbst nicht mit ihr verbringen konnte. Die letzten zwei Jahre hatten sich beide an diesem Tag Urlaub genommen, aber dieses Mal war ein wichtiger Gerichtstermin für diesen Tag angesetzt gewesen. Und so beschlossen beide, dass während ihres Urlaubs in Dubai der vierte Dezember anstelle des eigentlichen Hochzeitstags am vierten August ihr Ersatz-Hochzeitstag sein solle.

Lara fühlte sich wie eine Königin. Die Sonne schien warm und hell in ihr Hotelzimmer und ließ die kalten, grauen Wintertage in Deutschland sehr, sehr weit weg erscheinen. Gestern hatten sie in ihren Ersatz-Hochzeitstag reingefeiert. In ihrem Hotelzimmer gab es doch tatsächlich einen Whirlpool, in dem sie stundenlang gesessen, Champagner getrunken und Schoko-Erdbeeren aus einer fantastischen Konditorei gegessen hatten. Dann hatten sie ausgeschlafen, Frühstück aufs Zimmer bestellt, waren in der Stadt spazieren gegangen und über die Märkte geschlendert und fanden in einem kleinen Restaurant mit Blick aufs Meer einen Platz zum Mittagessen. An den letzten beiden Hochzeitstagen hatte Lennard ihr ein paar Ohrringe und ein wunderschönes Armband geschenkt, aber dieses Mal wollten sie sich keine Geschenke machen, der gemeinsame Urlaub war schon Geschenk genug, nachdem Lennard in den vergangenen Wochen mehr als sonst beruflich unterwegs gewesen war und sie einander wenig gesehen hatten.

„Ich habe trotzdem eine Überraschung für dich“, verkündete er mit einem geheimnisvollen Lächeln und bestellte zwei Gläser Champagner.

„Erzähl!“, sagte Lara und sah ihn mit großen Augen und freudiger Erwartung an. Mit einem schalkhaften Blick sah Lennard in die Speisekarte.

„Lass uns erst mal das Essen bestellen.“ Er wusste, wie ungeduldig Lara anhand seiner Ankündigung geworden war. Sobald der Kellner ihnen die Gläser serviert und die Essensbestellung aufgenommen hatte, fragte sie erneut:

„Was ist denn die Überraschung?“ Lennard machte sich weiterhin einen Spaß daraus, sie auf die Folter zu spannen.

„Erst mal, mein Schatz, stoßen wir auf unseren dritten Hochzeitstag an.“

Sie prosteten sich zu und Lara musste sich sie die Bemerkung verkneifen, dass sie ja bereits gestern Abend und heute Morgen zum Frühstück darauf angestoßen hatten. Lennard ließ sich mit Absicht Zeit, trank einen Schluck aus seinem Glas, schaute auf das Meer hinaus und gab Lara einen Kuss. Eine leichte Brise zog über die Terrasse und Lara schloss die Augen, um diesen Moment in Erinnerung zu behalten.

„Also.“ Lennard legte seine Sonnenbrille ab und sah sie an. Mit einer bedeutungsvollen Geste legte er die Hände auf den Tisch. „Du hast dir ja schon lange gewünscht, dass wir uns nach einem Haus oder einer Wohnung im Süden Europas umsehen. Bisher war ich nicht unbedingt offen für diese Idee, aber mit den neuen Entwicklungen bei der Fusion und den Niederlassungen, die auf der ganzen Welt verteilt sind, bin ich ins Nachdenken gekommen. Der Kölner Standort wird nicht als Hauptsitz der Firma herhalten können, eventuell wird er in ein paar Jahren ganz aufgelöst, das wird man noch sehen. Wir sollten also nicht an Köln als Lebensmittelpunkt festhalten, auch wenn wir die Wohnung dort behalten werden, damit wir auch weiterhin da sein können, wenn wir wollen. Jedenfalls freust du dich bestimmt, dass ich an Bord bin und wir anfangen können, uns nach Häusern umzusehen, zum Beispiel in Spanien.“ Er lachte, als er Laras kaum zu beherrschende Freude sah. Ein kleiner Jubelschrei platzte aus ihr heraus, als sie aufsprang und ihn umarmte.

„Das freut mich, Len!“ Sie küsste ihn. „Danke für die schöne Überraschung zum Hochzeitstag.“

In der Tat hatte Lara das Thema einer Immobilie im Ausland schon häufiger angesprochen. Nicht nur als Ferienwohnung, sondern auch als Investition und mittelfristig gesehen als Rückzugsort während der kalten deutschen Wintertage hatte sie bereits mit Steuerberatern und einem von Lennards Anwaltskollegen gesprochen und sich Informationen zu den Lebenshaltungskosten und weiteren Konditionen einer Umsiedlung in ein anderes Land eingeholt. Beide hatten während der Coronapandemie gemerkt, dass sie bis auf wenige Termine wunderbar aus dem Homeoffice arbeiten konnten. Trotzdem hatte Lennard ihre Idee, in eine Immobilie im Ausland zu investieren, zunächst eher abgeblockt. Er sagte, er als Geschäftsführer müsse vor Ort in Köln sein, auch wenn seine Mitarbeiter von zu Hause aus arbeiten würden. Außerdem wollte er nicht, dass Lara dann allein ins Ferienhaus fahren würde. Dass er nun der Idee offen gegenüberstand, freute sie riesig. Es war ein weiterer positiver Nebeneffekt der Fusion.

„Das heißt, wir können jetzt schon damit anfangen, uns nach Häusern umzusehen? Selbst wenn die Fusion noch nicht durch ist?“, fragte sie aufgeregt und nahm einen großen Schluck Champagner. Lennard lachte über ihren Enthusiasmus und streichelte ihr über die Wange.

„Ja, wir können schon damit anfangen. Die Fusion wird wahrscheinlich zeitnah angegangen werden, zumindest so weit, dass wir schon einen vorläufigen Planungshorizont haben. Übernächste Woche wird sich zum Beispiel entscheiden, wann der Zusammenschluss offiziell in Kraft tritt. Zu diesem Zeitpunkt wird Köln nicht mehr die Hauptniederlassung sein und somit werden einige Prozesse nach England abgegeben. Für die Übergabe muss ich vor Ort sein, es wird einiges zu organisieren geben. Aber sobald das abgeschlossen ist, wird die Arbeit hauptsächlich digital stattfinden, da wir ohnehin die meiste Zeit über Ländergrenzen hinweg mit den Anwälten aus den anderen Niederlassungen sprechen werden. Das heißt, wir können uns einen neuen Lebensmittelpunkt aussuchen. Aber das ist an eine Bedingung geknüpft.“ Er sah sie durchdringend an, als würde er sie mit seinem Blick auf eine wichtige Ankündigung vorbereiten. „Meine Bedingung ist, dass du an meiner Seite bist. Wenn ich reise, möchte ich, dass du mit mir reist. So wie früher. So wie zuletzt in London. Ich werde hin und wieder nach England reisen und natürlich auch noch regelmäßig in Köln sein. Zusätzlich wird es durch die vielen Niederlassungen immer mal wieder Termine im Ausland geben, zu denen ich persönlich erscheinen muss. Dein Job wird sich inhaltlich auch verändern, einige Aufgaben entfallen dadurch, dass sie nach England verlagert und dort bearbeitet werden. Das bedeutet, wir werden deinen

Jobinhalt ohnehin neu definieren müssen und ich möchte, dass ein Bestandteil davon ist, dass du mich auf Reisen begleitest. Ich brauche dich an meiner Seite."

Bei seinem letzten Satz ging Lara das Herz auf. Er schaute sie dabei so intensiv an, dass sie verstand, wie wichtig ihm ihre Zusage dazu war. Normalerweise hätte sie erst noch weitere Fragen dazu gestellt, wie ihr Jobinhalt denn genau aussehen würde und was sie dann auf den Geschäftsreisen genau machen solle, wenn er in Terminen war. Aber es war ihr Hochzeitstag, Lennard hatte ihr gerade zugesagt, dass sie nach einem neuen Zuhause schauen würden und ihr damit und mit seinem Vorschlag, mit ihm zu reisen, eine wundervolle Liebeserklärung gemacht, weshalb sie ihre Hand auf seine legte und sagte:

„Wenn das deine Bedingung ist, dann machen wir das so. Ich bin dabei." Sie küssten sich und genossen ein feines Mittagessen mit Meeresfrüchten, die fangfrisch auf den Grill der offenen Restaurantküche gelegt wurden. Nach einem Nachtisch mit Früchten und einem Cappuccino brachen sie in Richtung Hotel auf. Das Einzige, was an diesem Tag nicht perfekt war, war, dass es der Abreisetag war, dachte Lara. Eine Woche hatten sie hier verbracht; es war eine wundervolle Auszeit gewesen. Aufgrund eines Termins, bei dem Lennard vor Gericht erscheinen musste und eine Firma in irgendeiner größeren Angelegenheit verteidigte, hatten sie den Rückflug jedoch um einen Tag vorverlegen müssen. Ein Aufschub des Gerichtstermins hätte Lennards Mandantin viel Geld gekostet, da mit jedem Tag, den der laufende Prozess andauerte, einige tausende Euro verloren gingen. Lennard hatte zunächst gesagt, dass er an dem Tag des Gerichtstermins erst aus dem Urlaub zurückkehrte und ihn deswegen verschieben müsse, aber die Firma hatte ihn quasi bekniet, einen Tag früher zurückzukehren. Lara hatte ihr

Einverständnis dazu gegeben, den Urlaub um einen Tag zu kürzen und so hatte schließlich auch Lennard sich dazu bereit erklärt.

„Ich habe *noch* eine Überraschung für dich“, sagte er mit einem Schmunzeln auf dem Weg zum Flughafen und küsste ihre Hand. Lara wollte jauchzen vor freudiger Anspannung. Lennards Überraschungen waren bisher immer wundervoll gewesen. Das musste sie ihm lassen - was Überraschungen und Romantik anging, oder auch romantische Überraschungen, machte ihm so schnell niemand etwas vor.

„Bekomme ich einen Hinweis?“ Lennard überlegte.

„Es ist eigentlich nicht wirklich *MEINE* Überraschung. Ich habe nur etwas eingefädelt, kann man sagen. Streng genommen ist es aber eine Aufmerksamkeit meiner Mandantin.“

Lara kniff die Augen zusammen und überlegte. Beim besten Willen konnte sie sich nicht vorstellen, was genau seine Mandantin ihr für eine Aufmerksamkeit zu ihrem Hochzeitstag machen konnte. Lennard bemerkte ihr angestrengtes Nachdenken und unterdrückte ein Lachen.

„Du wirst schon sehen“, sagte er und strich ihr mit dem Zeigefinger über die Wange.

Das Taxi hielt an und der Fahrer öffnete ihnen die Tür. Sie stiegen nicht am Terminal aus, sondern befanden sich bereits auf dem Rollfeld, wo die riesigen Flieger und auch mehrere kleinere Maschinen parkten. Er hievte ihren Koffer aus dem Wagen, der Fahrer nahm den anderen, dann kam bereits ein Mitglied der Flug-Crew auf Lennard zu, reichte ihm die Hand und stellte sich vor. Danach begrüßte er Lara, der langsam aufging, dass sie wohl im Begriff sein mussten, in ein Privatflugzeug zu steigen. Ein kleiner Cart holte sie vom Taxi ab und fuhr sie bis direkt neben eine kleine Maschine, bei der bereits eine der fahrbaren Treppen angelegt hatte.

„Pass auf, wohin du trittst", sagte Lennard in seinem gewohnt herrischen Ton und fasste Lara vorsichtshalber am Ellenbogen, als sie die schmalen Stufen hinauf gingen.

Im Innenraum der kleinen Maschine waren nur einige wenige Plätze, dafür aber mit jeweils besonders breiten und bequem aussehenden Ledersesseln statt der üblichen stoffbezogenen Flugzeugsitze ausgestattet.

„Such dir einen Platz aus", sagte Lennard.

Sie nahmen in zwei gegenüberliegenden Sesseln Platz. Lara streckte ihre Füße aus. Die Beinfreiheit war fantastisch. Wenig später hob der Flieger bereits ab und ein Crewmitglied reichte Getränke, eine Schale mit kunstvoll geschnittenem Obst und wenig später zwei Teller mit frischem Salat und Rindfleischstreifen, der aussah wie in einem Restaurant und unmöglich in einer Flugzeugküche hatte zubereitet werden können.

„Das ist der Wahnsinn!", sagte Lara strahlend und schaute aus dem Fenster.

„Ich weiß, dass du keinen Wert auf diese Art von Dingen legst, aber ich dachte, wenn meine Mandantin uns schon an unserem Hochzeitstag einfliegen lässt, dann nehmen wir auch gerne den besonderen Service in Anspruch, den sie uns dafür angeboten haben."

Er hatte Recht. Sie machte sich nichts aus derart dekadenten Dingen, konnte sie aber durchaus schätzen, wenn sie in deren Genuss kam. Lennard dachte genauso, was eine der Gemeinsamkeiten war, die Lara besonders schätzte. Er scherte sich wenig um Luxus und hatte trotz seines Erfolgs stets die Bodenhaftung bewahrt. Dennoch konnte er es genießen, wenn er solche Sonderbehandlungen seiner Mandanten erhielt. Dank seiner vielen Flugmeilen waren beide es gewohnt, in der ersten Klasse zu fliegen, aber ein Privatflug war doch eine dieser besonderen Überraschungen, die zur Feier ihres Hochzeitstags ein außerordentliches erstes Mal für sie beide war, an das sie sich immer erinnern werden würden.

„Das ist eine tolle Überraschung, Schatz! Danke!“, sagte sie, stand auf und ließ sich auf Lennards Schoß nieder, um ihn zu küssen. „Musst du denn heute noch arbeiten, wenn wir wieder zu Hause sind, da morgen ja der große Gerichtstermin ist?“

„Nein, heute nicht. Dieser Tag gehört uns.“ Sie küsste ihn erneut. Er konnte so romantisch sein. Gleichzeitig strahlte er eine solche Lässigkeit aus, wie er da saß, ein Glas Sekt in einer Hand, sie auf seinem Schoß, hoch über den Wolken. Einen Tag vor möglicherweise einem der größten Gerichtstermine seiner Karriere, aber er hatte nur Augen für sie.

„Wie lang ist der Flug? Sind wir schneller als die Linienflugzeuge?“, fragte sie mit einem Blick auf die Uhr. Sie mussten wohl etwa eine Stunde unterwegs gewesen sein. Lennard schaute sie an, in seinen Augen und auf seinen Lippen lag ein Schmunzeln. Erst dann antwortete er:

„Nicht viel schneller. Wir haben noch einige Stunden vor uns.“

Lara blickte sich um. Zu beiden Seiten war der Bereich, in dem sie saßen, mit Vorhängen vom Rest der Maschine abgetrennt. Ein Hinweisschild zeigte an, dass sich hinter dem einen Vorhang eine Toilette und vermutlich ein komplett ausgestattetes Bad befinden musste. Auf der anderen Seite befand sich die Crew, die Flugzeugküche und weiter vorne das Cockpit. Lennard neigte seinen

Kopf leicht nach vorne, bis sein Mund neben ihrem Ohr war, und flüsterte:

„Ich weiß was du denkst."

Der Flüsterton, die Worte, was immer es war, aber wie ein Stromschlag fuhr ein Schauer über Laras Rücken und, selbst überrascht von der unwillkürlichen Reaktion ihres Körpers, stieß sie leise einen Atemstoß aus. Er hatte sie durchschaut, tatsächlich hatte sie wissen wollen, wie lang der Flug wohl noch dauerte, weil sie ihren Ehemann gerade so unglaublich anziehend fand, dass sie unbedingt mit ihm rummachen wollte.

„Baby", flüsterte Lennard und streichelte sanft ihren Rücken. „Hier?"

Er schaute sich um, dann sah er sie an. Unschlüssig erwiderte sie seinen Blick. Romantisch war dieser Ort nicht gerade, aufregend aber schon. Leidenschaftlich küsste sie ihn und Lust flammte in ihr auf. Aufhören war jetzt keine Option mehr. Ihre Hand strich von seiner Brust langsam weiter nach unten, sie spürte seine Finger an ihrem Ausschnitt, wie sie sich geschickt den Weg in ihren BH bahnten und ihren Nippel fanden. Auf einmal packte er ihre Hand und hielt sie fest.

„Möchten Sie noch etwas trinken?"

Lara hatte nicht mitbekommen, dass eine Stewardess ins Abteil gekommen war. Glücklicherweise hatten sie mit dem Rücken zum Vorhang und zum Gang gesessen, sodass es so aussehen musste, als schauten sie aus dem Fenster, sie auf Lennards Schoß.

„Nein, danke", sagte Lennard bestimmt. „Wir essen den Salat noch zu Ende und nehmen dann in einer Stunde den Nachtisch." Kaum hörbar verschwand die Stewardess.

„Das war knapp“, flüsterte Lara und atmete scharf ein, als Lennards Hand an der Innenseite ihres Oberschenkels entlang und unter ihren Rock fuhr.

Mit der anderen Hand hielt er weiterhin ihre Hand fest. Der Motorenlärm hörte sich auf einmal nur noch dumpf und weit weg an, als Lennard ihr Höschen zur Seite strich und ihre Mitte fand.

„Oh“, raunte er in ihr Ohr. „Du kannst es ja kaum erwarten.“

Es fühlte sich an, als würde das Flugzeug leicht schaukeln und Lara spürte, wie die Wellen der Erregung immer größer wurden. „Schschsch“, machte Lennard sanft, wodurch sie die Augen öffnete und sich ihrer Umgebung für einen Moment lang wieder bewusst wurde. Seine Finger bewegten sich weiter und übten genau den richtigen Druck aus, so schloss sie wieder die Augen. „Baby“, hörte sie Lennards Flüstern wieder dicht an ihrem Ohr. „Hey.“ Seine Bewegungen stoppten. Sie öffnete die Augen. „Leise“, flüsterte er. „Okay?“

„Ja“, flüsterte sie zurück.

Sie hatte gar nicht mitbekommen, dass sie wohl gestöhnt haben musste. Sicher war es vom Motorenrauschen verschluckt worden, sodass sie es nicht einmal selbst gehört hatte. Seine Finger fanden wieder ihre Mitte und begannen langsam, sich zu bewegen, während seine tiefe Stimme ihr leise zuflüsterte:

„Zeig mir, dass du schön leise sein kannst. Still und leise. Sonst hören wir auf. Und das willst du doch nicht. Du willst, dass ich weitermache, oder?“

Unter dem Rauschen des Flugzeuges, der Vibration des Motors und Lennards stetem Flüsterton fühlte sie sich wie in Trance. In dem Versuch, keinen Ton von sich zu geben, nickte sie nur.

„So ist es gut, Baby. Niemand soll hören, wie es klingt, wenn du erregt bist. Das ist nur für meine Ohren. Schön leise.“

Sie atmete schwer, als Lennard kurz seine Hand wegzog. Aus halb geschlossenen Augen sah sie ihn an und hörte, wie er den Reißverschluss seiner Hose öffnete. *Oh.* Nicht, dass sie die ganze Situation zu Ende gedacht hatte, als sie sich vorhin auf seinen Schoß gesetzt hatte. Aber dass es nun darauf hinauslaufen würde, dass sie miteinander auf diesem Ledersessel schlafen würden, während nur einen dünnen Vorhang entfernt die Crew war, die theoretisch jederzeit hereinkommen konnte, darauf war sie nicht eingestellt gewesen. Auch wenn es nicht besonders stilvoll war, es gab immerhin noch das Badezimmer, das sicher eine abschließbare Tür hatte.

„Du wirst die ganze Zeit schön leise sein.“ Mit diesen Worten packte er sie an der Hüfte, hob sie ein Stück an und ließ sie auf sich nieder. Sie atmete scharf ein, als er so in sie eindrang.

„Schschschsch“, machte er leise. „Bleib ganz ruhig. Spür meine Bewegungen.“ Von außen schien er fast komplett still zu halten, aber Lara fühlte leichte Impulse, die wie Kreise im Wasser in ihren gesamten Körper ausstrahlten. Lennards Atem wurde schwerer und sie passte sich seinem Rhythmus an. Kleine, fließende Bewegungen, ein leichtes Auf und Ab, perfekt abgestimmt auf die Bewegungen seiner Finger, die sie zusätzlich massierten.

„So ist gut“, raunte er, während sie tiefe, leise Atemzüge machte und dabei spürte, wie seine Erregung stärker und härter wurde und sein Körper sich unter ihr immer mehr anspannte.

Sie begann, ihre Hüfte leicht mitzubewegen, aber er hielt sie fest. Mit geschlossenen Augen versuchte sie, sich komplett auf das Gefühl der sich ausbreitenden Hitze in ihrem Inneren zu konzentrieren. Ein Sonnenstrahl brach durch die Wolken und schien durch das kleine Flugzeugfenster hell und warm auf ihr Gesicht. Sie kniff die Augen für einen Moment lang zusammen, dann öffnete sie sie und sah auf eine weiße Decke aus Wolken hinaus, die von der Sonne bestrahlt zu glitzern schienen. Sie hörte jetzt weder das Motorenrauschen noch Lennards Atem, als könnte die friedliche Stille draußen vor dem Fenster die Geräusche im Flugzeug verstummen lassen. Ein perfekter Moment, dachte sie und spürte dann, wie Lennard zum Höhepunkt kam. Eine Weile saßen sie so da. Lennard küsste ihre Schläfe.

„Wow", raunte er in ihr Ohr. „Ich wusste ja, dass meine Frau wild ist. Aber das, hier, war schon ein besonderer Kick."

Er hob sie leicht an und Lara stand auf und setzte sich wieder auf ihren Patz gegenüber von Lennard, nachdem sie sich unauffällig den Rock und das Höschen zurecht gezupft hatte. Sie strahlten einander an. Ob es der Luftdruck war, der so hoch in der Luft anders als am Boden war, ob es die Sonne war, oder einfach das pure Glück, das beide mit diesem Jahrestag feierten, es war ein besonderes Erlebnis gewesen. Sie unterhielten sich, bis die Stewardess mit dem Nachtisch und neuen Getränken die Kabine betrat. Ein wunderbares Schokoladensoufflé wurde serviert und Lara fragte sich, wie es nur möglich sein konnte, dass das Essen sogar besser schmeckte als in manchen Restaurants, obwohl die Flugzeugküche doch nur einen Bruchteil so groß sein konnte wie eine normale.

Sie dachte an Lennards Worte. *„Ich wusste ja, dass du wild bist"*.

Warum bewirkte diese Aussage in ihr ein unwohles Gefühl? Es war das Bild, das Lennard von ihr hatte und das sich nicht ganz mit ihrem Selbstbild von sich deckte.

Sie hielt sich selbst für offen, tolerant, hatte aber gleichzeitig ihre Grenzen und Prinzipien, an denen sie selbstbewusst festhielt. Sie würde sich selbst nicht unbedingt als besonders „wild" bezeichnen. Lennard aber hielt sie für wild, weil er das Gefühl hatte, dass sie zu risikofreudig und unbekümmert war und nicht auf sich selbst aufpassen konnte. Dass er sie beschützen müsste, damit ihr nichts passierte. Sie wusste, dass er ihr vertraute, aber zu gerne hätte sie ihm die Sorge um sie genommen, die er immer in sich zu tragen schien. Einmal hatte er ihr eine Karte mitgebracht, auf der stand:

You keep me wild, I keep you safe.

„Hat mich irgendwie an uns erinnert", hatte er mit einem Augenzwinkern gesagt, als er ihr die Karte aushändigte. Eine Zeitlang hatte Lara sie am Kühlschrank aufgehängt, sie aber irgendwann abgenommen und weggeworfen. Der Spruch hatte im ersten Moment einen schönen Klang, aber er erinnerte sie stets an die Diskrepanz zwischen dem, wie Lennard sie sah und ihrem Selbstbild von sich.

Sie schüttelte die Gedanken ab. Heute war ein Tag zur Freude, zum Feiern. Lennard und sie waren so glücklich miteinander, es war also alles in Ordnung, kein Grund, Dinge zu hinterfragen. Sie machte ein paar Fotos zur Erinnerung, bis sie schon bald darauf gelandet waren.

Kapitel 13

„Wie war euer Urlaub und euer Ersatz-Jahrestag?“, fragte Marianne freudig.

„Schön! Ich kann dir gleich Fotos vom Hotel zeigen. Holen wir uns einen Kaffee?“

„Gern!“ Auf dem Weg in die Küche berichtete Lara von den letzten Tagen.

Mit einem lauten Knall fiel Mariannes Tasse samt frisch zubereitetem Cappuccino zu Boden und zersprang. Der Milchschaum war auf dem kompletten Küchenboden und bis zur Oberkante der Anrichte verteilt.

„Oh verdammt!“ Marianne schlug eine Hand vor den Mund.

„Kann doch mal passieren“, sagte Lara ruhig und suchte nach Tüchern, bis sie bemerkte, dass Marianne weinte. „Hey, das macht doch nichts.“ Sie legte ihr eine Hand auf die Schulter, aber Marianne war schon komplett aufgelöst.

Einer der Anwälte trat zu ihnen in die Küche und begrüßte sie freudig mit: „Hallo die Damen“, bemerkte dann aber den nassen Boden und Mariannes Gesichtsausdruck und zog sich diskret zurück.

„Komm, wir machen hier schnell sauber und dann sprechen wir in Ruhe.“ Sie setzten sich in Laras Büro und schlossen die Tür. „Erzähl mal, was ist denn los?“ Lara wusste, dass diese Frage als Vorgesetzte eigentlich nicht professionell war. Sie entschied, die Haltung einer befreundeten Kollegin einzunehmen. „Du wirkst in letzter Zeit manchmal abwesend. Ist etwas mit Lorenz?“

„Ach, es ist schon gut. Ich weiß auch nicht.“ Mit einem Taschentuch wischte Marianne sich die Nase. „Aber ich finde auch nicht, dass man generell sagen kann, dass ich abwesend wirke." Ihre Stimme nahm auf einmal einen trotzigen Ton an. Überrascht von der eingeschnappten Reaktion setzte sich Lara in ihrem Stuhl zurück.

„Vielleicht ist *abwesend* auch das falsche Wort. Wir hatten ja schon mehrmals darüber gesprochen, dass hier und da Fehler passiert sind, die für deine Arbeitsweise untypisch sind. Bist du durch irgendwas abgelenkt?" Schweigen. Als müsste sie abwägen, ob sie auf Konfrontationskurs gehen wollte oder nicht, sah sie nach unten und schüttelte in Gedanken mehrfach den Kopf. „Du musst mir natürlich nichts erzählen, aber du kannst, wenn du möchtest", sagte Lara in einem Versuch, an ihr eigentlich vertrautes Verhältnis zueinander zu appellieren. Schniefend und mit leiser Stimme entgegnete Marianne schließlich:

„Es ist wegen Lorenz. Aber ich möchte gerade nicht mehr dazu sagen."

„Okay." Lara nickte. *Ein erstes Mitarbeiter-Krisengespräch in meiner Berufslaufbahn*, dachte sie. „Du kannst immer zu mir kommen, wenn etwas ist."

„Danke." Endlich sah Marianne ihr wieder in die Augen. Hätte sie noch etwas sagen sollen wegen der schlechteren Arbeitsleistung in den letzten drei Wochen? Sie entschied sich dagegen. Die nächsten Wochen über würde sie einfach Mariannes Arbeit sehr genau kontrollieren. Sie würde schon zu ihrer alten Form zurückfinden.

Kapitel 14

Lennard hielt Lara die Tür auf. Er hatte Recht, die Ausmaße dieser Eventhalle waren gigantisch. Sie gaben ihre winterlichen Jacken an der Garderobe ab und erhielten bei einer zweiten Tür gegen Vorzeigen der Einladung ein Bändchen, das um ihre Handgelenke gewickelt wurde. Eine Hand auf ihren Rücken gelegt, führte Lennard Lara in einen weihnachtlich-festlich geschmückten Saal. Ein Banner mit „Merry Christmas“ und in der Zeile darunter „from the Lewis-Walker-Baker-family to yours“ schmückte eine große Fensterfront. Es gab einige Reihen mit langen Tischen, eine Tanzfläche, die bereits bunt beleuchtet war, ein DJ Pult, wo ein nikolausmützetragender junger Mann Musik auflegte, und auf der anderen Seite des Saals eine Bar und dahinter ein Buffet, von dem Lara von ihrer Position aus nur einen Teil einsehen konnte. Lennard schüttelte an diesem Abend viele Hände und stellte Lara jedes Mal dem jeweiligen Gegenüber vor. Sie hielt höflichen Smalltalk und versuchte, sich die Namen und Gesichter zu merken. Das Essen war üppig und köstlich und nach mehreren Reden der Geschäftsführer wurde die Tanzfläche eröffnet, die sich gleich darauf füllte. Es wurde getrunken, die Stimmung war ausgelassen. Lara war immer wieder überrascht davon, wie selbst die erhabenen Anwälte und Partner nach ein paar Gläsern Bier und Wein und dem einen oder anderen Cocktail selbstvergessen über das Tanzparkett fegten. Nicht wenige hatten wohl überschätzt, wieviel Alkohol sie vertragen konnten. Lara hatte mit Absicht nur ein Glas Bier getrunken und sich danach an Cola und Wasser gehalten. Marianne und Lorenz waren während des Essens und des Abendprogramms ebenfalls zurückhaltend gewesen, hatten sich aber im Laufe des späteren Abends von den Sitznachbarn zum einen oder anderen Schnaps hinreißen lassen. Marianne wippte zum Rhythmus der Musik mit, während sie das Treiben auf der Tanzfläche beobachtete. Lennard gesellte sich zu Lara und prostete Lorenz zu.

„Amüsierst du dich?“, fragte er ihn.

„Ist ganz toll!“, rief Lorenz begeistert über die Musik zurück. „So eine Weihnachtsfeier habe ich noch nie erlebt!“ Die Männer steckten die Köpfe zusammen und unterhielten sich über den steigenden Schallpegel der Musik hinweg über den Abend. Lara sah sich lächelnd um.

„Bei dieser Hitze merke ich so langsam auch den Sekt von vorhin“, sagte Marianne und fächerte sich mit der Hand Luft zu. „Ich sollte wohl auf Wasser umsteigen.“ Lara lachte.

„Mit den Engländern mitzuhalten ist glaube ich nicht einfach, und selbst die sind teilweise schon ganz gut dabei.“ In diesem Moment legte ein Mann im Anzug den Versuch einer Breakdance-Einlage hin und die Leute auf der Tanzfläche bildeten einen Kreis um ihn herum und feuerten ihn an. Das Spektakel hielt etwa zwei Minuten an und Lennard, Marianne, Lorenz und Lara lachten über seine übermütige Vorführung und jubelten ihm zu.

„Das erinnert mich ein bisschen an den Abend neulich, als wir bei der Cocktail-Happy Hour waren und dann irgendwann alle zu diesem einen Lied mitgetanzt haben, dieses eine, wie hieß das noch!“, rief Marianne und schnappte zwischendurch vor Lachen nach Luft. Auch Lorenz lachte bei ihrer Erzählung mit und sie bemerkten nicht, wie Lennards Miene versteinerte, nur Lara konnte es spüren. *Warum musste Marianne den Abend und die Cocktailbar erwähnen, von dem Lennard nichts wusste?* Sie war noch nicht dazu gekommen, ihm davon zu erzählen.

Lennard wandte sich ihr zu und schaute sie durchdringend an. Unter seinem Blick fühlte Lara sich, als hätte er eine Last auf sie gelegt. Unwillkürlich zog sie die Schultern ein wenig hoch. Mit einem „Entschuldigt uns“ in Richtung Marianne und Lorenz legte er eine Hand auf Laras Rücken und führte sie schnellen Schrittes aus dem Saal hinaus zu den Aufzügen, wo er den Knopf nach oben drückte. Schweigend standen beide vor den geschlossenen Türen und warteten auf das „Ping“-Geräusch, das das Erreichen einer Fahrstuhlkabine ankündigte. Lennards Atmung war über den durch die Türen zum Eventsaal dringenden Bass hörbar und er strahlte Wut aus jeder Pore aus. *Wut, Rage, Gefahr*. Laras Gedanken rannten, sie überlegte, sich von ihm loszureißen. Sie könnte es zumindest versuchen, immerhin waren hier noch vereinzelt Leute um sie herum, da würde er keine Szene machen können. Doch sie konnte sich nicht dazu bringen. So wie sonst ihre Stimme versagte, wenn sie sich auflehnen wollte, so konnte sie ihren Körper nicht dazu bringen, einen Fluchtversuch zu unternehmen. Wie angewurzelt stand sie neben Lennard, bis die Türen sich öffneten. Lennard drückte den Knopf zur 32. Etage. *Dort musste sein Büro sein*, dachte Lara. Da die Gespräche zur Fusion noch andauern würden und Lennard ohnehin in der nächsten Zeit häufig in London sein musste, hatte die Firma ihm bereits ein Büro bereitgestellt.

„Was hast du vor?“, fragte sie mit kleiner Stimme, während die Aufzugkabine Stockwerk um Stockwerk nach oben fuhr. Lennard schaute weiterhin stur geradeaus. Er atmete hörbar durch die Nase ein und sagte dann: „Siehst du gleich.“

Noch immer hatte er ihren Arm gefasst und führte sie, als der Aufzug zum Halten kam und sich die Türen öffneten, vor eine große hölzerne Tür, die er mit einem Schlüssel öffnete. Das Zimmer, das sich hinter der Tür verbarg, war nicht groß, aber gut geschnitten und modern eingerichtet, mit einem Schreibtisch und zwei Sesseln davor und einer Sitzecke um einen runden Tisch herum. Von den bodentiefen Fenstern aus blickte man auf weitere, noch höhere Gebäude. Unter anderen Umständen hätte es romantisch sein können, im Dunkeln in diesem Büro zu sein. Lennard ließ Laras Arm los, als er die Tür von innen zuschloss und eine kleine Lampe anschaltete, die den Raum nur ein wenig erhellte. Lara flüchtete sich zur gegenüberliegenden Wand, der am weitesten entfernten Stelle des Raums, um so viel Abstand zwischen sich und Lennard zu bringen wie möglich. Sie versuchte, die vor Angst aufsteigenden Tränen zurückzukämpfen, aber ihre Lippe zitterte und eine Träne rann über ihre Wange.

„Und warum weinst du jetzt?" Lennards Stimme war ruhig und tief.

„Ich habe Angst davor, was jetzt passiert." Ihre Träne rann über ihre Lippe in ihren Mund.

„Solltest du auch."

„Ich kann das erklären!", schluchzte sie. Sie konnte die Worte nicht zurückhalten. Zu ihrer Überraschung machte Lennard keine Anstalten, zu ihr zu kommen. Vielmehr strahlte er eine beängstigende Stille aus. Er setzte sich auf die Kante des runden Tisches und stellte einen Fuß auf der Sitzfläche des Stuhls vor sich ab.

„Du willst mir doch nicht erklären, dass du bei einer Cocktail Happy Hour warst und nichts getrunken hast." Laras Atmung war schnell.

„Nein. Aber was hätte ich denn machen sollen, Lennard?" Ihre Stimme war laut, aber bebend. „Es war ja nicht geplant, dass wir zu einer Happy Hour gehen und als wir da waren, war es schon so spät, dass ich dich hätte wecken müssen, um dich deswegen zu fragen. Und was hätte ich denn Marianne sagen sollen, etwa, dass ich dich um Erlaubnis fragen und auf deine Antwort warten muss, bevor ich etwas bestellen kann? Ich meine, was da passiert ist mit den KO-Tropfen tut mir leid, aber das war doch nicht meine Schuld und du kannst mich doch deswegen nicht so bestrafen. Ich bin erwachsen und ich habe selbst entschieden, dass ich einfach spontan einen blöden Cocktail trinken will, und das kannst du mir doch nicht übelnehmen. Die ganze Zeit habe ich versucht, deine Regeln zu befolgen, aber es geht einfach nicht; ich kann ja nicht mal mehr die kleinsten Dinge tun oder entscheiden. Das ist nicht fair, Lennard."

Ihr Herz klopfte wie verrückt vor Aufregung. Einen Moment lang fragte sie sich, woher sie den Mut genommen hatte, all das zu sagen. Die Worte waren einfach aus ihr herausgebrochen.

„Bist du fertig?", fragte Lennard, der immer noch seelenruhig auf dem Tisch saß und sich ihre Tirade aufmerksam, aber ohne jede Spur einer Reaktion angehört hatte.

„Ja", sagte sie mit etwas leiserer Stimme.

„Gut. Und ja. Du hättest mich aufwecken und mich fragen sollen. Ja, du hättest das auch zu Marianne genau so sagen können, wie es sich verhält. Mir ist die Meinung von anderen egal, wenn es um deine Sicherheit geht. Ich weiß, dass das mit den KO-Tropfen auch jemand anderem hätte passieren können. Aber genau vor diesen Dingen habe ich dich so oft gewarnt und du bist nicht aufmerksam genug. Mein Anliegen war, dass du vorsichtiger bist. Und ja. Du kannst deine eigenen Entscheidungen treffen und wenn dich meine Regeln zu sehr einschränken, dann kannst du mir das sagen, wie du es gerade getan hast und mir ein anderes Angebot machen. Mir einen Kompromiss vorschlagen." Lara traute ihren Ohren kaum. „Du kannst mir alles sagen, das weißt du", antwortete Lennard auf Laras verwunderten Blick.

„Ich hatte doch neulich schon vorgeschlagen, die Regel wieder abzuschaffen."

„Das stimmt, aber du hast mir keine Alternative vorgeschlagen." Er sah sie mit hochgezogenen Augenbrauen an. „Ich möchte dich nicht bestrafen für das, was passiert ist. Es geht nur darum, dass du mir zeigst, dass sich etwas ändert und dasselbe nicht noch einmal passiert. Dass du das ernst nimmst und ich mich darauf verlassen kann, dass du besser aufpasst." Lara nickte entschlossen.

„Ich achte wirklich darauf. Was passiert ist, hat mich auch erschreckt und ich verspreche, noch besser aufzupassen." Sie war auf einmal hoffnungsvoll und zog einen kurzen, schnellen Luftzug ein, als ihr eine Idee kam. „Mein Vorschlag ist, dass ich dir künftig meinen Live-Standort schicken kann, wenn ich auf dem Heimweg bin. Dann weißt du genau, wo ich mich aufhalte. Und wenn ich mit Freunden unterwegs bin, sehe ich zu, dass ich mich nicht von der Gruppe trenne, nicht mal, wenn ich Getränke kaufe." Lennard sah sie einen Moment lang mit hochgezogenen Augenbrauen an und nickte langsam.

„Okay. Den Vorschlag finde ich gut. Und ich erwarte im Gegenzug auch nicht mehr, dass du mich um Erlaubnis fragen musst, wenn du etwas unternehmen willst. Du musst mich aber *informieren*, und zwar rechtzeitig, sobald du etwas planst. Okay?"

„Okay!"

„Gut."

Eigentlich sollte sie erleichtert sein, dachte Lara, aber etwas in Lennards Blick ließ das noch nicht zu. Das Gespräch war *ZU* gut gelaufen, es musste einen Haken geben. Sie blieb weiterhin mit großem Abstand zu Lennard an der Wand des Büros stehen und spürte, wie er sie beobachtete. Sein Blick hatte wieder diese Härte angenommen und sie fühlte noch etwas Unausgesprochenes, das im Raum stand.

„Bist du noch sauer?“, fragte sie vorsichtig. Seine Kiefermuskeln spannten sich an.

„Zieh dein Höschen aus“, sagte er in strengem Ton. Lara zögerte.

„Was hast du vor?“

„Ist es dir lieber, dass ich es dir ausziehe?“, fragte er mit lauter Stimme und nahm den Fuß von der Sitzfläche des Stuhls, als wolle er vom Tisch aufstehen.

„Nein, nein!“, sagte Lara schnell und Lennard legte seinen Fuß wieder auf dem Stuhl vor ihm ab. Was hatte er nur vor? Langsamer als nötig zog sie ihr Höschen unter dem langen Kleid aus.

„Jetzt komm zu mir“, befahl er.

Zögernd ging sie auf ihn zu. Schritt für Schritt. Sie nahm so viel Zeit wie möglich dafür in Anspruch, während ihr Kopf hektisch überlegte, was nun passieren würde und ob es einen Ausweg aus der Situation gäbe. Aber ihr fiel nichts ein. Als sie vor ihm stand, griff Lennard sie blitzschnell im Nacken und noch bevor sie wusste, was passiert war, fand sie sich über seinen Oberschenkel gelegt wieder, nach unten schauend. Ihr Kleid war hochgezogen und sie spürte einen Schlag auf den Po, schnell und hart wie ein Peitschenhieb. Nochmal und nochmal und nochmal und nochmal und nochmal, in kleinen Abständen landeten seine Schläge. Lara fokussierte den Boden vor sich, auf dem sich nach und nach kleine Tränentröpfchen sammelten, aber sie sagte keinen Ton. Irgendwann stoppten seine Hiebe und Lennard richtete sie auf. Lara war wie benommen und außer Stande einen klaren Gedanken zu fassen. Sie stand einfach nur da. Lennard strich ihr über die Wange und wischte sie trocken. Er reichte ihr ihr Höschen, das auf dem Boden lag.

„Gutes Mädchen“, sagte er. „Tapfer ertragen.“

Er ging zu einem Schrank und holte Gläser und eine gekühlte kleines Glasflasche mit Wasser heraus, öffnete sie und reichte Lara ein Glas. Noch außer Atem stand sie weiter neben dem Tisch.

„Trink was. Du kannst dich beruhigen, jetzt passiert nichts mehr.“ Wortlos nahm Lara das Glas. Lennard beobachtete sie, während er sein Glas in wenigen Zügen leerte.

„Ich hatte dir doch gesagt, dass es Konsequenzen gibt, wenn du dich nicht an meine Regeln hältst. Unabhängig davon können wir über diese Regeln sprechen, wie wir es vorhin getan haben. Aber wie du weißt, halte ich mich an das, was ich sage. Und dass du eine Regel willentlich gebrochen hast, ganz gleich, ob wir diese Regel jetzt ausgehebelt haben, bedeutet, dass es Konsequenzen geben musste.“

Lara schaute zu Boden. Es konnte doch nicht wahr sein, dass das jetzt bei der Weihnachtsfeier passiert war.

„Trink“, sagte Lennard sanft und sie nahm zögerlich einige Schlucke.

Das Wasser tat gut und Lara spürte, wie ihre Benommenheit zurückging. Das Adrenalin ließ nach, wodurch sie auch wieder empfänglich für Schmerz war. Manchmal war dieses Empfinden durch die Aufregung wie betäubt, sodass der Schmerz erst später nachklang. Ihre Haut brannte. Sie zog sich das Höschen über und verzog kurz das Gesicht. Ihr Po fühlte sich richtig wund an. Lennard beobachtete sie. Ob es ihm gefiel, sie so zu sehen? Sicherlich fand er keine Freude daran, wenn sie Schmerzen hatte, zeigte aber gerade auch keinerlei Mitleid, was ja auch absurd gewesen wäre. Er selbst war ja schließlich der Verursacher der Schmerzen. Wahrscheinlich gefiel es ihm, sie so devot zu sehen. In diesem Zustand würde sie wahrscheinlich zu allem Ja sagen, was er von ihr verlangte.

„Ich würde sagen wir gehen wieder runter, verabschieden uns und fahren ins Hotel."

Lara sagte nichts dazu. Der Festsaal war schon ein wenig leerer geworden, aber diejenigen, die noch dort waren, feierten ausgelassen. Der Bass pulsierte und die Männer hatten Jacketts und Krawatten abgelegt und bewegten sich zusammen mit ihren hübsch zurechtgemachten Frauen im Lichtspiel auf der Tanzfläche. Lennard ließ den Blick schweifen und fand einige der Partner, die er kannte, am Rand des Saals in eine Unterhaltung vertieft. Er führte Lara an der Hand zwischen den Tischen hindurch in Richtung der Männerrunde. Die Musik dröhnte so laut, dass Lara die kurze Unterhaltung zwischen Lennard und den Herren nicht verstehen konnte. Bis auf die Lichter auf der Tanzfläche war die Beleuchtung spärlich und sie war dankbar, dass sie sich nicht in das Gespräch einbringen musste. Lennard legte ihr die Hand auf den Rücken und die Herren reichten ihr nacheinander die Hand zum Abschied und bedachten sie mit freundlichen Phrasen wie: „Ich hoffe, Sie hatten Spaß", „Es hat mich sehr gefreut" und „Wir sehen uns sicher bald wieder." Lara lächelte, erwiderte den Abschiedsgruß und die netten Worte. Dann führte Lennard sie nach draußen, wo bereits Taxis für die Heimfahrt aneinandergereiht bereitstanden. Kurz nachdem sich das Taxi in Bewegung gesetzt hatte, fielen ihr die Augen zu. Aus dem Halbschlaf heraus spürte sie, wie Lennard ihr seinen Mantel überlegte und ihre Hand zärtlich küsste.

Am nächsten Morgen war er bereits im Fitnessstudio, als Lara erwachte. Im großen Badezimmerspiegel drehte sie sich nach dem Duschen hin und her und betrachtete ihre Rückseite.

Eine traurige Ironie, wieder im Hotelzimmerspiegel in London die Verletzungen im Spiegel zu betrachten, dachte sie.

Von dem Ereignis in Lennards Büro war keine Spur mehr zu sehen, die Rötung, die gestern Abend noch da war, war abgeklungen. Sie spürte noch ein ganz leichtes Ziehen, wenn sie über die Haut fuhr, aber es war nicht der Rede wert. Auch bei dem Gedanken an den gestrigen Abend fühlte sie nichts. Keine Angst, keine Wut, gar nichts. Als würde sie dem Ereignis neutral gegenüberstehen wie eine dritte, unbeteiligte, emotionslose Person. Bedeutete das, dass sie stark war? Oder war sie nur taub durch die vielen derartigen Erlebnisse, die sie bereits erfahren hatte? Für einen Moment überlegte sie Nate anzurufen und ihm davon zu erzählen, doch dann hörte sie das Schloss in der Zimmertür. Schnell schloss sie die Badezimmertür ab und schaltete den Föhn an. *Es ist Zeit*, dachte sie und schaute sich im Spiegel an. *Es ist Zeit, mit jemandem zu sprechen.* Sie würde Nate davon erzählen. Mit diesem Entschluss startete sie in den Tag. Der Flug zurück ging erst am späten Nachmittag. Lennard führte sie zu einem ausgiebigen Brunch aus und danach schlenderten sie auf einem langen Spaziergang durch Londons Straßen, über einen Markt und weiter entlang der Themse. Zurück im Hotel packten sie die Koffer, checkten aus und saßen noch zwei Stunden in der Lobby. Lennard arbeitete und auch Lara checkte ihre Mails, hatte sie aber schnell bearbeitet und schaute sich in der edlen Empfangshalle des Hotels um. Sie lauschte den Klängen eines Klaviers und beobachtete die Gäste, die ein- oder auscheckten. Im Geiste spielte sie das Telefonat mit Nate durch und was sie sagen könnte. Am liebsten hätte sie es gleich an Ort und Stelle hinter sich gebracht, um sicher zu sein, später keinen Rückzieher zu machen. Aber Lennard würde es bemerken, wenn sie sich zu einem Telefonat davonstehlen würde. Sie müsste es zu einem anderen Zeitpunkt machen.

Am nächsten Morgen und zurück in Köln war sie früher als gewöhnlich wach und streckte die Hand zur anderen Seite des Bettes, aber Lennard war bereits auf den Beinen. Sie öffnete den Rollladen vor dem Schlafzimmerfenster und trat in den Wohnbereich. Lennards Schlüssel hing nicht am Schlüsselbrett, er war wahrscheinlich schon joggen und holte Brötchen. Sie schaute auf die Uhr, es war halb neun. War es zu früh, Nate anzurufen? Sie zog sich in das Ankleidezimmer zurück, setzte sich in eine Ecke vor dem Fenster auf den Boden und wählte mit klopfendem Herzen seine Nummer. Kurze Zeit später nahm er ab.

„Lara. Alles okay?“ Er hörte sich noch etwas verschlafen an.

„Ja, hi, guten Morgen Nate. Hab ich dich geweckt?“

„Morgen. Nein, ich war schon wach, aber bin noch im Bett.“ Es hörte sich so an, als würde er sich die Augen reiben. *Ein eigenartiges Gefühl, mit ihm zu sprechen, während er im Bett liegt*, dachte Lara. Sie stellte sich vor, wie er mit nacktem Oberkörper in seinem großen Bett in seiner Loftwohnung lag und fühlte sich bei der Vorstellung Lennard gegenüber schuldig.

„Tut mir leid, dass ich so früh anrufe. Ich wollte einen Zeitpunkt abwarten, an dem ich allein bin, damit Lennard nichts mitbekommt. Er ist gerade nicht da, aber wahrscheinlich bald zurück. Du hattest ja angeboten, dass wir sprechen wegen dieser … Sache. Ich würde das Angebot gerne annehmen und dir davon erzählen."

„Ja, jederzeit. Aber bei dir ist gerade alles gut? Oder ist was passiert? Soll ich dich abholen kommen?"

„Nein, alles in Ordnung. Es hat Zeit, wann es dir passt."

„Morgen Abend?"

„Ja, gerne. Passt es dir gegen fünf? Vielleicht im Hotelcafé *Leonardo* in Lindenthal?"

„Ja, das passt."

„Okay. Nate? Ich wollte noch eine Sache fragen. Das was ich dir erzähle, es wäre schön, wenn auch das unter uns bleiben könnte."

„Das ist doch klar, Lara."

„Das ist lieb von dir. Weißt du, ein Grund, warum ich bisher noch niemandem etwas erzählt hatte, ist auch, dass ich befürchtet hatte, dass die Person dann Lennard zur Rede stellt oder zur Polizei geht oder etwas in der Richtung. Mir wäre wichtig, dass so etwas nicht passiert, auch, wenn es gut gemeint wäre."

„Ich verspreche dir, nichts ohne dein Einverständnis zu unternehmen. Und dich zu nichts zu drängen. Du kannst dich mir anvertrauen. Ich denke, das wird dir guttun."

„Danke Nate. Dann sehen wir uns morgen. Ich bin froh, dass du es weißt und mich angesprochen hast. Das wird ganz bestimmt guttun. Auch, wenn ich ein bisschen nervös bin."

„Musst du nicht sein. Wir machen das in deinem Tempo. Du sagst mir nur so viel wie du willst."

Nach dem Telefonat fühlte Lara sich leicht, als hätte sie einen Fortschritt in einem Bereich gemacht, in dem sie schon lange auf der Stelle getreten hatte. Den nächsten Tag über war sie froh, dass die Arbeit ihr einige

Ablenkung verschaffte. Wann immer sie an das Gespräch mit Nate dachte, spürte sie eine leichte Nervosität, aber im positiven Sinne. Es fühlte sich fast an wie Vorfreude. Sie wusste nicht, wie das Gespräch laufen würde, aber sie war sich sicherer denn je, dass es die richtige Zeit war, darüber zu sprechen. Mit Absicht hatte sie fünf Uhr für das Treffen vorgeschlagen. Sollte Lennard fragen, warum sie schon früher als sonst Feierabend machte, würde sie ihm sagen, dass sie ein paar Überstunden abbauen würde. Das wäre auch in seinem Sinne. Und er wäre selbst noch lange im Büro und so könnte das Treffen mit Nate auch länger andauern, ohne dass Lennard sie anrufen würde oder sich fragen würde, wo sie bliebe.

„Ich mache heute etwas früher Feierabend, wahrscheinlich um 16 Uhr“, sagte sie zu Marianne.

„Hast du noch was Schönes geplant?“

„Ich wollte ein paar Stunden abbauen.“

„Schön! Das könnte ich eigentlich auch machen. Sollen wir zusammen Feierabend machen und noch schwimmen gehen oder so? Ich muss unbedingt was für meinen Rücken tun.“

„Tolle Idee, aber ich bin schon verplant. Lass uns das gerne nächste Woche machen.“

„Gern!“ Marianne lächelte zwar, aber ihr Gesicht hatte einen traurigen Ausdruck.

„Sollen wir morgen zusammen Mittag machen und uns unterhalten? Du wirkst bedrückt, vielleicht willst du was erzählen?“, schlug Lara vor.

„Das wäre schön.“

Lennard kam gegen 13 Uhr mit einem Kaffee für Lara in der Hand im Büro vorbei. Er gab ihr einen Kuss und schien allgemein guter Laune zu sein. Ein richtiger Charmeur, dachte Lara, als Lennard sich auf die Kante ihres

Schreibtisches setzte und sie mit einem Schmunzeln um die Augen herum ansah.

„Warum ist in deinem Kalender ein Terminblock ab 16 Uhr, der mit privat gekennzeichnet ist?", fragte er und nahm einen Schluck von seinem Espresso.

„Ich wollte nicht, dass jemand mir für die Uhrzeit einen Termin einstellt." Sie lehnte sich nach vorne und flüsterte: „Für meinen Boss soll es so aussehen, als hätte ich einen langen Termin, während ich eigentlich um 16 Uhr schon Feierabend mache." Lennard unterdrückte ein Lachen, lehnte sich ebenfalls vor und flüsterte zurück:

„Dein Boss findet dich so scharf, dass er da mal ein Auge zudrückt." Sie lachten einander an. „Was hast du geplant?"

„Eigentlich wollte ich nur ein paar Überstunden abbauen und später treffe ich mich mit Nate." Ein winziges Zucken ließ sein Schmunzeln für eine Millisekunde erstarren, dann war er wieder ganz souverän.

„Was ist mit Anne? Ihr trefft euch doch oft zu dritt."

„Ja, sie hat nur im Moment viel zu tun in der Arbeit. Wir treffen uns wahrscheinlich diese oder nächste Woche mal auf dem Weihnachtsmarkt." Puh, dachte Lara. Das war nicht gelogen. Anne hatte ihr letzte Woche noch abgesagt, weil einige ihrer Kollegen schon im Urlaub waren und sie so viel zu tun hatte.

„Wann bist du heute Abend zu Hause?", fragte sie, nachdem Lennard nichts mehr geantwortet hatte.

„Es könnte spät werden. Diese Sache, von der ich dir erzählt hatte, bei Fabian. Wir haben dazu heute noch einen Termin."

„Oh", sagte sie nur, da sie ihm keine Fragen dazu stellen konnte.

Er hatte ihr gesagt, dass es das Beste war, wenn sie nichts wusste. Dass heute noch diesbezüglich ein

Termin stattfinden würde, bedeutete, dass es eine dringende Angelegenheit war. Alle anderen Termine, die warten konnten, waren um einige Wochen verschoben worden, da die Fusionsverhandlungen Priorität hatten. *Er ist klug. Er weiß schon, was er macht*, dachte sie und entschied, sich keine Sorgen um Lennard zu machen. Sie wusste ja nicht einmal, worum es ging. Wenn es Grund zur Sorge gäbe, würde er es ihr schon sagen.

Kapitel 15

„Hey Lara!“ Nate umarmte sie eine ganze Weile.

„Schön dich zu sehen.“ Lara drückte sich an ihn, dann löste sie die Umarmung. „Sollen wir rein gehen?“

„Ja.“ Er öffnete die Tür und ließ ihr den Vortritt. „Sollen wir uns da in die Ecke setzen?“ Er deutete auf einen etwas abgelegenen Tisch. Sie verstand seinen Gedanken, sich möglichst versteckt aufzuhalten, damit andere Gäste ihre Unterhaltung nicht mithören konnten.

„Gern.“ Sie setzten sich und Lara reichte ihm die Getränkekarte, aber Nate schüttelte den Kopf.

„Ich weiß schon, was ich bestelle.“ Sie schaute sich kurz die Angebote an, dann legte sie die Karte zur Seite. Nate schaute ernst. „Wie geht's dir?“, fragte er und in seinem Ton schwang Besorgnis mit. Lara überlegte einen Moment. Normalerweise sagte sie immer „Gut“. Und eigentlich meinte sie das auch immer so, denn eigentlich ging es ihr auch immer „gut“. Wenn sie ganz ehrlich war, ging es ihr meistens eigentlich „super“ und in manchen Momenten aber ziemlich „schlecht“, weshalb „gut“ doch ein ehrliches, treffendes Mittelmaß war. Aber Nate wusste ja nun auch um die Gründe, warum es ihr vereinzelt nicht gut ging und sie wollte ihm alles erzählen. Daher entschied sie sich für:

„Meistens ganz gut.“ Sie lächelte. „Und dir?“ Er nickte kurz.

„Bei mir ist alles wie immer. Alles gut.“ Offensichtlich war er nicht in Laune für Small Talk. Eine Kellnerin nahm die Bestellung auf. Als sie außer Hörweite war, nahm Lara ihren Mut zusammen.

„Ich wollte dir erzählen über … das, was du neulich angesprochen hattest. Du hattest Recht, als du gesagt hast, dass ich mich niemandem anvertraut habe und die ganzen Jahre über wollte ich das auch nicht. Aber du hast mich zum Nachdenken gebracht und ich denke, es würde guttun, wenn ich mit jemandem sprechen könnte, dem ich vertraue." Nate nickte zustimmend.

„Ich bin für dich da."

Die Kellnerin erschien und servierte die Getränke. In dieser Zeit herrschte ein etwas angespanntes Schweigen zwischen beiden. Nate nahm einen Schluck von seinem Bier und als die Kellnerin sich entfernt hatte, sagte er leise und sanft: „Seit Jahren also schon, ja?" Nun nahm auch Lara einen Schluck und nickte.

„Ja."

„Okay." Nate richtete sich in seinem Stuhl auf und lehnte sich dann ein wenig nach vorne. „Hast du dich sonst noch niemandem anvertraut, weil er dich bedroht?"

„Nein. Ich habe es aus irgendeinem Grund selbst entschieden, es für mich zu behalten. Aus Scham, denke ich. Und auch, weil ich gar nicht wusste, wie ich es ansprechen oder jemandem erzählen sollte. Ich hätte ja nicht sagen können: ‚*Mein Mann schlägt mich.*' So ist es ja nicht."

„Er schlägt dich nicht?" Nate sah sie eindringlich an. „Lara, komm schon." Mit einem nervösen Flattern in der Magengegend dachte sie an die Situation bei der Weihnachtsfeier zurück. Kaum zu glauben, dass das erst zwei Tage her war. Ihre Stimme wurde noch etwas leiser.

„Es ist vorgekommen. Aber das ist sehr selten. Es ist eher so, dass er mir anders weh tut. Weißt du, wie ich meine?" Nate runzelte die Stirn.

„Nicht wirklich. Erklär es mir."

„Es ist nicht so, dass ihm die Hand ausrutscht, wenn ich nicht seiner Meinung bin oder ihm kein Abendessen vorbereitet habe. Ich habe nicht ständig Angst vor ihm oder davor, dass etwas passiert. Es gibt, naja, Trigger. Ich weiß zum Beispiel, dass er sich vergisst, wenn es um Themen wie meine Sicherheit geht. Auch andere Männer und meine Treue zu ihm sind so ein Reizthema. Dann findet eine Art Verwandlung in ihm statt; er ist dann wie beherrscht von Wut und Kontrollsucht und dann wird er laut und spricht irgendwelche Regeln oder Verbote aus, fern von jeglicher Vernunft und … naja. Dann tut er mir weh. Und dann, auf einmal, verwandelt er sich sozusagen zurück und ist wieder normal und fürsorglich und lieb. Und was ich meine mit ‚*ich sehe mich nicht als geschlagene Frau*' ist, dass er mir nie etwas Schlimmes zugefügt hat. Ich musste nie zum Arzt, er hat mich nie ernsthaft in Gefahr gebracht, mir nie so wehgetan, dass ich es nicht aushalten konnte. Ich habe Angst vor ihm in diesen Momenten, das ist sicherlich auch von ihm beabsichtigt. Aber er scheint trotzdem noch genug Kontrolle über sich zu haben, dass er gewisse Grenzen einhält." Während ihrer Ausführungen hatte Nate ab und zu laut ausgeatmet, ihr aber aufmerksam zugehört und sie nicht unterbrochen. Lara trank einen Schluck. Nate wartete einen Moment, bis sie fertig war. Dann ergriff er das Wort.

„Wenn du sagst er tut dir weh, was genau macht er dann?" Sie rutschte unbehaglich auf der Sitzfläche des Stuhls hin und her, schaute sich um, lehnte sich nach vorne sprach mit noch leiserer Stimme.

„Oft greift er mich fest am Oberarm oder am Handgelenk." Unwillkürlich umfasste sie ihr Handgelenk und Nates Blick folgte ihrer Bewegung.

„Was noch?", fragte er, nicht fordernd, eher ermutigend. Sie schaute nach unten und ihr innerliches Ringen war auch nach außen sichtbar, als sie sagte:

„Er drückt mich oft gegen die Wand, dass ich nicht ausweichen kann. Meistens hält er mich dabei noch fest, manchmal am Hals, dann bekomme ich kaum Luft." Sie atmete einmal langsam aus und wieder ein. Diese Atemübung hatte sie im Yoga gelernt und sie sollte ihr helfen, ihr in Momenten von Angst oder Aufregung ihren Herzschlag zu regulieren. „Oder er schubst mich, oft durch den ganzen Raum, bis hinter mir eine Wand kommt, gegen die er mich dann drückt oder bis ich hinfalle." Nate fuhr sich aufgebracht durch die Haare. Diese Geste erinnerte sie ein wenig an Lennard.

„Oder er verhaut mir den Po. Er hat mir schon mal eine Ohrfeige gegeben, das ist aber noch nicht oft vorgekommen. Normalerweise schlägt er mich nicht ins Gesicht. Er hat lediglich schon mal ausgeholt und dann hat er mit der erhobenen Hand verharrt, bis ich zu allem Ja gesagt habe, was er gefordert hat." Sie nahm noch einen Schluck und ließ sich ein wenig mehr Zeit als nötig.

„Lara." Nate griff nach ihrer Hand. „Du sagst, er schlägt dich nicht, aber all das was du mir erzählst, das ist nichts anderes als Gewalt. Meinst du ernsthaft, dass du nicht berechtigt bist, Hilfe zu suchen, weil er dich dafür nicht schwer genug verletzt?" Sie ließ den Blick sinken.

„Ja. Wenn man die Geschichten anderer Frauen hört, die von ihren Partnern geschlagen werden, dann handelt es sich dabei oft um schwere Verletzungen, die davongetragen werden. Die im Krankenhaus behandelt werden müssen. Bei mir sind es lediglich blaue Flecken, oft nicht einmal das. Es fühlt sich falsch an, dass ich mich zu den Frauen zähle, die viel dringender als ich geschützt werden müssten."

„Lara!" Voller Eifer lehnte sich Nate nach vorne. „Hör auf, so darfst du doch nicht denken! Es ist nichts Geringeres als ein riesen Glück, dass dir bisher noch nicht mehr passiert ist, als dass du blaue Flecken und sicherlich viele seelische Verletzungen davon getragen hast. Aber das bedeutet trotzdem, dass du in Gefahr bist. Es ist falsch, was er dir antut und das darf nicht sein. Nicht einen einzigen blauen Fleck darf er dir zufügen und solange das nicht sichergestellt ist, bist du genauso schutzbedürftig wie alle anderen Frauen in einer ähnlichen Situation.“ Er legte seine Hand auf ihre. „Sorry, das hat mich nur gerade aufgeregt. Bitte, Lara, tu mir einen Gefallen. Leg das Denkmuster bitte ab, dass es eine Grauzone gibt, wenn es um Gewalt in Beziehungen geht. Die gibt es nicht. Es gibt nur ein Ja oder Nein. Und in deinem Fall, auch wenn deine Verletzungen Gott sei Dank nicht schwerwiegend waren, ist es definitiv ein Ja. Und das bedeutet, dass sich etwas ändern muss. Du bist nicht sicher bei ihm. Und der Schritt von einem kleinen blauen Fleck bis zu einer aufgeschlagenen Lippe ist nicht besonders groß.“ Sie zog die Hand langsam aus seinem Griff und legte sie um ihr Glas. Sein Blick blieb auf ihren Verlobungs- und Eheringen liegen, die sie übereinander am linken Ringfinger trug.

„Du hast Recht“, sagte sie schließlich. Beide schwiegen einen Moment und Nate erlangte sichtlich seine Fassung zurück.

„Warum ist das mit anderen Typen und Treue ein Trigger für ihn? Warst du ihm untreu?“

„Nein. Niemals.“ Sie schüttelte den Kopf. „Ich denke, wir haben einfach ein unterschiedliches Verständnis davon, was unter den normalen, freundschaftlichen Umgang mit Männern fällt und was nicht. Seine Sicht hat sich mit der Zeit ein bisschen mehr an meine angenähert, er war anfangs noch strenger.“

„Warum war er so streng?“

„Er ist sehr besitzergreifend. Und auch sehr misstrauisch anderen gegenüber. Durch seine Tätigkeit im Strafrechtsbereich hat er schon sehr viele schlimme und gefährliche Dinge mitbekommen, vor denen er mich schützen will."

„Das ehrt ihn, sollte man denken, aber dann geht er nach Hause und verhält sich dir gegenüber wie eine dieser Gefahren." Lara dachte einen Moment nach und nickte.

„Das bringt es eigentlich ziemlich genau auf den Punkt."

„Lara, kannst du mir noch eine Sache erklären? Du relativierst die Dinge, die er dir antut. Du sagst, er tut dir weh, aber nicht so sehr, dass du es nicht aushalten kannst. Er sollte dir überhaupt nicht wehtun, gar nicht. Du denkst, du hättest kein Anrecht darauf, Schutz und Hilfe zu suchen, obwohl er dir regelmäßig Schmerzen zufügt und du Angst vor ihm hast. Er nimmt, wie du sagst, eine andere Persönlichkeit an, in der er von seiner Wut beherrscht wird und du sagst, er hätte sich noch unter Kontrolle. Es ist fast ein bisschen – versteh mich bitte nicht falsch, das ist nur mein Eindruck – fast als würdest du ihn verteidigen. Wie kommt das?" Sie dachte nach.

„Ich denke nicht, dass ich ihn verteidige. Ich wollte nur die Dinge möglichst genau darstellen. Er ist zu 99 Prozent der Zeit gut zu mir. Unterdrückt mich nicht, respektiert mich und ich fühle mich dann gut in seiner Gegenwart. Natürlich ist er besitzergreifend und ja, manchmal behandelt er mich wie ein Kind, aber das kann ich mittlerweile einordnen, das ist ein Ausdruck seiner Liebe. Und zu einem Prozent ist er … aggressiv und … in diesen Momenten ist es einfach schlimm. Dann ist er wie eine Zeitbombe. Aber ich weiß, es könnte schlimmer sein. Mir ist bewusst, dass es nicht richtig ist, was er macht. Aber wenn ich mit ein paar blauen Flecken am Arm davongekommen bin, dann sehe ich lieber das Gute daran, nämlich dass mir nicht mehr passiert ist, statt mich in eine Ecke zu verkriechen und zu weinen.“ Immer, wenn Lara eine Pause einlegte, ließ Nate ihr noch einen Moment Zeit, bis er die nächste Frage stellte. Sicherlich machte er das aus Rücksicht, dachte sie. Er wollte ihr Zeit geben, ihre Gedanken zu Ende zu führen und gegebenenfalls noch etwas hinzuzufügen.

„Diese Momente, wie häufig kommen die vor?“ Sie zuckte mit den Schultern.

„Ganz unterschiedlich. Manchmal, zum Beispiel im Urlaub, wenn wir den ganzen Tag zusammen sind, dann kommt es gar nicht vor. Und auch sonst haben wir häufig viele gute Wochen am Stück, in denen wir uns nicht streiten. Und sobald es dann aber einen solcher Anlässe gibt, die ihn so sauer machen, dann fällt er in dieses Muster zurück. Wenn er denkt, dass ich zu unvorsichtig war, oder dass ich ihm etwas verschweige oder nicht nach seinen Regeln lebe oder …, wenn er sehr gestresst ist. Dann kann es auch passieren.“

„Wann war das letzte Mal?“ Sie schluckte.

„Das letzte Mal?“

„Ja, das letzte Mal. Dass etwas passiert ist.“ Sie zögerte, sagte schließlich aber:

„Vorgestern.“ Nate atmete tief durch die Nase ein und wieder aus. Das Päckchen Zucker, das mit dem Tee serviert worden war, war mittlerweile von dem Kneten und Drehen zwischen Laras Fingern aufgeplatzt und sie legte es zur Seite. Aber auch wenn sie nervös war, es ging ihr gut mit diesem Gespräch. Es fühlte sich richtig an und sie war sich sicher, dass Nate genau die Person war, der sie sich anvertrauen wollte. Dennoch war sie überrascht, wie offen und sachlich sie ihm alles erzählen konnte. Sie hatte ein wenig Sorge gehabt, vielleicht emotional zu werden und dass dann alles aus ihr herausbrechen würde, was sie in den letzten Jahren so sorgsam versteckt und vergraben hatte. Stattdessen fühlte es sich befreiend, erleichternd und wie ein Schritt in die richtige Richtung an.

„Wie hat es angefangen?“ Sie überlegte kurz. Dieses Szenario hatte sie in den vergangenen Jahren immer und immer wieder durchgespielt zu jenen Zeitpunkten, zu denen sie ihre Beziehung in Frage gestellt hatte. Und jedes Mal hatte sie überlegt, ob es vielleicht den Dingen einen ganz anderen Verlauf gegeben hätte, wenn sie damals anders reagiert hätte.

„Lennard und ich waren damals ungefähr seit einem halben Jahr ein Paar gewesen.“

Sie konnte die Situation förmlich vor ihrem geistigen Auge sehen und ließ Nate teilhaben an ihren Erinnerungen. Wie sie da stand, in einem Parkhaus, in einer roten Jacke. Ein unbedeutendes Detail, aber so wie die gesamte Situation hatte es sich in ihr Gedächtnis eingebrannt. Die rote Jacke hatte sie danach nie wieder angezogen, sie stand wie ein Mahnmal für den Moment, der ihrer Beziehung damals eine derart unerwartete Wendung gegeben hatte. Damals war sie noch Studentin gewesen, hatte in einer WG gewohnt und die ausschweifenden Freiheiten des Studentendaseins in vollen Zügen genossen. An einem Samstag im Herbst waren sie und Lennard dann auf die Examensfeier einer Freundin von Lara eingeladen gewesen, doch Lennard war am gleichen Abend bereits zu einer Abendveranstaltung eines anwaltlichen Clubs eingeladen. Er wollte, dass Lara ihn begleitete, aber Lara wollte ihre Zusage zum Besuch der Examensfeier nicht zurückziehen. Beide hatten ein wenig darüber hin und her diskutiert, während sie nach einem gemeinsamen Mittagessen in der Innenstadt auf dem Weg zurück zum Auto waren. Damals hatte sie ihm so leichtfertig und beharrlich widersprochen und es war für sie so selbstverständlich gewesen, dass sie nicht nachgeben würde, sondern sie einfach getrennt die jeweiligen Veranstaltungen besuchen würden. Zu dieser Zeit war sie ahnungslos. Mit dem Wissen, das sie heute hatte, würde sie sich nicht mehr trauen, Lennard so zu widersprechen. Die Examensfeier begann schon am Nachmittag und fand in der Nähe der Innenstadt statt. Lara hatte angekündigt, aus diesem Grund gleich in der Stadt zu bleiben und nicht mit Lennard nach Hause zu fahren. Sie würde direkt von der Stadt aus zur Examensfeier laufen. Für sie damals eine Selbstverständlichkeit. Für Lennard war aber noch lange nicht entschieden, dass sie ihn nicht auf seine Veranstaltung begleitete. Im Parkhaus angekommen wollte Lara sich gerade bei Lennard verabschieden und ihm trotz ihrer Diskussion einen schönen Abend bei seinem Treffen wünschen, als er sie plötzlich am Arm packte und ihr eindringlich bedeutete ins Auto einzusteigen. Sie erinnerte sich daran, wie vollkommen überrumpelt sie davon war. Zunächst dachte sie, dass er einen Scherz machte und erwartete, dass sich die Situation irgendwie auflöste. Dass es sich als Missverständnis erweisen würde. Dass es irgendeine Erklärung gab. Sie erwartete alles, nur nicht, dass dies tatsächlich eine Seite von Lennard war, die sie bis dato noch nicht kennengelernt hatte.

„Du steigst jetzt ein, sonst vergesse ich mich", hatte er ihr zugeflüstert und sie noch immer so fest am Arm festgehalten, dass sie völlig perplex ohne weiteren Widerstand ins Auto stieg.

Als er sich neben ihr auf dem Fahrersitz niederließ und das Auto startete, wollte sie protestieren. Sie wollte aussteigen, auf die Examensfeier gehen, aber dieses war das erste Mal, dass ihre Stimme versagte. Während der gesamten Rückfahrt zur Wohnung sprachen sie kein Wort miteinander. Als sie angekommen waren, öffnete Lennard ihr die Autotür. Nur zögerlich war

Lara ausgestiegen, Lennard aber verhielt sich auf einmal wieder wie immer. Er hielt ihre Hand und trug ihre Tasche auf dem Weg in die Wohnung und erzählte von seiner nächsten Geschäftsreise. Dass Lara ihn an diesem Abend auf seine Veranstaltung begleiten würde, schien für ihn mittlerweile außer Frage zu stehen.

„Ich freue mich, dass du mich begleitest“, hatte er ihr gesagt und ihr einen Kuss gegeben.

„Ich habe aber doch gar nicht gesagt, dass ich dich begleite“, hatte Lara vorsichtig gesagt. Ihre Stimme war so klein und leise gewesen, dass sie sie zunächst selbst gar nicht erkannt hatte.

„Das habe ich aber für dich entschieden, Baby“, erwiderte er entschlossen und ruhig. „Ich möchte dich an meiner Seite haben heute Abend. Wir sind ein Paar und es kommt für mich nicht in Frage, dass wir getrennt zu Veranstaltungen gehen. Dieses Mal begleitest du mich und nächstes Mal begleite ich dich. Ich sehe es nun mal nicht gern, wenn du ohne mich ausgehst.“

Er erklärte weiter, dass er sich um sie sorgte und dass sie nicht wüsste, welch schreckliche Dinge ihm bereits in seiner Laufbahn im Strafrecht zu Ohren gekommen waren, die ebenfalls mit *einer Party unter Freunden* begonnen hatten. Und damit war das Thema beendet. Weder gab es jemals eine Entschuldigung für sein Verhalten noch traute Lara sich, eben jenes Verhalten anzusprechen. In der Hoffnung, dass es eine einmalige Situation gewesen war, hatte sie es schließlich verziehen und im Versuch, es zu vergessen, tief in ihr Unterbewusstsein vergraben. Bis sie dann etwa drei Monate später erneut dieser Seite von Lennard begegnen sollte.

Nate griff nach ihrer Hand und holte sie damit wieder in das Hier und Jetzt zurück.

„Ich kann dann einfach nicht sprechen, Nate. In meinen Gedanken will ich so viele Dinge sagen in diesen Momenten. Ich wollte ihm sagen, dass er mich loslassen soll und dass er mir nicht vorschreiben kann, was ich tue. Aber in dieser Situation selbst, da stoppt mich irgendetwas und ich bringe nichts über die Lippen und schließlich kann ich dann nur zustimmen, egal, was er verlangt."

„Das ist die Angst, Lara." Nate sah beunruhigt aus. „Ein Schutzinstinkt. Wer weiß schon, was er machen würde, wenn du dich widersetzen würdest." Sie überlegte und nickte dann.

„Ja, das möchte ich lieber nicht riskieren, auch, wenn ich im Nachhinein schon bereut habe, ihm nicht die Stirn geboten zu haben, sondern seinen Anweisungen zugestimmt habe." Mit gerunzelter Stirn schüttelte Nate langsam und nachdenklich den Kopf.

„Es gibt einfach keinen guten Ausweg aus einer Situation, in der er dich dermaßen unter Druck setzt." Er nahm einen großen Schluck Bier. „Und seither ist es also immer schlimmer geworden? Die Intensität seiner Wutausbrüche hat zugenommen?" Sie überlegte.

„Ja, nicht beträchtlich, aber ja. Die ersten Male hat er mich nur fest am Arm gepackt. Mit der Zeit kamen dann auch die anderen Dinge hinzu wie das Gegen-die-Wanddrücken."

„Trinkt er?"

„Nein, zumindest keinen harten Alkohol. Wenn er harten Alkohol trinkt, dann wird er schneller sauer als sonst. Das weiß er und dafür ist er zu sehr Kontrollmensch, als dass er das riskieren würde. Er trinkt vielleicht einmal, maximal zweimal in der Woche einen Wein oder ein Bier, das war's. Davon merkt man ihm aber dann nichts an." Leise, beinah, als würde er es zu sich selbst sagen, murmelte Nate:

„Er ist also komplett bei Sinnen, wenn das passiert.“ Die Kellnerin erschien und beide bestellten sich ein neues Getränk. Als sie sich entfernt hatte, fragte er:

„Was passiert denn, wenn er harten Alkohol trinkt? Ich meine, er scheint sich ja so schon nicht unter Kontrolle zu haben in manchen Momenten. Wo liegt dann der Unterschied dazu, dass er durch Alkohol die Kontrolle verliert?“ Lara überlegte.

„Ich habe es auch erst einmal erlebt.“

Sie weihte Nate in die Erinnerung ein, die noch so präsent war, als wäre es gestern gewesen.

Es hatte sich vor einigen Jahren während eines Urlaubs in Griechenland ereignet. Lennard und Lara waren nach einem Tagestrip zu einem verträumten Küstenörtchen in ein romantisches kleines Straßenrestaurant eingekehrt. Zwischen den weinberankten Steinmauern der kleinen Häuschen war es zwar angenehm schattig, aber trotz des frühen Abends noch sehr heiß gewesen. Seitens des Meers war eine ganz leichte Brise aufgezogen, die ein wenig Erleichterung brachte, und neben einer großen Karaffe mit eisgekühltem Zitronenwasser und je einer Cola hatten beide sich einen kühlen Weißwein zum Essen bestellt. Sie aßen Meeresfrüchte und je später der Abend wurde, desto mehr kühlen Wein bestellten sie nach. Als die Nacht das Dorf bereits in tiefe Dunkelheit gelegt hatte, war das romantische Straßenrestaurant mit Lichterketten und Kerzen erleuchtet und beide waren bereits angetrunken und bester Laune. Der Wirt gesellte sich zu ihnen und lud sie auf mehrere Gläser Ramazzotti ein. Lennard war erst zögerlich, ließ sich aber von der warmherzigen Gastfreundlichkeit des Wirtes überzeugen. Der Sohn des Wirtes gesellte sich wenig später ebenfalls dazu und gemeinsam wurden weitere Gläser Ramazzotti eingeschenkt und getrunken. Nach einer Weile zogen die beiden Männer zu einem anderen Tisch weiter, während Lara noch immer über das freundliche, in gebrochenem Englisch gehaltene Gespräch lachte. Sie blies sich die Haare aus der Stirn und fächerte sich mit der Hand Luft zu. Es war noch immer drückend heiß.

„Ich bin ein bisschen angetrunken", kicherte sie. Erst dann bemerkte sie Lennards ernste Miene. Er wühlte in seinem Portmonee und legte ein paar Scheine auf den Tisch, die er mit einem Glas beschwerte.

„Wir gehen", sagte er und stand auf. Lara konnte kaum ihre Serviette zur Seite legen, da hatte Lennard sie schon an der Hand genommen und zog sie hoch. Sie stolperte hinter ihm her, als er sie schnellen Schrittes mit sich zog, über die kleine gepflasterte Straße hinweg. Erst nach etwa 50 Metern, als das Straßenrestaurant durch eine Kurve aus dem Sichtfeld der beiden verschwunden war, verlangsamte er seinen Schritt. Lara zog sich die Schuhe aus und ging barfuß, um auf dem groben Steinpflaster nicht zu fallen. Sie schwankte ein wenig.

„Was war denn los?", fragte sie. Lennard blieb stehen und sie musste sich kurz an ihm abstützen, um ihre Balance zu finden. „Warum bist du auf einmal so ernst?", fragte sie und langsam wich ihre gute Stimmung einer gewissen Anspannung. Lennard schaute zur Seite und atmete hörbar durch die Nase ein und aus. Bildete sie es sich ein, oder schwankte er auch ein bisschen?

„Ich hasse es", sagte er. „Wie er dich angesehen hat. Und du hast es nicht gemerkt. Wenn ich nicht da gewesen wäre, hätte er dich bestimmt angefasst."

„Welcher von beiden?", fragte sie ehrlich verwirrt. Sie hatte neben dem Wirt gesessen, der bestimmt 70 Jahre alt war. Und eigentlich hatte sie sich nur mit ihm unterhalten, da er das ganze Gespräch mit seiner guten Laune angeführt hatte. Sein Sohn hatte etwas weiter weg vom Tisch gesessen, halb hinter seinem Vater. Lara wusste nicht mal mehr genau, wie er ausgesehen hatte, so wenig hatte sie von ihm bemerkt.

„Welcher von beiden?“ Lennard sah sie an und machte einen Schritt auf sie zu. „Welcher von beiden, Lara?“ Er machte noch einen Schritt. „Welcher von beiden dir die ganze Zeit in den Ausschnitt geguckt hat?“

„Ich …“, stammelte sie, wusste aber nicht, was sie sagen sollte.

„Ich sag’s dir. Derjenige, dem gegenüber ich extra gesagt habe, dass du meine Frau bist.“ Er gestikulierte und seine Stimme wurde lauter. „Und als sein Blick wieder auf deinen Ausschnitt gefallen ist, bin ich deutlich geworden und habe ihm gesagt, dass er seine Augen von dir nehmen soll.“ Das Ganze musste während ihres Gesprächs mit dem älteren der beiden gewesen sein, denn sie hatte nichts von Lennards Warnungen an den Sohn mitbekommen. Lennard ging ein paar Schritte. Seine wütende Anspannung sah man ihm deutlich an. Es war, als suchte er nach einem Ventil, als würde er am liebsten in die Luft boxen, was er aber gerade noch unterdrücken konnte. „Und dann …“, mittlerweile war seine Stimme zu einem Brüllen angewachsen, „als beide aufgestanden sind, packt der sich in den Schritt, als wäre er dabei gewesen, sich einen runterzuholen!“

Laute Rufe drangen von einem Stück die Straße hoch zu ihnen herunter. Wahrscheinlich beschwerten sich einige Bewohner über die Lautstärke. Lara beobachtete wortlos und beängstigt, wie Lennard voller Unruhe einige Schritte ging, dann wieder umdrehte, einige Schritte auf sie zu kam und dann wieder umdrehte.

„Und du hast NICHTS GEMERKT!“, brüllte er sie an und wurde schon fast heiser. Auf einmal kamen die Rufe näher und sie sah drei Männer, die sich den beiden näherten. Ob sie ihr zur Hilfe kommen wollten, nachdem sie Lennards Schreie gehört hatten? Waren darunter nicht auch der Wirt und sein Sohn? Sie war sich nicht sicher, ob Lennard die drei nicht kommen sah oder sie absichtlich ignorierte, aber er streifte weiter wie ein wildes Tier hin und her.

„Bist du jetzt sauer auf *mich*?“, brachte Lara hervor.

„Warum bist du so unvorsichtig?“, brüllte er.

„Hey!“, machte sich einer der sich nähernden Männer bemerkbar. Lennard schaute auf und schien den Sohn des Wirts zu erkennen. Auf einmal ging er schnellen Schrittes auf ihn zu.

„Du!“, brüllte er und zeigte auf ihn, während sich der Abstand zwischen beiden verringerte. Umgehend stellten sich die beiden anderen Männer mit hoch gestreckten Armen in Lennards Weg.

„Hey hey hey!“

Nun brüllten alle vier. Die beiden Männer hatten Mühe, Lennard zurückzuhalten, sodass sich dann auch der Sohn des Wirts an ihren Bemühungen beteiligte. Lara war Lennard gefolgt, stand ein wenig abseits und versuchte, seine Aufmerksamkeit zu erlangen.

„Lennard! Hör auf! Beruhig dich!“, rief sie inmitten des Stimmengewirrs. Nach einer Zeit sah Lennard tatsächlich zu ihr herüber. Die Männer schafften es, Lennards Arme auf seinem Rücken zusammenzuführen und festzuhalten. Lennard brüllte den dritten auf Englisch an.

„How do you dare looking at my wife like that!“ Die beiden anderen Männer redeten auf Lennard ein, teilweise auf Englisch, teilweise war es wahrscheinlich Griechisch. Der dritte der Männer stand mit ein paar Metern Abstand und erhobenen Händen vor Lennard und redete ebenfalls auf ihn ein, jedoch übertönte Lennards Stimme die der anderen bei Weitem.

„You won't ever look at her again or I will kill you!"

„Lennard!", schrie Lara ihn an und sein Kopf wirbelte zu ihr herum, als wäre sie endlich zu ihm durchgedrungen. Mit etwas ruhigerer Stimme sagte sie: „Du beruhigst dich jetzt oder ich gehe alleine ins Hotel und nehme den nächsten Flieger nach Hause."

Die drei Männer sahen sie an und schwiegen, während sie ein paar Schritte auf ihn zu machte und zu ihm hochschaute.

„Ich sage den Herren jetzt, dass sie dich loslassen können. Und dann will ich, dass du dich umdrehst und wir hier weg gehen. Wehe du sagst noch ein Wort. Klar?"

So hatte sie noch nie mit ihm gesprochen. Lennards Kiefermuskeln spannten sich an. Er sagte nichts, nickte auch nicht, aber Lara sah ihm an, dass er sich fügen würde. Als er wieder nach vorne schaute und einatmete, waren die Männer direkt wieder in Alarmbereitschaft. Lara richtete sich an den Wirt, der einen von Lennards Armen hinter seinem Rücken hielt.

„You can let go now", sagte sie sanft und schenkte ihm ein kleines Lächeln.

Der Wirt schaute misstrauisch, aber Lara untermauerte ihre Worte mit einem Nicken und zog an Lennards Arm, um ihn dazu zu bewegen, sich umzudrehen. Beide Männer ließen seine Arme zögerlich los und Lennard ließ sich von Lara weiter die Straße herunterziehen. Einer der Männer rief beiden noch etwas hinterher, wodurch Lennard einen Moment lang seinen Schritt verlangsamte. Lara verdrehte die Augen. Konnten diese Typen denn noch ungeschickter sein? Sie zog weiter an seinem Arm und Lennard folgte ihr, bis der Abstand groß genug war und Lara ihn losließ. Wortlos gingen beide nebeneinander die Straße entlang, bis diese eine größere Straße kreuzte, die zur Bahn- und Busstation führte. Vor der Station waren in einer langen Schlange Taxis entlang des Standstreifens aufgereiht. Lara ging zum ersten Taxi und fragte den Fahrer mit einem Handzeichen, ob er frei für eine Fahrt war. Der Fahrer nickte und startete den Motor. Lennard öffnete die hintere Tür und ließ Lara einsteigen. Er lief um das Auto herum und setzte sich von der anderen Seite aus zu ihr auf die Rückbank.

„Athens Hotel please", sagte er zum Fahrer, der seinen Wunsch wiederholte und das Auto in Bewegung setzte. Lara beobachtete die vorbeiziehende Landschaft, als sie Lennards Blick spürte. Einige Sekunden später fühlte sie seine Hand, die zärtlich ihre Schulter streichelte.

„Tut mir leid, mein Schatz", sagte er leise. Der Motor des Autos war ungewöhnlich laut, sodass der Fahrer seine Worte trotz der räumlichen Nähe nicht hören konnte. Lara sah ihn an.

„Du hättest mich nicht so anschreien müssen. Wenn der Typ sich unverschämt verhält, finde ich das ja auch nicht gut. Aber du warst doch an meiner Seite und es ist nichts weiter passiert. Im einen Moment lachen wir noch und im anderen brüllst du als hätte ich irgendwas falsch gemacht." Es schien, als wollte er etwas entgegnen, dann sah er aber nach vorne und runzelte die Stirn.

„Please go slower!", wies er den Fahrer an, der die Kurven auf der wenig beleuchteten Landstraße schnitt.

„Sorry!" Der Fahrer hob eine Hand und bremste. Bis zur Ankunft beim Hotel sprachen sie nicht weiter. Als Lennard den Fahrer bezahlt hatte und sie in Richtung des Hoteleingangs gingen, stoppte er Lara, indem er ihr die Hand auf den Bauch legte.

„Lara."

„Ja?“ Er führte sie sanft ein wenig zur Seite und sie setzten sich auf eine Bank, die auf der Wiese neben dem Hotel stand. Die Luft war noch immer föhnwarm und die Grillen zirpten. Lara legte kurz den Kopf in den Nacken und genoss die wunderbaren südlichen Gerüche. Lennard legte ihr einen Arm um die Schultern.

„Was da passiert war, das war hauptsächlich dem Alkohol geschuldet. Deswegen wollte ich den Ramazzotti auch erst nicht mittrinken. Ab einem gewissen Pegel … ich bin dann einfach schnell sauer. Deswegen vermeide ich es mich zu betrinken. Ich hatte seit bestimmt zehn Jahren nicht mehr so viel intus wie heute.“ Er klang schon wieder vollkommen klar.

„Oh … okay“, sagte Lara. Das war eine Seite an ihm, die sie noch nicht kannte.

„Ich wollte nicht, dass du mich so erlebst. Vor allem, weil meine … Rage sich nie gegen dich richten sollte. Aber jetzt kennst du auch diese Eigenschaft von mir.“

Er küsste ihre Schläfe. Sie lehnte ihren Kopf an ihn. So richtig wusste sie nicht, was sie fühlen sollte. Der bis eben noch so unbeschwerte Abend war vorbei und einer stillen, etwas angespannten Atmosphäre gewichen. Sie merkte den Alkohol, nicht mehr auf diese lustige Art und Weise, bei der man über alles lachen musste, sondern im Sinne eines leichten Schwindelgefühls. Wenn der Sohn des Wirtes sich unangemessen benommen hatte, dann war Lennards Reaktion zwar immer noch übertrieben, aber sie mochte es, dass er seinen Mann stand. Er hatte kein Problem damit, anderen Männern ins Gesicht zu sagen, dass sie sie in Ruhe lassen sollten oder sich ihr gegenüber respektvoll zu verhalten hatten.

„Schon okay. Dann habe ich dich jetzt noch besser kennen gelernt“, sagte sie schließlich.

„Danke Lara." Er drückte sie an sich. „Ich kenne diese Seite an mir schon lange und ich kann mich gut beschränken, was Alkohol angeht. Du kannst dir also sicher sein, dass sowas nicht nochmal passiert."

„Heftige Geschichte." Nate schüttelte den Kopf. „Und seitdem ist es nie wieder passiert? Er hat sich nie wieder betrunken?"

„Nein, er hat sich daran gehalten." Nate holte Luft, als wolle er etwas sagen, schwieg aber. Dann setzte er erneut an.

„Lara. Das was Lennard da macht ..." Er sprach zögerlich, als würde er vor jedem Wort überlegen, ob er es überhaupt aussprechen wollte. „Ist das alles? Oder gibt es noch mehr? Hat er dich schon mal zu etwas gezwungen? Zum Sex?" Sie schaute ihn an und dachte an die Situation nach ihrem ersten Vorstellungsgespräch zurück. Hatte er sie damals wirklich gezwungen? Sie hatte ihm mehrmals gesagt, er solle von ihr ablassen. Gleichzeitig hatte sie ihn ja schon irgendwie gewollt, immerhin war sie auch zum Höhepunkt gekommen. Konnte das dann überhaupt als erzwungen angesehen werden?

„Nein", sagte sie schließlich.

„Du hast gezögert", sagte Nate sanft. „Du kannst mir die Wahrheit sagen, das weißt du doch." Sie schluckte.

„Er zwingt mich zu nichts."

„Du hast schon wieder gezögert." Er lehnte sich nach vorne. „Du musst es mir heute nicht erzählen, wenn du nicht willst."

„Ich habe nur gezögert, weil ich an eine Situation gedacht habe, in der ich gesagt hab, dass ich nicht will und er nicht auf mich gehört hat. Aber ich meinte es auch nicht so. Es war nur das eine …" Sie stockte und dachte nach. War es wirklich nur das eine Mal gewesen? Plötzlich dachte sie an weitere Situationen, die zwar weniger explizit waren, aber in denen Lennard sie auch mehr oder weniger überredet und nicht mehr von ihr abgelassen hatte, bis sie gar nicht mehr Nein sagen konnte. Wie konnte sie diese Situationen so einfach vergessen haben! Geduldig sah Nate sie an, als könne er ihre Gedanken lesen und ihre Überlegungen verfolgen.

„Ist schon gut. Ich verstehe schon", sagte er mitfühlend. „Hast du mal darüber nachgedacht, ihn zu verlassen?"

„Ja, habe ich. Es gab immer wieder solche Momente, in denen ich mich gefragt hab, wohin das noch führen soll und dass es so nicht mehr weiter geht. Ich habe sogar überlegt, wie ich das anstellen könnte, weil ich nicht weiß, wie er dann reagieren würde. Aber für jeden dieser Momente, in denen ich darüber nachgedacht habe, gab es wieder mehrere Momente, in denen ich mich wohl in der Ehe mit ihm gefühlt habe und dachte, das wird schon." Sie sah auf ihre Finger. „Nate, ich weiß, das klingt total naiv. Aber ich will ehrlich zu dir sein und das ist das, was ich denke und fühle. Ich bin nicht unglücklich, im Gegenteil. Ich bin eigentlich wirklich glücklich und diese … Sache ist sozusagen das einzige dunkle Wölkchen an einem ansonsten strahlend blauen Himmel. Es ist nicht so, als würde ich ängstlich durchs Leben gehen und als hätte er mir mit seinem Verhalten das ganze Selbstbewusstsein genommen, ganz und gar nicht. Meistens behandelt er mich mit Respekt und Liebe und das was er da macht, bei diesen Wutausbrüchen, das macht er auch aus Liebe. Natürlich auf die komplett falsche Weise, zweifellos. Ich will damit nur sagen: Ich bin nicht unglücklich damit, wie es ist, aber ich würde mir natürlich wünschen, dass sich etwas ändert." Nate berührte Laras Hand und drückte sie, ließ aber schnell wieder von ihr ab, als wäre ihm in diesem Moment etwas eingefallen, was ihn abhielt.

„Du musst dich für keinen deiner Gedanken oder Gefühle vor mir rechtfertigen, Lara. Du hast hier nichts falsch gemacht und du bist nicht diejenige, der etwas unangenehm sein oder die sich naiv fühlen müsste. Und ich weiß zu schätzen, wie offen du zu mir bist." Er schob sein Bierglas auf die Seite des Tisches. „Ich verstehe, was du sagst. Es hätte mich auch ehrlich gesagt sehr überrascht, wenn du gesagt hättest, dass du sehr unglücklich bist. Denn so wirkst du auch überhaupt nicht. Was mich noch interessieren würde, ist, warum du dich jetzt dafür entschieden hast, mit mir zu sprechen. Ist irgendwas vorgefallen oder hat sich irgendwas geändert?"

„Als du mich neulich darauf angesprochen hast, dass du von Lennards Ausbrüchen weißt, da war ich direkt dankbar, dass ich jetzt endlich mit jemandem sprechen kann. Ich weiß auch nicht, warum ich so lange gewartet habe, aber eigentlich wollte ich dir schon längst mehr erzählen. Und dann, vorgestern, als wir in London bei der Weihnachtsfeier waren, hatte er einen Wutausbruch. Er hat mich geschlagen. Und danach habe ich nichts gefühlt, als wäre es von mir abgeprallt. Ich war nur einen kurzen Moment lang erschrocken und, als sich das gelegt hatte, habe ich nicht mal mehr daran gedacht. Das hat mich nachdenklich gemacht. Ich hab mich gefragt, ob ich schon so abgestumpft bin, dass ich nichts mehr gefühlt habe und dachte, dass das nicht gesund sein kann. In dem Moment hab ich beschlossen, dass es Zeit ist, mit dir zu reden. Und ich hatte überhaupt keine Zweifel daran, es hat sich die ganze Zeit richtig angefühlt." Ein winziges Lächeln zeigte sich auf Nates Gesicht, das sonst das ganze Gespräch über ernst gewesen war. Er nickte.

„Gut."

„Nie im Leben hätte ich das gedacht, Nate. Dass ich einmal in einer solchen Situation sein würde wie jetzt.

Dass ich mir Vorschriften machen lassen würde, mir Dinge verbieten lassen würde, dass ich mich so behandeln lassen würde."

„Ich hätte das auch nie von dir gedacht. Du warst immer die Selbstbewusste, die Schlaue. Die mit dem Durchblick, als wärst du uns anderen Studenten damals schon einige Schritte voraus gewesen. Du hast an einem Abend mit uns gefeiert und am nächsten Morgen, während wir anderen noch geschlafen haben, hast du ein Bewerbungsgespräch gehabt und hattest ein Praktikum in den USA an Land gezogen. Daran erinnere ich mich noch gut, das hat mich ziemlich beeindruckt. Du hattest immer so eine Motivation, so einen inneren Antrieb. Du hattest deinen eigenen Kopf, hast dir von niemandem etwas sagen lassen."

„Ja, genau. Und dann kam Lennard. Weißt du, was das Problem war? Schon beim ersten Mal, als ich diese herrische Seite von ihm kennengelernt habe, habe ich ihn geliebt." Sie schüttelte ganz leicht den Kopf. „Und deswegen habe ich nicht so reagiert, wie ich sonst reagiert hätte. Die Liebe zu ihm ist der Grund, warum es so weit gekommen ist."

„Jeder verändert sich ein wenig für den Partner, den er liebt. Anfangs dachte ich wirklich, dass Lennard dir guttut. Endlich hast du mal nicht alles selbst regeln müssen, sondern zugelassen, dass jemand dich unterstützt und dir Dinge abnimmt. Ich erinnere mich, wie begeistert du warst, dass er die Reifen an deinem Auto gewechselt hat, nachdem du das die ganzen Jahre selbst gemacht hattest. Es tat dir gut, dass du dich nicht mehr um alles selbst kümmern musstest. Dass du die Verantwortung und Kontrolle zumindest ein wenig abgeben konntest und dass er sich um dich gekümmert hat. Das ist dir nämlich nicht leichtgefallen, das hat man gemerkt. Deswegen hat es auch so lang gedauert, bis ich auf den Trichter gekommen bin, dass Lennard nicht gut für dich ist. Du bist die Letzte, bei der ich erwartet hätte, dass sie in eine solche Situation gerät. Nicht du, habe ich gedacht.“ Lara nickte.

Die Kellnerin erschien ein weiteres Mal, da ihre Schicht endete und sie ihre Gäste abrechnen musste. Nate und Lara zahlten, zogen ihre Jacken über und schlenderten eine Zeitlang wortlos nebeneinanderher entlang des Kahnweihers, an den das Hotelcafé angrenzte. „Es ist gut, dass ich jetzt alles weiß. Jetzt kann ich dir helfen, da rauszukommen.“ Nate schaute weiter geradeaus in die Ferne, während er das sagte. „Und ich bin immer da für dich. Du kannst mir weiterhin alles erzählen. Ich werde dich zu nichts drängen“, fügte er noch hinzu.

„Danke Nate.“ Lara drückte ihn kurz an sich.

„Hat er … ist dir auch schon mal was passiert … wegen mir?“ Weiterhin schaute er nur geradeaus. „Du hast erzählt, dass Lennard misstrauisch und eifersüchtig wird im Zusammenhang mit anderen Männern.“

„Mach dir keine Gedanken.“ Lara bemühte sich um einen unbeschwerten Ton. „Er mag keine Männer in meinem Umfeld und du warst eben schon da, bevor ich Lennard kennengelernt habe. Daran musste er sich gewöhnen und jetzt akzeptiert er unser Verhältnis.“

„Das war keine Antwort, Lara.“ Nates Stimme war belegt. Sie sah zu ihm hoch. „Erzähl es mir.“ Zögerlich blickte Lara in die andere Richtung über den See hinweg.

„Ich möchte es lieber nicht erzählen.“

„Okay. Ein anderes Mal“, sagte Nate nach einiger Zeit. Sie verstand, dass er wissen wollte, was ihr seinetwegen zugestoßen war, aber wie könnte sie ihm das erzählen? Es war schon lange her, sie dachte kaum mehr daran. Es würde Nate nur unnötig belasten. Und auch wenn Lennard noch immer der Meinung war, dass Nate heimlich Gefühle für Lara hegte, so hatte er trotzdem akzeptiert, dass zwischen beiden eine Freundschaft bestand. Nate würde also nicht mehr der Auslöser für Lennards Ausbruch werden.

Damals, als Lara noch nicht lange bei Lennard gewohnt hatte, war diese Akzeptanz noch nicht ausreichend gefestigt. Nate war eines Nachmittags zum Lernen für eine Klausur vorbeigekommen und beide hatten sich Essen bestellt und einige Stunden lang gepaukt. Als Lennard abends nach Hause kam, war Nate erst seit einer halben Stunde weg und Lara in den letzten Zügen der Klausurvorbereitung. Die benutzten Teller, die Pizzakartons, die beiden Colagläser hatte sie noch nicht beseitigt.

„Du hattest Besuch, ja?“, hatte Lennard sie gefragt.

Seinen bedrohlichen Ton und die möglichen Konsequenzen hatte sie zwar schon in der einen oder anderen Situation kennengelernt, konnte ihn aber noch nicht so zuverlässig als akut drohende Gefahr einordnen, wie sie es mit der Zeit lernen würde.

„Ja, wir haben gelernt. Ich bin in zwei Sekunden hier fertig und dann räume ich auf, entschuldige, dass es hier noch so aussieht. Ich muss nur ganz kurz etwas zu Ende bringen.“ Sie saß auf dem Boden und markierte einige Zeilen in einem Text, so konzentriert, dass sie nicht bemerkte, wie Lennard sich ihr näherte, bis seine Füße direkt neben ihr standen. Sie blickte zu ihm hoch. Er hielt ein benutztes Colaglas in der Hand und musterte es.

„Und du denkst, dass du mir nicht Bescheid sagen musst, wenn jemand Fremdes diese Wohnung betritt, während ich nicht da bin, ja?“ Er sah zu ihr herunter. Verdutzt stand Lara auf und nahm ihm behutsam das Glas aus der Hand. Mittlerweile war ihr aufgegangen, dass hier etwas im Argen war. Lennard war so angespannt, so zwanghaft beherrscht.

„Wenn du es gerne hättest, kann ich das künftig natürlich machen. Ich hatte angenommen, da es ja jetzt unsere gemeinsame Wohnung ist, wie du sagst, dass es in Ordnung geht, wenn ich Gäste habe."

Sie brachte das Glas in die Küche und beeilte sich, alles aufzuräumen. Hektisch wischte sie die Oberfläche der Kücheninsel mit einem Lappen ab. Die ganze Zeit spürte sie Lennards Blick in ihrem Rücken und ihre innerlichen Alarmglocken läuteten lauter und lauter. Sie hörte, wie Lennard sich ihr mit leisen Schritten näherte. Plötzlich überkam sie der Impuls zu rennen. Sie sprintete zur Wohnungstür, hörte, dass Lennard ihr mit schnellen, langen Schritten folgte, aber nicht rannte. Gerade hatte sie die Tür erreicht und einen Spalt weit geöffnet, da packte Lennard sie im Nacken und ließ mit der anderen Hand die Tür mit einem lauten Knall wieder ins Schloss fallen. Er drückte sie dagegen, ihre Wange an das kalte Metall der schweren Tür gepresst, ihre Handflächen dagegengestemmt, um den Druck zu verringern. Lennard stand dicht hinter ihr, sein Gesicht nah an ihrem.

„Wer war hier, Lara?", flüsterte er ihr ins Ohr.

Panik, anders konnte sie nicht erklären, warum sie ihm darauf mit: „Anne!" antwortete. Lennard verlagerte sein Gewicht. Er presste sich nicht mehr gegen sie, ließ dann auch von ihrem Nacken ab. Vorsichtig drückte Lara sich von der Tür ab und sah langsam über ihre Schulter. Noch immer stand er hinter ihr. Zögerlich drehte sie sich um, stand nun mit dem Rücken zur Tür. Jede ihrer vorsichtigen Bewegungen beobachtete er. Lara hatte das Gefühl, dass ihr Herzschlag laut hörbar war. Sie versuchte, so leise wie möglich zu sein aus Sorge, dass jedes Geräusch bewirken könnte, dass er sie wie ein lauernder Tiger angreifen würde. Er hatte seinen Zeigefinger über seinen Mund gelegt und fuhr dann über sein Kinn. Eine Geste, die er machte, wenn er nachdachte. Oder abwartete. Mit bedrohlicher Flüsterstimme sagte er schließlich:

„Willst du deine Antwort nochmal überdenken?"

„Ja!" Ein Schluchzen platzte aus Lara heraus. „Ich habe gelogen. Nate war hier." Tränen liefen über ihre Wangen. Lennard lehnte eine Hand an die Wand neben ihrem Kopf. Blitzschnell hatte er die andere Hand um ihre Kehle gelegt. Er übte gerade so viel Druck aus, dass Lara noch Luft bekam. Panik stieg in ihr auf.

„Na bitte. Das weiß ich doch. Und warum lügst du mich seinetwegen an, hm? Was ist da gelaufen, Lara?"

„Wir haben gelernt und gegessen. Mehr nicht. Lennard, er ist nur ein Freund. Ich würde dich niemals betrügen." Er hielt sie weiter fest, sah sie prüfend an. Dann wurde sein Griff an ihrem Hals sogar noch ein kleines bisschen fester.

„Zwei Sachen, die du dir gut merken solltest. Erstens lügst du mich nicht an. Ich finde alles raus. Nate ist mir unten begegnet, als ich noch zum Telefonieren im Auto vor der Garage stand. Zweitens. Und das merk dir gut. Du rennst nicht weg vor mir. Es macht mich wütend, sehr sogar. Und ich würde dich immer einholen. Und ich werde dich immer finden."

Damit ließ er endlich von ihr ab. Seine drohenden Worte hatte sie niemals vergessen. Wenn sie floh, würde er sie immer finden. Wie konnte sie also Nate davon erzählen, dass nach einem ereignislosen Lernnachmittag der Abend nach seinem Besuch eine solche Wendung genommen hatte?

Schweigend liefen beide nebeneinanderher und hatten bald darauf eine volle Runde um den Weiher gedreht. Wieder vor dem Hotelcafé angekommen, gingen sie zum

Parkplatz und kamen neben Laras Auto zum Stehen. Nate drehte sich zu ihr, zog die Schultern vor Kälte ein wenig hoch und sah sie mit einem intensiven Ausdruck in den Augen an, den Lara so zuvor noch nicht gesehen hatte und nicht deuten konnte.

„Das hat mir richtig gutgetan. Danke Nate. Beim nächsten Mal reden wir aber auch wieder mehr über dich. Ich will wissen, wie es dir so geht." Sie lächelte und umarmte ihn. Nate erwiderte ihr Lächeln nicht, drückte sie aber fest an sich. So verweilten sie einen Moment. Als sie sich aus der Umarmung lösten, schloss Lara das Auto auf. „Soll ich dich mitnehmen?"

„Ich bin mit dem Fahrrad hier." Sein Blick war so durchdringend, dass Lara sich nicht abwenden konnte. „Es fällt mir nicht leicht, Lara. Dich jetzt zu ihm fahren zu lassen." Seine Worte ergriffen sie auf so unerwartete Weise, dass sich ein Kloß in ihrem Hals bildete. Seine Stimme wurde leiser, fast flüsternd und etwas heiser. „Ich weiß, dass ich dir gesagt habe, dass ich nichts unternehme ohne dein Einverständnis. Aber Lara, sag mir, dass ich dich nicht nach Hause in eine Gefahr gehen lasse. Sag mir, dass er dir nichts antut, weil du dich heute mit mir getroffen hast und ich deine Hand gehalten hab." Er holte Luft. „Weil dann finden wir eine andere Lösung." Sie schaute schnell nach unten, um die aufsteigenden Tränen zu unterdrücken. Woher kam diese Emotion jetzt, nachdem sie doch den ganzen Abend über so ruhig gewesen war?

„Er wird mir nichts tun", sagte sie.

„Warum weinst du denn dann?"

„Mich hat das gerade so ergriffen, dass du so für mich da bist", sagte sie und kämpfte gegen den Drang, sich in Nates Armen auszuweinen, an. Sie rang sich ein Lächeln ab und umarmte ihn erneut.

„Ruf mich jederzeit an, okay? Ich bin jetzt dein Vertrauter. Wenn der Moment kommt, in dem du Hilfe brauchst oder auch, wenn du einfach reden willst, dann melde dich bei mir. Mein Handy ist an. Tag, Nacht, egal."

Zum hundertsten Mal an diesem Tag bedankte sie sich, dann stieg sie ins Auto. Nate machte die Fahrertür von außen zu und sie sah im Rückspiegel, wie er ihr noch eine ganze Weile nachsah, bis er irgendwann nur noch ein Punkt auf dem Parkplatz war. Beim Gedanken an Nates besorgten Blick tat ihr ihr Herz weh. Er war so ein guter Freund. Zu Hause angekommen sah sie auf die Uhr. Das Treffen mit Nate hatte fast drei Stunden gedauert und es war kurz vor acht, aber Lennard war noch nicht wieder zurück. Sie setzte Wasser für eine Wärmflasche auf und ging unter die Dusche. Danach betrachtete sie im Badzimmerspiegel ihr Gesicht. Sie wollte nicht, dass Lennard ihr ansah, dass sie geweint hatte. Mit einer Gesichtsmaske setzte sie sich aufs Sofa, legte die Arme um die Wärmflasche auf ihrem Schoß und schaute in die Dunkelheit vor dem Fenster. So kannte sie sich selbst nicht. Fast wollte sie über sich selbst lachen, wie sie da voller Selbstmitleid in der Dunkelheit des Wohnzimmers saß und aus dem Fenster in den Winterabend hinaus schaute. Dass sie über ihre Gefühle nachdachte und darüber, ob es *normal* oder *gesund* war, wie sie sich fühlte. Trotzdem ließ sie für eine Weile diese Gedanken bewusst zu. Sie hatte sich vorgenommen, sich mit diesem Thema auseinander zu setzen. Alles rund um Lennard, seine Wutausbrüche und ihren Umgang damit und die Bewältigung der Dinge, die ihr angetan worden waren. Nach einer Weile atmete sie dreimal tief ein und aus und ging ins Bad, um sich die Gesichtsmaske abzuwaschen. Mit dem kalten Wasser wusch sie auch die tiefsinnigen Gedanken ab und fühlte sich wieder wie sie selbst. Sie lächelte sich im

Spiegel an. Es war ein guter Tag gewesen. Ein Schritt nach vorne. Dennoch wollte sie schon im Bett sein, wenn Lennard nach Hause kam. Sie wollte sich nicht mit ihm über ihren Abend unterhalten, jedenfalls nicht heute. Sie wollte nicht, dass er sie darüber ausfragen würde, denn sie war noch nicht bereit, ihm von dem Gespräch mit Nate zu erzählen. In einer kurzen Nachricht ließ sie ihn wissen, dass sie schon ins Bett ging und wünschte ihm noch viel Erfolg bei seiner Arbeit. Er schickte ihr kurz darauf eine Antwort und wünschte ihr auch eine gute Nacht. *Hoffentlich verlaufen seine Gespräche wegen Fabian und dieser Akte gut*, dachte sie. Auch Nate wünschte sie eine gute Nacht.

Kapitel 16

Lara steckte den Schlüssel in die Tür und öffnete sie leise. Schon lange war sie nicht mehr so spät von einer Geburtstagsfeier nach Hause gekommen. *Was für ein Abend*, dachte sie. Sie war total erledigt, aber es hatte einen riesen Spaß gemacht, so ausgelassen zu tanzen. Sandra, eine ehemalige Kommilitonin, hatte ihren Geburtstag am 29. Februar wie in jedem Schaltjahr besonders groß gefeiert, da dieser in den dazwischenliegenden drei Jahren übersprungen wurde.

Leise schloss Lara die Tür hinter sich und zog sich die Schuhe aus. In der Ecke des Wohnzimmers brannte ein gedimmtes Licht. Lennard hatte wohl vergessen es auszumachen. Erst dann sah sie, dass der Fernseher angeschaltet war und der Bildschirmschoner lief.

„Na wen haben wir denn da?“ Sie erschrak, als sie Lennards tiefe Stimme hörte. Er saß auf dem Sofa, durch das gedimmte Licht hatte sie ihn erst gar nicht gesehen. *Warum er wohl noch wach war?*

„Hey!“, sagte sie freudig und leise. „Hast du bis gerade ferngesehen?“ Er antwortete nicht. Sie machte ein paar zögernde Schritte in seine Richtung, unsicher, ob sie ihn mit einem Kuss begrüßen oder lieber Abstand halten sollte. Ihr Handy war ausgegangen, kurz nachdem sie zur Geburtstagsfeier aufgebrochen war. Wahrscheinlich hatte Lennard auf sie gewartet, weil er sich sorgte, und war jetzt sauer, dass es so spät geworden war. Er hatte ihr bereits öfters gesagt, dass sie sich doch ein neues Handy anschaffen solle, wenn ihr jetziges ständig aus ging und sich teilweise nicht wieder neu starten ließ, bis es zum Laden in eine Steckdose gesteckt wurde. Sie hatte sich schon Handys angesehen, sich aber noch nicht entschieden, aber morgen würde sie es sicherlich machen, denn den ganzen Abend ohne Handy zu sein, war wirklich unglücklich gewesen. Lennard saß nach vorne gelehnt auf dem Sofa, die Ellenbogen auf den Knien abgestützt und ließ den Kopf ein wenig hängen. Er wirkte, als wäre er eingeschlafen, von ihr geweckt worden und als müsse er erst einmal langsam wach werden.

„Tut mir leid, dass mein Handy ausgegangen ist. Ich bestelle mir jetzt direkt ein neues."

Wieder antwortete er nicht. Lara spürte eine nervöse Anspannung in sich aufsteigen. Mit Daumen und Zeigefinger kniff Lennard sich in die Nasenwurzel – eine Geste, die sowohl von Müdigkeit als auch von Stress zeugen konnte. Unsicher blieb Lara im Raum stehen. Ihr Blick wanderte durch die Dunkelheit und fing etwas auf dem Boden Liegendes auf. Dort lagen Papiere, daneben die Fernbedienung des Fernsehers. *Warum lagen diese Dinge auf dem Boden? Was war hier passiert*? Ihre Augen hatten sich langsam an die Dunkelheit gewöhnt und sie erkannte Stifte und die Computertastatur. Es schien, als hätte Lennard seinen ganzen Schreibtisch leergeräumt und die Utensilien auf den Boden geworfen. Es war mucksmäuschenstill im Raum und Lara versuchte, nicht zu laut zu atmen. Irgendwas war los. Lennard war so anders. Ihre Handflächen waren schon feucht vor Aufregung. So unauffällig wie möglich schaute sie weiter durch den Raum, bis ihr Blick auf den Sofatisch fiel. Dort standen eine Flasche Bier, ein leeres Glas und daneben eine Flasche Whiskey, die nicht mal mehr halb voll war. *Shit*!, dachte sie und ihr Magen fühlte sich plötzlich ganz flau an. Die Flasche war vorher noch nicht offen gewesen.

„Hast du das alles allein getrunken?", fragte sie leise.

Ihre Stimme bebte. Lennard antwortete noch immer nicht. Nun, da sie den Alkohol gesehen hatte, wusste sie, dass er nicht müde war, nicht gestresst – er war betrunken, sehr sogar. *Nein nein nein, das ist gar nicht gut*, dachte sie. Lennard stand auf. Langsamen Schrittes kam er in Laras Richtung. Mit glasigen Augen sah er sie an. Seine Kiefermuskeln waren angespannt. Seine sonst sportlich-dynamischen Bewegungen waren einem schwerfälligen Gang gewichen. Ihre Gedanken rannten und sie suchte nach einem Ausweg aus dieser Situation. Wie zu einem wilden Tier redete sie mit ruhiger Stimme auf ihn ein.

„Willst du vielleicht ein Glas Wasser trinken? Ich kann dir von heute Abend erzählen. Es war lustig, aber du hast gefehlt." So unauffällig wie möglich machte sie kleine Schritte nach hinten. Lennard stieß ein verächtliches Lachen hervor.

„Ich habe gefehlt, ja? Dann erzähl mir doch mal von deinem Abend, Lara."

Seine Stimme war ganz verändert, so heiser und rau und dunkel. Er ging zwar langsam, kam aber dennoch schneller in ihre Richtung, als sie rückwärtsgehen konnte. Der Abstand zwischen ihnen verringerte sich. Lara machte einige Schritte seitwärts.

„Okay, also ich bin zu Bumann & Sohn gefahren …"

„Du kannst nicht vor mir weglaufen."

Ihr Versuch, einen Bogen um Lennard zu machen und damit den Abstand wieder zu vergrößern, schien zu scheitern. Nun stand sie im Wohnzimmer und er kam mit etwas schnelleren Schritten auf sie zu, sodass sie unwillkürlich ihren Arm schützend vor ihren Körper hob und den Kopf zur Seite drehte. Dann ging alles ganz schnell. Lennard griff ihren Arm, ging weiter auf sie zu und drängte sie damit zurück. Sie zog die Schultern hoch, kniff die Augen zusammen und blieb jedoch an etwas auf dem Boden Liegenden hängen, stolperte und fiel rückwärts auf den Sofatisch, dessen Glasplatte in tausend Scherben zerbarst. Sie hatte ihren Sturz mit einer Hand abgefangen, aber irgendetwas an ihrem Schulterblatt verursachte stichartige Schmerzen, wodurch ihr kurz die Luft wegblieb. Einige Sekunden lang hielt sie noch die Augen geschlossen und versuchte zu verstehen, was gerade passiert war. Atemlos blickte sie dann um sich herum und sah Lennards Füße dicht vor ihr.

Sie legte einen Arm schützend vor ihren Kopf und flehte: „Bitte, bitte, bitte, stopp!“ Durch ihre Finger hindurch sah sie nach oben zu Lennard, der über ihr stand und auf sie heruntersah. „Ich bitte dich“, flüsterte sie. Noch nie hatte sie ihn angefleht, aber in diesem Moment wusste sie keinen anderen Ausweg.

Sie spürte Lennards Hand, die ihren Arm herunterdrückte, dann seine Hände unter ihren Achseln. Er hob sie hoch und setzte sie behutsam auf das Sofa. Unter seinen Füßen knirschten Scherben. Er stand vor ihr, zu ihr hinunter gebeugt, und nahm ihren Kopf zärtlich in seine Hände. Sein Ausdruck zeugte von Verzweiflung, er schien nicht mehr sauer, eher besorgt, und gleichzeitig durch seinen alkoholisierten Zustand nicht wirklich Herr seiner Sinne zu sein. Dann richtete er sich auf, fuhr sich mit der Hand durch die Haare und schaute um sich herum.

„Das wollte ich nicht“, sagte er. Noch immer war seine Stimme verändert, tief und kratzend.

„Du … du stehst in Scherben“, sagte Lara.

„Oh.“ Er ging ein paar Schritte zurück. Die Glassplitter schienen nicht scharfkantig zu sein, sie hatten keine sichtbaren Schnitte an seinen Füßen hinterlassen. Lara blickte an sich hinunter. Auch sie war äußerlich unversehrt geblieben. Der Schreck über das, was bei ihrem Sturz in diesen Tisch passieren hätte können, schien jedoch beiden in den Knochen zu sitzen. Lennard setzte sich in seinen Schreibtischstuhl und lehnte sich zurück, erneut kniff er sich in die Nasenwurzel. Lara atmete durch den stechenden Schmerz in ihrem Schulterblatt. Mit den Jahren hatte sie gelernt, dass man Schmerzen lindern konnte, indem man sie wegdachte. Sie stellte sich vor, dass der Schmerz verflog. Es funktionierte, zumindest ein wenig. Trotzdem fühlte sie sich etwas schwindelig. Die späte Uhrzeit, die Dunkelheit, das Tanzen und jetzt noch Lennard.

Mit gequälter Stimme fragte er: „Warum lügst du mich an?“ Sie überlegte fieberhaft, was er meinen könnte, konnte aber keinen klaren Gedanken fassen. Das war also der Grund, warum er sich betrunken hatte? Dass er dachte, sie würde ihn anlügen? *Mist Mist Mist*. Er war also aus irgendeinem Grund sauer auf sie und hatte seine Wut in Alkohol ertränkt; das war eine gefährliche Mischung, wie man ja bereits sehen konnte.

„Was meinst du?“, fragte sie. Er sah auf, eine Ader war an seiner Schläfe deutlich hervorgetreten und sein Kiefer war sichtlich angespannt. Unter seinem strengen Blick, selbst in diesem benebelten Zustand, in dem er war, wollte Lara sich am liebsten unsichtbar machen.

„Was ich meine.“ So wie er es sagte, klang es nicht wirklich wie eine Frage. In seinen Worten lag etwas Bedrohliches. Zu Laras Erleichterung blieb er in seinem Schreibtischstuhl sitzen und kam ihr nicht näher, so wie sie es befürchtet hatte. „Wo warst du heute Abend wirklich, Lara?“, fragte er. Er schien langsam wieder ein wenig klarer zu sein.

„Ich war auf dem Geburtstag von Sandra. Sie hat in der Monkey Bar gefeiert.“

„Du hast gesagt, dass sie im Bumann & Sohn feiert."

„Ja, ich habe mich vertan, eher gesagt hat Nate sich vertan, denn er hat mir gesagt, dass sie im Bumann & Sohn feiert. Ich bin dorthin und habe allein gewartet, bestimmt eine halbe Stunde lang. Mein Handy war schon ausgegangen zu dem Zeitpunkt. Irgendwann kam Nate und wir haben letztendlich rausgefunden, dass wir in der falschen Bar waren. Dann sind wir schnell zur Monkey Bar gefahren und haben da die anderen getroffen, die das Ganze ziemlich lustig fanden." Lennard schaute sie mit leicht geöffnetem Mund an, dann rieb er sich die Stirn.

„Wie kam Nate auf das Bumann & Sohn? Man vertut sich doch nicht einfach so."

„Er hatte wohl eine andere Einladung für den Abend gehabt, die im Bumann & Sohn hätte stattfinden sollen, aber dann abgesagt wurde. Irgendwie so, hab es auch nicht genau verstanden."

„Shit", sagte Lennard leise. Was war denn bloß los mit ihm?

„Warum denkst du, dass ich gelogen habe?" Er atmete laut aus.

„Ich war im Bumann & Sohn. Weil du geschrieben hast, dass du schon kaum mehr Akku hast, wollte dir mein altes Handy als Ersatz vorbeibringen, damit du den Abend über erreichbar bist. Als du nicht da warst und dein Handy schon aus war, wusste ich nicht, wie ich dich finden kann. Ich habe Sandras Nummer nicht und habe auf gut Glück bei Nina angerufen und gefragt, ob sie auch auf dem Geburtstag ist. Sie hat erzählt, dass Sandra in der Monkey Bar feiert und dass du nicht da bist. Ich bin trotzdem hingefahren und habe dich nicht gefunden. Dann bin ich zurück zum Bumann & Sohn und habe den Kellner gefragt und dich beschrieben und er meinte, dass du mit einem Typen da warst und dann gegangen bist." Er rieb sich das Gesicht mit beiden Händen, dabei glänzte sein Ehering, der das kleine Licht in der Ecke des Wohnzimmers auffing und reflektierte.

„Lennard“, sagte sie leise. „Das war nur ein großes Missverständnis.“

Ihr Herz zog sich zusammen bei dem Gedanken daran, wie Lennard gelitten haben musste. Plötzlich erklärte sich, warum er sich nach all den Jahren wieder betrunken hatte. Zwar gab es keinen Grund, ihr zu misstrauen, aber sie kannte ihn gut genug, um zu wissen, dass er beim Thema Eifersucht einfach nicht aus seiner Haut konnte. So war er nun mal. Ein Missverständnis, eine Ungereimtheit, eine verdächtige Aussage eines Kellners und er würde sich die schlimmsten Dinge ausmalen. Er hatte nicht gewusst, wo sie war und seit Stunden auf sie gewartet und seine schlimmsten Fantasien waren mit ihm durchgegangen. Aber nun hatte sich das Missverständnis aufgeklärt. Nun konnte er durchatmen. Da gab es nur eine Sache. Dieses eine Detail, das sie in ihrer Erzählung ausgelassen hatte und hoffte, dass Lennard nicht darauf stoßen würde. Sein Restalkoholpegel würde ihr eventuell in die Karten spielen, denn er schien ausreichend müde und durcheinander. Eigentlich hätte er sie nämlich tatsächlich auf der Party in der Monkey Bar angetroffen, wenn sie und Nate auf dem Weg dorthin nicht einen Halt eingelegt und etwa 20 Minuten lang über ihre Situation mit Lennard gesprochen hätten.

„Sandra, Nate und auch die anderen Gäste haben den Abend über Fotos geschossen, davon werden sicher morgen welche auf Instagram sein oder ich lasse mir welche schicken, dann kannst du sehen, dass ich da war.“

Ihr Ablenkungsmanöver schien zu funktionieren, denn Lennard schien nicht mehr so in sich versunken und nachdenklich, sondern ein wenig beruhigt und sein Blick war nicht mehr so glasig.

„Ich glaube dir, Schatz", sagte er sanft und zog die Luft so laut durch die Nase, dass sie nicht sicher war, ob er gerade schluchzte.

Am liebsten hätte sie ihn in den Arm genommen, wollte sich aber nicht in falscher Sicherheit wiegen und ihm zu nahe kommen, denn ganz nüchtern war er ja noch lange nicht.

In diesem Moment meldete sich auch der Schmerz von ihrem Schulterblatt zurück, als wäre es ein Zeichen, das Nate ihr gesendet hatte, um ihr zu sagen:

„Du bist zu gutmütig. Du solltest dir nicht so viel gefallen lassen."

Autsch. Nate hatte Recht.

Was konnte sie dazu, dass es zu diesem Missverständnis mit dem Treffpunkt gekommen war? Nichts! Und auch für Lennards beinah pathologische Eifersucht konnte sie nichts. Und dafür, dass das Handy ausgegangen war, nun ja, das konnte doch mal passieren. Aber die Verkettung all solcher unglücklicher Umstände hatte dazu geführt, dass sie nun hier mit Schmerzen saß. Und, ehrlich gesagt, wollte sie sich gar nicht erst vorstellen, was passieren hätte können, wenn sie nicht in den Glastisch gefallen wäre und Lennard dadurch aus seinem Aggressionszustand herausgerissen worden wäre. Es hätte übler ausgehen können, als es ohnehin schon ausgegangen war. Sie sollte wohl eher sauer auf ihn sein, als ihm Verständnis entgegenzubringen. In diesem Moment erhob Lennard sich vom Schreibtischstuhl und kam auf sie zu. Erst nach einigen Schritten bemerkte er die Scherben.

„Oh, ich sollte ... Komm, ich bringe dich ins Bett und räume hier auf." Er trug sie über die Scherben hinweg und setzte sie in sicherem Abstand dazu ab. Eine Hand auf ihren Rücken gelegt führte er sie ins Schlafzimmer, umarmte sie zärtlich und drückte einen Kuss auf ihren Kopf.

„Was hab ich nur gedacht. Es tut mir leid, Baby. Natürlich hast du alles richtig gemacht. Das war alles in meinem Kopf." Seine Worte ergaben nicht wirklich Sinn, aber sie verstand, was er sagte. Er war erleichtert, dass die schlimmen Gedanken in seinem Kopf, wie auch immer sie genau ausgesehen haben mochten, nicht echt waren. „Es tut mir leid", flüsterte er, seine Lippen an ihren Haaren. „Ich wollte mich nicht betrinken." Sie nickte.

„Ich weiß", sagte sie beinah ebenso leise. Noch eine Weile standen sie in der Umarmung. Lara war froh, dass Lennard sie nicht zu fest drückte, aber der Schmerz war schon etwas besser geworden. Sie löste sich langsam von ihm.

„Lass uns schlafen gehen", sagte sie. Mittlerweile war es sicher schon vier Uhr. Einige Stunden würde Lennard bestimmt brauchen, um seinen Rausch auszuschlafen und sie selbst war ebenfalls hundemüde. Als sie sich im Bad das Gesicht wusch, musste sie an die Unterhaltung mit Nate denken.

„Der Tag wird kommen, an dem er dich ernsthaft verletzt. Warte nicht so lang."

Sie hatte geschluckt und genickt.

„Ich möchte dir keine Angst machen, nur ehrlich mit dir sein. Auch wenn in den letzten Wochen alles gut war zwischen dir und Lennard, kannst du dich nicht in falscher Sicherheit wiegen."

„Ich weiß."

Sie wusste nichts weiter dazu zu sagen. Nate hatte vor einer roten Ampel gehalten.

„Das war hart, ich weiß. Komm her."

Er hatte sie in eine Umarmung gezogen, sein Arm hatte sich dabei unter ihrer Jacke entlang um ihre Taille geschlungen und dabei auch ihre nackte Haut an der Stelle, an der ihr Pullover nach oben gerutscht war, berührt. Es hatte sich seltsam intim angefühlt.

Lara wusch sich die Reinigungslotion vom Gesicht und trocknete sich ab. War Nates Prophezeiung nun eingetreten? Sie atmete durch gespitzte Lippen aus, um den wellenartigen Schmerz aus der Gegend ihres Schulterblattes auszuhalten. Sollte dies eine ernste Verletzung sein? Sie nahm eine Schmerztablette und trank ein Glas Wasser. Keine gute Mischung, Schmerztablette auf den durch den Alkohol ohnehin etwas angeschlagenen Magen. Hoffentlich würde sie das morgen früh nicht bereuen. Zum Glück hatte sie nach einem Bier oder Longdrink immer ein Glas Wasser getrunken und sich insgesamt beschränkt, um am morgigen Tag fit zu sein. Die Zeiten, in denen sie einen kompletten Samstag mit der Erholung der Feiereskapaden des Vorabends zubrachte, waren vorbei. Lennard war immer furchtbar genervt davon gewesen, wenn sie einen Kater hatte. Außerdem gefiel es ihr selbst ja auch viel mehr, wenn sie sich am Tag nach einer Party fit fühlte. Sie hatte sich einiges vorgenommen, etwa den Geburtstag ihrer Mutter vorzubereiten. Ob sie sich morgen allerdings angesichts der Schmerzen dazu im Stande fühlen würde, bezweifelte sie so langsam. Es war nun schon nach vier Uhr morgens und aus dem Wohnzimmer hörte sie, wie Lennard lautstark die Scherben zusammenkehrte. Hausarbeit war ja sowieso nicht seine Stärke, aber in betrunkenem Zustand mitten in der Nacht waren seine Bemühungen noch weniger effizient als sonst. Er kehrte die Scherben in die eine Richtung, setzte ein Kehrblech an und versuchte, sie darauf zu schieben, was nur mäßig gelang. In diesem Tempo würde er wohl noch Stunden damit zubringen, die Wohnung aufzuräumen. Er richtete sich auf, wirkte frustriert und abgekämpft und fuhr sich durch die Haare.

„Lennard?“ Er blickte überrascht auf. „Mach das morgen, das ist zu laut jetzt.“

„Du hast Recht.“ Er nickte und legte den Besen zur Seite. Lara machte sich einen Toast mit Käse; nach dem vielen Tanzen und den Getränken hatte sie plötzlich großen Hunger.

„Lass mich das doch machen“, sagte Lennard und nahm ihr den Teller mit dem Toast aus der Hand, nur um ihn ihr auf die Kücheninsel zu stellen.

Seine Hilfe war zwar unnötig, aber er meinte es gut. Sie hatte den Toast innerhalb von einer Minute aufgegessen und konnte die Augen kaum mehr offenhalten. Lennard war dabei, sich selbst noch etwas zu Essen zu machen, als Lara sich ins Bett fallen ließ und bald darauf einschlief. Um zehn Uhr am nächsten Morgen schaute sie auf ihr Handy. Sie rechnete nach – etwas weniger als sechs Stunden hatte sie geschlafen, fühlte sich aber erholt und ausgeruht. Lennard war nicht neben ihr, aber seine Seite des Bettes war benutzt worden. Als sie sich streckte, schoss ein pochender Schmerz in ihr Schulterblatt. Oh, das hatte sie ja fast vergessen. Wenigstens hatte sie nachts gut schlafen können, dachte sie. Anscheinend war der Schmerz abhängig von bestimmten Bewegungen. Vorsichtig stand sie auf und ging ins Wohnzimmer, das bereits gelüftet und komplett aufgeräumt war. Von dem Chaos der letzten Nacht war nichts mehr zu sehen. Sie ließ den Blick schweifen. Lennards Schreibtisch war wieder komplett bestückt, ordentlich aufgereiht standen dort wieder eine Tastatur, Stifte, eine Lampe und ein Bild von ihnen beiden bei der Hochzeit, dessen Glasscheibe allerdings einen Riss hatte. Sie konnte sich bildlich vorstellen, wie er gestern Nacht mit einer Armbewegung über die Tischplatte sämtliche Gegenstände hinunterbefördert hatte. Hanteln und weitere Trainingsgegenstände waren wieder verräumt. Wahrscheinlich hatte sie Glück gehabt, dass sie derart spät nach Hause gekommen war, nachdem Lennard in seinem Rausch wohl seiner Aggression schon durch Sportübungen und das Werfen von Gegenständen Luft gemacht hatte, dachte sie. Die Scherben des Sofatisches waren beseitigt und die einsamen metallenen Füße, die nach dem Bruch der gläsernen Platte übriggeblieben waren, waren entsorgt. Der Teppich war ordentlich abgesaugt. Im Regal in der Küche, wo sonst Gin, Wodka und Sherry aufbewahrt und manchmal den Gästen angeboten wurden, standen nur noch Bier- und Weinflaschen. Das Schloss der Eingangstür drehte sich und Lennard kam herein, in Jogginghose und Sportschuhen, einem weißen T-Shirt und noch feuchten Haaren von der Dusche, die er wohl schon genommen hatte. Er sprach leise in sein Handy und Lara konnte etwas von „neuer Sofatisch" und „Wann wird er geliefert?" und „Was ist das für ein Holz?" aufschnappen. Sie öffnete den Kühlschrank; erst dann bemerkte Lennard sie und lächelte sie an, während er noch das Telefonat mit der Möbelbestellung beendete. Von Weitem sah er aus wie immer, mit seinem sportlichen Körper, der gut geschnittenen Kleidung, seinem edlen aber minimalistischen Stil, bei dem die einzigen Accessoires sein Ehering, eine Uhr und ein dünnes ledernes Armband waren. Das Armband hatte sie ihm auf ihrer Hochzeitsreise geschenkt und es hatte nun schon mehrere Jahre gehalten, viel länger, als sie damals gedacht hatte. Als er aber, noch immer am Handy, zu ihr in die Küche kam, sah sie die dunklen Schatten unter seinen Augen, die wohl der Kombination aus einer – sogar für seine Verhältnisse – sehr kurzen Nacht, dem Whiskey und sicher auch der Reue über sein Alkohol-Vergehen und der damit verbundenen Aggression geschuldet waren. Dass er nun bereits die Wohnung komplett aufgeräumt und sogar einen neuen Sofatisch bestellt hatte, zeigte, wie sehr er die letzte Nacht ungeschehen machen wollte. Er war schon immer ein Macher gewesen, der Dinge schnell anpackte, regelte, entschied, erledigte. Aber Lara sah ihm in seinen Augen an, dass er sein Verhalten der letzten Nacht tief bedauerte und dies die treibende Kraft dafür war, dass die Wohnung nun derart in Stand gesetzt war. Er streichelte ihr über die Haare und gab ihr einen leichten Kuss auf die Stirn, während sie sich einen Kaffee machte. Als er das Telefonat schließlich beendet hatte, umarmte er sie von hinten, während Lara gerade ihr Frühstück vorbereitete.

„Hey mein Schatz“, murmelte er in ihre Haare.

„Hey“, sagte sie leise und löste sich aus seiner Umarmung, um nach einer Packung Haferflocken zu greifen. Sie streckte den Arm nach oben, wurde aber auf halbem Wege von einem erneuten Schmerz aus dem Bereich des Schulterblattes aufgehalten. Schnell ließ sie den Arm sinken und schnappte kurz nach Luft, bis die Nachwirkung des Schmerzes abgeklungen war. Sie hob den anderen Arm und holte so die Cornflakes Packung aus dem Regal.

„Lara, ist alles in Ordnung?“, fragte Lennard.

„Nein“, sagte sie leise. Nates Worte kamen ihr wieder in den Kopf. *Es ist nur eine Frage der Zeit, bis er dich ernsthaft verletzt.*

„Wo hast du Schmerzen?“

Lennard blickte besorgt und gleichzeitig ehrlich verwundert. Natürlich, dachte sie, er hatte ja in seinem Rausch und seiner Rage der letzten Nacht gar nicht gemerkt, was passiert war. Die zersplitterte Tischplatte und

Laras Sturz, all das hatte er natürlich mitbekommen. Aber von den anhaltenden Schmerzen hatte sie ihm noch nichts erzählt. Er nahm ihr die Cornflakes Packung aus der Hand.

„Ungefähr auf der Höhe vom Schulterblatt", sagte sie, den Blick abgewandt. Sie konnte ihn jetzt nicht ansehen.

„Brauchst du einen Arzt? Soll ich dich ins Krankenhaus fahren?" Sie fühlte in sich hinein, fühlte in das Ziehen. Sie würde sich untersuchen lassen müssen, um festzustellen, was genau passiert war, daran ging kein Weg vorbei. Eigentlich wollte sie Lennard nicht unbedingt dabeihaben, andererseits würde sie nicht allein Auto fahren können.

„Ja, bring mich ins Krankenhaus", sagte sie. Ihre Atmung war flach, da die tiefen Atemzüge das Ziehen verstärkten. Lennard zog sich eine Jeans an und war nur eine Minute später mit den Autoschlüsseln in der Hand bereit sie zu begleiten. Vorsichtig half er ihr in ihre Jacke und band ihr die Schuhe. Wortlos fuhr er zum nächstgelegenen Krankenhaus, half ihr aus dem Auto und stütze sie, wenn sie sich setzte oder aufstand. Nachdem er sie am Schalter der Notfallambulanz angemeldet hatte, setzte er sich neben sie in eine Sitzecke. Das Warten schien kein Ende zu nehmen. Lennard kaufte ihr zweimal einen Tee und ein Brötchen in der Cafeteria, holte ihr einen Riegel aus einem Automaten und war insgesamt aufmerksam und fürsorglich. Als die zweite Stunde Wartezeit verstrichen war, hatte er die Ellenbogen auf den Oberschenkeln aufgestützt und den Kopf in die Hände gelegt. Sein schlechtes Gewissen war ihm deutlich anzusehen. Lara hatte ihn so noch nicht erlebt. *Kann jemand diesen Mann verstehen?*, fragte sie sich. Er hatte ihr doch schon so oft wehgetan und von einem schlechten Gewissen hatte es keine Spur gegeben. Und jetzt saß er neben ihr und wirkte verzweifelt vor Reue. Zugegeben, bisher hatte er sie auch noch nicht dermaßen verletzt. Aber dennoch. Man sollte doch denken, dass dieser intelligente Mann vielleicht mal an sich und seinen Wutausbrüchen arbeiten würde, wenn es ihm doch immer um ihre Sicherheit ging, aber bisher schien ihn noch nichts dazu gebracht zu haben.

„Frau Jansen bitte."

Lennard und sie fuhren gleichzeitig hoch, als ihr Name durch den Flur hindurch aufgerufen wurde. Er half ihr beim Aufstehen und führte sie in den Untersuchungsraum, wo ein sympathischer älterer Arzt sich vorstellte und beiden die Hand schüttelte.

„Ich bin der Ehemann", erklärte Lennard und setzte sich auf einen Stuhl am Rand des Raumes.

„Was haben Sie für Beschwerden?", fragte der Arzt.

„Ich habe seit gestern Abend Schmerzen im Rückenbereich, etwa auf dieser Höhe." Sie deutete auf die Stelle, so gut sie konnte. „Vor allem, wenn ich tief atme, huste oder auch bei bestimmten Bewegungen." Die Tür öffnete sich und eine Krankenschwester schlich ins Zimmer, stellte sich neben den Arzt und tippte eine Art Protokoll auf dem PC mit.

„Ich schaue mal, ob äußerlich etwas zu sehen ist. Legen Sie bitte das Oberteil ab. Ist gestern Abend etwas vorgefallen?" Lennard stand auf, um Lara dabei zu helfen, den Pullover auszuziehen. Der Arzt sah sich ihren Rücken an, aber äußerlich war nichts zu erkennen. Als Lara nicht antwortete, ergriff Lennard das Wort.

„Ich habe meine Frau gestern Abend geschubst und sie ist zu Boden gefallen." Der Arzt und die Krankenschwestern sahen überrascht zu Lennard auf. Lara war fassungslos. Er stand neben ihr, hielt in der einen Hand ihren Pullover, die andere hatte er sanft auf ihren Arm gelegt, und schaute zu ihr herunter. Als niemand etwas entgegnete, fügte er hinzu: „Ich hatte getrunken. Sie ist rückwärts über eine Hantel gestolpert und auf eine Kante gestürzt.“

„Würden Sie bitte das Untersuchungszimmer verlassen, ich würde Ihre Frau gerne in Ruhe untersuchen“, sagte der Arzt in strengem Ton. *So lässt Lennard nicht mit sich reden*, dachte Lara. Er würde ihm sicher etwas entgegnen. Aber Lennard legte den Pullover neben Lara auf die Liege und verließ ohne ein weiteres Wort den Raum.

„So.“ Der Arzt setzte sich auf einen Stuhl auf Rollen, sodass er mit Lara auf Augenhöhe war, und schob sich neben sie. Mit sanfter Stimme sagte er: „Nun erzählen Sie doch mal, was wirklich passiert ist.“ Die Krankenschwester schaute sie mitfühlend und erwartungsvoll an.

„Mein Mann und ich hatten einen Streit. Wie er schon erzählt hat, hatte er getrunken. Er hat mich nicht wirklich geschubst, eher zurückgedrängt, sodass ich ein paar Schritte rückwärts gemacht habe. Auf dem Boden lag eine Hantel, darüber bin ich gestolpert und nach hinten gefallen. Ich bin auf die Kante eines niedrigen Sofatisches gefallen und es hat direkt ziemlich wehgetan an dieser Stelle.“

„Warum sind Sie nicht direkt ins Krankenhaus gekommen?“

„Ich dachte, dass der Schmerz von alleine wieder vergeht. Normalerweise …“ Sie stockte und überlegte sich blitzschnell eine andere Formulierung. „Heute Morgen war es dann aber nicht besser geworden und ich habe Probleme beim Atmen, daher wollte ich nicht weiter warten.“ Der Arzt tauschte einen Blick mit der Krankenschwester, die nickte und Zettel aus einer Schublade holte.

„Ich werde Sie einmal abtasten und dann machen wir eine Röntgenaufnahme. Meine Vermutung ist eine gebrochene Rippe. Wir müssen sichergehen, dass sich nichts verschoben hat.“ Die Untersuchung war dankbar kurz und Lara hielt die Luft während des Abtastens an. „Wir setzen Sie in einen Rollstuhl, dann müssen Sie sich auf dem Weg zum Röntgen nicht viel bewegen.“ Die Krankenschwester fuhr Lara über den Flur zu einem Aufzug und zwei Etagen tiefer zu einem Röntgenraum. Die Warteecke war ein wenig versteckt in einer Nische des Flurs gelegen, sodass Lennard nicht mitbekommen haben konnte, dass Lara auf dem Weg zu ihrer nächsten Untersuchung war.

„Ist das denn schon öfter vorgekommen?“, fragte die Krankenschwester sie, während sie auf den Arzt zu warten schien. Lara fühlte sich alles andere als in Redelaune.

„Nein, noch nicht in der Intensität“, sagte sie. Ein anderer, junger Arzt erschien, stellte sich vor und ließ sich von der Schwester ein Klemmbrett reichen, auf dem vermutlich vermerkt war, was geröntgt werden sollte. *Er ist attraktiv*, dachte Lara für einen kurzen Moment.

„Verdacht auf Rippenbruch, wie ist das passiert?“, fragte er stirnrunzelnd und sah sie durchdringend an.

„Ich bin gestürzt und auf eine Kante gefallen“, sagte sie. Die Krankenschwester legte ihr eine Hand auf die Schulter.

„Dann wollen wir sie mal positionieren, damit wir den Bereich gut abbilden können“, sagte der Arzt.

Unter anderen Umständen hätte sie sich nicht wohl dabei gefühlt, ihren Oberkörper für eine Untersuchung vor jemandem zu entblößen, der vermutlich im selben Alter wie sie war und so gut aussah. In diesem Moment aber war ihr alles egal. Einige Minuten später rief der Arzt sie in einen Nebenraum neben dem Röntgenbereich. An eine beleuchtete weiße Wand geklemmt zeigte er ihr ihr Röntgenbild und erklärte den Befund. Es war ein Rippenbruch zu sehen, glücklicherweise war aber nichts verschoben. Die Krankenschwester hatte ihm offensichtlich erzählt, was der Auslöser für Laras Sturz war, denn er fügte hinzu:

„Wenn Sie eine Anzeige machen wollen, kann ich Ihnen auch einen ausführlichen Befundbericht schreiben. Dazu würde ich Ihnen raten.“ Lara rang sich ein Lächeln ab.

„Dankeschön. Das wäre nett, können Sie ihn an meinen Hausarzt senden?“ Sie wusste zwar nicht, ob sie Gebrauch von dieser Möglichkeit machen sollte, aber hielt es für das Beste, sich diese Option offen zu halten und so viel zu dokumentieren wie möglich.

„Das kann ich gerne machen. Ich übergebe Sie jetzt nochmal an den Kollegen, der erklärt Ihnen alles Weitere. Alles Gute für Sie. Passen Sie auf sich auf.“ Dabei legte er seine Hand kurz auf ihre Schulter und verließ dann den Raum. Wenig später war sie zurück im ersten Behandlungszimmer und nach erneuter kurzer Wartezeit erschien der Arzt, der sie zu Anfang untersucht hatte.

„So, dann hat sich der Verdacht doch bestätigt. Rippenbruch, das ist unangenehm. Aber Sie hatten Glück im Unglück, dass nichts verschoben ist.“ Der Arzt, bei dem sie zuerst gewesen war, gab ihr einige Tipps an die Hand, wie sie sich in der nächsten Zeit zu verhalten hatte. „Die Atmung ist ein wichtiger Bestandteil des Heilungsprozesses; in diesem Heft finden Sie Übungen dazu. Sollte nichts weiter sein, sehe ich Sie in drei bis vier Wochen zur Kontrolle wieder, falls Sie zwischendurch eine Verschlechterung bemerken, dann bitte zügig wieder vorstellig werden.“

„Dankeschön“, sagte Lara.

„Nun scheinen Sie bei Ihrem Mann nicht gerade in den besten Händen zu sein. Wir haben mit Ihrer Verletzung einen nicht unwesentlichen Tatbestand. In diesen Fällen bieten wir mehrere Möglichkeiten an. Zum Beispiel stehen wir in Kontakt mit einer Organisation, die Betreuung und eine Unterkunft bietet. Zusätzlich können wir auch Anzeige erstatten. Und ich biete Ihnen auch an, Ihren Mann wieder ins Zimmer zu holen und ihm den Ernst der Lage, in die er Sie gebracht hat, ganz klar und deutlich darzustellen."

„Ich denke, das letztere würde mir weiterhelfen." Laras Stimme war noch immer klein und schwach von der flachen Atmung. Die Schwester reichte dem Arzt einen Zettel.

„Das hatte ich schon gedacht. Viele Patientinnen mit ähnlichem Hintergrund scheuen zunächst den Schritt, sich Hilfe zu suchen oder zur Polizei zu gehen. Ich kann Ihnen nur raten, darüber nachzudenken." Er reichte ihr das Blatt Papier, das die Schwester ihm zuvor gegeben hatte. „Auf diesem Zettel finden Sie Notrufnummern und Kontaktadressen zu Hilfeorganisationen. Dort kann man Ihnen ganz diskret weiterhelfen. Am besten, Sie verstecken den Zettel irgendwo in der Tasche, wo Sie ihn wiederfinden können. Die Nummern finden Sie auch im Internet." Sie überflog den Zettel, faltete ihn ordentlich und steckte ihn in die Hosentasche.

Er sah sie prüfend an. „Haben Sie noch Fragen an mich? Ich habe Zeit für Sie." Lara überlegte einen Moment.

„Können Sie meinem Mann sagen, dass er mich ein paar Wochen sehr vorsichtig behandeln muss?"

„Natürlich. Ich werde ihm schon die Wacht ansagen. Was macht er denn beruflich?"

„Er ist Anwalt." Schweigen.

„Oh, naja. Da sieht man mal." Erneut ein Moment Stille. „Soll ich Herrn Jansen hereinrufen?" Es waren sicher anderthalb Stunden vergangen, seit der Arzt Lennard vor die Tür geschickt hatte. Sicher war er krank vor Sorge. Der Arzt sah Lara an. „Was denken Sie? Sind Sie bereit?“

Sie nickte und die Schwester rief Lennard herein.

Er sah unfassbar gestresst und besorgt aus. Sicherlich war er sich unzählige Male mit der Hand durch die Haare gefahren, weshalb sie ein wenig hochstanden. Er sah Lara an, dann erst bemerkte er, dass die Schwester die Tür hinter ihm geschlossen hatte und der Arzt erwartungsvoll Blickkontakt zu ihm aufnahm.

„So, Herr Jansen. Ihre Frau hat eine gebrochene Rippe. Das ist ein ernster Befund, der nicht nur äußerst schmerzhaft ist, sondern wodurch sie sich in den nächsten acht Wochen schonen muss und keinen schnellen Bewegungen und äußerem Druck ausgesetzt sein darf, damit alles gefahrlos verheilen kann. Was Sie da gemacht haben, hätte noch übler ausgehen können, als es ohnehin schon ist. Und ich lege Ihnen nahe, von Mann zu Mann: Behandeln Sie Ihre Frau gut, ich möchte sie nämlich hier nie wieder mit einer Verletzung dieser Art in Behandlung haben.“

In Dankbarkeit für die weise gewählten Worte des Arztes schloss Lara für einen kurzen Moment die Augen. Wenn Lennard sich angegriffen oder in die Ecke gedrängt fühlte oder ihm jemand respektlos oder unverschämt begegnete, dann wurde er schnell aufbrausend. Aber so, wie der Arzt ihn zurechtgewiesen hatte, bedacht und ruhig, aber voller Kompetenz und Autorität, würde er sich seine Worte hoffentlich zu Herzen nehmen. Schuldbewusst nickte er und sagte:

„Das wird nie wieder vorkommen“, wobei er Lara ansah, als würde er ihr damit ein Versprechen geben.

Sie gab dem Arzt zum Abschied die Hand, wobei sie sich erneut bei ihm bedankte und der Arzt ihr ein kleines Nicken und ein ermutigendes Lächeln schenkte. Auch Lennard bedankte sich mit einem Händedruck. Auf dem Weg zum Auto sprachen beide nicht miteinander, aber Lennard hatte eine Hand schützend auf Laras Rücken gelegt und führte sie langsam und behutsam über den Parkplatz, öffnete ihr die Tür und schnallte sie an. Die Situation erinnerte sie daran, wie er sie nach dem Vorfall mit den KO-Tropfen aus dem Krankenhaus abgeholt hatte. Damals war er so sauer gewesen, dabei war ihr zum Glück nichts passiert. Was für ein Unterschied zu der Situation, in der sie sich gerade befand. Das Schicksal hatte schon einen eigenartigen Sinn für Humor. Als sie in der Wohnung angekommen waren, führte Lennard sie zum Sofa und half ihr dabei, sich behutsam zu setzen. Er holte einen Saft aus dem Kühlschrank und reichte ihn ihr, dann setzte er sich auf den Sessel neben dem Sofa.

„Schatz, du hast bestimmt Hunger, oder? Was möchtest du essen? Willst du dich hinlegen? Ich mache alles, was du willst.“ Lara überlegte einen Moment. Eigentlich fühlte sie sich ganz gut, sollte sich aber schonen.

„Du könntest uns was kochen, ich hätte Lust auf Falafel. Ich lese in der Zeit was.“ Sie nahm ihr Handy in die Hand.

„Okay“, sagte er, machte aber keine Anstalten, sich zu erheben. „Lara“, setzte er an und sie ließ das Handy sinken. „Das tut mir so leid. Es war natürlich keine Absicht, dass das passiert ist, aber ich trage die volle Verantwortung. Mir ist so wichtig, dass du sicher bist und dann mache ich sowas. Ich hoffe, du kannst mir verzeihen.“

Wow, dachte sie. Sollte das die erste Entschuldigung sein, die Lennard nach seinen Handgreiflichkeiten an sie richtete?

Zugegeben, die Verletzungen waren ja noch nie so ernst gewesen wie jetzt. Ironischerweise hätte sie sich aber bei jeder seiner anderen Handgreiflichkeiten eher eine Entschuldigung gewünscht als zu diesem Zeitpunkt. Vor dem geistigen Auge spielte sie die Ereignisse des Abends durch. Lennard war betrunken, wahrscheinlich so betrunken, wie sie ihn noch nie erlebt hatte. Er war nicht bei Verstand gewesen, blind vor Wut über ihren vermeintlichen Betrug. Er hatte sie rückwärts gedrängt, aber nicht wirklich geschubst. Sie wäre nicht gestürzt, wenn dort nicht die Hantel gelegen hätte, und sie hätte sich wahrscheinlich auch gar nicht verletzt, wenn sie nicht auf den Tisch gefallen wäre. Es war nicht Lennards Absicht gewesen, was passiert ist. Ihr Herz wollte sagen:

„Es war ein Unfall. Du warst nicht unschuldig daran, aber ich weiß, dass es ein Versehen war, und ich verzeihe dir."

Ihr Kopf jedoch warnte sie. Sie musste klug handeln. Nun war einer jener raren Momente, in denen eine Verlagerung der Machtverhältnisse vorlag. Sie war am längeren Hebel. Sie konnte entscheiden, ob sie ihm verzeihen würde und wenn ja, unter welchen Bedingungen. Der Arzt hatte Lennard bereits ins Gewissen geredet und so war er einmal eher empfänglich dafür, das zu tun, was sie sagte. Vielleicht hieße das auch, dass er nicht mehr handgreiflich werden würde, wenn sie das als Bedingung dafür ansetzen würde, damit sie ihm verzeihen konnte. Es könnte ein Ausweg sein. Sie musste diese Position geschickt ausspielen. Lennard sah sie erwartungsvoll an. Wollte er jetzt schon eine Antwort darauf haben? Sie brauchte noch etwas Zeit, wollte nachdenken, ihre Möglichkeiten abwägen.

„Ich hab wirklich Hunger", sagte sie, woraufhin Lennard sich erhob und in die Küche ging. Mit einem ratlosen Gesichtsausdruck schaute er in den Kühlschrank. Sicher würde er einige Zeit mit der Vorbereitung des Essens beschäftigt sein. Lara stellte sich vor, was sie sagen könnte.

„Ich verzeihe dir unter der Bedingung, dass du mir nie wieder etwas antust." Eigentlich schien ihr das eine respektable Bedingung zu sein. Würde er darauf eingehen? Sicher würde er zu allem Ja sagen, was sie von ihm verlangte, solange er solche Schuldgefühle hatte. Aber würde er sich daran halten? Falls nicht, was wäre die Konsequenz? Sie nahm einen Schluck Saft.

Ich verzeihe dir nicht.

Mit einem Stirnrunzeln schaute sie aus dem Fenster. Dieses Szenario wäre keine Option. Sie wollte ihm verzeihen, sie wollte mit ihm zusammenbleiben.

„Hast du Schmerzen, Baby?" Lennard hatte ihr Stirnrunzeln gesehen.

„Nein, habe nur überlegt."

„... Okay", sagte er zögerlich, aber Lara fühlte sich ein wenig leichter.

Dass sie noch immer mit ihm zusammenbleiben wollte, war ihr durch dieses Szenario ganz klar und deutlich geworden. Nun, da sie wusste, DASS sie ihm verzeihen wollte, könnte sie sich darauf konzentrieren, WIE sie ihm verzeihen würde. Wie könnte sie es formulieren, dass Lennard sich auch an ihre Bedingungen halten würde? Ihr Magen knurrte und aus der Küche duftete es herrlich. Auch wenn Lennard nicht häufig kochte, so hatte er doch ein Händchen dafür. Sie beschloss, den Rest der Überlegungen auf nach dem Essen zu verlegen. Vielleicht wäre es keine schlechte Idee, Nate davon zu erzählen. Vielleicht würde er ihr einen Rat geben können. Lennard brachte einen Teller auf einem Tablett. Auf einem Salat mit Tomaten, Paprika, Sonnenblumenkernen und einem Honig-Senf-Dressing waren dampfende Falafelbällchen angerichtet. Ein wenig Parmesan war darüber gestreut und Stücke getrockneter Tomaten dazwischen verteilt. Lennard platzierte das Tablett auf Laras Beinen und reichte ihr Besteck.

„Ich dachte, du willst vielleicht lieber auf dem Sofa essen. Ist das bequem für dich? Oder möchtest du am Tisch sitzen?“ Sie war kurz davor zu sagen:

„Danke, aber mir geht es ziemlich gut, ich kann auch am Tisch sitzen“, aber bremste sich rechtzeitig. Sie würde nicht tapfer sein, nicht dieses Mal. „Sofa ist gut, danke.“ Lennard holte sich einen Teller mit Salat und Mozzarella statt der Falafelbällchen und gesellte sich zu ihr.

„Was genau hat der Arzt gesagt, wie du dich jetzt verhalten musst? Ich will mit darauf achten.“ Lara erzählte von den Maßnahmen und zeigte ihm den Merkzettel mit der Zusammenfassung der Vorsichtsmaßnahmen.

„Drei Wochen nicht schwer heben“, las Lennard. „Der Arzt hat doch was von acht Wochen gesagt“, sagte er stirnrunzelnd und Lara verstand, dass der Arzt bei dem Zeitraum der Schonung sicherlich aus dem Grund übertrieben hatte, damit Lennard sie so lange wie möglich vorsichtig behandelte. Er wandte sich ihr zu.

„Lara, du darfst acht Wochen lang auf keinen Fall schwer heben, ja? Ich kann alles für dich heben und tragen. Wir halten uns an das, was der Arzt gesagt hat.“ Fast musste sie sich ein Lächeln verkneifen und nickte erneut. Lennard legte eine Hand an ihren Hinterkopf und zog sie für einen Kuss auf ihre Stirn leicht zu sich herüber. „Sag mir Bescheid, wenn ich etwas machen kann, damit es dir besser geht“, sagte er sanft und Lara nickte.

Kapitel 17

Die folgenden Wochen vergingen in wunderbarer, harmonischer Zweisamkeit. Lennard kümmerte sich in herzergreifender Weise um Lara und las ihr jeden Wunsch von den Augen ab. Das Einzige, was sie vermisste, war die Nähe zu ihm. Er berührte sie kaum, umarmte sie nicht, tanzte nicht mit ihr und schlief nicht mit ihr. Sie wusste, dass dies seine Art war, sie behutsam zu behandeln, damit er ihr auf keinen Fall wieder wehtun würde. Das Einzige, was er tat, war, sie zärtlich zu küssen oder ihre Hand zu halten.

Bei ihrer Kontrolluntersuchung im Krankenhaus gab der Arzt Lara grünes Licht, dass der Bruch gut verheilt war und es keine weiteren Einschränkungen gab. Es war an der Zeit, das Gespräch mit Lennard zu führen, das sie nun schon seit ihrem Sturz vor mittlerweile vier Wochen vor sich hergeschoben hatte.

„Du hast mich gefragt, was du tun kannst, damit ich dir verzeihe." Kaum hatte sie die Worte ausgesprochen, wirbelte Lennard herum und sah sie an.

„Ja!", sagte er erwartungsvoll. Sie atmete einmal tief ein und aus.

„Ich verzeihe dir. Meine einzige Bedingung dafür ist, dass du mir nicht mehr wehtust." Mit großen Augen sah Lennard sie an und nickte.

„Baby, das kommt nicht wieder vor. Ich werde dich nie mehr verletzen. Und ich werde auch nie wieder so viel trinken."

Sie nickte, fügte dann hinzu:

„Nicht nur nicht verletzen. Auch nicht mehr wehtun." Seine Stirn runzelte sich ganz leicht, aber er nickte weiterhin. Sie fuhr fort: „Ich möchte nicht, dass du mich am Arm oder am Hals packst, gegen die Wand drückst oder schubst oder haust. Und auch nichts dergleichen." Es musste einer der schwierigsten Sätze sein, die sie je ausgesprochen hatte. Diese konkrete Aufzählung all jener Dinge, vor denen sie sich fürchtete und die Lennard und sie nie besprochen hatten. Es war, als hätte sie die Worte herauspressen müssen. „Ich möchte nicht, dass du mir wehtust, wenn du nicht meiner Meinung bist oder sauer auf mich bist. Ich möchte keine Angst mehr vor dir haben müssen." Lennard sah sie mit offenem Mund an.

„Du hast Angst vor mir?" Er schien ehrlich überrascht und bestürzt zugleich.

War das ein Scherz?

Seine Frage brachte sie kurz aus dem Konzept.

„Lennard, natürlich. Ich dachte, das wäre von dir beabsichtigt. Was denkst du denn, was passiert, wenn ich etwas mache, was du nicht gut findest und du mir im Gegenzug wehtust. Oder du mir sogar damit drohst. Angst ist doch genau das, was bewirkt, dass ich deinen Anweisungen Folge leiste." Er rieb sich die Stirn.

„Das … Lara. Ich dachte, du hältst dich an meine Vorgaben, weil du einsiehst, dass sie zu deinem Besten sind. Oder falls du das nicht einsiehst, dann zumindest, weil du es mir zuliebe machst. Aber nicht aus Angst vor mir." Er hatte Recht, teilweise. „In erster Linie sind all die Vorgaben, wie du sie nennst, zu deiner Sicherheit gedacht, denn daran ist mir gelegen. Du bist das Wichtigste in meinem Leben und ich trage Verantwortung für dich. Und ich denke, das ist einfach meine Art, auf dich aufzupassen. Du weißt, dass ich schon zu viel gehört und mitbekommen habe in meiner Strafrechtszeit. All das, was ich dir nicht erlaube oder nicht gutheiße ist begründet darin, dass ich nun mal weiß, was alles passieren kann. Ich weiß auch, dass ich manchmal streng mit dir bin, vor allem, wenn du dich nicht an Absprachen hältst. Das ist für mich ebenso wenig schön wie für dich, aber ich bin lieber streng zu dir, als es irgendwann bereuen zu müssen, nicht streng genug gewesen zu sein, wenn dir deswegen etwas zugestoßen wäre.“ Er gestikulierte mit den Händen, es war deutlich, wie sehr ihn das Thema berührte. „Aber du musst doch keine Angst vor mir haben, Lara. Ich war mir sicher, dass du das weißt. Es ist ja nicht so, als würdest du mir nie widersprechen oder deinen eigenen Kopf durchsetzen. Eigentlich ist mein Eindruck, dass du eigentlich immer das sagst oder machst, was du möchtest und nur in Ausnahmefällen mir zuliebe ein Taxi nimmst, statt mit der Bahn zu fahren. Ist das denn zu viel verlangt?“ Er war nicht sauer, nicht aufgebracht, seine Stimme war ruhig, aber mit Emotion belegt.

„Ich verstehe deine Sicht ja auch und meistens mache ich die Dinge so, wie du es möchtest. Mir ist aber wichtig, dass ich mich auch mal dagegen entscheiden kann, mit dem Taxi zu fahren und stattdessen tatsächlich die Bahn zu nehmen, ohne Sorge vor deiner Reaktion dazu haben zu müssen. Ich möchte auch meine Meinung ändern können und doch eine Stunde länger ausgehen, als ich vorher angekündigt habe, ohne dass du mich deswegen bestrafst.“ Auch Laras Stimme war mit Emotion belegt, aber es fühlte sich gut an, die Dinge endlich einmal auszusprechen. In ihr flammte das Gefühl der Hoffnung auf, dass dieses Gespräch wirklich etwas ändern könnte. Für immer. Dass es die Lösung ihrer Probleme mit Lennard sein könnte. Voller Erwartung sah sie ihn an. Seine Kiefermuskeln spannten sich sichtlich an. So, wie sie es taten, wenn er sauer war. Verdammt. Er kniff sich in die Nasenwurzel. Auch diese Geste kannte sie bereits und sie hatte selten etwas Gutes verheißen.

„Lara." Seine Stimme war rau, fast ein bisschen heiser. „Du fragst mich nach einer Freikarte, wissentlich Dinge zu tun, vor denen ich dich gewarnt habe. Das gefällt mir nicht." Er atmete aus und legte die Handflächen wie zum Gebet zusammengelegt an seinen Mund. Er kniff einmal kurz die Augen zu. Dann sagte er: „Aber natürlich sage ich zu allem Ja, wenn das deine Bedingung ist, dass du mir verzeihst." Sie hielt seinen Blick und nickte.

„Das ist meine Bedingung. Dass du mir nicht wehtust, auch, wenn ich eine deiner Vorgaben missachte." Er nickte langsam.

„Dann: Ja." War dies eins der wenigen Male, in denen Lennard in einer Diskussion den Kürzeren gezogen hatte? Es war ein klares Zeichen dafür, wie viel ihm an ihrer Vergebung lag. Und auch dafür, dass er sich hoffentlich an sein Wort halten würde. Lara fühlte sich, als wäre ein Gewicht von ihren Schultern genommen worden, von dem sie gar nicht wusste, wie schwer es wog.

„Heißt das, du hast mir verziehen?", fragte er hoffnungsvoll.

„Ja, ich verzeihe dir." Sie musste lächeln, als Lennard einen Atemzug der Erleichterung ausließ und dann um die Kücheninsel herum zu ihr kam.

„Komm her Schatz", sagte er, breitete die Arme aus und schloss sie um Lara. „Ganz vorsichtig", flüsterte er und gab ihr einen Kuss auf den Kopf, während er sie sanft umarmte.

Noch nie in ihrem Leben war Lara so erleichtert gewesen. Lebensverändernd. Unglaublich. Wie etwas so Schmerzhaftes wie gebrochene Rippen sich in etwas so Gutes verwandeln konnte. Sie wollte die ganze Welt umarmen. Ihr Wunsch war endlich in Erfüllung gegangen.

Sie rief Nate an und erzählte ihm enthusiastisch von ihrem Gespräch. Er schien nicht gerade begeistert, aber hatte auch in den letzten Wochen wie ein Hund für ein Projekt gearbeitet, das ihm eine Beförderung einbringen könnte, und kaum geschlafen. Er war kurz angebunden und klang abgelenkt und genervt. Es war nicht das erste Mal, dass die Arbeit ihm derart zu schaffen machte. Wann immer er eine neue Aufgabe oder ein neues Projekt annahm, arbeitete er so hart daran, dass Lara und Anne ihn wochenlang nicht zu Gesicht bekamen. Er sagte alle Verabredungen ab, versicherte aber gleichzeitig stets, dass es nur eine stressige Phase war. Dass er bald fertig sein und dann einen langen Urlaub machen würde und wieder viel mehr Zeit für seine Freunde haben würde. Aber dazu kam es nie. Er arbeitete Wochenenden und Nächte durch und sobald er das Projekt abgeschlossen hatte, zeigte sein Körper ihm die rote Karte. Dann wurde er krank und lag zwei Wochen lang im Bett. Zu einem langen Urlaub war es in den letzten Jahren nie gekommen und bei der Arbeit bekam er immer mehr Verantwortung und weitere Projekte zugewiesen, die es erforderlich machten, dass er auch weiterhin an Wochenenden erreichbar war und arbeitete. In den letzten Jahren war er in immer kleiner werdenden Abständen in diese ungesunden Muster zurückgefallen und hatte immer mehr krankhafte Stresssymptome wie Ohrgeräusche und Schlafstörungen entwickelt. Lara und Anne machten sich Sorgen um ihn und hatten mehrfach versucht, mit ihm darüber zu sprechen, aber Nate hatte ihre Bedenken als übertrieben abgetan.

Stirnrunzelnd sah Lara auf ihr Handy, nachdem Nate wegen eines anderen ankommenden Anrufs ihr Gespräch kurzfristig beendet hatte. Sie würde zusammen mit Anne zu einem anderen Zeitpunkt das Gespräch mit ihm suchen.

Kapitel 18

Die Wochen darauf waren arbeitsreich und wie im Flug vergangen. Lara war glücklicher als je zuvor. Perfekte Harmonie. Glückseligkeit. Sie fühlte sich, als könne sie nach der Heilung ihres Rippenbruchs freier atmen als je zuvor. Alles war einfach wundervoll.

Der Frühling erfüllte die Luft mit Vogelgezwitscher. Es war 24 Grad warm, als Lennard und Lara sich an diesem Vormittag im April auf die Terrasse des Cafés *Cappuccino* auf Mallorca setzten, nachdem sie gerade einen Vertrag für den Kauf eines Hauses unterzeichnet hatten. Was für ein Gefühl! Sie hatten sich bei der ersten Besichtigung sofort in das Anwesen verliebt und stießen nun darauf an, dass alle Formalitäten erledigt waren und sie bald einziehen konnten. Die Fusion von Lennards Firma hatte sich verzögert und war aus verschiedenen Gründen erst um zwei und dann um weitere vier Wochen verschoben worden, aber Lennard erklärte, dass das bei einer so großen Fusion normal sei. Lara spürte die Sonne auf ihrem Gesicht, als sie an ihrem Champagner nippte, und Lennards Hand auf ihrer. Das Leben war einfach schön!

Lara brachte ihre Freizeit in den folgenden Wochen damit zu, das Internet und Zeitschriften zum Thema Innenarchitektur und Einrichtung zu durchforsten. Es war ihr neues Hobby. Sie liebte derartige Projekte, für die sie sich in ein Thema, das ihr Freude bereitete, einarbeitete. Gerade hatte sie eine große Bestellung über ein Geschirrset, eine Kaffeemaschine, einen Toaster, einen Föhn, Bettlaken, Kopfkissen und einen Teppich abgeschickt und klappte voller Vorfreude ihren Laptop zu.

„Schatz, was ist denn das?" Lennard hielt einen gelben Umschlag in der Hand. Laras Herz machte einen kleinen Sprung. Der Umschlag kam unverkennbar von der Polizei. Sie hatte in den letzten Tagen peinlichst darauf geachtet, vor Lennard an den Briefkasten zu gehen in der Hoffnung, den Brief abzufangen, der an sie adressiert war.

„Ah, darauf hab ich schon gewartet", sagte sie so beiläufig wie möglich und nahm Lennard den Umschlag ab. „Ich hatte ja erzählt, dass ich von der Polizei angehalten worden bin und das wird der offizielle Strafzettel dazu sein."

Mist Mist Mist.

Warum mussten ihr immer solche Missgeschicke passieren und warum musste Lennard auch immer Wind davon bekommen, egal wie sehr sie versuchte, sie zu kaschieren. Okay, ein Monat ohne Führerschein, das war keine Kleinigkeit. Sie hatte wirklich Mist gebaut. Aber der Tag, an dem dieses Missgeschick passiert war, hatte es auch in sich gehabt. Zuerst hatte sie bci der Kontrolle der Gehaltsabrechnungen festgestellt, dass Marianne ein grober Fehler unterlaufen war. Als sie sie darauf angesprochen hatte, war diese erneut in Tränen ausgebrochen. Nach einem einstündigen Gespräch hatte sie dann erzählt, dass sie unter großem Stress stünde, da sie sich in einem Interessenskonflikt zwischen der Arbeit in der Kanzlei und der Arbeit ihres Freundes, der in seinem neuen Job in einer Prüfungsgesellschaft auch Lennards Kanzlei prüfen würde, befände. Lara hatte nicht aus ihr herausbekommen, um was für einen Interessenskonflikt es sich handelte und sie unter einen derart enormen Stress stellte und hatte die Stunden darauf fieberhaft versucht, herauszufinden, ob es irgendwelche Informationen gab, die in einer Prüfung gegen die Kanzlei verwendet werden könnten. Ihr Bauchgefühl sagte, dass es etwas mit diesem geheimen Fall rund um Fabian zu tun haben könnte, aber da sie dafür keinerlei Beweise hatte, wollte sie noch nichts zu Lennard sagen. Als sie nach stundenlanger Recherche keine weitere Fährte hatte, stand das nächste Mitarbeitergespräch an – eine mündliche Abmahnung an einen Anwalt der Kanzlei, der seinen Kollegen schwer beleidigt haben sollte, aber alles abstritt. Zusammen mit Fabian, der die Führungskraft der beiden Streithähne war, versuchte sie zu schlichten und gleichzeitig den Grund für das unangebrachte Verhalten herauszufinden. Als sie nach Abschluss des Gesprächs auf ihr Handy sah, hatte sie mehrere Anrufe einer Nachbarin verpasst, die auf ihren Rückruf hin berichtete, dass Wasser aus der Decke in ihre Wohnung drang und vermutete, dass es sich um einen Wasserrohrbruch in Laras und Lennards Wohnung handelte. Glücklicherweise konnte Lara kurzfristig einen Handwerker erreichen, der auch gleich zur Wohnung kommen und den Schaden begutachten konnte. Auf der Fahrt zur Wohnung wurde sie geblitzt, während sie in einer Dreißigerzone einen Fahrradfahrer überholte. Sie war weder zum Mittag- noch zum Abendessen gekommen, in der Wohnung war das Wasser abgestellt worden und im Kühlschrank herrschte gähnende Leere, nicht einmal Getränke hatte sie vorrätig. Zum Einkaufen war keine Zeit mehr, weil sie einen vorbestellten Blumenstrauß abholen und sich dann auf den Weg zum Jameson Pub machen musste, wo Anne ihren Geburtstag feierte. Beim Pub angekommen sah sie auf die Uhr, es war gerade fünf nach sieben. Die Feier, die mit einem Pubquiz startete, begann um sieben, sie war also noch innerhalb des Rahmens des ‚höflichen Zuspätkommens' und nahm sich fünf Minuten im Auto, um ihr Makeup zu richten. Langsam meldete sich ein stechender Kopfschmerz von ihrer Schläfe her, der ein deutliches Zeichen dafür war, dass sie zu wenig getrunken hatte. Nachdem sie Anne gratuliert und die anderen Gäste der Geburtstagsparty begrüßt hatte, bestellte sie sich eine Cola und suchte nach einer Schmerztablette, die sie eigentlich immer in ihrer Handtasche hatte. Natürlich konnte sie sie gerade an diesem Abend nicht finden. Glücklicherweise hatte Alex, ein gemeinsamer Freund von ihr und Anne aus dem Studium, eine Schmerztablette dabei. Eine halbe Stunde später ging es ihr schon viel besser, nur ihr Magen knurrte noch vor Hunger. Sie aß einige der bereitgestellten Snacks und Tortillachips und versuchte, dem Hunger mit süßen Getränken Herr zu werden. Es herrschte gute Stimmung und ein Teil der Bar wurde zur späteren Stunde kurzfristig in eine Tanzfläche umfunktioniert, indem einige Tische an die Wand geschoben wurden. In mehreren Runden wurde auf Anne angestoßen und irgendjemand aus der Gruppe veranlasste spätestens jede halbe Stunde „eine neue Runde Shots für alle!", die Lara mühevoll ablehnen musste. Gegen drei Uhr machte sie sich fix und fertig auf den Heimweg, fuhr aber völlig ausgehungert noch bei McDonald's durch den Drive-in. Lennard war auf Geschäftsreise und sie hatte ihm schon vor einigen Stunden am Telefon eine gute Nacht gewünscht. Sie wollte nur noch nach Hause, den leckeren Burger essen und dann ins Bett fallen. Was für ein Tag. Und wie konnte bitte jede Ampel rot sein, obwohl doch mitten in der Nacht kaum Verkehr auf der Straße war? Vor einer weiteren roten Ampel griff sie dann ungeduldig nach der braunen Papiertüte auf dem Beifahrersitz und holte sich den Burger hervor, schälte ihn aus dem Papier und biss hinein, als die Ampel auf Grün umschlug. Und natürlich, passend zum bisherigen Tagesverlauf, fiel ein in Soße gehülltes Salatblatt auf ihre Hose. Sie versuchte, das Auto in der Spur zu halten, während sie in ihrer Handtasche nach Taschentüchern kramte. Endlich hatte sie welche gefunden und wischte sich über die Hose, als sie ein rotes Licht vorbeiziehen sah. Was war das? Hatte sie gerade eine rote Ampel überfahren? Hinter ihr tauchte mit einem Mal Blaulicht auf und im Rückspiegel erkannte sie ein Polizeiauto, das auf der Textanzeige auf dem Dach ständig die Aufforderung „Bitte rechts anhalten" wiederholte. Na toll. Sie blinkte und fuhr bei nächster Gelegenheit an den Straßenrand. Die Hände sichtbar auf das Lenkrad gelegt, wartete sie bei heruntergelassenem Fenster darauf, dass die zwei Beamten neben ihr erschienen.

„Hallo Frau Jansen", las der eine der beiden von ihrem Führerschein ab. „Auf einer Party gewesen?", fragte er.

„Ja, auf einem Geburtstag." Sie lächelte freundlich. „War ich zu schnell?"

„Sie sind vor allem Schlangenlinien gefahren und sind noch über die Ampel gefahren, obwohl diese schon auf Rot umgesprungen war."

Oh.

„Ich habe mir auf dem Heimweg einen Burger geholt und er ist mir auf die Hose gefallen. Dabei muss das passiert sein mit den Schlangenlinien und auch das mit der Ampel."

Der andere Polizist bückte sich ein Stück, um besser ins Autofenster sehen zu können. Lara hielt die braune Papiertüte hoch.

„Haben wir denn auch was getrunken auf dem Geburtstag?"

Oh nein, bitte nicht.

„Einen Sekt, ja."

Und ein Bier. Auf leeren Magen. Oh, und auf eine Schmerztablette. Mist.

„Steigen Sie bitte mal aus dem Fahrzeug."

Lara gehorchte. Einer der beiden holte ein kleines schwarzes Gerät, das, wie sie kurze Zeit später erfuhr, ein Alkoholmessgerät war.

„0,3 Promille. Das ist mehr, als man nach einem Sekt intus hat, würde ich mal behaupten, selbst bei Ihrer schlanken Statur. Dazu die Fahrauffälligkeiten und der Rotlichtverstoß. Frau Jansen, wir können Sie so nicht weiterfahren lassen. Das Auto müssen Sie hier stehen lassen, wir können Sie auch nach Hause bringen, es ist ja von hier gar nicht weit. Zusätzlich werden Sie eine Geldstrafe zahlen müssen und erhalten einen Punkt in Flensburg. Ihren Führerschein werden Sie außerdem für einen Monat abgegeben müssen, das muss aber nicht sofort sein, den Zeitraum können Sie festlegen. Haben Sie dazu noch etwas zu sagen?“

Ihr erster Gedanke war Lennard. Wie würde er reagieren? Nachdem die letzten Wochen doch alles so gut war, durfte doch dieses Missgeschick nun nicht wieder alles aufs Spiel setzen. Warum musste ihr das nur passieren?

„Ich möchte es zumindest versuchen zu erklären“, sagte sie ruhig.

Es war einen Versuch wert, sie hatte ja nichts zu verlieren. Kurz fasste sie ihren Tag zusammen.

„… Deswegen habe ich nichts gegessen, weshalb der Sekt mir wohl mehr zugesetzt hat als unter normalen Umständen. Bier habe ich auch noch getrunken, aber die Fahrauffälligkeiten waren sicher nicht alkoholbedingt, sondern eben wegen der Soßengeschichte.“ Sie deutete auf ihre Hose und beide Polizisten lächelten verständnisvoll über ihre Ausführungen.

„Wir können da leider nichts …“

„Außerdem“, setzte sie blitzschnell an, „wird mir das zu Hause ziemliche Probleme bereiten, wenn ich den Führerschein verliere. Dass ich einen Strafzettel bekomme, kann ich kaschieren, aber mein Mann kann sehr sauer werden, wenn er das mit der Trunkenheit am Steuer erfährt.“ Die Polizisten sahen sich an.

„Können Sie nicht noch andere Tests machen, mit denen ich Ihnen zeigen kann, dass ich mich unter Kontrolle habe und die Schlangenlinien nur soßenbedingt waren?“

„Da sind uns die Hände gebunden. Was den Rotlichtverstoß angeht, ob die Ampel nun wirklich mehr als drei Sekunden rot war, als Sie sie überfahren haben, also …“ Er sah seinen Kollegen an. „Ich würde mal sagen, im Zweifel für die Angeklagte. Dann lassen wir das mal gut sein. Ein Monat Fahrverbot wegen Trunkenheit ist ja schon blöd genug, aber da kommen Sie leider nicht drum herum.“

„Dankeschön“, sagte sie mit einem schwachen Lächeln.

„Würde es Ihnen denn helfen, wenn wir Sie begleiten und Ihrem Mann erklären, was passiert ist?“

„Danke, das ist sehr nett. Aber er ist gerade auf Geschäftsreise.“

Bevor Lennard am nächsten Tag wieder zurückkehren würde, hatte sie das Auto abgeholt und sich entschlossen, dass die beste Option war, ihn bereits jetzt darauf vorzubereiten, dass sie ihren Führerschein würde abgeben müssen.

„Hi Schatz. Bist du schon auf dem Weg zum Flughafen?“, fragte sie freudig, als Lennard sie am Vormittag anrief.

Wenn er auf Geschäftsreise war, war das beidseitige Verständnis, dass Lennard sich bei ihr meldete, wenn er Zeit hatte. Lara würde sich nur im Notfall bei ihm melden, um ihn nicht während irgendwelcher Meetings zu stören.

„Baby, warst du gestern Nacht wirklich erst um vier Uhr zu Hause?“

Auf ihre Frage ging er gar nicht erst ein. Er hatte ihr auf die Nachricht *„Bin gut zu Hause angekommen und gehe schnell schlafen, gute Nacht.“* weder geantwortet noch ihr am Morgen eine Nachricht mit *„Guten Morgen“* geschrieben, wie sonst, sodass sie schon geahnt hatte, dass er sich über die späte Uhrzeit gewundert hatte. Dennoch, sie bewegte sich im Rahmen seiner Regeln. Es gab keine zeitlichen Vorgaben, sie musste lediglich Bescheid geben, wenn sie sicher zu Hause war.

„Ja, aber das kann ich erklären.“

„Na da bin ich mal gespannt“, sagte er streng, aber nicht sauer.

Froh darüber, dass er sich für die Unterhaltung am Telefon anstelle einer persönlichen Unterhaltung entschieden hatte, fuhr sie fort und erzählte kurz von der Party, danach von dem Burger, dem Salatblatt auf der Hose, der roten Ampel, die sie übersehen hatte, der Polizei, dem Monat Fahrverbot. Vom Alkohol, der Schmerztablette und den Schlangenlinien musste Lennard doch nun wirklich nichts wissen.

„Hm hm“, sagte Lennard nur.

„Aber das ist halb so wild mit dem Monat Fahrverbot, ich kann ja im Homeoffice arbeiten oder fahre mit der Bahn wie sonst auch.“ Sie hörte sein tiefes Ein- und Ausatmen und konnte förmlich vor sich sehen, wie eine Ader auf seiner Stirn anschwoll. „Das geht doch schnell vorbei“, sagte sie leise. Stille. Sie hörte ihn nur atmen und wartete geduldig.

„Ich hoffe, das war eine einmalige Sache mit der Ampel, denn das ist unheimlich gefährlich, Lara“, sagte er schließlich in ruhigem Ton, der sie vor Erleichterung ausatmen ließ. „Es war unsere Übereinkunft, dass du so spät nach Hause kommen kannst, wie du willst. Dass du das so extensiv nutzt, wird aber, hoffe ich, nicht zur Regel."

Seine Stimme hatte diese belehrende, autoritäre Basstiefe angenommen, die völlig anders war als die zwanghaft beherrschte, wütende Stimme. Sie mochte es, wenn er so sprach. Es war die Art, auf die er ihr Dinge erklärte oder auf die er sie beruhigen konnte. Er brachte damit seinen Unmut über die Uhrzeit und die Situation mit der Polizei mit Bedacht zum Ausdruck, aber beherrschte sich, nicht zu schreien oder zu schimpfen, wie er es noch vor einigen Wochen sicherlich gemacht hätte.

„Eher nicht", sagte sie mit einem Lächeln.

„Gut." Und auch an seinem Ende der Leitung hörte sie ein Lächeln. „Ich werde mir mal noch Gedanken machen, wie wir dich nach Hause bekommen, solltest du in nächster Zeit nochmal abends ausgehen. Die Option, dass du selbst fährst, steht bis auf Weiteres nicht zur Debatte."

Damit konnte sie leben, dachte sie. Bahn, Fahrrad, Uber, Laufen. All das war ihr eigentlich sowieso lieber als mit dem Auto unterwegs zu sein und sowieso keinen Parkplatz zu finden.

„Okay." Im Hintergrund hörte sie den Fahrer.

„Ich bin jetzt am Flughafen angekommen und muss mich beeilen, der Fahrer hat mich zwanzig Minuten später als vereinbart erst vom Hotel abgeholt, ist das zu glauben? Ich melde mich nochmal vor dem Abflug, okay? Bis gleich, Lara."

„Bis gleich!"

Das war doch wirklich gut gelaufen. Sie hatte ihn mit einer Situation konfrontiert, wegen der er sonst möglicherweise vor Wut aus der Haut gefahren wäre. So spät noch unterwegs und dazu noch eine gefährliche Situation mit dem Auto, schon eins der beiden Dinge hätte wahrscheinlich dafür ausgereicht, dass er sich kaum hätte im

Griff halten können. Dass das Gespräch so gut verlaufen war, zeigte ihr, dass er sich wirklich geändert hatte. Bei seiner Ankunft einige Stunden später spürte sie ein leichtes nervöses Flattern im Magen. Hoffentlich war ihr Eindruck am Telefon korrekt gewesen und würde sich auch bei ihrem Wiedersehen fortsetzen. Lennard umarmte sie, küsste sie und hob sie hoch. Das Flattern im Magen wandelte sich umgehend in ein Gefühl von Schmetterlingen um, so glücklich und erleichtert war sie, dass Lennard auch wirklich nicht sauer war. Den Kommentar „Du wirkst müde, ich muss dich wohl nach deinen Partyexzessen heute früh ins Bett schicken“, konnte er sich zwar nicht verkneifen, als sie gähnend neben ihm im Auto saß, aber er sagte es mit einem derart schalkhaften Grinsen, dass sie es ihm nicht übelnahm. Dass er so gut gelaunt und weiterhin nicht böse war, war das beste Zeichen dafür, dass sich ein großer Knoten in ihrer Brust und das einzige wirkliche Problem in ihrer Ehe gelöst haben konnte.

Und nun war er also da, der Brief, den sie abzufangen versucht hatte. Das letzte Puzzleteil, das verraten könnte, dass sie die Wahrheit verdreht hatte. Dass sie Lennard glauben lassen hatte, dass der Monat Fahrverbot im Überfahren einer roten Ampel begründet war, nachdem die Burgersoße auf die Hose getropft war, damit sie nicht preisgeben musste, dass sie alkoholisiert gefahren war und dass letzteres der eigentliche Grund für das Fahrverbot war. Ihr schlechtes Gewissen nagte an ihr, aber unter keinen Umständen wollte sie die neu gefundene Harmonie in ihrer Beziehung gefährden, denn sie wusste, dass Lennard wütend werden würde, würde er die ganze Wahrheit kennen. Auch, wenn sie der festen Überzeugung war, dass ihre Fahrweise nicht vom Alkohol beeinträchtigt gewesen war und lediglich eine Verkettung unglücklicher Umstände zu dem Fahrverbot geführt hatte, wusste sie, dass es der Tropfen sein könnte, der das Fass „Lennard" zum Überlaufen bringen konnte.

Ihr war bewusst, dass es früher oder später zu einer Situation kommen würde, die Lennards Selbstbeherrschung auf die Probe stellen würde, aber sie hatte gehofft, dass diese Situation noch nicht so bald eintreffen würde. Dieser Einklang, den sie die letzten Wochen über erlebt hatte, sollte sich erst noch weiter festigen.

Mit dem Brief in der Hand ging sie so gleichgültig wie möglich zurück in die Sofaecke, wo sie ihn neben sich legte und sich wieder ihrem Laptop widmete. Lennard beobachtete sie mit hochgezogenen Augenbrauen. Als sie zu ihm aufsah, verschränkte er die Arme vor der Brust.

„Möchtest du den Brief nicht aufmachen?"

„Mache ich später. Gerade will ich nicht unbedingt wissen, wie viel Strafe ich zahlen muss", sagte sie lächelnd und rollte die Augen. Lennard betrachtete sie prüfend.

„Ich möchte das aber sehen", sagte er. Langsamen Schrittes kam er näher. „Du verheimlichst etwas."

Er beugte sich vor und stützte die Hände auf der Armlehne des Sofas auf. Lara spürte, wie sich ihr Magen zusammenzog. Sie griff nach dem Brief und überlegte, ob es irgendeinen Ausweg, irgendeine Möglichkeit gab, aus der Situation zu entfliehen, aber ihr fiel nichts ein. Mit feuchten Händen und unter Lennards eindringlichem Blick riss sie den Umschlag auf, entnahm das Schreiben und entfaltete es. Lennard schaute von der Seite darauf. Sie überflog es nur, konnte sich aber vor Aufregung nicht konzentrieren. Sie legte die zweite Seite des Schreibens nach oben; darauf war der Überweisungsvordruck zu sehen. Lennard streckte eine Hand aus und wartete darauf, dass sie ihm das Schreiben aushändigte.

„Lass mich mal sehen“, sagte er und sein Ton war bedrohlich. Sie reichte ihm die beiden Zettel. Während er das Schreiben studierte, stand sie auf und ging voller Anspannung in Richtung der Küche. Einfach nur, um ein wenig physische Distanz zu ihm zu bekommen. Die Unsicherheit, was als nächstes passieren würde, zusammen mit der Angst, dass er die Beherrschung doch verlieren würde, war kaum auszuhalten. Auf halbem Wege zur Küche hörte sie, wie Lennard sich umdrehte. Sie erstarrte, als wäre sie beim Wegschleichen ertappt worden, und drehte sich ebenfalls zu ihm um. Beide standen sich nun einige Meter voneinander entfernt gegenüber.

„Hast du mir was zu sagen?“, fragte er in erzwungen ruhigem Ton. Lara nickte schwach. Sie brachte keinen Ton hervor. „Ja?“, fragte Lennard. „Dann bin ich mal gespannt.“ Er machte ein paar langsame Schritte. Lara rührte sich weiterhin nicht. „Du hast mich angelogen, damit könntest du anfangen.“ Seine Stimme wurde zunehmend lauter.

Ich habe es dir nicht erzählt, weil ich Angst hatte, dass du wütend wirst und mir doch wieder wehtust.

Sie wollte es sagen, aber sie konnte nicht. Sie stand mitten im Raum und Lennard stand mit vor der Brust verschränkten Armen einige Meter vor ihr, in einer Hand das Schreiben. Die Ader an seiner Schläfe war deutlich hervorgetreten.

„Alkohol am Steuer, Lara. Das kann doch nicht dein scheiß Ernst sein!“ Er fuhr sich durchs Haar. „Und dann lügst du mich noch an!“ Lara sah zu Boden. Das konnte doch jetzt bitte nicht wahr sein. „Was mache ich nur mit dir?!“

Seine Stimme war beinah ein Flüstern. Nun ging er auf sie zu. Langsam hob er die Hand. Lara kniff die Augen zusammen, aber sie wich ihm nicht aus. Sie blieb stehen, wich nicht zurück, zuckte nicht zusammen. Sie würde nicht einknicken, nicht um Verzeihung bitten, nicht weglaufen, nichts von all den Dingen tun, die sie sonst tat, um seiner Gewalt zu entgehen. Es war ein entscheidender Moment. Sie wusste, dass sie es durchstehen musste, was auch immer ihr blühte. Denn in diesem Zustand, in dem Lennard so sauer war, sich so herausgefordert fühlte durch ihr unvorsichtiges Verhalten, in diesem Moment würde sich entscheiden, ob er sein Versprechen einhalten würde. Sie spürte seine Hand in ihrem Nacken. Kein Schlag, kein fester Griff. Die Hand lag einfach da. Sie kniff die Augen noch fester zusammen. Was würde er nur tun? Einige Sekunden passierte nichts. Langsam ließ sie ihre Augen nach oben wandern und traf seinen Blick. Er stand vor ihr, schäumend vor Wut. Das Adrenalin in ihrem Körper ließ sie all die Signale überdeutlich wahrnehmen. Die hervortretende Halsschlagader. Die angespannten Kiefermuskeln. Sie hielt seinen Blick. Einige Sekunden lang. Seine Lippen öffneten sich einen winzigen Spalt weit, er sog ein wenig Luft ein, dann sagte er:

„Ich gehe laufen."

Damit löste er seine Hand von ihrem Nacken. Voller Anspannung machte er einen Schritt zurück, dann wandte er sich zur Seite in Richtung der Haustür und brach damit den Augenkontakt ab. In wenigen Momenten war er in seine Laufschuhe gestiegen, hatte den Schlüssel gegriffen und die Tür hinter sich zugezogen. Lara stand noch immer in der Mitte des Raumes und sah zur Tür, um sich zu vergewissern, dass das gerade wirklich passiert war. Dass Lennard sie nicht zu Boden geschubst und am Kopf verletzt hatte und es sich nur in ihrer Vorstellung abgespielt hatte, dass er von ihr abgelassen hatte und laufen gegangen war. Doch, so war es wirklich passiert. Lennard hatte ihr nichts getan. Er hatte sich selbst bezwungen. Kaum eine Situation hätte ihn wütender machen können, als dass sie sich durch alkoholisiertes Autofahren mitten in der Nacht nach einer Party in Gefahr gebracht und es ihm verschwiegen hatte. Nichts hätte ihn mehr provozieren können. Und tatsächlich hatte er es geschafft, die Kontrolle über sich zu behalten. Er hatte ihr nicht wehgetan. Nicht einmal angebrüllt hatte er sie. Und jetzt war er draußen laufen, um seine Wut zu kanalisieren. Um sie wegzutrainieren. Langsam spürte Lara die Anspannung von sich abfallen. Wenn sie sich jemals sicher fühlen konnte, dass Lennard ihr wirklich nichts antun würde, dann war das jetzt. Sie sah auf ihre zitternden Finger und brach kurz darauf in Tränen aus. Sie schluchzte und weinte und es fühlte sich an, als würden sich all die zurückgehaltenen Tränen der letzten Jahre nun auf einmal Bahn brechen. Eine Hand hielt sie auf ihrer Brust, vom Schluchzen und der emotionalen Anstrengung schmerzte ihr Herz. Kein einziges Mal in den gemeinsamen Jahren mit Lennard hatte sie sich erlaubt, so zu weinen. Irgendwas in ihr hatte sie immer dazu gebracht, den Drang herunterzuschlucken, die Schultern zu straffen und zu hoffen, dass es besser werden würde. Weinen schien wie ein Eingeständnis dafür zu sein, dass sie Probleme hatte. Dass sie Angst hatte. Dass sie irgendwann eine Entscheidung würde treffen müssen, ob sie in dieser Ehe bleiben können würde oder nicht. Diese Gedanken hatte sie trotz des Kloßes in ihrem Hals jedes Mal hinuntergeschluckt und sich dann einigermaßen erfolgreich selbst eingeredet, dass es besser werden würde. Dass es eine Lösung geben würde. Und dass doch alles halb so wild sei. Und nun kamen all diese Gefühle hervor und entluden sich in einem nicht enden wollenden Tränenschwall, der bald eine Pfütze auf ihrer Hose und dem Teppich, auf dem sie kniete, in der hintersten Ecke des Ankleidezimmers, bildete. Es dauerte lang, bis sie sich leer geweint hatte. Ihre Augen brannten und ihre Schultern wurden noch von letzten Schluchzern geschüttelt. Nach einer Weile hatte sich auch ihre Atmung beruhigt. Den Kopf an die Wand gelegt, schloss sie die Augen und driftete in ein unruhiges Dösen ab. Nur einige Minuten später wachte sie fröstelnd auf und sah auf die Uhr. Schon weit mehr als eine Stunde musste sie hier am Boden gesessen haben. Es war Zeit sich aufzurichten. Sich wie ein Häufchen Elend auf dem Boden zusammen zu kauern hatte gutgetan, aber jetzt war sie es leid, sich selbst zu bemitleiden. Schluss damit. Was war überhaupt mit ihr los? Warum war sie so verzweifelt, wenn das doch ein gutes Zeichen war, dass Lennard ihr nichts angetan hatte? Sie stand auf und sah ein Flimmern, das sich schnell auf Ihren gesamten Sichtbereich ausbreitete. Das muss der Kreislauf sein, dachte sie. Auf eine Kommode gestützt verharrte sie einige Sekunden, bis das Flimmern langsam nachließ und sich ihre Sicht klärte. Als sie aufschaute, sah sie die Silhouette von Lennard im Türrahmen, die sich kaum vom dunklen Hintergrund des Flurs abhob.

„Lara?“, fragte er mit sanfter tiefer Stimme. Seine Unterarme lehnten an der oberen Leiste des Türrahmens. Das gedimmte Licht des Ankleidezimmers fiel auf sein besorgtes Gesicht. Er sah müde aus.

„Schatz, was ist los?“ fragte er und kam auf sie zu.

„Mir war nur kurz schwindelig, bin zu schnell aufgestanden.“ Mit sorgenvoll gerunzelter Stirn sah er sie an und strich ihr sanft übers Haar.

„Warum ist dir schwindelig? Komm, setz dich.“ Er führte sie zu ihrem Lieblingssessel.

„Es geht schon, das war nur ein kurzer Moment.“ Sie ließ sich auf den Sessel nieder. „Wie lang bist du schon zurück?“

„Gerade erst. Ich hatte Licht im Zimmer gesehen und wollte nachsehen, wo du bist und was du machst.“ Sie schniefte. „Hey“, sagte er, kniete sich hin und drehte den Sessel zu sich. Er nahm ihren Kopf in beide Hände und sah sie prüfend an. „Hast du geweint?“ Seine Stimme war so sanft, dass er selbst emotional klang.

„Ja.“ Sie schluckte. „Geht schon wieder.“

„Schatz …“ Mehr wusste er zunächst nicht zu sagen. „Wenn es wegen vorhin ist – ich war aufgebracht, und das berechtigterweise. Aber du kannst dich darauf verlassen, was ich dir versprochen habe.“ Sie nickte. „Oder ist noch etwas anderes?“

„Nein“, sagte sie. „Wie war der Lauf?“ Bevor er antwortete, nickte er gedankenverloren.

„Hat mir geholfen, meine überschüssige Energie loszuwerden. Das war gut. Ich bin auch ziemlich kaputt, muss ich sagen.“ Er stand auf. „Ist dein Kreislauf wieder okay?“

„Ja, es geht schon wieder besser.“

Wenig später wünschte sie Lennard eine gute Nacht und legte sich schlafen. Am nächsten Morgen ging es ihr plötzlich schlechter. Sie fühlte sich krank, ohne dass sie körperliche Symptome zeigte. Eine lähmende Schwere lag auf ihr, sie war unmotiviert und wollte weder aufstehen noch weiterschlafen. Sie meldete sich für den Tag krank und Lennard arbeitete die erste Tageshälfte von zu Hause aus, um bei ihr zu sein. Er brachte ihr Frühstück ans Bett, das sie kaum anrührte. Kein Film, kein Buch konnte sie von dem unwohlen Gefühl ablenken. Sie hatte weder Fieber noch Schmerzen, aber fühlte sich beinah zu schwach, um den Weg vom Schlafzimmer ins Badezimmer zu bewerkstelligen. Als Lennard gegen Mittag wegen eines Gerichtstermins aufbrechen musste, hatte sie gerade die erste Tasse Tee austrinken können.

„Versprichst du mir, dass du versuchst zu essen? Wenn es nicht geht, dann schreib mir bitte. Ich komme dann nach Hause. Okay?“

„Ja.“ Sie nickte. Als er die Tür hinter sich zuzog, ging es ihr auf einmal besser. Sie holte sich einen Saft aus dem Kühlschrank und legte sich in die Badewanne. Durch das Dachfenster über ihr blickte sie auf einen grauen Himmel und dicke Regentropfen fielen auf das Glas. Und ganz plötzlich wusste sie, warum sie sich so schlecht und leer fühlte. Sie hatte die Hoffnung verloren. Die Hoffnung, die sie bei schweren Situationen immer nach vorne blicken lassen hatte, und die sie zusammen gehalten hatte. Die sie stark gemacht hatte. Seit gestern war ihr bewusst geworden, dass es ein Trugschluss gewesen war. Lennard würde sich nicht ändern. Er würde ihr vielleicht nicht mehr wehtun, vielleicht würde er dieses Versprechen sogar für immer halten. Aber er würde ihr immer Angst machen. Bei dem Gedanken daran, wie er seine Hand in ihren Nacken gelegt hatte, kniff sie die Augen zusammen. Sie hatte seine Rage spüren können. Es schien nur um ein Haar gewesen zu sein, dass er sich noch beherrschen hatte können. Diese Rage würde bleiben. Die Angst vor ihm würde bleiben. Das Verschweigen von alltäglichen Dingen würde bleiben, das schlechte Gewissen deswegen ebenfalls. Sie würde nie mit Freundinnen ausgehen und einfach die Zeit vergessen oder Pläne spontan ändern können. Wenn sie auf eine Geburtstagsparty gehen würde, würde sie immer erreichbar sein müssen. Wenn ihr Handy mal wegen schwachem Akku ausgehen würde, dann würde sie immer Angst davor haben, was ihr blühte, wenn sie nach Hause kam. Sie würde sich immer rechtfertigen müssen, würde nie frei und fröhlich erzählen können, wie schön der Abend war und was alles Unerwartetes passiert war. Sie hatte die Hoffnung gehegt, dass sich Lennard irgendwann ändern würde und all diese Diskussionen und Gespräche nicht mehr stattfinden würden. Und nun war das eingetreten, worauf sie gewartet hatte, jahrelang. Er hatte ihr sein Versprechen gegeben, ihr nicht mehr weh zu tun. Aber das hatte ihre Gesamtsituation fast gar nicht geändert. Sie war so naiv gewesen, zu denken, dass Lennard sich von Grund auf ändern ließe. Ein 35-jähriger, dominanter, erfolgreicher Mann, der mitten im Leben stand. Als ob er sich ändern würde. Als ob sie jemals, auch nur einmal, von einer Feier nach Hause kommen würde und er sie freudestrahlend fragen würde „Erzähl, wie war's?“, statt sie eingehend zu mustern, auf seine Uhr zu schauen und zu fragen, wie sie nach Hause gekommen sei. Dieser Druck, er würde bleiben. Sie hatte ihn jahrelang ausgehalten, aber die Hoffnung hatte es ihr leichter gemacht. Jetzt, in der Gewissheit, dass es so weitergehen würde, fühlte es sich an, als wäre alles viel zu viel. Sie konnte nicht so weitermachen. Sie konnte sich nicht immer erklären und rechtfertigen müssen, sie war kein Kind mehr, verdammt nochmal. Und vor allem wollte sie keine Angst mehr haben müssen. In diesem Moment sah sie nach all den Jahren ganz klar und ohne Zweifel: Sie musste ihn verlassen.

Sie musste hier weg, sie konnte nicht einen Moment länger bleiben. Als hätte ihr Kopf schon lange einen Notfallplan vorbereitet, wusste sie genau, was sie zu tun hatte. Sie hatte nur wenig Zeit und sie musste schlau handeln. Niemand wusste, wie Lennard reagieren würde, wenn sie sich von ihm trennen würde. In Windeseile war sie aus der Badewanne gestiegen. Woher auch immer sie die Kraft nahm, sie fühlte sich plötzlich wieder fit und voller Energie. Nicht besonders fröhlich oder glücklich, aber wieder zurück in ihrem gewohnten starken Zustand. Sie rief Nate an und packte währenddessen gleich zwei Koffer voll mit Kleidung und Badezimmerutensilien. Nur zwei Stunden später hatte sie einen Flug nach Mallorca gebucht und nahm den Schlüssel für das neue Haus mit, als Nate sie unten im Auto erwartete.

„Bist du dir sicher, dass du nach Mallorca fliegen willst? Solltest du nicht besser zu deinen Eltern oder Freunden ziehen, statt ganz allein zu sein? Du kannst auch bei mir wohnen."

„Danke Nate", sagte sie atemlos. „Aber erst mal muss ich hier raus, mich sortieren und nachdenken. Wenn ich damit fertig bin, komme ich zurück." Sie lächelte ihn an, aber er sah besorgt aus. „Niemand außer dir weiß, wohin ich gehe. Das muss unbedingt unter uns bleiben. Ich habe mir Urlaub genommen und außerhalb der Arbeit werde ich allen erzählen, dass ich krank bin und mich deswegen erstmal nicht treffen kann."

„Erzählst du mir denn, was passiert ist? Ich mache mir jetzt wirklich Sorgen."

Sie drückte seine Hand. Der Arme. Sie hatte ihn vorhin vollkommen hektisch angerufen und gefragt, ob er sie abholen könne, sie wäre dabei, aus der Wohnung auszuziehen und Lennard wisse noch nichts und dass sie noch nicht mehr sagen könne, weil sie sich derart beeilen musste. So lieb wie Nate war, hatte er direkt alles stehen und liegen gelassen und war zu ihr gefahren, hatte ihr geholfen, die Koffer zu verstauen und nun bogen sie auf den Parkplatz in der Nähe des Café Goldmund ein. Ihr Magen zog sich zusammen. Ob das eine gute Idee war?

Vielleicht war sie auch völlig übergeschnappt, dass sie vom einen auf den anderen Moment derart ihr Leben umwerfen würde. Ihr Blick traf Nates.

„Kommst du mich besuchen? Es gibt ein Gästezimmer“, sagte sie mit leiser Stimme. Nate nickte. „Dann bringe ich jetzt mal das schwerste Gespräch meines Lebens hinter mich.“

„Lara, du musst ihm nicht gegenübertreten. Du kannst auch einfach gehen. Du schuldest ihm nichts.“

„Doch, das Gespräch schulde ich ihm. Außerdem möchte ich es auch für mich tun. Ich möchte mich von ihm trennen, nicht einfach abhauen. Das wäre kein Schlussstrich. Das wäre eine Flucht. Und er hat mir mal gesagt, dass ich nicht flüchten soll. Das tue ich nicht, wenn ich mit ihm spreche.“

Eine halbe Stunde später erschien Lennard im Café. Äußerlich wirkte er vollkommen ruhig und gefasst, aber Lara sah in der Sekunde, als er sie an einem der hinteren Tische entdeckte, wie unruhig und hektisch er innerlich war.

„Lara“, sagte er und gab ihr einen kurzen Kuss. „Was ist los? Warum sollte ich dich hier treffen? Was ist so wichtig?“ Er setzte sich und legte die Hände vor sich auf den Tisch, um die ihren zu halten.

Eine weitere halbe Stunde später stieg Lara mit letzter Kraft zu Nate ins Auto, der auf dem Parkplatz gewartet hatte. Schweigend fuhr er los in Richtung Flughafen. Wie in Trance starrte sie aus dem Fenster auf die vorüberziehende Landschaft. Sie wandte den Kopf zu Nate um, der daraufhin kurz zu ihr sah und ihr einen mitfühlenden Blick schenkte. Sie lächelte ihn schwach an.

„Danke“, flüsterte sie. „Für alles, Nate.“ Er nickte.

„Du hast es geschafft, Lara.“

Und das hatte sie. Es war in der Tat das schwerste, härteste, traurigste Gespräch ihres Lebens gewesen. Aber es lag jetzt hinter ihr und sie würde nach vorn schauen. Denn nun ging es weiter. Ein neues Kapitel. Sie fühlte sich furchtbar. Eine Mischung aus Erschöpfung, Angst, Reue, Mitleid, Schmerz, Kummer. Aber irgendwo war auch wieder ein Fünkchen Hoffnung zu spüren.

„Ich lege einen kurzen Halt ein, wir haben ja noch Zeit bis zum Abflug“, sagte Nate, als der Wagen zum Stehen kam. Lara hatte nicht mitbekommen, wohin Nate gefahren war. „Du kannst sitzen bleiben, ich bin gleich wieder da.“

„Okay“, sagte sie, dankbar dafür, im Auto bleiben zu können.

Sie lehnte den Kopf an die Scheibe und schloss die Augen, öffnete sie aber gleich wieder. Sie konnte an nichts anderes denken als an Lennard. Im Versuch, sich von der Musik einnehmen zu lassen, drehte sie das Radio etwas lauter. Was Nate wohl machte? Erst jetzt bemerkte sie, dass ihr die Gegend sehr bekannt vorkam. Es war eine Nebenstraße ganz in der Nähe von Nates Wohnung. In diesem Moment bog er um die Ecke und kam auf das Auto zu, in der Hand eine Sporttasche. Er öffnete zunächst die seitliche Schiebetür, warf die Tasche hinein und stieg dann wieder auf den Fahrersitz.

„Ich komme mit dir“, sagte er, während er nach dem Gurt griff.

„Was? Ehrlich? Jetzt direkt?“

„Ja.“ Er startete den Motor und bog auf die nächstgrößere Straße ab. „Als ich im Auto auf dem Parkplatz gewartet und dich beobachtet habe …“ Er setzte den Blinker und lehnte sich vor, um die andere Fahrbahn einsehen zu können. „Naja, am Anfang habe ich alles ganz genau beobachtet, jede von Lennards Bewegungen. Und als ich gemerkt habe, dass er ganz gut die Fassung gehalten hat und du in Sicherheit zu sein schienst, habe ich dich beobachtet." Er schaute kurz zu ihr, dann wieder auf die Straße. „Du hast mich beeindruckt, Lara. Es hat vielleicht einige Zeit gedauert, um dahin zu kommen. Aber heute war es soweit, dass du einen Entschluss gefasst hast. Und zwar nichts Halbes, sondern etwas Ganzes. Etwas Bewegendes. Und du bist es direkt angegangen, bedingungslos. Du warst ruhig, gefasst und entschlossen. Und jetzt bist du auf dem Weg zum Flughafen. Das ist wirklich stark."

Dass Nate sie als stark bezeichnete, machte sie wirklich stolz. Während all ihre Freunde nur ihre äußerlich starke Seite kannten, war Nate war der Einzige, der sie in ihrem verletzlichsten, ängstlichsten und schwächsten Zustand gesehen hatte. Von all ihren Freunden hätte sie von Nate am wenigsten erwartet, dass er sie jemals als *stark* bezeichnen würde.

„Jedenfalls habe ich mir dich zum Vorbild genommen und selbst eine mutige Entscheidung getroffen." Er zog die Augenbrauen hoch. „Naja, also für Nate-Verhältnisse mutig, nicht für Lara-Verhältnisse." Er lachte. „Ich habe nicht innerhalb von ein paar Stunden meine Wohnung, meinen Mann und sogar das Land verlassen, aber ich habe entschlossen, mir eine Auszeit vom Job zu nehmen. Das geht mir schon längere Zeit durch den Kopf, wie du weißt. Aber bisher habe ich nur daran gedacht und darüber geredet, aber noch nicht gehandelt." Er fuhr auf die Autobahn in Richtung des Flughafens. „Jedenfalls habe ich meinem Chef gesagt, dass ich ab morgen Urlaub nehme und dass er mich danach unbezahlt freistellen soll für die nächsten zwei Monate. Dann hätte ich insgesamt drei Monate frei." Er schaute Lara kurz mit einem so begeisterten Lachen an, dass sie es erwidern musste, auch wenn ihr eigentlich nicht nach Lachen zumute war. „Drei Monate! Das ist echt der Wahnsinn. Wann hatte ich zuletzt drei Monate frei, das hatte ich nicht mal im Studium.“

Nate hatte während seines Studiums schon gearbeitet und war direkt nach seinem Abschluss übernommen worden. Seitdem hatte er ununterbrochen bis an seine Grenzen geschuftet.

„Und heute wollte ich es einfach nicht weiter rauszögern. Ich habe meinen Chef vorhin aus dem Auto heraus angerufen, mir ein Flugticket gebucht und alles organisiert, was es zu organisieren gab.“ Er schaute kurz zu Lara herüber und legte seine Hand auf ihr Knie. „So kann ich für dich da sein, solange du mich brauchst. Ich denke, du solltest nicht ganz alleine in einem fremden Land sein, nach allem, was passiert ist. Wenigstens nicht am Anfang. Ich helfe dir anzukommen. Und wenn es dir etwas besser geht oder du keinen Bock mehr auf meine Gesellschaft hast, dann reise ich ab, vielleicht reise ich ein bisschen durch die Gegend. Ich denke, es wird auch Zeit, dass ich mich nach einem neuen Job umsehe. Du hast also gewissermaßen auch mir geholfen mit deiner Entscheidung heute. Wenn du das nicht gemacht hättest, weiß ich nicht, ob ich dann jemals aus meiner Jobsituation hätte ausbrechen können. Und ich glaube, es hätte nicht mehr lange gedauert, bis es mich komplett fertiggemacht hätte.“

Nates Worte waren herzerwärmend. Sie konnte nicht anders als seine Hand zu ergreifen, die noch auf ihrem Knie lag, und ihn anzulächeln.

„Das ist toll, Nate, wirklich. Du hast den Absprung geschafft. Das freut mich riesig für dich.“

Er lächelte sie kurz an, dann zog er seine Hand weg, um in einen anderen Gang zu schalten. Sie hatte ihm schon häufig nahegelegt, sich nach einem neuen Job umzusehen. Seine Erschöpfungszustände waren in letzter Zeit in immer kleineren Abständen aufgetreten und hatten ihr und Anne Sorgen bereitet. „Das wird dir sicher richtig guttun, mal eine längere Zeit abschalten zu können. Und andere Unternehmen nehmen dich doch sofort, wenn du dich bewirbst. So viel Erfahrung wie du schon hast. Aber erst mal ist Entspannung für dich angesagt."

Auf dem Flughafengelände angekommen folgte Nate den Schildern in Richtung der Autovermietung.

„Ja, darauf freue ich mich wirklich, Lara. Ich fühle mich richtig befreit mit der Entscheidung." Er parkte das Auto gekonnt in einem schmalen Parkplatz ein. Während er sich abschnallte, sagte er:

„Sorry, ich wollte auch gar nicht so euphorisch klingen. Dir ist sicher nicht danach zumute, dir das jetzt anzuhören." Mit einem mitleidvollen Blick berührte er kurz ihre Wange. Wie ein Blitz durchfuhr sie für eine Millisekunde das Gefühl, als hätte Lennard sie berührt. Schnell sammelte sie sich wieder.

„Ehrlich gesagt war das eine richtig gute Ablenkung und ich freue mich, dich so erleichtert zu erleben. Und ich weiß gar nicht wie ich dir danken kann dafür, dass du mich begleitest."

Bis zum Abflug war gerade noch genug Zeit, um etwas zu essen. Obwohl sie an diesem Tag noch keine richtige Mahlzeit zu sich genommen hatte, war Lara nicht hungrig. Es war eher das Schwächegefühl, das sie dazu bewegte, sich auf Nates Drängen hin eine Portion Pommes zu bestellen. Als sie aber die ersten paar Bisse genommen hatte, spürte sie, wie das Frösteln ein wenig nachließ. Das Flugzeug startete pünktlich auf die Minute. Nate konnte leider nicht neben ihr sitzen und so schaute sie aus dem Fenster und beobachtete die vorbeiziehenden Wolken in der Dämmerung. Am Zielflughafen angekommen schleppte sie sich zu einem Taxistand und der Fahrer brachte sie und Nate ohne viel Gerede zu ihrem Haus.

„Wow!“ Nate stieg aus dem Auto und schaute staunend an der Fassade empor. Lara lächelte schwach. Irgendwie hätte sie das alles schon geschafft, wenn Nate nicht mitgekommen wäre, aber gerade war sie einfach nur dankbar für seine Gesellschaft. Sie öffnete die Haustür und schaltete das Licht ein.

„Soll ich dich kurz herumführen?“ Nate ließ seine Tasche von der Schulter sinken.

„Ja, gerne. Ich kann mich aber auch selbst umsehen.“

„Ach nein, das mache ich gern.“

Es war kein großes Haus, aber neu und modern. Lennard und sie hatten es schlüsselfertig erworben, sodass sie einfach nur einziehen mussten. Nur eine Nacht hatten sie bisher hier verbracht, nachdem ein Umzugsunternehmen einige Möbel und Einrichtungsgegenstände aus Deutschland angeliefert hatte. Sie waren in ein Möbelhaus gefahren und hatten allerlei Handtücher, Bettlaken, Teller, Gläser und all die Gegenstände gekauft, die man jeden Tag braucht. Damals hatten sie alles eilig verräumt, da Lennard wegen der Arbeit wieder nach Deutschland fliegen musste. Er hatte ihr damals versprochen, dass sie beim nächsten Mal mehr Zeit im Haus verbringen würden, sodass Lara alles wohnlich machen und dekorieren könne.

Bei dem Gedanken stieß sie einen schweren Atemzug aus. Immerhin war für die kommende Nacht alles da.

„Hier ist das Gästezimmer mit angrenzendem kleinem Bad.“ Sie schaltete das Licht ein. Nate pfiff durch die Zähne.

„Meine Job-Auszeit geht schon mal gut los.“

Sie gingen in das offene Wohnzimmer, das übergangslos in eine offene Küche mit L-förmiger Küchenzeile überging. Große verglaste Schiebetüren ließen den Blick auf die Terrasse zu, in die ein Pool eingelassen war und von der aus man einen tollen Blick über einige Dörfer hinunter bis hin zum Meer hatte.

„Der Wahnsinn", flüsterte Nate.

„So habe ich den Blick selbst noch gar nicht gesehen", staunte auch Lara.

Kleine Lichter blinkten in einem sonst dunklen Grund und in der Ferne sah man den Übergang des Horizonts in das Meer. Sie blickten eine Weile stumm in die Ferne. Nate berührte ihren Rücken und Lara drehte den Kopf zu ihm herum.

„Du bist doch bestimmt ziemlich fertig, oder?", fragte er sanft. „Willst du mir den Rest vom Haus einfach morgen zeigen?"

„Ja, gerne." Mal wieder war Nate so einfühlsam.

„Schlaf gut. Du kannst mich aber auch wecken, wenn was ist, okay? Dafür bin ich ja auch hier, damit du dich nicht zu einsam fühlen musst oder falls du reden willst oder … was weiß ich." Sie umarmte ihn.

„Gute Nacht, Nate. Schlaf du auch gut."

Als sie ins Badezimmer ging und sich im Spiegel betrachtete, fühlte sie sich für einen Moment zu traurig, um sich die Zähne zu putzen.

Wofür überhaupt?, dachte sie. Dann aber schüttelte sie den Kopf in Richtung ihres Spiegelbildes.

Du bist es wert, sagte sie sich in Gedanken.

Eindringlich schaute sie sich im Spiegel an, wiederholte den Satz erneut und nahm ihre abendliche Routine auf. Diese fünf Minuten, in denen sie sich pflegte und das Gefühl hatte, sich damit etwas Gutes zu tun, würde sie nicht aufgeben. Sie hatte es ja nie für Lennard getan, sondern für sich selbst, und darum würde sie es nun umso mehr fortsetzen, auch wenn ihr danach zumute gewesen wäre, sich in ihrer Jogginghose aufs Bett fallen zu lassen und einfach einzuschlafen. In dieser Nacht schlief sie unruhig. Es war zu warm und die Matratze fühlte sich so anders an als in ihrem gewohnten Bett. Um halb fünf morgens sah sie auf die Uhr auf dem Handy. Lennard hatte sich tatsächlich an ihre Bitte gehalten, sich erst einmal nicht bei ihr zu melden. An Schlaf war nicht mehr zu denken. Sie öffnete die Tür zum Balkon. Draußen herrschte noch tiefe Dunkelheit, aber es war warm und man hörte das Zirpen der Grillen und schon erstes Vogelgezwitscher, das die nahende Morgendämmerung ankündigte. Auf leisen Zehenspitzen schlich sie auf die Terrasse und legte sich auf eine der Liegen neben dem Pool. Ob es das Plätschern des Wassers war oder die Brise, die ihre Beine streichelte oder ein Zusammenspiel aus allem, aber hier auf der Liege konnte sie in einen friedlichen Schlaf abdriften. Die ersten Sonnenstrahlen waren schon warm und hell und so erwachte sie zwei Stunden später ein wenig erholter, stand auf und ging zurück ins Haus.

„Guten Morgen!“ Nate stand mit einer Tasse in der Hand in der Küche. Sein Blick wanderte blitzschnell, beinah unmerklich, an Lara herab und wieder herauf.

„Guten Morgen“, lächelte sie, um zu überspielen, dass sie sich in ihrem knappen Top und den kurzen Shorts unangemessen offenherzig vor Nate präsentierte. „Ich ziehe mir kurz was über und bin gleich bei dir.“ Mit einem Blick auf die Tasse fragte sie im Vorbeigehen „Haben wir Kaffee?“

„Nein, das ist Wasser.“

„Dann lass uns gleich einkaufen gehen, damit wir frühstücken können.“

„Gern.“

Während sie die Treppe zum Schlafzimmer hoch joggte, spürte sie Nates Blick noch in ihrem Rücken. In wenigen Minuten war sie angezogen und hatte sich ein wenig zurecht gemacht.

„Ich hatte vorhin gar nicht gesehen, dass du am Pool warst. Konntest du nicht mehr schlafen?"

„Genau, ich war ziemlich früh wach. Aber am Pool hab ich noch ein bisschen dösen können, bis die Sonne aufging. Keine lange Nacht, aber egal. Wie hast du geschlafen?"

„Ziemlich gut. Ich fühle mich echt wie im Urlaub. Die Sonne und dieser Blick und die Meeresluft."

„Ich glaube, das hier ist ein guter Ort zum Kraft schöpfen. Und das können wir beide gebrauchen."

Mit einem kleinen alten Fiat, der im Carport neben dem Haus parkte und zunächst nicht anspringen wollte, machten sie sich auf den Weg zum nächsten Supermarkt. In einer Markthalle kauften sie frisches Obst, Gemüse und Fisch und im Supermarkt allerhand andere Artikel für die Küche und zum Kochen. Sie frühstückten in einem kleinen Café am Strand und fuhren dann zurück zum Haus.

„Darf man den Pool denn benutzen?"

„Ja, ich hab vorhin nachgesehen, ob die Filteranlage läuft. Du kannst ihn einweihen." Nate strahlte für einen Moment.

„Warte, einweihen? Du warst noch nicht im Pool? Das kann ich doch nicht machen, dass ich vor dir das erste Mal den Pool benutze. Komm, du musst mit rein." Sie fuhr mit dem Fuß durch das Wasser.

„Warm ist er ja." Nate sah sie erwartungsvoll an.

„Ich glaube, mir ist gerade nicht danach, Nate. In den nächsten Tagen bestimmt mal."

„Okay."

Die folgenden Tage verbrachten sie in einer unwirklichen Urlaubsblase. Die Sonne, die Wärme, das Meer und die Abwesenheit von Arbeit, Computern und allem, was an Alltag erinnerte, halfen dabei, dass Lara sich weit weg von allen Problemen fühlte. Die Einrichtung des Hauses nahm viel Zeit in Anspruch und war eine willkommene Ablenkung, die sie beschäftigt hielt. Hingebungsvoll platzierte sie Kerzen, Trockenblumen und dekorative Flechtkörbe in den verschiedenen Räumen. Nate kümmerte sich rührend um sie, kochte beinah jeden Abend und sorgte dafür, dass sie genug aß und jeden Mittag am Pool einen Mittagsschlaf machte, um den fehlenden Nachtschlaf auszugleichen. Auch er selbst blühte regelrecht auf, schwamm zweimal täglich eine halbe Stunde im Pool, las ein Buch, für das er in den letzten zwei Jahren keine Zeit gefunden hatte, und fand eine neue Leidenschaft darin, zu meditieren. Täglich gingen sie über den Markt, kauften frische Lebensmittel und probierten neue Rezepte aus. Die Handys ließen sie so oft wie möglich im Haus zurück. Lediglich zum Einkaufen und Spazieren oder Joggen entlang des Strands fuhren sie in die Stadt, mieden Menschenmengen aber vollkommen. Teilweise sprachen sie stundenlang kein Wort miteinander, sondern verbrachten die Zeit still in der Gesellschaft des anderen. Sie ließen einander vollkommene Freiheit in der Tagesgestaltung, aber gaben aufeinander acht. Lara erinnerte Nate hin und wieder daran, nicht zu verbissen an seine neuen Routinen und Ziele heranzugehen, als er eine komplizierte Yogafigur nach einer Stunde noch immer nicht zu seiner Zufriedenheit schaffte. Nate ermutigte sie dazu, wenigstens einmal am Tag ein wenig im Pool zu schwimmen oder sich anders zu betätigen, um dem Körper neue Kraft zu geben. Für beide fühlte es sich nach Heilung an.

„Lara?“ Sie kaute einen Bissen Salat zu Ende. Beide hatten einen Spaziergang gemacht, waren geschwommen und saßen mit nassen Haaren am Terrassentisch im Schatten eines Sonnenschirms.

„Ja?“

„Weißt du schon, wie es weitergeht? Ich meine, wie lang du noch hier sein wirst?“

Es war das erste Mal seit der Ankunft, dass Nate das Gespräch mit einer Frage zu Gegenwart und Zukunft aufnahm. Bisher hatten sie in stiller Übereinkunft alle Themen gemieden, die damit verbunden waren. Nicht einmal von ihrem Trennungsgespräch mit Lennard hatte Lara bisher erzählt. Auch nicht von der Situation am Tag davor, die sie zu der Entscheidung gebracht hatte. Bei jedem Gedanken daran tat ihr ihr Herz weh.

„Wenn du bereit bist“, hatte Nate ihr in seiner mitfühlenden Art gesagt.

Ohne dass es Worte gebraucht hatte, hatte er verstanden, dass sie noch nicht darüber sprechen konnte und ihr mit seinem Blick zu verstehen gegeben, dass er für sie da war. Aber er hatte Recht. Es war Zeit, die Urlaubsblase zu verlassen und sich der Realität zu stellen. Den Blick nach vorn zu richten und nicht weiter die Augen zu verschließen, auch, wenn sich das in den letzten Tagen genau richtig angefühlt hatte. Es war Zeit zu planen, wie es weitergehen sollte.

„Wir müssen nicht darüber sprechen“, lenkte Nate ein, als Lara nichts sagte.

„Doch, doch. Du hast Recht.“ Sie schaute in Richtung Meer in die Ferne. „Und ich möchte dir auch von dem Gespräch mit Lennard erzählen. Ich bin soweit. Und ich könnte deinen Rat gebrauchen.“

Zum ersten Mal ließ sie ihre Gedanken bewusst zu jenem Tag zurückreisen. Diesem Tag, der sie zu der Entscheidung gebracht hatte, die ihr Leben so kurzfristig umgekrempelt hatte. Dem Impuls, die Erinnerung daran tief im Unbewussten zu vergraben und sich mit Hausarbeit oder einem Buch davon abzulenken, folgte sie diesmal nicht. Sie nahm einen Schluck Wein, dann berichtete sie Nate von der Situation mit dem Schreiben von der Polizei. Davon, wie Lennard auf sie zugekommen war und sie jedem Fluchtinstinkt zum Trotz wie angewurzelt im Raum stehen geblieben war, weil sie wusste, dass sich nun entscheiden würde, ob er sich im Griff hätte. Davon, wie er ihr seine Hand in den Nacken gelegt hatte und sich in ihrem Kopf alle möglichen Szenarien darüber abspielten, wie er ihr als nächstes wehtun würde. Wie diese Sekunden sich wie Stunden angefühlt hatten. Davon, dass sie nur kurz erleichtert war, als er von ihr abließ, um dann festzustellen, dass sie trotzdem noch immer Angst vor ihm hatte und immer haben würde. Dass sie sich nie sicher genug fühlen würde, ihm Dinge zu erzählen, die ihm nicht gefielen. Sie würde immer alles filtern und Dinge auslassen, was nicht richtig war, da sie ihrem Ehemann doch alles anvertrauen können sollte. Und dass sie ihre Leichtigkeit zurückerlangen wollte, einfach das zu tun, worauf sie Lust hatte und nicht mit all den Bedingungen und Sorgen durchs Leben zu gehen. Nate saß vor ihr und hörte geduldig zu.

„Und das war der Punkt, an dem es mir total klar war, dass ich aus dieser Situation herausmusste. Ich wusste genau, was ich zu tun hatte." Sie nahm einen Schluck. „Ich habe Resturlaub und Überstundenabbau bei Fabian beantragt, das hat mir insgesamt fünf Wochen Urlaub verschafft. Marianne deckt alles für mich ab. Ich habe nicht gesagt, was genau los ist, nur angedeutet, dass es mit Lennard zu tun hat und ich nicht erreichbar bin. Als ich alles gepackt hatte und der Flug gebucht war, hab ich Lennard angerufen und gesagt, dass ich ihn dringend sprechen muss."

Ein Schluchzer entwich ihr. All die Erlebnisse waren noch so präsent, dass es ihr vorkam, als würde sie sie während der Erzählung erneut durchleben. Wie sie vor Lennard gesessen hatte, der sie so sorgenvoll angesehen hatte. Wie sie seine Hand gehalten hatte, während sie ihm die Gründe erklärt hatte, die sie zu der Entscheidung gebracht hatten, dass sie Abstand und Zeit zum Nachdenken brauchte. Sie hatte noch nie einen so verzweifelten Blick auf Lennards Gesicht gesehen und sie hatte all ihre letzte Kraft sammeln müssen, um ihm nicht in die Arme zu fallen. Ihm weh zu tun, hatte sich in diesem Moment noch viel schlimmer angefühlt, als wenn er ihr wehgetan hatte. Sie hatte ihn darum gebeten, zu schweigen, weil sie wusste, dass sie sonst einknicken würde. Mit dem Versprechen, sich danach bei ihm zu melden, hatte sie abschließend darum gebeten, dass er sie ab diesem Tag zumindest einen ganzen Monat lang nicht kontaktieren solle. Dass sie dann sprechen könnten, aber nur, wenn er sich daran gehalten hätte, ihr diese Zeit über Freiraum zu lassen. Kraftlos hatte er schließlich genickt. Sein innerer Kampf war ihm dabei deutlich anzusehen gewesen.

„Ich liebe dich sehr." Mit diesen Worten hatte sie einen letzten Blick auf ihren wundervollen Ehemann gelegt, hatte ihm einen Kuss auf die Wange gegeben, dann war sie aufgestanden und zu Nate ins Auto gestiegen. Das Bild von Lennard, wie er vollkommen niedergeschlagen am Tisch saß und ihr nachsah, hatte sich in ihr Gedächtnis gebrannt. Wie immer bei dem Gedanken daran schmerzte ihr Herz.

Sie nahm einen Schluck Wein und entfaltete ein weiteres Taschentuch.

„Schschsch." Nate legte ihr eine Hand auf die Wange. „Atme erst mal durch", flüsterte er und wischte mit dem Daumen eine Träne weg.

Unter normalen Umständen hätte sie diese vertraute Berührung unterbunden, weil sie wusste, dass Lennard aus der Haut gefahren wäre, wenn er das gesehen hätte. Aber jetzt, hier, fühlte es sich so tröstlich und beruhigend an. Das hatte ihr gefehlt. Berührungen. Sie schloss die Augen für einen Moment. Dann, etwas gefasster und ruhiger, sagte sie:

„Ich werde wohl meinen Job verlieren. Lennard möchte sicher nicht, dass ich weiter für ihn arbeite, wenn wir getrennte Wege gehen sollten. Und ich möchte das auch nicht. Dann muss ich mir eigentlich eine neue Wohnung suchen. Ich meine, wir haben dieses Haus hier gekauft, aber machen wir uns nichts vor, der Hauptteil gehört Lennard und er wird mich sicher nicht hier wohnen lassen, wenn wir uns …“ Aber sie konnte es nicht aussprechen.

Ihr Blick fiel auf ihre Hand, auf den wunderschönen Verlobungsring und den zarten, diamantenbesetzten Ehering, den sie darüber trug. Sie trug die Ringe Tag und Nacht und hatte sie seit der Verlobung und der Hochzeit nicht abgelegt.

„Es ist als wäre mein ganzes altes Leben zusammengebrochen. Und gerade bin ich nicht sicher, wo ich mit dem Wiederaufbau anfangen soll.“ Nate legte einen Arm um ihre Schultern.

„Das haben große und mutige Entscheidungen so an sich. Du stellst die Weichen deines Lebens in eine neue Richtung. Es dauert ein bisschen, bis sich alles neu ausgerichtet und eingespielt hat. Einige Dinge sind träge und man braucht Zeit und Kraft, sie umzulenken. Aber es passiert. Und dich für ein Leben ohne Angst zu entscheiden, Lara, das kann nicht falsch sein.“ Sie nickte, während sie seine Worte in Gedanken wiederholte, um sie sich einzuprägen.

„So habe ich es noch nicht gesehen. Du hast Recht, ich kann nicht erwarten, dass direkt alles bergauf geht, aber es geht zumindest langsam in eine andere Richtung. Diesen Gedanken finde ich wirklich hilfreich.“ Sie lächelte. Nate schenkte sich Wasser nach. „Jetzt erzähl du, wie sieht deine neu ausgerichtete Zukunft aus?“ Er lehnte sich in seinem Stuhl zurück, nahm einen Schluck kühles Wasser, das das Glas von außen beschlagen ließ, und schaute über die Dächer der benachbarten Häuser in die Ferne.

„Ich weiß es noch weniger als du.“ Er streckte sich. „Was ich weiß, ist, dass es die richtige Entscheidung war, mit dir herzukommen. Das tut mir richtig gut. Es ist ewig her, dass ich mir das letzte Mal keinen Wecker gestellt habe oder das Handy so lange nicht in der Hand hatte. Es fühlt sich nach einem ganz neuen Sinn des Lebens an. Vorher konnte ich vieles nicht genießen.“ Er fuhr sich durch die mittlerweile fast trockenen Haare. „Und daher weiß ich nicht, ob ich zurück gehen und da weitermachen will, wo ich vor ein paar Tagen aufgehört habe. Ob in meinem jetzigen Job oder bei einem anderen, es wird ja doch wieder darauf hinauslaufen, dass ich mich zu sehr reinsteigere und dann sitze ich mit vierzig mit einem Burn-out in der Reha und frage mich, wofür ich das alles gemacht habe.“ Lara nickte mit gerunzelter Stirn. „Daher werde ich erst mal nicht in meinen Job zurückkehren. So kann ich hier bei dir sein und sicherstellen, dass du okay bist. Dann werde ich vielleicht noch ein bisschen reisen, eventuell besuche ich endlich mal einen Kommilitonen in Mexiko, den ich damals beim Austausch kennengelernt hatte.“

„Das klingt nach einer tollen Idee. Wie du eben sagtest, auch bei dir wird sich alles finden, nachdem du deinem Leben eine neue Richtung gegeben hast.“

„Ja." Beide nickten und lächelten sich an. „So wie in den letzten Tagen könnte ich weitermachen, so fühlt sich für mich Leben an." Er nahm ein Stück Orange. „Deine Trennung ist gerade mal wie lange? Knapp zehn Tage her. Wir haben beide Urlaub genommen. Wir können beide die Auszeit gebrauchen. Lass uns nochmal eine Woche so verbringen wie die letzten Tage. Und dann gehen wir unsere neuen Leben an."

Und so taten sie es. Mit neuem Fokus und optimistischer Perspektive nutzten sie die folgenden Tage, um aufzutanken und sich für den Start in die jeweils neuen Leben zu rüsten.

„Bist du bereit?" Beide saßen im schattigen Teil der Terrasse. Die sonnigen Tage hatten Lara eine schöne Bräune und Nate blonde Strähnen in den Haaren beschert. Es war eine Woche vergangen seit dem Gespräch und beide hatten ihre Laptops, Handys und Notizblöcke hervorgeholt.

„Für mein neues Leben? Nicht so recht." Lara klappte ihren Laptop auf. „Aber man soll ja genau das angehen, vor dem man sich fürchtet, oder?" Sie lächelte und begann, die erste Bewerbung für eine neue Stelle zu schreiben. Nate buchte sich einen Flug nach Bali.

In der Nacht darauf schlief sie unruhig. Es war viel zu heiß. Der leichte Luftzug, der durch das Fenster kam, brachte keine ausreichende Abkühlung und der Mond stand hell und rund am Himmel. Sie wälzte sich auf die eine, dann auf die andere Seite. Gerade als sie eingenickt war, sank ihre Matratze auf einer Seite langsam immer tiefer ein. Noch im Halbschlaf spürte sie Nates Hand, die sich auf ihre Hüfte legte, dann seinen Körper an ihrem Rücken, als er sich zu ihr legte. Sie war zu müde, um etwas zu sagen oder darüber nachzudenken, was hier gerade passierte. Er zog sie an sich heran und sie spürte seinen Atem in ihrem Nacken. Er strich ihr über die Schulter, sodass ein Träger ihres Oberteils hinunterrutschte. Ihr wurde noch heißer, als sie so eng an ihn geschmiegt da lag, aber es machte ihr nichts aus. Es fühlte sich gut an, die Nähe von jemandem zu spüren, dem sie vertraute und das Gewicht seiner Arme, die um sie gelegt waren. Sanft streichelte er ihre Schulter, fuhr ihren Arm hinunter, dann strich er über ihre Hüfte. Sie ließ ihn gewähren, noch immer halb benommen von ihrer Müdigkeit. Erneut strich er über ihre Schulter, strich den Träger ihres Oberteils bewusst weiter hinunter, da rannte ein Schauer der Erregung über ihren Rücken. Ein leises Stöhnen entfuhr ihr, über das sie sich selbst wunderte, aber noch immer konnte sie nicht nachdenken, sondern war in der Umarmung, in diesem Gefühl versunken. Sie spürte die Hitze in ihrer Mitte, spürte, wie sich ihre Brustwarzen langsam zusammenzogen. Als könnte Nate sie lesen, fuhr er mit einer Hand über die Stelle in ihrem Oberteil, wo sich ihre Brustwarze deutlich abzeichnete. Dann strich er auch den zweiten Träger ihres Oberteils hinunter und zog es ihr so schnell und geschickt aus, dass sie es kaum mitbekam. Noch immer lag sie auf der Seite und Nate hinter ihr. Noch immer erwiderte sie seine Berührungen nicht, aber sie konnte nicht anders, als sich ihm hinzugeben. Ihre Brüste sehnten sich plötzlich danach, von ihm berührt zu werden und auch ihre Mitte pulsierte vor innerer Hitze. Seine Hand strich entlang ihrer Leiste, aber berührte sie genau dort nicht, wo sie sich am meisten danach sehnte. Sie drehte und wand sich unter seiner Berührung, ihr Rücken an seine Vorderseite gepresst. Dann fuhren seine Fingerspitzen zwischen ihren Brüsten entlang, wo die Schweißperlen hinunter rannen. Sein Atem in ihrem

Nacken wurde noch wärmer, je tiefer er atmete und sie fühlte die Stoppeln seines Dreitagebartes an ihrer Schulter. Endlich berührte er ihre Brüste, streichelte ihre Brustwarze. Seine Hand war gierig, aber trotzdem sanft. Von dort aus fuhren seine Finger bis hinunter zum Bauchnabel, dann weiter hinunter, bis er ihre sensibelste Stelle erreichte und mit der Fingerkuppe einen winzigen Kreis darauf malte. Die Innenseiten ihrer Oberschenkel zuckten und ihre Knie waren vor Erregung aneinandergepresst, doch seine Hand schaffte sich dazwischen Platz und sein Finger bahnte sich Zentimeter für Zentimeter, langsam und sanft, weiter seinen Weg, bis zu dem Punkt, an dem er ihre Erregung am deutlichsten spürte. Er drang in sie ein, verharrte einen Moment, dann zog er seine Hand zurück und drehte Lara, eine Hand auf ihre Schulter gelegt, auf den Rücken. Er legte sich auf sie, sein Gewicht drückte sie in die Matratze. Plötzlich bekam sie kaum mehr Luft. Ihre Erregung wich einem Gefühl von Panik. Ihre Versuche, etwas zu sagen, blieben erfolglos. Ihre Stimme versagte und ihre Arme waren zu schwach, um ihn zu stoppen. Sie wollte ihn von sich wegdrücken, aber ihre Muskeln gehorchten ihr nicht. Seine Wange war an ihre gedrückt, sein Atem an ihrem Ohr. Plötzlich war sein Geruch ihr seltsam vertraut und die Art, wie er ihren Hals küsste, so bekannt. Seine Lippen fuhren entlang ihres Ohrläppchens und plötzlich war es Lennard, der in ihr Ohr raunte: „Ganz ruhig, Baby.“, während seine Hand sich um ihr Handgelenk legte. Sie erschrak so sehr, dass sie zusammenzuckte und damit aus ihrem Traum gerissen wurde. *Ganz ruhig*, sprach sie sich selbst zu. Die Vorstellung, von jemand anderem als Lennard berührt zu werden, Nähe zu erleben, all das hatte sie bisher nicht einmal in ihrer Fantasie zugelassen. Sie hatte es für sich ausgeschlossen. Nun schien ihr Unterbewusstsein ihr deutlich zu machen, dass sie sich nicht mehr schuldig fühlen musste. Nicht, dass sie jetzt schon bereit dafür wäre, aber sie wusste: Irgendwann würde sie sich wieder sicher in der Nähe eines Mannes fühlen können. Und das zu wissen war ein schönes Gefühl.

„Okay, das ist alles."

Nate hievte die letzte Tasche Gepäck in den Kofferraum des Autos. Er war braungebrannt und sah so erholt aus wie noch nie, aber Lara konnte ihm ansehen, dass ihm die Abreise schwerfiel. Er drehte sich zum Haus um, als würde er sich mit einem letzten Blick verabschieden, dann stiegen sie ins Auto.

„Du wirst mir sehr fehlen, Nate. Dass du die letzten Wochen bei mir warst, hat mir unheimlich geholfen. Normalerweise kann ich auch gut Zeit mit mir selbst verbringen, aber gerade freue ich mich überhaupt nicht darauf, allein in dem Haus zu sein. Ich weiß gar nicht, wie ich es bis hierhin ohne dich geschafft hätte." Während Lara auf die Autobahn in Richtung des Flughafens auffuhr, sah Nate sie von der Seite an.

„Mir wird das alles auch sehr fehlen. Die letzte Zeit hat wirklich einiges geändert. Ich habe vieles überdacht und werde meine Prioritäten anpassen." Er legte ihr eine Hand auf ihr Knie. „Und ich hätte wirklich nirgendwo anders sein wollen." Eine Sekunde lang sah Lara ihn an, dann blickte sie wieder auf die Straße und Nate legte seine Hand auf seinen Schoß zurück.

Diese vorsichtigen Berührungen waren schön. Zuvor hätte sie sie immer abgewehrt, um Lennard nicht wütend zu machen. Aber nun genoss sie diese Gesten der Nähe, die Nate ihr gegenüber in den letzten Wochen vermehrt entgegengebracht hatte.

„Unsere Gespräche werde ich vermissen. Dabei habe ich oft das Gefühl, dass du mich in mancher Hinsicht besser kennst und einschätzen kannst als ich mich selbst. Es war sicher nicht leicht für dich, darauf zu vertrauen, dass ich irgendwann meinen Weg aus der Situation mit Lennard finde, und gleichzeitig zuzusehen, dass ich doch so lange gebraucht habe, bis ich zu dem Schritt gekommen bin.“

„Nein, das war ganz und gar nicht einfach.“ Nate wirkte auf einmal sehr ernst. „Zu wissen, dass ein Mensch, den ich ... dass du in Gefahr bist, also wirklich in Gefahr bist, das war kein schönes Gefühl.“ Er sah Lara eindringlich an. „Zweimal stand ich bei euch vor der Tür. Ich war so kurz davor, Lennard zur Rede zu stellen und ihn in die Schranken zu weisen oder zumindest irgendwas zu tun, was dich hoffentlich geschützt hätte. Aber ich wusste, dass es dir nicht langfristig geholfen hätte. Du hast selbst den Schritt machen müssen dich loszureißen und wer weiß, ob ich es am Ende nicht noch schlimmer gemacht hätte, wenn ich tatsächlich an eurer Tür geklingelt hätte. Daher hab ich dann eine Ewigkeit davor gestanden und bin letztendlich wieder weggefahren. Das eine Mal war übrigens, nachdem du aus England wiedergekommen bist.“

„Oh Nate!“

Unwillkürlich legte sie die Hand auf ihre Brust. Die Vorstellung, dass er in der Kälte vor der Tür gestanden hatte und helfen wollte, mit sich gerungen hatte und schließlich wieder unverrichteter Dinge gefahren war, tat ihr so leid, dass ihr Herz wehtat.

„Und wann war das andere Mal?“

Nate nahm die Hand, die sie auf ihr Herz gelegt hatte, und drückte sie.

„Nachdem das mit deiner Rippe passiert war.“ Lara nickte langsam. Nate ließ ihre Hand wieder los und rieb sich die Stirn. „Und auch sonst habe ich ständig daran gedacht, ob es dir gut geht oder du gerade in Gefahr bist. Aber damit will ich dich nicht belasten. Ich sage nur – ja, es war wirklich nicht leicht.“ Am Flughafen angekommen hielt sie in einer kleinen Parklücke. „Es braucht nur einen Anruf, Lara. Egal was ist, jederzeit. Wenn du dich allein fühlst, denk dran, du bist vielleicht gerade die einzige Person in dem Haus, aber du bist nicht wirklich alleine. Ich bin für dich da und wenn du deiner Familie und deinen Freunden irgendwann erzählst, was los ist, sind mit Sicherheit auch sie für dich da.“

Er lud seine Taschen auf einen Kofferwagen, dann nahm er Lara in den Arm. Seine Nähe, sein Duft, die feste Umarmung. Sie wollte ihn am liebsten gar nicht loslassen, sondern dieses schöne, geborgene Gefühl, solange es ging, hinauszögern. Sie spürte einen Kloß in ihrem Hals, als Nate die Umarmung löste.

„Ich muss leider jetzt wirklich los, Lara. Danke dass du mich hergefahren – hey!“ Er ging ein wenig in die Knie, um ihr genauer ins Gesicht sehen zu können. „Nicht weinen.“

Er strich eine Träne von ihrer Wange, dann legte er beide Hände um ihr Gesicht. Er blickte ihr in die Augen und sein Ausdruck war von einer tiefen, aber undeutbaren Emotion erfüllt. Sein Gesicht näherte sich ihrem. Sie hörte seinen Atem, sah nur noch ihn. Die Umgebung verschwamm.

„Ma'am!“ Eine laute Männerstimme ließ Lara zusammenfahren. Ein Flughafenmitarbeiter stand direkt neben Nate und ihr. „You really have to leave now. This zone is just for unloading.“ Er deutete auf ihr Auto.

„Yes, of course.“

„Ich muss auch los." Nate nahm sie in eine letzte kurze, aber feste Umarmung. „Ruf mich bald an, ja?"

Dann ging er schnellen Schrittes mit dem Kofferwagen in die Abflughalle und Lara beeilte sich, ins Auto zu steigen und den Parkplatz freizumachen. Es war sicher gut, dass die Verabschiedung zuletzt doch so hektisch und kurz ausgefallen war. Kurz und schmerzlos, dachte sie. Kurz und fast schmerzlos, eher gesagt. Aber besser so, als wenn sie Nate lange nachgesehen hätte, sie dann geweint hätte und er noch ein schlechtes Gewissen bekommen hätte, dass er sie nicht hätte trösten können. Sie bemühte sich um positive Gedanken, als sie auf dem Navi die Adresse des Hauses eingab. Sie stellte das Radio an und konzentrierte sich auf die Aussicht während ihrer Fahrt. Es gab noch so viel zu entdecken, so viel kennenzulernen von dieser neuen Umgebung. Sie lächelte. So schlimm konnte die Zukunft doch gar nicht werden. Im Gegenteil. Sie würde schon keine Angst davor haben müssen, sondern würde versuchen, sich darauf zu freuen. So, wie Nate es ihr gesagt hatte.

Hätte er mich gerade fast geküsst?

Sie biss sich auf die Lippe. Schon so viele Jahre war sie nun mit Lennard zusammen, dass sie nicht mehr wusste, wie sich solche Signale anfühlten, wenn man einer Person zum ersten Mal näherkam. Lennard! Plötzlich hatte sie ein furchtbar schlechtes Gewissen. Sie sah auf ihre Hand, auf den Ehe- und den Verlobungsring und schüttelte den Kopf. Vielleicht war es Zeit, die Ringe abzuziehen. Nicht, dass das bedeutete, dass sie nicht mehr unheimlich an Lennard hing oder ständig an ihn denken musste. Sie liebte ihn noch und sie wollte auch mit niemand anderem zusammen sein. Aber es war Zeit für klare Verhältnisse. Sie war Single. Und das war gut. Single. Allein sein. Nur mit sich selbst zusammen sein. Sie wollte gerade niemanden an ihrer Seite haben, aber sie wollte sich auch nicht schuldig bei dem Gedanken fühlen müssen, dass sie irgendwann in der Zukunft wieder jemandem näherkommen könnte.

Die Tankleuchte warnte, dass sie nicht mehr viel Benzin hatte, und so nahm sie die nächste Ausfahrt. Nachdem sie getankt hatte, fuhr sie durch ein kleines Örtchen in Richtung der nächsten Autobahnauffahrt weiter. Irgendwie kam ihr das alles sehr vertraut vor. Hatte sie diesen Ort schon einmal durchquert? Sie bog um die nächste Kurve, dann sah sie es. Natürlich! Das kleine, verträumte Restaurant mit Blick aufs Meer, direkt an einem kleinen Hafen gelegen, vor dem Segelschiffe ankerten. Dahinter, von der Straße aus nicht einsehbar, aber in Laras Erinnerung noch sehr präsent, lag eine kleine Bucht. Hier hatten Lennard und sie heimlich geheiratet. Es war ein komisches, unwirkliches Gefühl, nach mehr als drei Jahren an diesem Ort vorbeizukommen, so unerwartet und zufällig. Sollte das ein Zeichen sein? Erneut blickte sie auf ihre Ringe. Sie konnte nicht anders, als rechts ranzufahren und aus dem Auto zu steigen. Für einige Minuten stand sie da und schaute auf das Meer hinaus.

Es war der schönste Tag ihres Lebens gewesen. Nachdem sie nach der Verlobung noch einige Tage in seliger Zweisamkeit ihren Urlaub mit Lennard genossen hatte, war sie nach ihrer Rückkehr sofort in die Hochzeitsplanung eingetaucht. Sie hatte zu dem Zeitpunkt noch keine Rückmeldung ihrer versendeten Bewerbungen erhalten, wartete außerdem noch auf die finale Note ihrer Doktorarbeit und hatte deswegen, zum ersten Mal seit vielen Jahren, wirklich frei. Lennards Angebot, dass er sich ebenfalls aktiv mit in die Hochzeitsplanung mit einbringen wollte, winkte sie dankend ab. Er musste sich wieder in seine Arbeit stürzen und sie konnte sich nichts Schöneres vorstellen, als jedes kleinste Detail der Hochzeit zu planen. Damit angefangen, dass sie alle Brautzeitschriften, die sie in die Finger bekommen konnte, gekauft hatte, fertigte sie zunächst eine Liste mit all den Schritten an, die es zu erledigen galt. Die Wahl des Datums und das Buchen der Örtlichkeit standen an Punkt 1 und 2. Vorsichtig hatte sie S*trand* als mögliche Option bei den zur Auswahl stehenden Orten eingetragen, aber dann gleich wieder gestrichen. Es war eine Fantasie, die sie heimlich hegte, seit sie mit Lennard an einem Strand in Italien entlanggelaufen war und dort, an einer verlassenen Bucht, einen rosenberankten Holzbogen vorgefunden hatte. Einige Abdrücke im Sand hatten auf Stühle hingedeutet, die in Reih und Glied vor diesem Bogen aufgestellt waren und sie stellte sich vor, wie ein Brautpaar darunter gestanden und sich das Jawort gegeben hatte, umgeben von nichts anderem als Sand, Palmen und Meer. Aber dann dachte sie an eine Kirche und die andachtsvolle Stimmung und so schrieb sie verschiedene Orte unter Punkt 1 auf die Liste, die sie nach einer kurzen Googlesuche gefunden hatte. In den Wochen darauf besichtigten sie die zur Auswahl stehenden Kirchen und Locations und hatten sich schnell für ein wunderschönes, auf einem Hügel liegendes schlossartiges Anwesen entschieden.

„Das geht alles sehr schnell“, hatte ihre Mutter in ihrer gütigen, liebevollen Art bemerkt. Sie hatte nichts weiter gesagt, aber Lara verstand diesen besorgten Hinweis. Alle ihre Freunde, Freundinnen und die weitere Verwandtschaft freuten sich uneingeschränkt für sie, nur Nate schien ein wenig reserviert zu sein. Die Zurückhaltung von Nate und ihrer Mutter hatte ihr in den Wochen vor der Hochzeit immer wieder kurzzeitig zu denken gegeben. Es ging in der Tat schnell, aber das musste nicht heißen, dass es ZU schnell ging, oder? *Das sind nur die Nerven*, hatte sie sich dann selbst gesagt. Sie liebte Lennard, wollte mit ihm zusammenbleiben. Natürlich war er nicht perfekt. Es gab da diese eine Eigenschaft an ihm, die ihr Angst machte, aber bestimmt konnte er sich ändern. *Außerdem ist es doch dann wahre Liebe, wenn man den anderen auch mit seinen Fehlern liebt*, dachte sie. Lennard war besitzergreifend. Wenn sie ihm das Jawort gab, bedeutete das, dass er sie als SEIN verstand. SEINE Frau. Ganz offiziell. Es würde ihn darin bestärken, dass sie nicht mehr nur durch ihre Liebe, sondern nun auch durch den offiziellen Akt, durch den Nachnamen und den geänderten Familienstand, vor Gott, vor allen Freunden und Verwandten, verbunden waren. Das würde ihn beruhigen und ihm die Sicherheit geben, dass er sie nicht mehr so sehr kontrollieren musste. Zumindest hatte sie das gehofft.

„Ich kann es kaum erwarten, dass du meine Frau wirst."

Lennard hatte ihre Hand geküsst und ihr tief in die Augen gesehen. Beide standen vor der Hotelrezeption an, um für die nächsten Tage einzuchecken. Die letzten Wochen über war eine besonders arbeitsreiche Phase in der Kanzlei gewesen und Lara hatte ihren Verlobten wochenlang nur noch spät abends zu Gesicht bekommen. Als Lennard sie dann gefragt hatte, ob sie ihn kurzfristig mit auf eine Geschäftsreise begleiten wolle, hatte sie voller Freude ihren Koffer gepackt. So wunderschön die Hochzeitsplanung auch war, ein kurzer Tapetenwechsel und hoffentlich ein wenig mehr gemeinsame Zeit mit Lennard taten doch immer gut. Selbst eine Romantikerin wie sie konnte mal eine kurze Pause von Themen wie Blumen und Lichterketten gebrauchen. Außerdem konnte sie sich an anderen Orten doch sicher wunderbar inspirieren lassen und noch einige Ideen für Tischeindeckungen und Blumenschmuck sammeln.

„Ich freue mich auch darauf." Lennard sah sie weiterhin an und runzelte kurz die Stirn.

„Wo warst du gerade mit deinen Gedanken?" Ein wenig ertappt schaute sie zu ihm auf. Mit dieser gewissen Art, auf die er Fragen formulierte, fühlte sie sich immer ein wenig, als hätte sie etwas Verbotenes getan.

„Ich habe gedacht, dass ich durch dich sehr romantisch geworden bin. Hochzeiten zum Beispiel fand ich zwar schon immer schön, aber wenn ich mir damals vorgestellt hätte, mich stundenlang mit Tischkärtchen zu beschäftigen, hätte mich das wahrscheinlich eher abgeschreckt. Und jetzt, während du im Büro bist und ich so viel Zeit allein zu Hause habe, ist es die schönste Beschäftigung, die ich mir vorstellen kann." Mit noch immer gerunzelter Stirn lächelte Lennard ein wenig.

„Das freut mich, dass ich deine romantische Seite aus dir herauslocke." Nachdem sie eingecheckt hatten, wollte Lara den Zimmerschlüssel gerade in das Türschloss stecken, als Lennard sie zurückhielt.

„Unsere Hochzeit soll deine Traumhochzeit werden. Da machen wir keine Kompromisse. Denn du erfüllst mir damit meinen Traum, indem du Ja zu mir sagst." Sie verstand nicht, was er damit sagen wollte. „Ich habe den Punkt auf der Liste gesehen. STRAND." Er nahm ihr den Schlüssel aus der Hand und schloss nun selbst die Tür auf. Es war ein schönes Zimmer, das in spanischem Stil eingerichtet war, aber Laras Blick wurde gleich von einem Kleid eingefangen, das an einem Kleiderständer mitten im Zimmer hing. Lennard stand hinter ihr und legte seine Arme um ihre Hüften. Er flüsterte in ihr Ohr „Lass uns morgen heiraten. Hier am Strand. Nur wir zwei und der Pfarrer."

Konnte sie ihn noch mehr lieben als in diesem Moment?! Eine Strandhochzeit war einer dieser Träume, von denen sie immer gedacht hatte, dass sie nicht wahr werden würden. Bis zu diesem Moment. Lennard hatte ihn ihr erfüllt. Und in diesem Moment war sie so sicher wie noch nie, dass er ihr Mann fürs Leben war. An seiner Seite würde kein Traum jemals wieder unmöglich erscheinen. Sie drehte sich zu ihm um und küsste ihn.

Am nächsten Morgen hatte sie vor dem großen Spiegel im Hotelzimmer gestanden und sich in dem Kleid, das Lennard für sie ausgesucht hatte, angesehen. Es war weiß, lang, fließend, aber schlicht, nicht bauschig, keine Spitze. Es war perfekt. Mit den wenigen Utensilien, die sie nichtsahnend auf die als Geschäftsreise getarnte Strandhochzeit-Entführungs-Reise mitgebracht hatte, hatte sie mit einigen gewellten Partien und locker geflochtenen Strähnen eine zum Kleid passende Frisur gezaubert. Ein leichtes Makeup, ein wenig Nagellack. Wer hätte gedacht, dass eine Hochzeit auch so wenig aufwändig sein könnte? Lennard war bereits am Strand, dort hatte er sich mit dem Pfarrer verabredet. Auch an einen Fotografen hatte er gedacht. Es war fünf vor zwölf. Um zwölf sollte die Trauung beginnen. Lara griff nach der Hortensienblüte, die als Brautstrauß herhalten würde. Der Himmel war verhangen und ein diffuses Licht drang durch die Wolkendecke, das alle Farben satter und leuchtender erscheinen ließ. Sie ging einige Stufen hinunter, die sie von der Poolebene auf die daruntergelegene Strandebene brachten. Und dort, ein wenig abgelegen und durch einige Sanddünen sichtgeschützt, stand Lennard im Sand, im Hintergrund das Meer. Er unterhielt sich mit dem Pfarrer, dann erblickte er sie. Sein Blick war so voller Liebe und Emotion, dass er Lara mit einer

Heftigkeit traf, die sie nach Luft schnappen ließ. Ein warmer Wind deutete darauf hin, dass sich in der Ferne ein Sommergewitter zusammenbraute. Die Luft war wie elektrisiert. Lara ging auf Lennard zu, während ihr Kleid im warmen Wind wehte und durch einen Schlitz an einer Seite des fließenden Rockes ihre gebräunten Beine bis zu den Knien freilegte. Sie war barfuß, genau wie Lennard. Mit jedem Fußabdruck wurde der feine Sand ein wenig aufgewirbelt und rieselte gegen die kleine Schleppe. Die salzige Luft ließ ihre Haare zu einer wilden, ungezähmten Wellenmähne werden. Erste Regentropfen fielen in den Sand. Es war perfekt unperfekt, und es war genau richtig. Es war zweifelsfrei, es war voller Zweisamkeit. Es war ein Moment, den sie nur einander widmeten. Auch wenn die Hochzeit nicht rechtskräftig nach deutschem Recht war, sodass die Trauung in Deutschland auch unbedingt noch stattfinden würde, so hatte sie eine tiefe Bedeutung für die gemeinsame Zukunft gehabt.

An den beiden darauffolgenden Tagen hatten Lennard und Lara sich wie zwei verliebte Teenager gefühlt, die heimlich von deren jeweiligen Elternhäusern abgehauen waren und jeder Etikette und Sitte zum Trotz geheiratet hatten, ohne dass jemand auch nur die leiseste Ahnung hatte.

„Nein!“, rief Lara und gackerte vor Lachen, als Lennard gegen den Ekel, der in sein Gesicht geschrieben war, die Innereien eines Seeigels probierte, die ihm ein Angler am Strand zum Probieren angeboten hatte. Auf einer Vespa fuhren sie entlang der Küste und durch die Straßen, lachten und alberten sich durch den Tag und ließen die Handys komplett unbeachtet, als könnte jeder Blick darauf ihren Freunden in Deutschland verraten, was hier statt der angeblichen Geschäftsreise wirklich stattgefunden hatte.

„Two Sangrias for the newlyweds!“

Mit starkem Akzent aber einwandfreier Wortwahl servierte der spanische Wirt eines Gasthauses ihnen die beiden Getränke.

„Sieht man uns an, dass wir frisch verheiratet sind?“, flüsterte Lara Lennard auf diese Bemerkung hin zu.

„Die Vermutung liegt wahrscheinlich nah, immerhin sitzt du auf meinem Schoß und hast mich eben ziemlich leidenschaftlich geküsst“, entgegnete er mit einem Schmunzeln.

Lara lachte und Lennard küsste ihr den Hals. Schon morgen ging der Flieger zurück nach Deutschland und auch, wenn es nur drei Tage waren, fühlte es sich an, als wären beide schon sehr lang und sehr weit weg vom deutschen Alltag. Lennard nahm ihre Hand in seine und betrachtete stolz den Verlobungs- und den Ehering, die sie beide an der linken Hand trug.

„In Deutschland müssen wir die Ringe erstmal wieder abnehmen, denke ich.“

„Ja.“ Auch Lara blickte auf ihre Hand und nickte.

„Zum Glück nicht für lange, es sind ja nur noch ein paar Monate zur Hochzeit. Aber unsere Strandtrauung soll ja unser Geheimnis bleiben.“ Sie legte den Kopf schief.

„Schade eigentlich, ich habe mich schon an das Gefühl, zwei Ringe zu tragen, gewöhnt.“ Lennard beobachtete sie.

„Hey Schatz.“ Das Schmunzeln auf seinem Gesicht verhieß, dass er irgendeinen Einfall hatte. „Lass uns austrinken und gehen. Ich habe eine Idee, was wir machen und das sollten wir jetzt tun, bevor ich es mir anders überlege.“

Nie im Leben hätte sie gedacht, dass Lennard das im Sinn gehabt hatte, dachte sie nur eine Viertelstunde später, als er die Vespa parkte und sie sich an dem Ort eingefunden hatten, den er kurzerhand herausgesucht hatte. Er streckte seine Hand zu ihr aus und sie griff danach, sprachlos darüber, dass dieser Mann sie innerhalb so kurzer Zeit nun ein zweites Mal derart überraschen konnte. Er führte sie bis zur Eingangstür.

„Was denkst du? Sollen wir?“, fragte er.

„Wenn es das ist, was ich denke, dann ja.“

Wenig später verließen beide das Tattoostudio mit einem Pflaster am jeweiligen linken Ringfinger. Beide hatten sich eine dünne Linie dorthin stechen lassen, wo der Ring saß, allerdings nur auf der Handflächen-Seite der Hand. Von außen oder von oben war nichts zu sehen, was Lennard aus beruflichen Gründen wichtig war. Wenn sie die Hand aber drehten und die Handflächen zeigten, sah es aus, als würden sie einen dünnen Ring tragen, der fortan als Zeichen ihrer heimlichen Hochzeit und des Bands galt, das auch, wenn sie den Ring gerade nicht trugen, zwischen ihnen bestand. Ungläubig betrachtete Lennard das Pflaster.

„Das hätte ich nie gedacht, dass ich das mal mache.“

Lara kicherte. Sie war ebenso verblüfft wie er. Eigentlich mochte Lennard keine Tattoos. Als er Lara kennengelernt hatte, hatte sie bereits drei winzig kleine Tattoos, die für ihn eine Art Mahnmal für ihre *wilde Seite* waren, wie er es nannte. Es hatte lange gebraucht, bis Lara verstanden hatte, was Lennard an ihrer angeblichen wilden Seite besorgte. Er verband damit das Gefühl, dass er sie dann nicht kontrollieren, nicht einschätzen konnte. Dass sie etwas Unerwartetes, Impulsives, gar Ungezügeltes tun würde. Es beunruhigte ihn, egal wie oft Lara ihm versichert hatte, dass es keine derartige Seite an ihr gab, die sie ihre Moral vergessen lassen würde. So einen Drang hatte sie nicht. Aber Lennards Ansicht nach war es schon wild, wenn sie feiern ging oder Alkohol trank oder allein ihre Neugier und die Einstellung, neuen Dingen offen gegenüberzustehen. All das weckte in ihm den Instinkt, dass er sie einerseits kontrollieren, andererseits beschützen musste. Umso überraschender war also seine plötzliche Eingebung gewesen, ein gemeinsames Tattoo stechen zu lassen, aber für Lara war es nach der Strandhochzeit die schönste Liebeserklärung, die er ihr machen konnte. Für immer, sogar unter der Haut. Etwas, was man nicht wie einen Ring ausziehen konnte. Es war perfekt.

Dann, ein knappes Jahr nach ihrer Verlobung und ein knappes halbes Jahr nach ihrer heimlichen Trauung, hatte die offizielle Hochzeit stattgefunden. Die standesamtliche Trauung hatten sie am Tag davor im engsten Familienkreis abgehalten. Lara hatte eine zartgelbe Kombination aus Oberteil und Rock getragen und Lennard hatte in seinem Anzug irgendwie noch besser ausgesehen als sonst, obwohl er doch immer Anzüge trug. Sie waren in einem Sternerestaurant essen gewesen und hatten bis tief in die Nacht mit den gerade einmal zehn Gästen angestoßen und eine tolle Zeit verbracht. Lara hatte die letzte Nacht vor der kirchlichen Hochzeit nicht bei Lennard, sondern bei ihrer besten Freundin und Trauzeugin verbracht. Am nächsten Morgen war kein Wölkchen am Himmel gewesen, als sie sich langsam in Richtung der kleinen, äußerlich unscheinbaren Kirche aufmachte, die aber innen von goldenen Malereien und erleuchteten bunten Fenstern eine ganz zauberhafte Atmosphäre schuf. Lara hatte ein fließendes weißes Kleid, das im Sonnenlicht sanft glitzerte, und einen Kranz aus kleinen weißen Blumen im Haar getragen. Ihr Make-up hatte sie nach unzähligen Tests verschiedener Schminktechniken in den vergangenen Monaten so perfektioniert, dass sie es am Hochzeitstag gleich so hinbekommen hatte, wie sie es sich vorstellte. Sie trug schlichte Ohrringe und keinen weiteren Schmuck und hatte die Haare in genau jene weiche Wellenstruktur bekommen, die sie sonst nach dem Schwimmen im Meer und dem Trocknen der Haare im Wind hatte – in den vorausgegangenen Monaten hatte sie so viele Lockensprays und Haartools ausprobiert, dass sie sie teilweise vor Lennard versteckt hatte, damit er sie nicht für komplett durchgedreht halten würde.

Sie hatte sich gefühlt, als würde sie auf Wolken laufen, als ihr Vater sie zum Altar führte. Umringt von der Familie und den engsten Freunden gaben sie und Lennard sich das Ja-Wort. Zuerst steckte er ihr einen zarten diamantenbesetzten Ring an, dann steckte sie ihm einen goldenen, etwas breiteren Ring an, den er nicht mehr abziehen würde. Die Geste, einander den Ring zu schenken, war einer der intimsten und schönsten Momente ihrer Beziehung. Danach waren sie in ein Restaurant eingekehrt und hatten auf einer großen Terrasse gesessen. Über ihnen waren dutzende Lichterketten gespannt und Rosenranken hingen herab. Das Essen wurde serviert, danach eröffneten Lennard und Lara die Tanzfläche mit ihrem ersten gemeinsamen Tanz, einem Wiener Walzer. Sie schnitten gemeinsam eine dreistöckige Torte an und feierten bis tief in die Nacht.

Das Geräusch einer Autohupe, das von der Autobahn herübergetragen wurde, holte Lara aus ihren Erinnerungen zurück in die Gegenwart. Nicht einmal hundert Meter war sie von dem Ort entfernt, an dem Lennard und sie ihre erste, heimliche, aber umso schönere Trauung gehabt hatten, und war einsam. Was für eine Ironie des Schicksals, gerade heute an diesem Ort vorbeizufahren, dachte sie, als sie zurück ins Auto stieg.

Zurück im Haus angekommen beschloss sie, sich mit dem nächsten Punkt auf ihrer Zurück-ins-Leben-Liste zu beschäftigen und meldete sich auf fünf Wohnungsannoncen. Wer sagte eigentlich, dass sie zurück nach Köln gehen solle, fragte sie sich und versendete einige Initiativbewerbungen an in der Nähe ansässige spanische Firmen. Sie würde das Schicksal entscheiden lassen und sich so viele Chancen wie möglich zu eröffnen, konnte sicherlich nicht schaden. Die nächsten zwei Punkte auf der Liste würden schwieriger werden. Sie würde Marianne anrufen und bei ihr nachhören, wie die Situation in der Firma war – gab es schon Flurfunk zu ihrem plötzlichen Verschwinden oder gar ein offizielles Statement an die Belegschaft? Sie wusste einfach nicht, womit sie von Lennard als nächstes zu rechnen hatte. Und danach würde sie sich auf das Gespräch mit Lennard vorbereiten. Sie hatte ihm versprochen, dass sie sich melden würde und er hatte bisher ihren Wunsch respektiert, sie bis dahin nicht zu kontaktieren. Nun waren mehr als drei Wochen verstrichen. Das Problem war, dass sie nicht wusste, was sie ihm sagen wollte. Wollte sie eine Scheidung? Bei dem Gedanken durchfuhr sie ein Schauer. Lara seufzte und lehnte sich zurück in die Sofakissen. Sie würde darüber schlafen. Und schließlich ging es ja auch nicht darum, mit einer gefassten Entscheidung in das Gespräch mit Lennard zu gehen, sondern erst einmal herauszufinden, wo sie standen. Aber das waren die Fragen für den nächsten Tag. Zufrieden hakte sie die ersten Punkte auf der Liste ab.

Vorsichtig legte sie ihren Verlobungs- und ihren Ehering in eine kleine hölzerne Schale in Form eines Palmenblattes. Sie seufzte ihrem Spiegelbild zu, dann schaute sie auf ihre Hand, die ganz ungewohnt und nackt aussah und sich komisch anfühlte, ganz ohne die Ringe. *Vielleicht kaufe ich mir einen anderen Ring*, dachte sie. *Von mir für mich.*

Am nächsten Morgen führte sie die in den letzten Wochen neu etablierte Routine, einige Bahnen im Pool zu ziehen, fort. Sie machte sich Frühstück und scrollte dabei zunächst auf ihrem Handy durch verschiedene Apps, dann legte sie es aber zur Seite. *Wie schnell man doch wieder in alte Muster verfällt*, dachte sie. In den letzten Tagen hatte sie nur selten auf ihr Handy gesehen. Seit Nates Abreise hatte sie es nun wieder ständig bei sich. Er war gut in seinem Zwischenhalt in Dubai gelandet. Bali hatte weit oben auf seiner Liste der Orte, die er bereisen wollte, gestanden, allerdings hatte er diese Liste in den letzten Jahren nicht verfolgt. Nachdem sich der Plan, einen ehemaligen Kommilitonen in Mexiko zu besuchen, zunächst mangels aktueller E-Mail-Adresse zerschlagen hatte, hatte er seine Liste wieder hervorgeholt, um sie nun anzugehen.

„Es kann ja nicht sein, dass diese Liste immer länger wird, weil ich neue Orte hinzufüge, ich aber nie dazu komme, endlich mal ein paar Punkte durchzustreichen", hatte er gesagt und sich eine Flugverbindung ausgesucht. „Ich habe nur eine kleine Tasche mit den nötigsten Sachen dabei und damit reise ich jetzt weiter. Das wollte ich schon immer mal machen. Einfach nur einen Rucksack, keine großen Pläne, einfach treiben lassen und schauen was kommt."

Sie lächelte bei dem Gedanken an seine Worte. Er hatte es so sehr verdient, richtig abzuschalten nach all den Jahren der harten Arbeit. Dass ihre Flucht aus Deutschland, auf die er sie spontan begleitet hatte, seinem Leben eine solch positive Wendung gegeben hatte, freute sie. Nach einem letzten Schluck Kaffee fokussierte sie sich wieder auf das Hier und Jetzt. Der Anruf bei Marianne stand als nächstes auf der Liste. Sie war neben Nate ihre einzige Vertraute. Zwar wusste auch sie nicht, dass Lara auf Mallorca war, aber zumindest hatte sie ihr gesagt, dass es eine Auseinandersetzung mit Lennard gegeben hatte. Es wäre Marianne ja sonst ohnehin merkwürdig vorgekommen, dass Lara so kurzfristig Urlaub genommen hatte und Lennard aber noch weiterarbeitete. Außerdem war Marianne trotz ihrer zuletzt etwas mäßigen Leistungen verlässlich und einfühlsam. Wenn Lara etwas brauchte, würde sie ihr sicher zur Seite stehen. Sie wählte die Nummer des Büros.

„Kanzlei Jansen und Eisenhut, Marianne Olsen, guten Tag."

„Hallo Marianne, Lara hier."

„Lara! Hallo! Ach du meine Güte!" Sie klang aufgeregt, aber nicht unbedingt freudig.

„Wie geht's dir? Ich habe so oft an dich gedacht und wollte mich die ganze Zeit melden, aber habe es dann extra nicht gemacht, weil ich dich nicht stören wollte in dieser Zeit, die du durchmachst."

„Danke dafür, Marianne. Ich kann mir vorstellen, dass es nicht einfach war, dass ich so kurzfristig und ohne richtige Übergabe in den Urlaub gegangen bin und auch nicht erreichbar war. Das habe ich einfach gebraucht, den Abstand zum Büro zu gewinnen, sonst hätte ich auch nicht wirklich Abstand zu der … Sache mit Lennard bekommen. Mittlerweile geht es mir aber ganz gut. Auf und ab, du weißt schon. Aber erzähl mal, wie geht's dir, wie waren die letzten Wochen, was habe ich alles verpasst?"

Es war still am anderen Ende der Leitung, dann sagte Marianne leise:

„Du hast es also wirklich nicht mitbekommen, oder?"

„Was mitbekommen?"

„Oh. Warte, Lara, ich gehe in dein Büro, damit ich die Tür schließen kann. Ich muss dir etwas erzählen."

Lara spürte, wie ihr Gesicht vor Aufregung ganz warm wurde. Was würde Marianne ihr gleich erzählen? Sicher ging es um Lennard. War ihm etwas passiert? Sie hörte, wie Marianne die Bürotür schloss, sich auf den Schreibtischstuhl setzte, dann wieder das Telefon zur Hand nahm. Sie räusperte sich leise.

„Lara?"

„Ja, ich bin dran!" Sie hörte ein Schniefen. „Marianne, weinst du? Was ist denn los? Ich mache mir Sorgen."

Meine Güte, wie konnte sie als eigentlich verantwortungsbewusste Frau nur denken, dass es okay war, sich einfach wochenlang zurückzuziehen und nicht erreichbar zu sein.

„Lara, es ist so." Sie machte eine Pause, wie sie es immer tat, wenn sie aufgeregt war und kurz Luft holen musste, bevor sie weitersprach. „Ich weiß nicht ganz genau, was los ist, aber es scheint hier alles zusammen zu brechen. Vor ein paar Tagen kam die Polizei und Fabian und Lennard wurden abgeführt. Wir mussten alle nach Hause gehen bis zum Ende der Woche und das Büro wurde durchsucht. Wir als Belegschaft haben seitdem nur eine E-Mail von beiden erhalten, dass wir unbesorgt sein sollen und es sich lediglich um eine Angelegenheit handele, die einen ehemaligen Mandanten betrifft und in der sie mit der Polizei bei der Klärung zusammenarbeiten. Wir haben aber beide seither nicht gesehen und alle sind besorgt, auch was die Fusion angeht."

Sie schluchzte erneut. Mit feuchten Handflächen griff Lara nach ihrem Glas Wasser und trank es in einem Zug aus. Ihr Mann war von der Polizei abgeführt worden. Und sie war nicht bei ihm, nicht für ihn da, nicht einmal erreichbar für ihn. Sie wusste nicht, worum es ging, aber sicherlich hatte es mit der geheimen Akte zu tun, die sie damals zufällig im Schrank in Lennards Büro entdeckt hatte. Aus Gewohnheit berührte sie die Stelle an ihrem Ringfinger, wo sonst ihre Ringe gewesen waren. Es war ihr nicht bewusst, wie oft sie am Tag mit dem Daumen ihre Ringe berührt hatte, aber nun, da sie sie abgelegt hatte, fiel es ihr jedes Mal auf, dass etwas fehlte, was sich vorher wie ein Teil von ihr angefühlt hatte.

„Lara, ich muss dir noch etwas sagen.“ Marianne klang vollkommen aufgelöst. „Ich wollte es dir schon lange persönlich sagen, aber habe mich nicht getraut. Es tut mir leid, es dir jetzt und auf diesem Wege zu sagen, aber es kann nicht warten.“ Oh nein. Nicht noch so eine unvorhergesehene Schreckensnachricht. „Du wirst mich sicherlich entlassen müssen und deswegen war ich in letzter Zeit auch so abgelenkt und gereizt. Ich musste mich nach neuen Stellen umsehen und das war so eine psychische Belastung, da ich es dir ja die ganze Zeit sagen wollte.“

„Marianne, ganz ruhig. Erzähl jetzt bitte mal, was los ist, warum ich dich angeblich entlassen muss.“

„Es gab da eine Akte, die war verschlossen in einem der Schränke.“ Laras Magen zog sich zusammen.

„Du weißt davon?“

„Ich hatte mir einmal von Fabian den Generalschlüssel geben lassen, da ich in Lennards Büro aus dem Schrank einen Stempel für ihn holen sollte, als Lennard auf Geschäftsreise war. Ich hatte ihn zunächst nicht am gewohnten Ort in seinem Sideboard gefunden und daher auch die anderen Schränke durchsucht. Eigentlich wusste ich, dass der Stempel nicht im Schrank ganz hinten sein würde, aber ich dachte, nachsehen schadet nicht. Erst dachte ich, der Schrank sei vollkommen leer, was mich verwundert hat, da alle anderen Schränke ja aus den

Nähten platzen vor lauter Unterlagen. Dann habe ich gesehen, dass an der Seite eine Gerichtsakte stand und … ich habe nur ganz kurz reingesehen und durchgeblättert. Mit dem ganzen anwaltlichen Fachchinesisch kann ich ja sowieso nichts anfangen, ich habe nur ein paar Dinge aufgeschnappt. Davon habe ich dann Lorenz erzählt, als ich wieder zu Hause war. Und die Wirtschaftsprüfungsgesellschaft, für die er jetzt arbeitet, hat ein Mandat von einer anderen Großkanzlei erhalten. Und irgendwie gab es da eine Verbindung zu dem Fall, von dem ich ihm erzählt hatte und dann war er verpflichtet, die Informationen bei seiner Firma zu melden – es ist alles ein Riesendurcheinander und ich verstehe nur die Hälfte, aber Fakt ist, dass auf seinen Hinweis hin die Untersuchung bei uns eingeleitet wurde. Das tut mir so leid, Lara. Nie im Leben hätte ich damit gerechnet, dass die paar Informationsfetzen, die ich aus der Akte entnommen habe, eine solche Auswirkung haben könnten. Lorenz will mir nicht sagen, worum es sich bei dem Fall handelt, er weiß auch selbst nichts Genaues, aber ich habe das Gefühl, dass ich die ganze Firma und vor allem Fabian und Lennard gefährdet habe. Die beiden wissen nicht, dass die Information durch mich nach draußen gedrungen ist. Ich wollte es dir zuerst sagen. Und ich wollte den beiden sicherlich keine Probleme bereiten, Lara. Sie waren immer gut zu mir, aber ich weiß ja gar nicht, was da genau vor sich geht."

Sie schluchzte in die Leitung und Lara blickte ratlos aus dem Fenster, vollkommen überrumpelt von den Informationen aus dem Telefonat. Sie kniff die Augen zusammen. Was sollte sie tun? Sollte sie Lennard und Fabian melden, was Marianne getan hatte?

„Ganz ruhig, Marianne. Danke für deine Ehrlichkeit. Ich denke, zunächst solltest du dir ein paar Tage frei nehmen. Mach bitte gleich schon Feierabend. Ich überlege mir etwas und melde mich in ein paar Tagen bei dir." Die Leitung blieb einige Sekunden lang still, dann hörte sie ein Schniefen.

„Okay. Also bin ich noch nicht entlassen?"

„Nein." Lara bemühte sich, ihre Stimme ruhig klingen zu lassen. Solange sie nicht wusste, was zum Teufel in den letzten Tagen überhaupt genau los war, würde hier niemand entlassen. Außerdem vertraute sie Marianne, nun da sie verstand, was in letzter Zeit mit ihr los gewesen war.

„Okay. Danke. Hast … Hast du denn etwas von Lennard gehört?"

„Nein." Beide schwiegen.

„Wird denn alles gut werden? Ich meine, wegen dieser Akte?"

„Ich … kenne den Inhalt der Akte nicht."

„Oh …okay ... Ach so." Erneutes Schweigen. In der Stille zwischen ihnen hingen so viele Fragen. Was genau stand in der Akte? Welche Informationen wurden weitergegeben? Was könnte das für Lennard und Fabian bedeuten? Wurde die Akte mittlerweile von der Polizei gefunden und beschlagnahmt? Wer war noch involviert? Aber vor allem: Wie ging es Lennard?

„Marianne, ich muss auflegen. Ich bin aber ab jetzt wieder telefonisch erreichbar; melde dich also, falls es etwas zu besprechen oder Neuigkeiten gibt. Wie gesagt, nimm dir bitte die nächsten Tage frei, ich melde mich dann möglichst bald bei dir, spätestens in einer Woche."

Sie legte auf und schaute auf ihr Handy. Ratlos. Rastlos. Eine nagende Unruhe machte sich in ihr breit. Schließlich, ohne weiter darüber nachzudenken, was sie sagen könnte, wählte sie Lennards Nummer, aber er nahm nicht ab. Sie legte auf. Über den Verlauf des Vormittags versuchte sie weitere zwei Mal, ihn zu erreichen, blieb aber erfolglos. Und dann kam ihr ein beängstigender Gedanke – dachte Lennard etwa, dass sie ihn verraten hatte? Er konnte nicht wissen, dass Marianne die Akte gefunden hatte. Wen also außer ihr, seiner Frau, könnte er sonst als diejenige Person vermuten, die der Polizei einen Hinweis gegeben haben könnte? Und das zu genau diesem Zeitpunkt, als sie aus der gemeinsamen Wohnung ausgezogen war? Sie schauderte, obwohl es draußen 30 Grad warm sein musste. Ruhelos ging sie in der Küche auf und ab, unschlüssig, was sie als nächstes tun konnte. In ihrem Kopf ließ sie das Telefonat mit Marianne und alles, was ihr in Verbindung mit der Akte jemals aufgefallen war, Revue passieren. Aber es machte keinen Sinn. Sie konnte nicht erschließen, worum es in der Akte gehen konnte. Die Ungewissheit war unerträglich. Ein Teil von ihr wollte wissen, was darin stand, der andere Teil wollte einen großen Bogen um diese Information machen. Aber ohne diese Information wusste sie eben auch nicht, wie sie Lennard helfen könnte. Sie konnte ihn ja nicht einmal erreichen. Es nützte alles nichts, sie musste nach Hause. So schnell wie möglich. Und wie zuletzt vor einigen Wochen, nachdem sie einen Entschluss gefasst hatte, begann sie in Windeseile, einen Koffer mit dem Nötigsten zu packen und buchte derweil einen Flug. Der einzige taggleiche Flieger, für den sie noch ein Ticket buchen konnte, ging erst abends um 23 Uhr. Sie würde also noch den ganzen Tag hier hinter sich bringen müssen. Ihre Finger zitterten vor Aufregung. Sie zog sich ihre Turnschuhe über und machte sich auf einen langen Spaziergang bis hinunter ins Tal auf, wo sie sich etwas zu essen holen würde. Nach einem weiteren Versuch, Lennard zu erreichen, rief sie bei ihren Eltern an.

„Lara, wir haben so lange nicht telefoniert, du hast uns nie zurückgerufen, immer nur geschrieben. Wir waren schon besorgt, Schatz. Ist alles in Ordnung bei dir?" Die Wärme und Liebe in der Stimme ihrer Mutter schnürte ihr die Kehle zu.

„Mama." Wäre sie doch nur bei ihrer Mutter, sie könnte jetzt gut ihre Umarmung gebrauchen. „Es ist nicht wirklich alles in Ordnung. Kann ich heute Abend zu euch nach Hause kommen für ein paar Tage?"

„Natürlich Herzchen."

„Ich erzähle euch dann alles. Aber macht euch keine Sorgen, ich bin gesund, ich bin okay. Es ist nur wegen Lennard, ich glaube, er hat Schwierigkeiten."

„Sei ganz unbesorgt, wir finden sicher einen Weg. Wann kommst du denn? Ich mache dir Suppe."

„Danke Mama. Aber ich bin erst nachts da. Ich bin gerade … nicht in Deutschland."

„Ach, okay, Schätzchen. Nun, wir freuen uns auf dich. Melde dich, wenn etwas ist. Bis später."

Ihr Weg führte sie zur Strandpromenade, der sie, den Blick auf die Weite des Meeres gerichtet, folgte. So lief sie weiter, folgte dem Impuls, nicht zu stoppen, lief zwei Stunden ohne Pause, bis die Promenade endete und in eine felsige Bucht mündete. Sie ließ sich in den Sand nieder und schaute in die Ferne. So wie der Schmerz langsam nachließ, wenn man eine Tablette gegen Kopfschmerzen genommen hatte, wich ihre Unruhe ganz langsam einer beruhigenden Müdigkeit. Nur noch ein paar Stunden, dann würde sie bei ihren Eltern sein. Zurück in Deutschland. Näher bei Lennard. Vielleicht würde er sie bald zurückrufen. Alles erklären. Und dann sah die Welt sicherlich schon ganz anders aus. Sie stand auf und machte sich auf den Rückweg. Mit einem kurzen Stopp bei einem Café, wo sie sich eine Flasche Wasser und ein Stück Pizza auf die Hand geholt hatte, brauchte sie ganze drei Stunden, bis sie wieder in die Nähe des Hauses und damit in die ihr mittlerweile gut bekannte Nachbarschaft kam. Scheinbar war sie auf dem Hinweg derart schnell unterwegs gewesen. Nun meldeten sich bei jedem Schritt ihre Waden mit einem Ziehen im Muskel.

„Hey Nate!“, keuchte sie, als sie seinen Anruf entgegennahm.

„Hey! Du klingst außer Atem!“

„Ja, ich habe mich ein bisschen überschätzt bei meinem Spaziergang, knappe fünf Stunden bin ich jetzt unterwegs! Aber ich hab es nicht mehr weit, Gott sei Dank, hier wird es ja ganz schön schnell dunkel. Wie ist es bei dir?“

„Ein fünfstündiger Spaziergang?“ Es war typisch für Nate, dass er nicht von sich erzählte, bis er sich vergewissert hatte, dass es Lara gut ging. Und natürlich war ihm ein fünfstündiger Spaziergang direkt suspekt vorgekommen. „Was ist los, Lara?“ Sie blieb stehen, um ein wenig Luft holen zu können. Die Steigung auf den Hügel, auf dem das Haus stand, hatte es in sich.

„Ach, Nate, das war vielleicht ein Tag. Ich habe mit Marianne telefoniert und sie hat von großen Problemen in der Kanzlei erzählt. Es geht wohl um Lennard und Fabian und die Polizei ist involviert, aber weder sie noch ich kennen irgendwelche Details. Ich habe versucht, Lennard zu erreichen, aber er geht nicht ran. Daher habe ich für heute Abend einen Flug zurück gebucht und werde mich zunächst bei meinen Eltern einquartieren. Ich denke, ich sollte mir vor Ort ein Bild von der Situation machen. Dort kann ich besser reagieren als aus der Ferne.“ Sie holte Luft und wartete auf Nates Antwort.

„Das verstehe ich. Sei einfach vorsichtig, Lara. Vor allem, wenn du Lennard begegnest.“

„Ja, ganz bestimmt. Erzähl mal, wie geht’s? Bei dir ist es ja gerade früh am Morgen, oder?“

„Ja, genau. Es ist der Wahnsinn, ehrlich. Hätte ich gewusst, wie gut es mir hier gefällt, wäre ich schon viel früher mal hergeflogen. Die Sonnenaufgänge sind echt atemberaubend. Gestern war ich am Strand, da waren überall Seegurken – hast du sowas schon mal gesehen? Seegurken? Und abends gab es ein Feuer und Musik, einfach so, am Strand. Heute wollte ich ein bisschen die Gegend erkunden. Übermorgen fahre ich auf eine Elefantenfarm, das hab ich gestern schon gebucht. Ich bin echt gespannt, was ich noch so alles sehe."

Bei seinen Ausführungen musste Lara schmunzeln. So begeistert hatte sie Nate selten erlebt. Dass er sich eines Tages über Seegurken freuen konnte und mal nicht über die Börse oder Kryptowährungen sprach, wäre vor einigen Wochen noch unvorstellbar gewesen.

„Es ist toll zu hören, wie gut dir die Reise tut, Nate. Du klingst, als würdest du gerade übers ganze Gesicht strahlen."

„Ich fühle mich auch wieder richtig gut. Meine ständige Angespanntheit, das Zähneknirschen, das Burn-out, daran denke ich gerade gar nicht mehr. Ich kann mich sogar für Gewürze begeistern, abgefahren, oder?"

„Wer hätte gedacht, dass es Meer und Sonne und ein fernes Land braucht, um die Beschwerden zu lösen, bei denen sich die Ärzte schwergetan haben. Ich gucke übrigens auch gerade aufs Meer, fürs erste der letzte Abend mit diesem Ausblick." Ihr Blick schweifte über das Dorf, das langsam von der Abenddämmerung in ein tiefes Schwarz gehüllt wurde.

„Ja. Da sagst du was." Die Euphorie, die Nates Stimme zuvor innewohnte, war verklungen. Er wirkte nachdenklich. Mit einem Blick auf die Uhr sagte sie:

„Weißt du was, ich sehe gerade, dass ich mich doch langsam auf den Weg zum Flughafen …"

„Irgendwas kommt mir komisch vor an der Sache mit Lennard und der Kanzlei. Ich hab ein blödes Gefühl, Lara." Sie biss sich auf die Lippe. Mit dieser Information hatte sie ihn wohl aus seinem Urlaubsmodus geholt. Andererseits hatte sie ihm versprochen, ihn über alle Entwicklungen auf dem Laufenden zu halten. Immerhin war er der Einzige, der wusste, wo sie war.

„Es tut mir total leid, dass ich gerade nicht weiter mit dir sprechen kann, aber ich muss jetzt wirklich los zum Flughafen, sonst bin ich zu spät. Erst einmal fahre ich ja zu meinen Eltern. Und bevor ich ins Büro fahre, hören wir uns sicherlich nochmal und wir können über deine Bedenken sprechen. Okay?"

„Hmm. Okay. Guten Flug. Melde dich, wenn du gelandet bist, ja?"

„Mache ich. Viel Spaß bei deinen Erkundungen."

Sie warf einen letzten Blick auf das Meer. Die Sonne war nun beinah vollständig versunken und mit der zunehmenden Dunkelheit des Himmels leuchteten erste Sterne auf. Mit einem tiefen Atemzug nahm sie die Gerüche auf und schloss kurz die Augen, um den Moment zu konservieren. Wann auch immer sie an diesen Ort zurückkehren würde, war ungewiss, aber sie würde nie vergessen, wie er ihr bei der Heilung nach einigen ihrer schwersten Stunden geholfen hatte. Dann sprintete sie die letzten Meter zum Haus hinauf und mit einigen schnellen Handgriffen zog sie sich ein frisches T-Shirt über, legte etwas Parfüm auf und verstaute einen Pullover für den Flug in ihre Handtasche. Nach einem letzten Kontrollgang durch Schlafzimmer und Bad, um sicherzustellen, dass sie nichts vergessen hatte, joggte sie die Treppe hinunter.

Ein Flug um 23 Uhr abends und trotzdem noch Zeitdruck auf den letzten Metern, dachte sie und verdrehte die Augen über ihre mangelhafte Planung.

Aus dem Kühlschrank holte sie sich eine Flasche Wasser, als sich eine Gänsehaut auf ihrem Arm bildete. Das mussten wohl die Nerven sein, die sich vor dem Wiedersehen mit ihren Eltern meldeten, überlegte sie und legte eine Hand auf ihren Bauch, wo sich plötzlich ein nervöses Kribbeln ausbreitete. Sie legte den Riemen ihrer Handtasche um die Schultern, als sie plötzlich spürte, warum sich in ihr eine Unruhe derart rasant ausbreitete – sie spürte einen Blick. In ihrem Rücken. Alle Alarmglocken schrillten. Sie fuhr herum. Da stand Lennard. Die Hände in den Hosentaschen seiner Jeans. Lara war wie erstarrt.

„Hallo Baby“, sagte er.

ENDE

INHALT

europabuch